中篇科幻佳作丛书　科幻剧院系列

此处有龙

未來事务管理局　编著

中国青年出版社

图书在版编目（CIP）数据

此处有龙 / 未来事务管理局编著 . —北京：中国青年出版社，2024.2
（中篇科幻佳作丛书之科幻剧院系列）
ISBN 978-7-5153-7120-7

Ⅰ.①此… Ⅱ.①未… Ⅲ.①幻想小说—小说集—世界—现代 Ⅳ.①I14

中国国家版本馆 CIP 数据核字（2024）第 003531 号

编　　著：未来事务管理局
项目总监：姬少亭　李兆欣
产品策划：青年文摘杂志社 | 未来事务管理局
丛书主编：彭岩　付江
特约编辑：吴迪　龚蕾　周玲
责任编辑：彭岩
出版发行：中国青年出版社
社　　址：北京市东城区东四十二条 21 号
网　　址：www.cyp.com.cn
编辑中心：010-57350407
营销中心：010-57350370
经　　销：新华书店
印　　刷：北京中科印刷有限公司
规　　格：660mm×970mm　1/16
印　　张：28.25
字　　数：400 千字
版　　次：2024 年 2 月北京第 1 版
印　　次：2024 年 2 月第 1 次印刷
定　　价：68.00 元

如有印装质量问题，请凭购书发票与质检部联系调换。
联系电话：010-57350337

今天当我们谈论科幻，
我们在谈论什么？

"当人工智能的发展速度超出了人们想象，过往的科幻正快速变成现实，科幻在今天还有意义吗？"

当我向GPT-4提出这个问题，并不指望什么惊世骇俗的回答。

果然，它以"当然，即使在人工智能迅速发展的今天，科幻作品仍然具有重要意义"这句套话开场，洋洋洒洒用近千字阐述科幻的意义在于探索未知领域，提供伦理和道德思考，激发科学家和工程师的灵感以推动技术发展，为社会、文化和技术批判提供独特视角，启迪年轻人对科学技术的兴趣并帮助公众理解复杂的科学概念，以及科幻是文学、影视和其他艺术形式的重要组成，不一而足。

说得都对，却很没劲。

然而科幻本身不是这样的啊！

我花了好些天读完三册"科幻剧院系列"，太有劲了啊！以至于我沉溺于这些故事营造的一个又一个小世界，几乎忘记了编辑让我先睹为快的目的，不是为了让我坐在电脑前，时而揪心时而欣喜时而疑惑时而恍然大悟，而是要我为这个系列作序。不过，编辑会明白我为啥迟迟无法交稿，实在是因为故事都太精彩——

那个能在梦中看到江水从脚下升起、江面弯曲高高越过头顶，能听到包裹整个世界的江面是大提琴浑厚弦乐的少年；那个将自己的身体交给一只小狗，或者一位阿兹海默症老年患者来控制的配体员；那个手里举着一颗人造大脑的女孩……多有意思啊！

科幻最为迷人之处，在于它是人类最炫目最绚烂的想象，能把我们的思绪带到"另一颗星球"——这具平凡肉身难以企及的辽阔高远之处，也让我们有了宏阔的视角回望来路，理解人类的本质。这一组作品产生于当下，阅读它们的感受，远比GPT-4的抽象概括要复杂和丰盈得多，映射出我们对未来热切的期盼和渴望，或者焦虑和恐惧。

记得王安忆老师曾说，短篇小说的活力并不取决于量的多少，而在于内部结构。我一厢情愿地认为，中篇是最适合科幻的文学叙事长度。与通常的故事不同，科幻不仅要面对王安忆老师说的"将一个产生于假想之中的前提繁衍到结局"，还得为这个故事建构一个人类日常经验之外的世界，和与这个世界相匹配的一整套世界观。因此对于科幻需要搭建的世界观来说，中篇或许更游刃有余。

我觉得故事结构不需要太精巧，大概跟我作为媒介社会学者的工作有关——人和社会的运行都做不到完全的严丝合缝，我们常常心有旁骛，主干之外的枝枝蔓蔓往往吸引注意，比主干更灵动、更有趣。只有中篇，才可能在一个动机驱使的结构里发展出另一个动机、派生出另一条线索，旁逸斜出，偶尔走神，再回过神来。

不管未来把我们带到哪里，如果我们忍不住追问"生命、宇宙及一切的答案"，也许就像GPT-4给我的那个回答，科幻在今天仍然有意义。只不过，科幻不提供一个标准答案，它提供我们思考自身和外部世界关系的参考框架，提供奇思妙想，提供警示，也提供情感慰藉。探索浩瀚无垠的未知是人类生命的本能冲动，也是高贵的精神向往。肉身暂时无法开启星际旅行，那就让我们先在科幻故事里尽情神游吧。

复旦大学新闻学院教授　陆晔

2023 年 12 月 15 日

于复旦园

目　录

1　　此处有龙 / 蔡建峰

51　　大　梦 / 故熙原

143　　长安饕餮馆 / 李夏

203　　慷慨悲歌 / 齐然

293　　长生记 / 刘天一

363　　豆巴，豆丙与豆丁 / 谈雀

441　　后　记

此处有龙

蔡建峰

一

村庄是一处被人遗忘的所在，营口的居民谈起它多有避讳；它坐落于辽河入海口南岸，北边是一大片芦苇荡，西边紧挨着渤海。1942年，我甫一听闻圆明园的大水法铜首曾在营口的一个小村庄现世，便给叔平拍去电报。叔平姓马，名衡，是故宫博物院的第二任院长，亦是我的好友。这个消息并不使他惊讶，因为我们都清楚英国人曾在营口一带活动。可是他无法脱身，因为他仍在逃难途中（九年前，马衡主持文物南迁，携数万件国宝颠沛流离，至今仍未安定）。他恳请我一定要把事情调查清楚。

我无法拒绝叔平的请求，一来是因为我们的交情，二来也有我的个人原因，但没必要在这里细讲。民国二十三年，也就是1934年的时候，我来过奉天（今沈阳），主要是在大辽河下游一带活动，为的正是调查当年闹得沸沸扬扬的营川坠龙之谜，不过一无所获。转眼间，八年过去了。这八年来，我总是反复做着同一个噩梦，养成了梦见黑暗和芦苇荡的习惯。我心想，我一定是瞎了，只有梦醒时分最真切的日光才能带来些许慰藉；为此我不敢睡觉，后来患上了失眠的毛病。这么多年过去了，久病成医，我自觉心智和见识都取得了长足的进步，便想回到噩梦开始的地方看看，或许有办法解决困扰我多年的问题。

我叫叶崇文，字公启，广东广州府番禺县人，年少时曾到西洋留学。我的高祖父叶英华工诗词，善花卉、人物画。1836年，在越华讲舍，那个提笔写下《鸳鸯十二首》的13岁少年，正是他的儿子叶衍兰。到了1926年，叶衍兰的一个孙辈，名叫叶恭绰的，联合好友变卖家产，假托姓名买下毛公鼎，此人正是我的叔父。我的叔父叶恭绰是清廪贡生，后任交通部路政司司长，性喜收藏古籍和文物。或许是受这种家世影响吧，我和兄长崇智自小对古物一道颇有研究。兄长文学造诣颇深，收藏有大量字画，我却对园林建筑和雕塑更感兴趣。我曾多次去过故宫，那里遍地是龙。我的好友马衡曾目睹溥仪被冯玉祥赶出宫时，身边人下跪哀求带走文物的一幕。因此，可以说，1934年我来调查营川坠龙之谜，正是为了区分故宫里龙的浮雕石刻与其真实形象的差异。

我还记得营口，但不记得八年前有这座村庄。我记得当初我来奉天的时候，路上看到的净是逃命的场景，人海之中我是唯一逆流而上的，其余皆是沦陷的东北三省的难民。百姓们不要命地抢着上车，尽管那火车上早已满员。人们会冒险趴在车顶上，车过隧洞时，总有人磕得头破血流，跌落至铁道两侧。我们都害怕飞机下蛋，那意味着死亡。我还记得当初我经过其中一处关卡时，那个趾高气扬的日本兵是如何握着上了刺刀的枪，挑开我的包袱，害我衣物散落一地。八年过去了，人、事和物发生诸多改变，唯有这一片焦土不变。县城已经衰败了，很难把它与我记忆里的那个形象联系起来。

抵达营口的第一天，已近黄昏，我在一家破旧的旅馆住下。老板是个实诚人，他告诉我店里的伙计早跑光了，若有照顾不周，还请多多担待。我们一起到门房那里取钥匙，后者是一个瞎眼的老人，他直勾勾地盯着我，莫不如说，直勾勾地盯着声音传来的方向，从墙上准确地摸到钥匙。旅馆的老板说，这是他的父亲，附近的人都叫他莫老汉。

我上了楼。莫老板亲自替我拎行李。我们爬过三层吱呀作响的楼梯，穿过一条幽暗逼仄的长廊，在走道尽头的房间门口停下。门把手落灰，铜锁也生了绿锈。我推门而入，很高兴看到这个房间有窗户，窗外是瘦落的街道、颓败的房屋和屋顶上一轮衰微的死气沉沉的太阳。

天在六点过后慢慢黑了下来。莫老板放下行李,取来一盏煤油灯。我们下楼一起吃饭。一个神情木然的女人扶着莫老汉走了出来,莫老板说这是内子。饭桌上,我们聊了会儿天,气氛一开始还算融洽,但一说起我要找的村庄,那女人一脸惊恐地看着我,这话题就像触及了某种禁忌,引得莫老汉身体抽搐,牙齿打战,发疯似的吼叫起来:

"快跑……快跑……你倒是快跑呀!它们看见你了……造孽……造孽啊……真是造孽……"

那女人扶着莫老汉回去休息了。

直到这时,莫老板才向我道歉。

"我爹患有痴呆,脑袋不太灵光。"他说,"他经常会把一些过去的事,当成现在的事,或者把现在的人,看成过去的另一个人。"

我想知道是什么事让老人如此害怕,他又接着说:

"莫家原有一儿一女,我是长子,小妹跟随夫家住在渡口。1934年3月1日,我记得清清楚楚,那时我们正在吃饭,突然听说,小妹在芦苇荡里被鬼子玷污了。我们放下碗筷,坐立不安。我爹到渡口去找她,没找着,反倒把自己弄瞎了眼,回来就变成这样子了。"

关于莫老汉瞎眼的事儿,男人连连叹息,我也不便多问。这顿饭吃得有点儿不欢而散。我去前台领了自己的煤油灯,回到房间。一轮孤月高悬于天际,没有星星,它那清冷的光辉洒在漆黑的屋顶上,也洒进室内。我走到窗边,沐浴着这样的月光,竟觉得有些冷。就在这时,我听见楼下传来莫老汉奇怪的笑声,紧接着远方也传来几阵令人毛骨悚然的笑,好像是为了呼应,笑声此起彼伏,惊得乌鸦从空中飞过,狗随之吠叫起来。整座县城都笼罩在一种凄凉冷清的氛围中,难免使人有些伤感。我赶了一天路,身子骨实在疲乏,便让窗户开着,倒在床上蒙头大睡。我又做了那个噩梦,梦见自己在荒郊的芦苇荡里打滚,而芦苇却在月光下摇曳着身姿，投下婆娑的阴影。

翌日一早，我醒了过来，简单洗漱后，到街上去走了一圈。我买了早餐，不外乎是包子、馒头一类的吃食。我向那些退休的老渔民打听村庄的事，不料对方讳莫如深，纷纷向我投来怀疑的目光。回到旅馆，一个地痞流氓模样的年轻人正倚在柜台边与莫老板谈话，他那黑亮的大眼使我印象深刻。"您来得正好。"莫老板笑着为我介绍，"这位是本地有名的泼皮无赖，平日里游手好闲，没个正形，就靠给您这样的客人跑腿挣钱。"我知道他是在开玩笑。那年轻人也不恼，嬉皮笑脸与我握手，我这才知道他叫池余，本地人，无父无母，吃百家饭长大的，因此乡亲们对他颇为纵容。

"乡亲们都叫我小鱼，"他说，"您也叫我小鱼就成。有啥事尽管吩咐，咱在这一带可是出了名的机灵。"

时候还早，我叫他陪我到外面走走。一路上，都是他在讲，我在听。可以看得出来，他对自己的家乡颇为自豪，讲起此地的历史，更是滔滔不绝。他说，早在26万年前，祖先便在营口定居了。"那得是旧石器时代了吧？"我问。他却不知道什么叫旧石器时代。从他口中，我得知莫小妹并没有死，不过如今她也活得不好，孤身一人住在那座村庄，据说是被夫家休出门了。

"莫老汉不想把她接回来吗？"我问。

"这哪能呢。"他迟疑了一下，接着说，"我不想说莫家的坏话。莫老板待我不薄，甚至把我当亲儿子看待。休出门的闺女难回娘家，我估摸着是莫小妹自己不想回来吧。"

我认真听着。他又告诉我，莫小妹成了一个疯婆子，这种疯病或许是当年的经历招致的，却也使她疯得不同寻常，之后人们再听说起她，莫小妹已成了那村里颇有名望的神婆，据说她会和那些出马仙一样，擅长请仙家上身的法术，但是真是假只有村庄内部的人才知道了。

后来，我又问起大水法铜首的事。

池余说："确实有这么一座铜像，但不知道是不是你要找的那座。我听人说，那铜像是一个渔民在一艘英国沉船里发现的。当地人把它打捞起来后，便不知去向。它很值钱吗？"

我忍俊不禁。

"这可不是值不值钱的问题，现世的可是至今下落不明的龙首啊。"

池余也不在意，他拍了拍肚子，抬头看看太阳，突然说中午了。午饭时间，他执意请我到他家吃饭。我在一栋摇摇欲坠的茅屋里，见到一绾青丝的女子，这才知道他早已讨着老婆。那是一个脸上有红色胎记的姑娘，性格羞怯，话不多，待人接物极为温柔。但看得出来，是有点自卑在里头的。不过我觉得她倒是一点儿都不丑，要是细看的话，五官也还算精致。

我们寒暄了几句。她轻声细语地对我说，自己并不是本地人，她的父辈当年闯关东，死在路上，是娘亲挺着个大肚子，从直隶一路流浪到这里，并把她拉扯长大的。她微笑着望向自己的丈夫，后者接着说道：

"我们是一样的人。她八岁的时候，娘亲就隔世了。"

女子轻轻"嗯"了一声。

池余突然一拍桌子，笑道：

"吃饭，吃饭，先生都等饿了吧？"

午饭是咸菜和馒头，听说河南那边在闹饥荒，这年头有的吃就不错了。

池余像饿死鬼投胎似的，吃得又急又快。

那女子见丈夫狼吞虎咽，便莞尔一笑，端来两碗水。

"小婉，"他含糊不清地说，"你也吃。"

"我吃过了。"那女子却只是笑，静静看着我们。

我看着池余咬一口馒头，端起碗来，咕噜咕噜喝着。末了，他放下

碗,一抹嘴角,颇为豪迈地对我说:

"吃馒头就要喝水,一喝水肚子就撑得厉害。"

那叫小婉的女子马上附和道:

"吃饱了就有力气干活了。"

我看了一眼自己的碗,我的完好无损,他的碗口却缺了一角。我知道这是夫妻俩的待客之道,于是我端起碗喝了口水。小婉过来收拾桌子的时候,我正式提出要雇用池余,由他带我到那村庄看看。他沉默不语。小婉却喜出望外,用胳膊肘碰了碰他。

"先生问你话呢。"她说。

他抬起头来,看了一眼外面的天色。

"咱们什么时候出发?"

"听你安排。"

"那可得快点了。"他说,"咱们明早出发,天黑前还能赶回来。"

晚上,我请他喝酒,地点定在那家旅馆。这年头要喝酒很不容易,价格贵得要命。一整个下午,我跑遍大半个营口,好说歹说,才从一户人家手里买来一坛烧刀子。池余来找我时,天已经黑了。我刚打开门,他仍是那副没心没肺的模样,嬉笑着从门缝里钻进来。我看他像变戏法似的,从身后端来一碟花生米,说是跟莫老板讨来的,用来当下酒菜。我们揭开烧刀子的泥封,闻到那股刺鼻的酒香味,他的眼睛都亮了几分。

"浅尝辄止。"我说,"明早咱还得赶路。"

他笑着称是,内心却已按捺不住。

一碗酒下肚后,我问他:

"那地方远吗?"

他说,不远。

然后我又问他:

"白天的时候，听到我要雇佣你，你似乎还有点儿不乐意？"

他抬起头，有些吃惊地看了我一眼，随后打了个哈哈。

"先生，这哪能呢。"

"别叫我先生。"我说，"不过是到西洋镀了层金，假装自己看过几本书。"

他立刻一脸艳羡地看着我。

"您去过夕阳吗？夕阳夕阳，我常听人说起它，可是夕阳是什么样子呢？那里边和我们在外边看到的有什么不同吗？"

"里边？"

他指了指太阳。

我笑了。

"是西洋。西边的西，大洋的洋。"我解释说，"你说的那个夕阳，是'夕阳无限好，只是近黄昏'的夕阳，和我说的那个西洋不一样。"

他挠着头皮，连喝一碗酒，好像有些羞愧。

我看到他就好像看到年少时的我，便安慰道：

"吃一堑，长一智。别觉得不好意思。说起来，我也闹过同样的笑话呢，不过是把南非的东伦敦当作英国人的伦敦。"

"伦敦？"

"伦敦是英国的京城，英国是很发达的。南非是英国的殖民地，殖民地就是受剥削的意思，好巧不巧，那里也有个伦敦。"我自嘲道，"我年少时，兄长到美国留学，亲朋长辈都夸他有出息，令我艳羡不已。可是我读书不行，也无毅力，便想着给自己买个学位。哦，学位就是一种证明，证明你读过很多书，学有所成。"

"那得花很多大洋吧？"

"大洋……银圆，自然是有的。"我答道，"我去找中介，中介说有钱能使鬼推磨，只要银圆给足，伦敦都可去得。我就去找我娘，跟她说自己考上了伦敦的一所大学。她好骗得很,便给我费用。后来她跟我爹说,经过她的添油加醋,就连我爹也相信是我发愤图强考上了。全家上下都很高兴。要知道,我们家在当地是望族,以诗书传家,有我这么个败类倒也不光彩,因此这在那会儿是一件很值得庆祝的事。"

"可是这和您闹的笑话有什么关系呢?"

我拿起酒碗,咕噜咕噜地喝着,一抹嘴,这才不顾脸面骂道:

"该死的黑心中介,我给他那么多的银圆,他说的伦敦却不是英国的伦敦,而是受剥削的那个南非的东伦敦。那里白人很多,黑人更多。更要命的是,我在那里待了三年,才知道自己去错地方了。那时,我就跟你一样年轻,心里头也对将来要干什么毫无头绪呢。不过,话说回来,那里倒也不算落后,英国人把那里发展得挺好。只要家里有钱,日子倒也还算滋润。你得看看那边的黑人,那才叫一个惨呢。我给自己谋了个差使,到东伦敦的博物馆给洋人打工,偶尔还能跟几个同胞去水牛河一带的码头喝酒。在那里,我认识了几个真正有学问的留学生。他们是从开普敦大学过来旅游的,能谈四书五经,也懂内燃机的工作原理。多亏他们,我才知道此伦敦非彼伦敦,也多亏了他们,我这才知道自己的见识有多么浅薄,就跟我娘一样好骗。"

他笑了,给我倒满酒,又给自己斟满。

"叶大哥,如果您不嫌弃,我就叫您一声大哥吧。"他说,"您真是我见过最有意思的人了,说话风趣,喝起酒来也亲切得很,丝毫不像以前私塾里的那些先生。我念过几年私塾,可是那些先生满嘴之乎者也的,教起书来像在念经,实在惹人犯困。来,这一杯,我敬您。"

他端起酒便喝,然后打了个嗝,接着说:

"您刚才说,听到您要雇我,我似乎还有些不乐意,其实不是的。我对您没有任何不满,其实我打从心里喜欢您呢。"

"那是为什么?"

他沉默片刻，这才说道：

"因为村庄。"

"村庄怎么了？"

他似乎有些不情愿说。

于是我让他多喝酒，喝多了自然想讲了。

果然，又一碗酒下肚后，他明显放开了，一股脑儿向我倾吐村庄的秘密。

"您知道吗？"他说，"那村庄是一个令人生厌的地方，光是接近就让人浑身不适。过去是没有这座村庄的。那地方原来是洋人建的一处码头，往来停泊的船只均属于英商太古轮船公司。那里本来也有渔民，但洋人不允许他们捕鱼，就把他们的渔网和鱼线都割断了。当地的木帆船业受到排挤，营口至上海和营口至天津两条航线便被外人侵占了。前几年，有船在附近沉了，你的那座铜像应该就是渔民们从里面打捞起来的。我们都说，太古轮船公司有船九十九艘，每当增加到一百艘时便沉没一艘，始终如此，这是大海对洋人的惩罚。不过，我也听说，有人在码头附近发现召唤鬼怪的祭祀仪式，据说是当年渔民们为赶走洋人而想出的阴招，这里的轮船时常受到不明生物和暗礁的撞击。后来的事儿，您也知道了。鬼没有来，鬼子倒是来了。我的爹娘正是那时候死的。1931年，那件事发生后，太古轮船公司的经理便逃回英国，这一职位由一个中国人代任，此人据说出身望族，我们之前却从未听说过这号人。自那之后，太古轮船公司的海运事业便处于半停顿状态。渔民们回来了，自发聚居，形成村落。可是今年，那家公司又被日本人接管了，英国人的财产连同码头均被冻结。我听说他们对待工人比以前的雇主更加严厉，工人们薪水极低，每天都要干十几个小时的活儿，还要被把头、班长和管账先生克扣。日本人从不付现金，只给粮票。冬天时，经常有工人落水，淹死了都没人救。"

"村庄呢?"我问。

"村庄封闭了,"他说,"至少自那之后,我再没见村里人外出过。有个江湖郎中到那地方去行医,回来后却疯了,一直嚷着要杀鬼子。我们怕这话被日本人听见,害我们也遭了殃,便把他关进牢房里。数天后,这位江湖郎中恢复神智。他告诉我们,对于外人来说,那个村庄是一处禁区,在那生活需要付出极为惨痛的代价。可是他也说,那里的村民什么也不做,他们白天的大部分时间都瘫倒在床上,好像精神已集体跳入另一个与此无关的现实。他们一天当中最大的活动,就是在半夜里起来诵经,跳一种祭祀用的舞蹈;经文却不是人们所熟知的语言,而是频繁地、不合理地多次用到喉音。他仅凭记忆复述了几个音节。见多识广的人已经认出,这是一种歌唱的艺术。我们把他放了出来。一看到他,县城里的狗没有一只是不害怕的。它们先是冲他狂吠,而后又呜咽求饶。可那个江湖郎中什么也没做。我们亲眼看着他回到家中,锁上大门。第二天一早,我们再到那里去,却看见血从门缝里渗出来。我们有理由相信他是自杀的,因为门窗紧闭,没有谁出入过。这位江湖郎中有过片刻清醒,却也只是回光返照。人们都说,当天晚上他回到家里,那种疯狂卷土重来,并且烧干了他的最后一丝理智。我们在现场找到的唯一线索,是一枚放在碗里的藤壶,上面染着血。偷跑出来的莫老汉看到这藤壶,疯病当场发作了,尖叫着让大家快跑。那之后不久,又有一个行脚商经过村庄附近,回来报告说,村庄被海雾笼罩,已经找不着进去的路了。数个月后,雾散了,又有数人失踪。我们不再谈论那个村庄,一方面是它有些邪门,另一方面也是因为比起那个村庄,我们更担心巡逻的日本兵。"

我替他倒了一碗酒,又问道:

"你去过那里吗?"

"去过一次,但只在附近徘徊。有一天,士兵接到线报,挨家挨户搜查地下党。士兵们要找的是一个叫邹立孟的党员，此人自1928年开始，便以香烟小贩的身份，多次组织工人罢工。我担心小婉的安危，尤其害怕她被士兵们玷污，就事先护着她出县城了。我们跑到那村庄附近，那是我唯一一次见过它。村庄就像寨子，建在芦苇荡附近，围墙上设有瞭望塔。我们在那四周躲藏的时候，哨塔上恰有一人瞅着我们。他不声张，不说话，不招手。到今天我都能感受到月光下他的眼神呢，比泥鳅更滑溜，比烂泥更黏稠。他就么直勾勾地盯着我看，动作迟缓，目光呆滞，随着我的移动而扭动脖子。我觉得很不舒服。就在这时，我听到村庄的方向传来一种牛鸣的声音。那是一种合唱，要不就是一种祷告仪式，喉音的共鸣使这声音传得极远。我让小婉堵上耳朵，自己也不敢去听它。天一亮，我们便沿原路返回了。可是今时今日，回忆起那种歌声，我仍觉得它有种魔力，也说不出来哪里好，但就是让人上瘾。"

说到这里，池余把碗里的酒一饮而尽，脸上明显浮现出醉态。他把脸憋得通红，笨拙地比画，在喘息稍定的间歇里又学了几句蹩脚的经文。他瞪着眼睛，艰难地想看清我的模样，呼吸困难使得他说话的方式像哮喘病人。我把酒坛子重新封上，再回头去看他，却见他向后倒在床上，眼睛一直盯着梁顶，脑门儿上全是汗。他嘴里念念有词，本来是想向我展示那种牛鸣般的喉音的，末了却看那梁顶看出了神，好像那里有什么吸引人的地方。他吃吃发笑，然后结结巴巴地说：

"就像……吸烟一样……你明知道……它不好……但就是……控制不住……"

我摸了摸自己的脸颊，觉得它烫得厉害。

"你醉了。"我说。

酒过三巡，我们都有些醉了，说话也不利索。于是我起身去开窗。从外面吹进来一阵凉风，使我俩瞬间清醒过来。这时我们又听见了莫老汉的笑声。它提醒我时候已经不早了。我送池余下楼，看他跟跟跄跄步入黑夜。回来的时候,恰好看见老人正抱着一根梁柱哭泣。莫老板姗姗来迟,半拖半拽,拉着他回到房间。我突然无法忍受这样的黑夜。我上了楼,站在窗边,一个人喝光剩下的酒。之后的事我就不记得了。我只知我难以忍受地做着同一个噩梦,梦里一直在芦苇荡里打滚。我知道梦是假的,梦里的我是假的,这不是现实。可是在梦里,疼痛是如此真实,我知道自己将在清醒之前死去。

二

天亮之前不久，我就起来了。这天早上，我写了一封信，托莫老板寄给叔平。信中内容很简单，不外乎是一段简单的寒暄，几句询问近况的话，最后再告知对方事情的进展。我祝他平安，正如他也会祝我平安。

池余早在我下楼的时候就等在一旁了。他看上去神采奕奕，容光焕发，好像我们从未喝过那场酒。我正准备把信交给莫老板时，他拉我到一旁，用只有我俩才听得到的声音说："别把我们要去村庄的事告诉他，这里的人把村庄视作不祥。"于是我把信交给莫老板，只说自己要在县城里逛一整天。我们顺道去了茅屋。小婉为我们准备了干粮。我打开一看，又是馒头，不过还是给了钱。

上午九点钟的光景，我们离开营口，步行前往村庄。那地方就在海边，离码头不远，但为了避开巡逻的日本兵，我们还是尽量绕道。临近中午的时候，我们在一处塌了的茅屋里歇脚，屋子的原主人应是逃难去了，院子里有一棵枯树，我们在养鸡的窝棚里找到一只做给孩子玩的木马。草草吃完饭，我们接着上路。县城被我们远远抛在后方。

随着我们的前进，路上植被越来越多，乡间小道旁杂草丛生，已淹没了来时的路。四月的天，并不算太热，也不至于冷。今天天气很好。可这里的景物和风貌蒙着阳光，却给人一种荒凉萧瑟的感觉。我不敢想象此地要是起了雾该多么可怕。我们继续往前走，看见更多的枯树，更多的墙壁开裂的房屋，像尸体一样地匍匐在地上，也许是被炮弹蹂躏过吧。也正是这个当儿，池余突然站住脚，指着地平线上一栋二层的红砖楼房，对我说：

"瞧，看到了吗？那就是太古轮船公司。只要一瞅见它，就说明离码头不远了。你想先去那里看看吗？渔民们并不识货，他们把铜首卖出去了也说不定。"

"太古轮船公司现在由谁掌管？"我问。

"还是那个中国经理。"他说，"早先他是英国人的走狗，现在又变成了日本人的奴才。"

"这人脾性如何？"

"贪财。汉奸一个。"他吐了口唾沫，接着说道，"但是，只要有钱，就是出了名的好说话。"

我看着他。他赶忙补充道：

"您可千万别胡来。这里是日本人的地盘。"

我只好说："只要能买，我倾家荡产也会把它买回来的。"

我们走近那栋红砖楼房，看到码头上散落着死鱼以及贝壳一类的垃圾，一群光膀子的汉子正忙着卸货。他们瘦小精干，神色冷漠，扛着与他们体型严重不符的大宗货物，从轮船上艰难地走下。在船的另一侧，是大海。海上依然有船只驶来，但没有一艘挂着我们的旗帜。就在这时，有个工人被货物压垮了，他再没能起来。一个监工挡住我们的视线。也许是我的衣着打扮引起了他们的重视吧，他放我进了红砖楼房，却推了池余一把，脸上露出轻蔑的神情。在一间干燥凉爽的办公室里，我见到了那位管事的经理。他看起来四十岁上下，穿一件拖得极长的燕尾服，拄着一把手杖。我们握了握手。简单寒暄后，我委婉地说明了自己的来意。

"我从未听过这种流言。"他想了想，又接着说，"不过阁下若是感兴趣，我会派人多加留意的。"

我婉言谢绝他："就不劳您费心了。"我们又聊会儿天。我突然想起自己见过他。一九三四年，我到附近调查营川坠龙之谜时，这人似乎也在场。当时到场的有《盛京时报》的记者，营口伪第六警察分署的走狗，以及一群看热闹的人。

我记得我们是在距辽河入海口十公里处的芦苇丛中看到那条龙的尸骸的，它体长约十米，头部左右各有一角，长约一米，脊骨共二十八节，现场腥味极浓。这位经理恰好站在我身边，但那会儿我却不知道他。彼时我们也聊天，一起抱怨空气中那股挥之不去的腐臭。他告诉我，龙坠落过两次，这是第二次，而第一次是在七月初，在田庄台上游，那时龙还活着，会发出牛一样的悲鸣。人们用凉席给它搭了凉棚，还用水浇它，甚至请来僧侣为它作法超度。其间，下了一场特大暴雨，数日后，雨停了，龙却不见了。

这位经理的话，当时并不能使人相信。不可否认，他的证词从故事的角度来看，是十分奇妙的，但并不比人类的存在本身更奇妙。我一度怀疑，那奇臭难闻的尸骸并不是龙，而是搁浅的须鲸，至于它头上那鹿角式的杈角，我更倾向于它是人为拼装，因为伪第六警察分署曾组织人力，把它转运到南岸的空地陈列数日。后来，我又问了田庄台的村民。他们却做证说，活体的头上确实长着杈角。昔年我的调研并未有后文，见到的龙也不过是一堆腐肉和森森白骨。如果龙是真龙，我不免为它感到悲哀。龙本是祥瑞，可是它也会腐烂。奇怪的是，回忆起此事，我对往事的印象却十分模糊，好像大脑里蒙着一层雾和沙的影子。我必须十分努力，才能回忆起当年的一些细节。时隔多年，我再把此事讲与他人听，却总觉得这并非我的亲身经历。

"这么说来，我们的确见过。"经理说，"那条龙，后来我想，不过是一场闹剧。我们过去常把龙视作一种象征，但等到龙来到我们的现实，却发现龙也是会死的。龙会腐烂，龙会倒在我们的脚下，它会像动物一样发烂发臭。龙没有什么了不起的，我可以把它踩下。"

"你相信那就是真龙？"我问。

他说，龙是不是真的他不清楚，但附近确实经常发生海难。

楼下传来池余和监工争吵的声音，想来是等急了。时候不早了，我还得赶去村庄，便起身告别经理。离开时，他送我到楼下，又对我说，很多年前英国人的船在渤海沉了，疑似是触碰到暗礁；可是，这世界上不会有人，也绝对不可能再像他一样，有幸经历那个夜晚，并且幸存下来。他告诉我，当时他正在船上，本已决定随船移居英国，但船却受到撞击。那天晚上正下着大雨，因此他是唯一一个有勇气弃船逃生的，也是唯一一个看清在那里撞击轮船的，并不是什么礁石，而是某种长满鳞甲的巨大生物。他不敢逗留，赶忙游向海岸。在他身后，那只愤怒的生物吞噬山川，畅饮海洋，已经掀翻了船只。

"如果世间真有龙，"他说，"那也不过是条恶龙。"

可是我想，正是你说的这条恶龙，摧毁了入侵者的商船，还饶了你一命。

后来，我下了楼，心里仍为龙的形象所迷惑。应当承认，龙是高贵的，也是不真实的，它是华夏先民杜撰出来的一种图腾生物，却也是数千年来一代又一代人的精神支柱。我从未见过龙，只见过疑似龙的尸体。我要找的大水法铜首，正是十二生肖当中的唯一不真实之物。人们总是为了一个观念或是一个形象活着。对于这个形象，人们在想象中偏好以另一种方式加以组合，构成了另外的事物。其实龙的象征意义，已经远远大于它的实际价值。幼年我在学堂念书，就听过叶公好龙的故事。真正使我忧心的，并非找不到龙，而是真正看到龙的那一刻，当这种虚构性向真实性完成转变，得有多少人变成叶公，摧毁自己的支柱。

下午一时十五分，我们出了码头，又沿辽河往西步行。两个小时后，芦苇荡终于出现在视野里，它高高的小穗微微向下弯垂，随风摆荡，一如梦里那片无边无际的金色平原。芦苇地是湿的，多有泥泞。池余给我指了个方向。我必须很努力去看，才能从数米高的芦苇丛中找到一座哨塔。我们蹚了过去。村庄建在地势较高的地方，一群顽皮的孩童在附近的泥地里扑腾。我可以听见他们的叫声，也能闻到一股令人作呕的腥味。我们走进村庄。村庄里却空无一人。我们看到的是一些没有窗户的茅屋和窗户被封死的木屋，虽然现在是下午三点钟，但家家户户门窗紧闭，丝毫没有显露出有人居住过的迹象。我们同样没有在村里看到狗或家禽活动的痕迹，这里安静极了，天空中一只偶然飞过的大雁的鸣叫，对于此地已是一种喧嚣。

整座村庄呈环形，而在这个道路向四周辐射的圆心，一座白色的祠堂，仿佛巨大的偶像，矗立在泥土夯实的地基上。祠堂风格迥异，是用砗磲一类的贝壳砌成的。我们踩在它的影子上，一种神圣的恐惧使我们止住脚步。见过尸体的人都知道，那种气味会引发呕吐——它被描述成一种发酵过的略酸的腥味，又稍稍带有水果的甜味，总之是一种令人昏厥的味道。我熟知这股气味，不仅是因为它附着在祠堂的白色斗拱和飞檐之上，更是因为它也从记忆深处最隐秘的角落飘来；两两印证，我发现这气味正与一九三四年的味道相似，显然它暗示了宇宙间的某种奥秘，这秘密发生在某种奇异生物和本村村民之间，它也许来自遥远的地方，天外的群星，甚至在那被人遗忘的久远的日子里，它一度作为一种神圣的存在被人膜拜。如今它在这里接受观礼。

我想到，祠堂或许并不是用砗磲建的，而是用当年那条坠亡的龙的尸骨。我试图从大脑的迷宫中提取更多线索，可是我没有真实的记忆，只有看似真实的一系列短暂而连续的模糊印象。龙是怎么死的？我并不清楚。我试图去寻觅梦中那片至高的平原，却发现路是断的，我的记忆并不牢靠。我开始琢磨梦中的细枝末节，想起自己在那片芦苇荡里翻滚的时候，口中发出的正是那种被形容为牛鸣的喉音。于是我知道自己经历的是龙的视角，却不知究竟是龙梦见了我，还是我梦见了龙。

"这是龙骨。"我说，"这建筑是用龙的尸骨造的。"

池余以为我在说笑，但我就是肯定。

"我要进去。"我说。

他拦住我。

"我一定要进去。"我又说。

他只好让开道路。

祠堂有门。门上并没有贴门神。

我们推开门走进去，看见祠堂的内景如同寺庙，数十个村民跪坐在一汪水池中，神情安详，如同酣睡的婴儿。

"传言是真的。"池余喃喃道。

他着迷地伸出手去，想去触碰一个村民，却被我劝阻了。他干脆伸手捞了一把池水，嗅了嗅，有一种咸味，是海水。我们绕着这群村民走了一圈，在人群当中并没有找到莫小妹。这时池余突然指着其中一人，悄声告诉我，此人正是那日在哨塔上盯着他看的男人。

"他的衣服下面好像有什么东西。"他说。

我凑近看，那人的身上果然有某种突起，主要集中在后背。非礼勿视，非礼勿听，非礼勿言，非礼勿动。出于对他人隐私的尊重，我并不想细看。可是，池余又说，他们每个人的身上似乎都长着东西，这便使我好奇起来。我认真观察他们的表情和姿态，发现村民们正处于一种近乎昏迷的状态中，脸上有一种近乎天真无邪的平和。他们的头微微低垂，面朝享堂，半个身子泡在水中，但享堂的门却从里面反锁。

这时，在四周转悠的池余回来了，拉我去看一面照壁。毫无疑问，这面照壁上雕砌的，正是村庄内部的神话：其中一面是愿景，形象地描述了一群受真龙庇佑的渔民，在渔船上接受龙王的馈赠，从此风调雨顺；另一面却是历史，它发生于近代，再现了八年前龙在芦苇荡中死去时的场景，与此同时，天空中却另有一龙作恶，它是凶手无疑，取而代之，掀起腥风血雨。我判断后者是伪龙，因为它没有角。宋彭乘《墨客挥犀》记载："蛟之状如蛇，其首如虎，长者数丈。多居溪潭石穴，声如牛鸣。岸行或溪行者，时遭其害。见人先腥涎绕之，即于腰下吮其血，血尽乃止。"而元黄公绍《古今韵会》又记载："蛟，龙属。无角曰蛟。"这定是一头恶蛟无误。它张牙舞爪，为祸一方，好不威风。我又去看那败北的龙。我看这照壁的一角，有一群人正围着它剥皮抽筋，分食其肉；为首一人被刻画成戴高帽、拿纸扇的模样。我读过鲁迅先生的《朝花夕拾》，其中有说到老虎噬人的图上，一定画有一个戴高帽的角色，不知是无常，还是伥鬼。

"这是伥鬼。"池余说，"我大爷还活着的时候，经常进山打猎。他天不怕，地不怕，猎过熊瞎子，也杀过老虎妈子，但是怕人。他说，虎毒不食子，但这世上有一类人，比老虎妈子还要可怕。他们品行卑劣，常引诱亲人使其被老虎吃掉。伥鬼本是被虎所食之人，却又为虎作伥，实在歹毒。他们这是作甚？"

"大抵是看龙肉稀罕，觉得它能延年益寿，乃至长生不老罢。"

我痴迷地盯着这照壁看，总怀疑场景当中另有天地。可我左看右看，看了又看，却始终看不出个名堂。我们回到享堂前，享堂的门却开了。一个头戴鹿角、身披彩色布条的老妪跨过门槛，颤颤巍巍地走出来。门槛外的世界，阳光猛烈，万物显形。门槛内的享堂，虚无涌动，黑暗麇集。池余说，这就是莫小妹。可我看莫小妹相貌极老，背也驼得厉害，说她是莫老板的亲娘我都信。当着人家的面，我自然是只敢腹诽而不敢明说的。但我闭嘴，不意味着池余就能管住口。他们认识。池余上来劈头盖脸便是一句：

"大娘，您怎么老成这样了？"

那莫小妹倒也不恼。她置若罔闻，或者说心不在焉，只眯着眼睛，一言不发盯着我看。她的目光冷漠，表情阴沉，时光在她的眼角、嘴角以及鼻翼两侧刻下残忍的纹路。她把我看得心里头不自在。但与此同时，我也总觉得这眼神好像在哪见过似的。我想不起来。也许八年前她也在坠龙现场吧，要不就是我到村民中间打听时，曾见过她。我想到八年前她或许还不至于这么老，但话又说回来，人生能有几个八年，时间的流逝足以改变我们对往事的印象。

我直截了当地说明来意。

莫小妹侧过脑袋，似乎在思索什么。末了，她才说：

"这里并没有什么龙首，但的确有一座铜像。"

我请求看一眼这尊铜像，她却说：

"看可以，但不能摸。"

池余没憋住，笑出声来。见我们都在看他，这才解释道：

"大娘，您把那铜像说得像个卖艺不卖身的窑姐。"

莫小妹只瞧了一眼，便当他不存在。

池余急了，又说：

"大娘，是我啊，小鱼。"

那老妪却是冷笑一声，以十分生硬的口吻答道：

"我不认识什么小鱼。"

我们看着她转身进了享堂。池余感叹道：

"大娘好像也不像乡亲们说的那么疯啊。"

莫小妹的身影已经消失在享堂的黑暗中了。我们赶忙跟了上去，跨过门槛，眼睛一时不能适应光线的变化。于是我眯着双眼，在原地等了一会儿。渐渐地，我能看清这享堂内部的摆设了。通常我们说起祠堂，会联想到两根廊柱，一张桌子，桌上摆着香炉、蜡烛和水果一类的贡品，最里面的墙上挤满先祖的牌位。但此处享堂有些不一样：它通体雪白，浑然一体，我们步入其中，犹如被吞进一个庞然大物的体内。这里空无一物，墙壁上倒是有一座神龛。我要找的那尊铜像就在其中，它是一只巨大的贝壳，从半开的壳内伸出数十条长满眼睛和牙齿的手。我还从未见过这般古怪的造物，其锻造的风格显然不是出自我们的匠人之手。我研究过东方和西方的文化，研究过古代和近代的风格，但打造这尊铜像所使用的技艺，明显已经超越了这个时代。看上去，它并不是用地球上任何一种已知的金属冶炼的。我怀疑，制作者在锻造的过程中加入了某种特殊的材料，把它熔炼成了全新的合金。

我不敢靠得太近，因为担心有辐射。莫小妹说，这铜像是从海里打捞起来的，我却已经听不见了。我忘情地盯着它，越看越着迷。我们通常用"栩栩如生"这个词来形容大师们的作品，但这尊铜像给人的感觉却不仅是活的，而且似乎会动。就在刚刚，我看到其中一只眼睛眨眼了。若说这铜像能影响观者的心智，我是一点儿都不敢反驳的，它的存在使我联想到最压抑的噩梦，进而怀疑起人生。我不知道我的眼睛看到的是不是真的，不知道耳边那种微弱的声响是否就是它在蠕动。我有一种被欣赏、被重视的错觉。我看着那些眼睛，那些眼睛也在看我。我唯一能肯定的是，常人的心智要想抵抗这种被观看的诱惑是不可能的。因为每个人都想要被看见。

我想起我的父亲，他总是拿我与兄长做比较。当年兄长被日本人抓去逼问毛公鼎下落时，他甚至迁怒于我。有时我恨不能代兄长受罪，如果有幸替他去死，或为民族大义而死，父亲也许会后悔，但也许会高看我。可我是个懦夫。这么多年了，从南非回来后，家里人仍把我当纨绔子弟看待。我曾尝试证明自己，只要能找回失踪的龙首，众人定能对我刮目相看。然而这铜像却不在我们怀中，它甚至不属于任何已知的国家和种族。

我看着它，仿佛在看另一个星球的艺术品。我被其怪异的审美所迷惑，心里想眼睛和嘴巴不过是事物传播的两种途径而已。一个人总是先去看，再用嘴巴说。然而，在黑暗中，我并没有看见莫小妹向我走来，但是听到她在我耳边说：

"你们该走了。"

太阳快下山了。我忘记自己是怎么出的享堂，享堂的门便关了。我和池余走在出村的路上。半途中，我们又听见那群泥孩子的叫声，于是循声而去。芦苇荡就像一个迷宫，不知不觉我们走到了入海口。芦苇渐渐稀疏了。我们在沿海的滩涂地带并没有找到孩子，但见一大块突兀的挂满藤壶的礁石。我们驻足。再往前就是大海了。太阳正在海平线上，它将在看不见的那头死去。一阵湿润的海风吹过。我们看见太阳投下最后的光影，而在那无穷的阴影和血一样的余晖中，礁石就像一个横卧的死者，翕动的藤壶织成了他的寿衣。

三

是夜，我躺到旅馆的床上，即刻做梦。梦中，我终于摆脱那片芦苇荡的桎梏，进入那个神圣的圆心。如同不可撼动的真理，在这儿村民们总是白天睡觉，晚上活动。我是他们当中不可或缺的一员，夜晚正是祭拜的时刻。我又梦见铜像。它丑陋，邪恶，令人厌恶，但无法不想它。一想到它，就有一种堕落的快乐。我突然理解昏睡的村民脸上所特有的那种平和——毫无疑问，那是一种快乐，并且是教人暂且忘却尘世的快乐。

有一只小白船从天边漂来。我梦见自己从无尽的烦恼和哀愁中解脱出来，乘舟升入另一片更为广袤的天地。我看到一片发光的会呼吸的星空，群星显露出一千只眼睛和一千张嘴的模样，而这仅仅是短暂的一瞥。我放任自己漫游于天际，分不清那是水里还是天上。后来我听见鼓声，星空像胶体一样摇曳不定，而后又听见尖锐的长笛，从一道闪烁着怪异光芒的帷幕后过滤出来。然后我看见了它。那东西是黑暗中一张可怕的如野兽般的脸，无嘴，但眼窝深陷。它高居于帷幕后方的混沌中心，宇宙诞生之初的星尘构成了它的身体。事物原本的样貌，被万花筒般的幻象掩盖了。我们捏造一个名字，不过是为了用这个仁慈的名讳掩盖其邪恶的本质。我知道那就是虚无，或者说是快乐过后的一种空虚。我本可以说出它的真名，希腊人、波斯人、阿拉伯人都见过它，17世纪的英国医生、临床医学的奠基人托马斯·悉登汉姆甚至歌颂它[1]，但我却不愿意，因为害怕那种着迷的感觉。我不想回忆起那片星空，不敢品尝那种高潮过后的空虚。铜像的诱惑是无穷无尽的。在黑暗中，它的眼睛花纹散发着微光。我尽量不使自己想起它，但那种想要触摸它的感觉，那种心里头痒痒的渴望观赏它或被它观赏的冲动，总是在独处时或梦醒时分袭来。

我醒了过来。一连数天，强迫自己忘记它，却又情不自禁渴望它。我足不出户，天天失眠，大脑像是勾了芡，思想模糊到毫无思想可言。后来，我终于知道，想要彻底遗忘它是不可能的，它如同烙铁烫印在我的脑海，遗忘只能是暂时的，而意识到自己的软弱和意志不坚定，又使我分外痛苦。为了摆脱这种痛苦，彻底断绝念想，我决心离开县城。可是，一时之间，我却不知道往哪去。我还能去哪儿呢？莫小妹的铜像，并不是我要找的文物。我错失了一次机会，还能用什么样的方法向家里人证明自己呢？

我又多逗留了几日。小婉恰在此时找上我，她告诉我小鱼不见了。

我记得那天天气不好，是因为夜里下了大雨，而我又不喜关窗，雨便泼进来淋了一身。我大概是一点钟醒的，一点半便听到楼下有人敲门。又过了一阵子，我听见走道上有脚步声，一开门，却是小婉。她看上去失魂落魄的，没盘发髻，长发被雨水打湿。我记得她并没有哭，但一进门便朝屋内张望。她问："先生，小鱼没来找您吗？"我说，没有。她便告诉我小鱼失踪了。我让她坐下，喘口气，慢慢说。她便从我们回来那天说起，先是说他难以入眠，睡着了却又无法轻易唤醒，然后又说白天时他吃不下饭，无法集中精神，到后来竟性情大变，随便一点儿声音、一件小事都能引得他勃然大怒。

---

[1] 我忍不住要大声歌颂伟大的上帝，这个万物的制造者，它给人类的苦恼带来了舒适的鸦片，无论是从它能控制的疾病数量，还是从它能消除疾病的效率来看，没有一种药物有鸦片那样的价值。——托马斯·悉登汉姆

"大概是昨天晚上,"小婉说,"他的背上突然起了一粒一粒水疱一样的疹子。到了后半夜,他开始发烧,神志不清,一直喊痒。他伸手想去挠,我不让,怕越挠越痒。于是我就让他洗澡。这是我们家的土方子,以前我们被蚊虫叮咬之后,怕挠破皮,总喜欢用热水去烫。热水可以止痒,越烫越好。在水桶里,他似乎好受了一点儿,一直坚持到天亮。天一亮,我就去找大夫,可是大夫们都跑光了。我走遍大半个县城,总算找来个游方郎中。他替小鱼看了病,说这是湿疮,多因外感风、湿、热邪,或脾失健运,湿热内生,内外合邪,两相搏结,浸淫肌肤所致。我并不能听太明白。他便给我开了一贴龙胆泻肝汤和一贴萆薢渗湿汤,并告诫我忌用热水烫洗。

"我拿着这两贴药方去买药,但药房却没开门。附近路过的一个好心人对我说,药房早就关门了,剩下的伙计也跑光了。于是我回到家中。那时已是天黑,小鱼正趴在炕上,脸埋进臂弯里。我看得心酸,走上前去。也许是我的脚步声惊动了他吧,小鱼抬起头来,脸上带着一种如梦初醒的表情。他说,就在刚刚,我做了个梦,梦见一个女子。我见小鱼颇有说话的兴致,便顺着他的话,问他那是个怎样的女子。他说,我并不是梦见那个女子,而是梦见自己成了一个女子,我在梦里好像是回忆起自己的一段经历,可要我说清自己的名字却是很难的。他又说,我记得我有数千个名字,每个名字都是一段人生,或是一种记忆,这些记忆是凭空多出来的,它们并不属于我,却是真实发生的。"

"他又告诉我,那个女子是年轻的莫小妹,他可以感受到她在芦苇荡里被士兵玷污的那种恐惧,也能体味到当年她被赶出家门的那种怨恨。除了她,他说他还经历过一位英国海员的视角,用他的眼睛看着甲板是如何在脚下断裂,他们一起沉入大海。大海无边无际,却又空无一物。大海里只有黑暗。后来他才意识到自己不是在海里,而是在虚空中。那是梦游者的虚空,能来到这里的人都已经濒临崩溃。他说他想逃出去，但被一道沉重的帷幕围困，它的表面泛着一种邪恶的色彩，像一层五彩斑斓的油膜。这个世界一点儿声音也没有，好像时间已经死了。他觉得自己在这个地方待了或许有一个甲子，他能感受到虚空中有一种若有若无的联系。有一天，一个声音突然在他耳边说，幻梦境是真实存在的，它是人类潜意识构成的一个维度，幻梦境有许多港口，它们是连接现实的诸多航道，做梦是进入幻梦境最简单的一种方式。于是他立刻意识到自己在做梦。他从梦中醒了过来，不过却是被我的脚步声惊醒的。他说的话我一句都听不懂，什么维度，什么幻梦……但是我都惦记着呢，一字不差。"

"是纬度吧？"我纠正她，但自己也想不明白纬度和梦有什么关系。我听说过纬度。那几个开普敦的学生说，世界地图上有经度和纬度，中国就横跨了低纬度和中纬度。池余的意思是指他在梦中去了地球的某一个角落吗？我的手头没有世界地图，但仍记得在水牛河旁的酒馆，那几个留学生跟我说起这类地理知识时的场景。我把同样的话再向小婉转述。她好像听懂了，又好像没听懂。看得出来，我们的梦是共通的。小婉的话让我想起了自己的梦。

"小鱼提到过群星吗？"我问。

她摇摇头。我又问：

"他是否看见星空长着一千只眼睛和一千张嘴？"

小婉还是摇头，她的情绪全都反映在她的眼睛里。我看到了恐惧、迷惑、怀疑、不信任。我有些失望。

"你继续往下说吧。"

"到了今天早上，小鱼的病情更加严重了。平时我们睡觉，都是我睡在靠墙的一侧，而他睡在外边。这天早上，我被他的叫声惊醒，小鱼却摔下炕去，正在地上来回打滚。我问他，小鱼，怎么了，还痒吗？他撕扯着自己的上衣，只是一个劲儿喊疼。过了一会儿又说，又痒又疼。

此前我还从未看过小鱼哭，他向往那种快意恩仇的江湖生活，总说脑袋掉了不过碗大个疤，有什么好哭哭啼啼的。可是这次他却掉眼泪了。他看上去很脆弱。我不知道他到底有多疼多痒，只好解开他的衣服。那个游方郎中曾告诉我，小鱼的湿疮只是小病，稍加调养便可痊愈，并不碍事。然而，经过这一天一夜的休养，他的后背却变得血肉模糊，难以辨认。我赶忙叫来大夫。那一粒一粒水疱一样的东西，已经肿胀到指甲盖大小，它流出一股腥臭的透明的脓水，疮口边缘微微泛出青色，大夫担心是坏死的症状。于是我们争吵起来。我指责他的无能，他却托词说小鱼是被人下了蛊，而这已超出他的能力范围。大夫把诊金退还给我，甩手而去。我只好让小鱼先歇着。他怕控制不住自己的双手，央求我把他绑在一棵树上。后来他开始用奇怪的语言喊叫着，就是当初我们逃难时听到的那种喉音。一整个上午，附近有人路过，都以为他疯了。到了下午，他开始口吐白沫，眼睛往后翻。我心想这样下去也不是办法，便又去找别的大夫。我在县城里四处奔波，一直跑到天黑。可是等到子时我回到家，小鱼却不见了，地上只有一段被割断了的粗麻绳。我心想，小鱼可能是清醒了，跑出去找我，要不就是来这儿找您……"

"他不在我这儿。"我说。

小婉闭上嘴巴，嘴唇绷得紧紧的。她不再看我。她看向窗外，外面正在下雨。从她额间垂落的一绺黑发，像刽子手的刀斧分开了她的双眼。她就这么痴望了好长一会儿。我记得她并没有哭，但脸上萌生一种死意。小婉，小鱼要是稍有不测，你又该怎么办呢？我盯着她，说不出骗人的话。末了，她起身，把那绺头发挽至耳后，后知后觉地说：

"时候不早了。"她费力地笑了笑，接着说，"这么晚了，还来叨扰您。"

"没有的事儿。"我赶紧找了把雨伞给她，"回去睡一觉吧，说不定明早他就自己回来了。"

她的嘴突然瘪了。

"外面雨这么大……"

"回去睡一觉,"我说,"如果明早他没回来,我帮你找。"

我送她下楼,到楼梯那儿她却不要我送了。我回到窗边,等待着看她走进雨中。她从窗户下走出来了。忽然,她也抬头看我。我冲她挥了挥手。她打着伞,昂着头,伞往后倾。她在雨中无声地站了一会儿,雨使她的两颊蒙上一层湿润的光泽。后来,她抹了把脸,低着头走了。我探出窗去,一直看着她往前走,停下,回头,再往前走,直到背影消失在街道的尽头。

我把身子缩了回来,一动不动,望着雨景,陷入沉思。雨总归是没什么好看的,不过是一堆从天上掉下来的水。这世界上的水那么多,它们都去哪里了呢?我想到白色的享堂,享堂前的池子,以及池子中的人。池余也像池子里的人一样,追寻所谓的幻梦境去了吗?

我回过头去,看见莫老汉正在身后。他离我极近,一声不吭,双拳紧握,眼睛瞪得大大的,像两个黑洞。这一次他并没有大笑,也没有痛哭。他活了75岁,80岁,甚至更多,他用他一生中分分秒秒积累起来的理智,把一份羊皮纸制的古卷交到我手中。显然他这辈子从未像这个夜晚这般清醒过,将来也或许不会有。他眼神平静,表情宁和,以十分冷漠的口吻说:

"是我给她开的门。"

"你都听见了?"

他点点头。我等着他继续说下去。

"我的女儿被送走了。"

我们并不是在讨论他的女儿,而是池余。可是他说:

"结局是一样的。妖物会控制宿主的心智。"

我又问起这妖物的来历。莫老汉把紧握的拳头打开,给我看一枚早已枯死的藤壶。

"这就是那妖物，或者说是妖物的藤壶形态。"他说，"妖物寄生在生命体内，以精血为养料，逐步蚕食人的理智。英国人并不是因为日本人来了才撤离这里的。他们害怕，是因为事态已经失控。我认识的一个码头工，原来是个目不识丁的中国人，后来却能写洋文，这在当时是匪夷所思的。后来我们在他的身上找到这种妖物。他说，他已经分不清自己是谁了，有时他还记得自己是一个中国的码头工，有时却梦见伦敦的浓雾。我们推测，这妖物的上一任宿主一定是个英国水手。那些被妖物杀死的人，并不会真正消失，他们的记忆会被保留，随着它们进入下一个宿主体内，这份记忆又会与宿主的记忆混合。妖物正是这样子使宿主发疯的，这些年来我们已经看过太多悲剧。"

"那个村庄里的人，都是被妖物寄生的吗？"我问。

"你看这份古卷吧。"他说，"有一年，太古轮船公司的船沉了，我们在海边找到一具遇难的英国人的尸体，他的手里紧紧攥着这张羊皮纸，上面的文字，我们本来是看不懂的，但有许多像码头工这样的人在，他们把它翻译了出来。"

古卷是用英文写的。我在东伦敦别的没学会，英语至少还是掌握了一点儿，因此读起来并不吃力。从羊皮纸的质感来看，我推测它至少有数十年历史了，其作者似乎是个了不得的学者。我把羊皮卷放到煤油灯下，铺开来看。我拿来一块镇纸压着，莫老汉默不作声地站在旁边。

很快，我便发现，这种所谓的妖物，其拜访地球的时间远比我想的要长。它们最早降落在英格兰的塞文河谷附近，后来又被英国人带到营口。所谓妖物只是营口居民的叫法，因为它们就像神话中的妖怪。实际上却是一种有智识的昆虫，或许称为妖虫更合适。

据古卷描述，它们的体型很小，大脑有六个裂片，幼虫堪比蜉蝣，主要通过水源和食物传播。它们会飞，而且飞行速度极快。它们沿着血管流动，很容易就能穿透血脑屏障，进入生物的大脑。在那里，它们头上那分节的卷须会以一种宇宙的节奏律动着，模拟大脑放电现象，从而逐步夺取视听。

古卷说，1768年，一位叫波迪盖拉的作曲家曾创作了一部歌剧，其情节大致描述了这一族群在星际间流亡的艰辛历程，次年当即遭到教皇克雷芒十四世的封禁。不久，克雷芒十四世暴病而亡，其继任者焚毁了波迪盖拉的所有曲谱，并将其判为异教徒，处以死刑。羊皮卷的作者认为，波迪盖拉是妖虫的追随者和狂热崇拜者，或是被其控制了精神的人。他怀疑，克雷芒十四世的暴毙与虫族的报复有关。

根据一位被虫子寄生的人的口述，妖虫畏光，据说这种恐惧和它们的母星被耀眼红光摧毁有关。因此，它们到达太阳系后，先是落脚×××（一个我不认识的单词，应是太阳系的一颗星球），然后才选择地球。妖虫曾渗透到人类的文明之中，一度在欧洲和中东建立了殖民地，甚至在非洲也能发现它们的踪迹。它们曾协助埃及人建造金字塔，而把塔尖用作孵化室。但后来，由于某种未知的原因，地球上的分支却被它们的母族抹去。大部分的妖虫都被消灭了，只有一小群幸存下来，在母族与人类之间逃亡。毫无疑问，后来它们逃向大海，伪装成最不起眼的藤壶，等待有朝一日再度崛起。

古卷还提到了幻梦境，那是一个与现实平行的××（又是一个不认识的单词，估计是纬度的另一种叫法吧），生活着诸多本土与外来的生物。有一小部分虫子逃往幻梦境，但在那里，它们遭到了意志坚定的人类的驱逐，作者认为这和幻梦境的本质有关。

后来，一位来自法国南部圣莱昂地区的博物学家，名叫让－亨利·卡西米尔·法布尔，曾有幸活捉过一只落单的妖虫。法布尔终其一生都在研究真菌与昆虫，他曾花费大量时间观察××××（一个昆虫学专业术语，应是某种蜜蜂）的习性，并于1857年发表了《××××

习性观察记》[1]，可以说是这一领域的权威。通过对这只妖虫的观察和研究，法布尔发现，单个妖虫并没有自我意识，它们像蜜蜂或蚂蚁一样受控于集群心智，即使相隔两地仍能听从母巢指挥。除此之外，他还发现虫子会分泌一种特殊的毒液，其效果与××××的捕猎手段类似。××××通过把毒液注射到吉丁和象虫体内，从而使猎物达到死而不腐的境界。法布尔一度对这些吉丁和象虫的尸体进行解剖，发现即使死上一个月，它们的关节仍活动自如，内外器官像活着时一样新鲜。后来，他推想，被注入这种毒液的猎物，实际上并未死，但也永远不会醒来。它们陷入一种永恒的沉睡状态当中，直至有朝一日真的死去。早期对节腹泥蜂的研究启发了法布尔。他猜想，妖虫正是用类似的方式控制它的猎物，渗透进我们的社会。那些被寄生的人虽未死去，但也永远醒不过来了。

"我们对付那些被寄生者的方式很简单。"莫老汉说，"妖物的虫卵会通过水源和食物传播。我们不想被感染，只好把所有的感染者聚集起来，收容在一个地方，任其自生自灭。"

我拿开镇纸，从古卷上移开目光。

"就是那座村庄，对吗？"我问。

他没有再说什么。他突然开始笑，张大嘴，又很冷静地哭。他哭得就像例行公事，又像一个小孩。我从没见过一个人有这么大的悲伤。为了逃避这种命运，他又躲到疯狂的遮羞布里去了。他转身就走，也不管门口站着的被惊动了的儿子。他谁都不看，背影消失在黑暗中。莫老板目送着他的父亲远去，回过头来对我说：

"这么看来，您都知道了？"

---

[1] 1857年，法布尔发表了处女作《节腹泥蜂习性观察记》，修正了当时的昆虫学祖师列翁·杜福尔的错误观点，得到了达尔文的高度赞誉。

"知道。不但知道，而且天亮之前就要走。"

他若有所思地看着我，目光一度飘向桌上的羊皮纸。

"您要去哪儿？"

"离开这里。"

"然后呢？"

"去那村庄。"我说。

他叹了口气。

"您这又是何苦？"

"他叫我一声大哥。"我说，"而且，我也做梦，有其他生命的记忆。"

他立刻变了脸色。

"什么时候？"他问。

"八年前吧。"我说，"八年前我来过这里，接触过那条龙。"

"那不是龙。"他低声说道，"那是一条挂满藤壶的须鲸。"

"无所谓那是什么。总之我的记忆有些混乱，很多事都记不清了。"

他闭上嘴巴，久久不说话。临了，他才说：

"可怜！可怜！可怜！"

我拿起行囊，走出门去。他给我让开道路。我接着往前走。在楼梯口的时候，他忽然喊住我，把一把雨伞交到我手中。我看着他。他避开视线，以一种近乎梦呓的声音说：

"我想我们真是悲哀。"

我等着他继续说下去。他又说：

"您走吧。走吧！但是，小鱼不是我们送走的。"

我下了楼。木阶梯嘎吱作响，好像哭声。莫老汉坐在一楼的柜台上看我。

我接着往前走。外面正在下雨。外面还在下雨。雨已经下了一夜，现在天都快亮了,雨却还不肯停。

不要走进雨中。我听见男人的呢喃,也听见老人的哭声。我撑开伞,跨了出去。大雨像秤砣一样地砸下来。我感到手里的伞一沉,然后听见身后门关的声音。我并没有回头,眼里只有脚下的路。黎明时分的县城,荒凉又寂寞,凄冷又萧瑟。我路过一家肉铺,用作砧板的树桩都发芽了。我又经过一处学堂,春天不是读书天,但这里的夏天、秋天、冬天也听不见以前的琅琅书声。路途遥远,仿佛永无尽头。

我走了很长时间,终于来到那间茅屋。小婉并没有睡。我到的时候,她撑着伞,挨在树下,正出神地望着那条被割断了的绳子。伞是我的。我想她就这样站了一夜。

我拉了拉她的胳膊,轻声说:

"天要亮了,我来帮你找小鱼了。"

她扭头看我,并没有哭。但那绺黑发还是顽强地跑了出来。她望着我,眼神空洞,嘴唇几乎没有血色。我扶着她进了屋,让她坐在炕上,又去生了火。我让她在这儿等着。她不肯。我说这是我唯一的条件。她只好答应了。与此同时,她又不安分起来。她像一个盲人一样,摔下炕,半是爬半是走。我默不作声,静观她的意图。她在五斗柜里胡乱摸索,终于找出一块银色的略微泛黑的东西。

"这是长命锁。"她说,"先生,是用银子做的,值几个钱,您就收下吧。"

"我不要这个。"我说,"我不能收。"

她跪下来,扒拉着,还是想塞给我。

我有些心酸,只好开玩笑说:

"起来。你看我像缺钱的人吗?"

她跪在地上,还是一动不动。

"起来呀。"我说。

可是她仍跪着，不无绝望地看我，好像我不收下事情就办不成似的。

"好，东西我先收下了。"我把她扶起来，轻声说，"但不是要你报答，而是帮你转交给他。"

她有些慌。我只好再三保证池余一定会没事的。

"您一定得把他找回来啊。"她喃喃道。

"我一定会把他找回来的。"我说。

她又低头去看那长命锁。

"这东西本来是为我们的孩子准备的。"她说。

"孩子呢？"我问。

"这年头兵荒马乱的，小鱼说孩子生下来也是受罪。"她说，"我们本打算等一切安定后再要个孩子的。"

"我明白你们的苦衷。"

"不，您不懂。"她哽了一下，像是放开了，有些激动，"不，先生，您一点儿都不懂，不止这个世界，还有我们的生活。我和小鱼很早就没了爹娘，所以我们害怕孩子以后也会过和我们一样的生活。近几年，小鱼已经不再抱有幻想了，因为吃了太多的亏。我总是问他，为什么有的人一出生什么都有，而我们生来就得给别人做牛做马？小鱼说，因为我们的父辈穷。您也许会想，穷也有穷的活法呀，难道因为穷就不能延续香火吗？不是的，先生。小鱼说，因为我们想对孩子负责，我们是自幼没了爹娘的人，所以想给孩子一个更好的世界，我们体会过这种苦，所以假使我们办不到，就宁愿不生。这才是我们的想法，先生。我们这里有很多渔民、佃农，他们和我们一样过惯了苦日子，都无法理解我们的苦衷。我并不指望您能听懂。我把这件事讲给您听，不觉得害臊，仅仅是因为您是个好人。"

我苦笑一声，不知道该怎么接话。我自己的生活，除了被家里人管教，以及被骗到南非，倒是一直过得挺滋润的。一直以来，我以为我的人生要被拿来和兄长比较，那真叫一个不幸，可是，真正的不幸，却是不会叫人抱怨的，因为它会挫光你的锐气，磨平你的棱角，叫你变得麻木。我的生活并不算苦，池余、小婉、莫老汉、莫老板、莫小妹，还有东北三省的老百姓才叫苦呢，他们有家不能回，或者说，他们分明是在自己家里，却被看作是在异国的领土上。他们有苦总是不说，也许是说不出，便憋在心里。但他们心底也有一个梦，那就是叫自己的子孙后代不要再吃这种苦。

于是，我只好说："小婉，你说得对，我并不懂你的苦衷。但我答应你，一定会把小鱼带回来的。你还有什么要交代的吗？小鱼叫我一声大哥，你就是我的弟媳。不管你有什么诉求，我都会想办法替你完成。"

她想了想，要我等着，便又蹲下身去，开始摸索起来了。她翻找着，像老母亲一样掏空了家当，终于又从床底下找出一样黑黑的坚硬如铁的东西。她把那冷冰冰的东西塞到我手中。屋外还在下雨。

"这老套筒是小鱼的大爷留下来的。"她说，"我听小鱼讲，他大爷以前进山打猎，用它杀死了好几只熊瞎子。您带着吧。"

我端详着这杆步枪，枪身极长，上面刻有汉阳兵工厂的五角星记号。我谢绝了她的好意，因为没有子弹。于是她又说要帮我准备干粮。我说我不饿，她不信。我叫她好生待着，她偏不要。其实我知道她家已经穷得揭不开锅了，而我又不知该怎么拒绝这个脸上有红色胎记的姑娘。因此，小婉进厨房蒸馒头的时候，我拿起雨伞，不声不响走了。我在桌上留下字条，并拿走那个长命锁，是因为不想让她觉得我是不告而别。我请她放一百个心，我一定会把长命锁交到池余手里的。

我出了门。门外，雨住了。都说春雨贵如油，但这场雨下得真是莫名其妙。雨偷偷地来，又悄无声息地停。雨要停的时候，一定不是一滴一滴地下，而是戛然而止，就像一首掐头去尾的歌。

四

这一天天色阴暗，天气有点凉。

我再度回到那片芦苇荡时，村庄正隐没在浓雾中，附近仍有那种孩子的叫声。我并没有找着路。是法布尔所说的那种集群心智引导着我。时候还早，不过才七八点钟。从浓雾深处传来一种呼唤。我听见诵经式的鸣声，灵魂为之颤抖。芦苇荡在雾里一片灰色，我在其间行走。一切都是辽阔的。没有人能够否认，在这样的情况下看到村庄是亲切的，同样又倍感神秘。我仅凭直觉回到这里，尽管梦里一直反复看见它，但只有站在它面前，或进入它内部，才能体会到那种难以描述的空虚。村庄是寂寥的，看不到一条野狗、一只野猫、一个行人。但这种寂寥却十分完整，好像它隶属于一个广大的庙宇，只有那些一心苦修的僧侣才会谈起它。

我推开祠堂的门。那种牛鸣一样的喉音停止了。我又一次看见那些跪坐在水池里的村民，他们袒胸露乳，全都扭过头来，眼里仅剩下痛苦和敌意。我想到小鱼，他是无辜的、不幸的，起因不过是捞了一把池子里的海水。

你见过挂满藤壶的海龟吗？我没见过，但这会儿却看到了长满藤壶的人。他们的胸口，他们的后背，他们的双手双脚，乃至大腿内侧，竟依附着密密麻麻、大小不一的藤壶。它们的形状像牙齿，像眼睛，像触手，它们像长在人身上会蠕动的喙，像不规则的囊腔里探出来的湿漉漉的无毛怪鸟的头颅。

人身上要是被这种藤壶寄生，如同皮肤底下被活生生蛀出无数个孔洞。它们一开始有段蛰伏期，那时藤壶还是幼体，却早已学会根据宿主情况选择附着基（血液的温度、盐度以及外界的光照都会影响它们的生长）。经过极短时间的发育，藤壶的幼虫从无节幼体变为腺介幼体，此时它们便把触角嫁接进人体的毛细血管，幼体发生变态成为藤壶成体，开始分泌一种初始为液态的藤壶胶，并且兼具麻痹神经的效果。人在这一时期并不会感到疼痛，只是有些痒。但很快，麻醉消退，宿主必将经历很长一段时间藤壶破体而出的痛苦。然而这远不是结束，藤壶就像一颗外置大脑，以侵略者的姿态，逐步蚕食人们的血肉。藤壶雌雄同体，将在人体内反复繁殖。之后，正如法布尔所言，宿主会慢慢地，甚至是心甘情愿地进入沉睡期，以从生理上隔绝这种永无宁日的痛苦。

我看着这些村民。毫无疑问他们都是屈服的人，接受藤壶与自我同在。他们是妖怪的奴隶，被改造的徒有人形的巢穴。我觉得他们的存在已经亵渎了生命这一奇迹，但是，谁又能说，寄生这一可怕的概念不是宇宙默许的一种生命形式呢？

村民们醒了过来，看向我的目光充满迷惑，我估摸着他们是在我身上闻到了同类的味道，却又弄不明白为何我们相安无事。我同样不明白为何我体内的种子仅是沉睡，始终不曾发芽。我知道它们还不敢攻击我，或者做出驱赶的行为，但是我已经注意到，它们看我的眼神变得非常危险。因此，我不敢靠近人群，害怕等待我的将是匕首和牙齿。它们窥视着我。我并没有在它们当中看到小鱼，但有个古怪的喉音问我：

"你是哪个集群的？"

这声音并不清晰，这语言我也从未听过，但莫名其妙就是能理解。我知道这是妖物的语言，人模仿不了昆虫的鸣叫，只能用喉音达到勉强的效果。我突然明白问我话的就是那个集群心智，也终于想通了为什么时至今日我仍安然无恙。我不知道该如何回答它的问题，因为我体内的妖物所从属的集群已经覆灭。单个妖虫是没有自我意识的，只有影响宿主精神的本能。

我胡言乱语地应对了一通，搜肠刮肚，一边念叨着一边往后退去。但它们并不想放我走，而是围了上来，藤壶像鳞甲一样哗啦作响。血从缝隙间淌了下来。但它们毫不在意。它们之中有的已经贴了上来。我能闻见一股海水的腥味，看见藤壶在村民身上如同湿润的小嘴一样嗫嚅。我想大叫，想逃跑，想避开那些会蠕动的眼睛，想忘记我所看见的一切。然而，也正是这个当儿，享堂的门开了。门里黑黢黢的，传来一阵强有力的鼓声。村民们听见这声音，仿佛蚊虫被光驱使，又哗啦啦泡进水池，变得安静了。

我相信莫小妹对我并无恶意，否则我断无幸存的可能。我跨过门槛，走进享堂，终于再次见到神龛。神龛中铜像的名字，前面我已经提到过了。这些天来我一直想着它，渴望着它，明知道它不好，但就是控制不住。神像令我朝思暮想，又寝食难安，那种诱惑是无穷无尽的。我想起自己梦见过的那片星空，有一千张嘴和一千只眼睛。

有那么一会儿，我睡着了，不可避免地梦见天体的运动，群星的坠落，以及十二点钟无法忍受的耀眼的太阳。我知道那就是末日，真正的末日。我看见世界燃烧起来，变成红色，不一会儿又被深渊般的黑暗和虚无吞噬。太阳在这片深渊里旋转。芦苇荡和村庄也不一样了：它不再是我清醒时看到它的样子，声带的收缩和闭合改变了它，空气中的歌声穿透了它，使它彻底改变了形状；它不再是被海雾笼罩的一片湿地，不再是地球上微不足道的一角，它成了妖虫的母星、梦境，或者说记忆中被摧毁的那片沃土。于是我明白，妖虫的目的从始至终都不是征服人类，征服文明，而是改造我们的地球，重现它们昔日的家园。

梦很短暂，仅是一闪而过的幻象。

我抬起眼，那万花筒般的梦就消失了。白色的享堂里只剩下一个人。我看见莫小妹。她用鼓声控制着那些生物。她说：

"妖虫并不是不可战胜的。人可以打败它，只要接受了幻梦境的奇怪法则。这是一场心智的斗争，思想的斗争，意志的斗争，只有那些宁死不屈的一方，才有机会成为这场斗争的胜者。我这辈子都在斗，跟日本人斗，跟家里人斗，跟县里的流言蜚语斗，最后还要跟这虫子斗，跟我自己的身体斗，但我并不是没想过要放弃，也不是没想过活着究竟是为了什么，我是后来见到更多跟我一样的人，才知道自己斗了这么久，是为了给我的同胞一个生存空间。"

"那龙呢？"我问，"龙是真的存在的吗？"

她笑了，又敲了敲鼓，浓雾中立刻传来一阵鲸歌。

"这就是龙。"她说，"这是老天爷给受苦之人的补偿。我在这场斗争中胜利了，就有了这条龙。它未必是一种灾难，只要经受住考验，同样也是一种机遇。这条龙和我们是一个集群的。靠着它，我多次掀翻了敌人的船只。"

我看着她，就好像在看一个东北的萨满。我知道她就是打败了妖虫的人，这里唯一的清醒者，无愧于神婆的名号。我敬重她。只有见识过宇宙疯狂的人才知晓我内心的惊异。我不知道她是怎么坚持下来的，又是如何从绝望中找回希望的。现实沉重，黑暗醒目。难以想象她就是那个在芦苇荡被玷污的女人，大千世界的无数受害者之一。我看见她，就好像看见一个小小的奇迹。从她的身上，我感受到一种可以被毁灭但不能被打败的力量——即使被家人抛弃，也决不自弃。

她给我看藤壶在她身上留下的伤疤，那是一个个大小不一的图案。这图案使她看上去格外丑陋，也格外苍老。可是这图案也像勋章一样，是她一生不屈的抗争的证明。

"还会痛吗？"我问。

"一点儿都不。"她说,"除非是在夜里做噩梦的时候。"

她伸出手来,我小心翼翼碰了一下。她的伤疤结过痂,又脱落,如今仅是一个颜色稍深的印子。她突然抓住我的手,仔细端详着上面的皮肤和毛孔。

"你的手像个黄花闺女的手,"她说,"我真怕太用力你的骨头就折了。"

于是我随她一起观察自己的手,它从未劳作过,此刻与她的手摆在一起,竟软得像棉花糖似的。我有些羞愧,想抽回手来。可是她却不让。她说,从第一眼见到你,我就知道你也被感染了。我看着自己的手。她又说,你是幸运的,但不是每个人生来都像你这般幸运。此话怎讲,我问。她松开手,答复说,这世间有太多的苦难,太多的受害者,不是每一个人都可以全身而退。

"还记得外面的照壁吗?"她看向门外,接着说,"之前你看到的是神话,而这会儿我要向你讲述的却是现实。民国二十三年(1934),我们在田庄台上游看到的那条活龙,不过是一条被藤壶寄生的须鲸。你见过长满藤壶的海龟吗?那只鲸快死了,它被藤壶寄生,逃无可逃,实在痛苦,只好拿头去撞海边的礁岩。我们听见它的叫声,找到它的时候,那些藤壶吸附在它身上,就像龙的鳞片。我们这些常年在海边讨生活的人,都自诩是海的子民。出于好意,有人提议替它清除藤壶。可是,硬来是不行的。老一辈的人说,藤壶不能在淡水里生存,于是我们就拿井水泼它。后来的事,你应该也猜到了。那并不是真的藤壶。那头鲸并没有死,也没有活,它变成了一种神话。"

现实是祛魅的神话,神话是现实的一种隐喻,我想它是虚构的,讲述的是世界的历史与人类的命运。神话是社会的、无名氏的和集体的,它是某一时期某一事件的再现,却也是对现世的、永恒的、道德的、精神上的批判。这下我终于明白,照壁上那些剥皮抽筋的形象,并不是依鬼,而是不忍鲸受苦的村民。我再去看空中那条伪龙,它的额尖分明写着一个"满"字。世间本就没有龙。我想,营川坠龙之谜的真相,不过是一只搁浅的鲸,由于浑身挂满藤壶,痛苦地向人类发出求助。我曾见过这只鲸,准确地说,是见过它的尸骨,现在我看见神话破灭后的现实,它与我想象的不同,却有着相似的悲哀,相同的沉重。

"我们是有救的吗?"我问。

"我们是有救的。"她说。

我又看向门外。

"他们是有救的吗?"

"他们是有救的。"她说,"他们有朝一日会醒来。"

我们一起看向屋外。那群村民又睡着了。我们看着他们。他们的脸上有一种近乎天真的平和,我知道那是一种自我麻痹的、忘却尘世的快乐。但那快乐是一种堕落,蚀骨销魂。

"他们很安静。"我说。

"他们睡着了。"她说。

"他们活着就像死了一样。"我又说。

"麻木的人有朝一日会苏醒,"她说,"这正是我留在这里的意义。"

这正是她为之奋斗的目标,我想。就像她不放弃自己一样,她也决不肯放弃这些受难的同胞。只有被抛弃过的人才知道那种滋味有多不好受。我想起池余。如果他在这里,她也绝不会放弃他的。

"小鱼在这里吗?"我问。

她却摇摇头,说他不在。

"他被感染了吗?"她问。

我说,是的。

于是她唤醒一个村民。他们同属一个集群心智。

那人说:"他在码头。"

我很惊讶他在码头做什么。

那村民又说："他是被人掳走的。"

我立刻想到了那位经理，以及他背后为他撑腰的那些人。

"他们以为……"我说，"他们想知道龙首的下落。"

"人是昨天下午被掳走的，在码头的一座仓库里受到拷问。"那村民似是感同身受，脸上露出痛苦的表情，"他们已经朝这里来了，好多人，好多车，还有枪。"

"鬼子来了。"莫小妹说，"你走吧，这里不安全了。海雾会为你争取点时间。"

我一动不动。她又说：

"你快走呀。傻站着干吗？"

"我的大哥，"我说，"他受日本人严刑拷打，也决不吐露毛公鼎的下落。如果我现在走了，就是懦夫。我愧对列祖列宗。"

她望着我，眼睛像一汪死水。

"你大哥是你大哥，你是你，情况不一样，我们这里可没文物给你保护。就算有，一件再贵重的文物，也比不上一条鲜活的生命。文物是死的，人是活的，只要活着，就会有希望，只要有希望，就会有未来。未来，你们会给子孙留下许许多多的文物。"

"可是，"我哽咽着说，"我并不是想保文物，我只是想保护你们。"

她几乎是轻蔑地笑了。

"就你？"她说，"看看你自己的手吧，它不是用来拿刀的。"

我看着自己的手，它没有力量。

"可是，你们是无辜的。"我喃喃地说，"是我跟那个叛徒说起可能存在这么一尊铜像，才把他身后的人招来的。当时我没考虑那么多——"

"你保护不了我们。"她说。

我觉得她的话很残忍，也很伤人。我难受极了。

但是，她又说：

"不过，你可以保护小鱼。去码头吧。去把那孩子救回来。如果敌人都来了，那码头就无人驻守。"

我抬头看她，在浓雾中，她的眼睛黯淡无光，她的头发灰中带白，她的表情宁静祥和，她的声音古井无波。

"走吧。"她说，"不要回头。我们不会有事的。"

我感到有什么冰凉的东西从脸上滑下来了。我想，一定是雨。可是，并没有下雨。

我在无雨的芦苇荡里跑着，在四处都是车声的浓雾里跑着。我近乎没有自尊，内心满是屈辱。我把村庄抛在后头了。我没有回头，不敢回头。后来枪声响起了。我听见巨大的鲸的悲鸣，海边响彻着敌人惊恐的呼声。我想象她一定召唤了那些被藤壶寄生的生物，一举消灭了所有的入侵者。于是我停下脚步，回头，却看见雾被大火烧散了，整座村庄淹没在一片火海中。远方，有人打死了一只满身鳞甲的鲸，正在欢呼。我看那鲸长得像龙，死得也像龙，它在芦苇荡里翻滚，庞大的身躯压塌了汽车与茅屋。后来，那鲸滚到火海中，它着了火，藤壶纷纷脱落，皮肉嗞嗞作响。火蔓延开，混着鲸油，发出噼啪的声响。火苗又从一堆白乎乎的被烧化了的东西里蹿了出来，溅到附近纵火的人身上。那人转身奔跑起来，像一团巨大的火球，手里仍拎着一个五加仑的煤油桶。然后，那桶爆开了，泼洒出冲天火焰。我最后听见的声音，是被活活烧死的人的惨叫，以及空气中渐弱的火焰呼呼声。

火势变小了。我站着。看着。一动都不敢动。隔岸观火。我想，要是有雨就好了。可是，没有雨。昨晚雨下得那么大，那么透，就像是为了纵容这场火。在火中，有些人死去了，有些人还活着。那我呢？我是死了还是活着？我找到自己想要的东西了吗？我真的证明自己了吗？我再不要当一个爱幻想的懦夫。我要去救池余。人比文物重要。我不要再仰望兄长的背影。我们有不同的道路。

后来，火还没完全熄灭，雾又来了。

我看着大雾吞没村庄，吞没鲸，也吞没了那些迷失的人的性命。

五

我在码头的一间仓库找到池余。

当时我还没推开门,便看到血从门缝里渗出来。我砸开锁。从黑暗中传来的一道声音对我说:"奇怪的是,它一点儿都不疼了。"说话的正是池余。

他躲在仓库的角落,脸上的表情被阴影所掩盖。于是我彻底打开门,微弱的天光便斜射进来,一直爬到他的脚边。我在那里看见血,藤壶,还有五花八门的刑具。天空中没有太阳。我分不清他脸上的究竟是影子还是血污。我走了过去。他吓得往后缩。于是我停下脚步,等着。时间会让他看清我的脸,知晓我并无恶意。时间也会覆写记忆中的形象,重新认识对方。

我看见池余,那叛徒把他折磨得不成人样。我看见碎裂的藤壶,他们一定是从他身上活生生挖下来的。我不知道池余受了什么罪,又遭受了怎样非人的折磨。他害怕我,认不出我。于是我跟他说,是小婉让我来救他的。他不信我。这套说辞想必日本人也用过。然后,我想起了小婉给的长命锁,拿出来给他看。

我说:"是我呀,小鱼,我来救你了。"

他盯着我,迟疑不决地唤了一声:

"叶大哥?"

我说:"是我。"

他马上就哭了。

"他们去村庄了。"他说。

我说:"我知道。"

他又说:"他们去找大娘了,是我害了她。"

他还想再说什么,我却不敢再让他说了。

"你还能站起来吗?"我问。

他咬咬牙,点头,扶着墙壁,尝试着站了起来。他踉跄了一下。

我赶紧扶住他。

"还好吗?"我问。

这时候,他像是发现了长久以来被自己丢失或遗忘的东西那样,以一种困惑的语气重复说:

"奇怪的是,它一点儿都不疼了。"

我问他哪里不疼。他又说:

"不是流血的地方不疼,是身体内部不疼也不痒了。"

我立刻想到了莫小妹,还有那些村民。他的集群已经灭绝了。他像我一样,是幸运的。我什么也没说,但我们感同身受,他很容易就能猜出我在想什么。

他说:"是我害了大娘。"

我叫他不要多想。可是他又说:

"不要骗我。我有那些被烧死的人的记忆。我能感受到那种火燎伤疤的痛。可是,某一刻,这种联系断了,我知道村庄已不复存在。"

我不知道他知道多少,也许是全部。

我说:"村庄的确已经消失了。"

他悲伤地看着我。我只好硬着头皮往下说:

"你的命是村民们给的,你的自由是用他们的牺牲换来的。"

"他们会希望我快乐吗?"

"会的。"我说,"他们希望你幸福。是莫小妹让我来救你的。从此以后,你也得为他们而活了。"

"嗯。"他用力点头,接着说,"我会努力的,我会出人头地,干出一番大事业,方不辜负大娘的在天之灵。"

"不是的。"我说,"大娘让你活着,并不要求你证明什么。你什么都不需要证明,就像我什么也不用向他们证明。只要你平安、健康、快乐就好了,只要尽你所能,不求遗憾,只要我们能记住他们的牺牲,珍惜已有的生活就好了。他们在我们心里头活着呢。"

他笑了,像是解脱了重负,脸上有一种梦幻般的表情。

"是啊,"他说,"这样想想,不也挺好吗?"

他的脸上复归一种天真的宁和。

"还能走吗?"我问。

他说,能。

我们一起往外走。他像个刚学走路的婴儿。我们一会儿都不想休息。我们走了出去。天空中已隐约可见群星。

蔡建峰,1994年出生,福建泉州人。小说《尼伯龙根之歌》获未来科幻大师三等奖。《记忆捕手》收录于"中篇科幻佳作丛书·科幻剧院系列"《未来往事》;《汇流》收录于同系列《未然的历史》。

大 梦

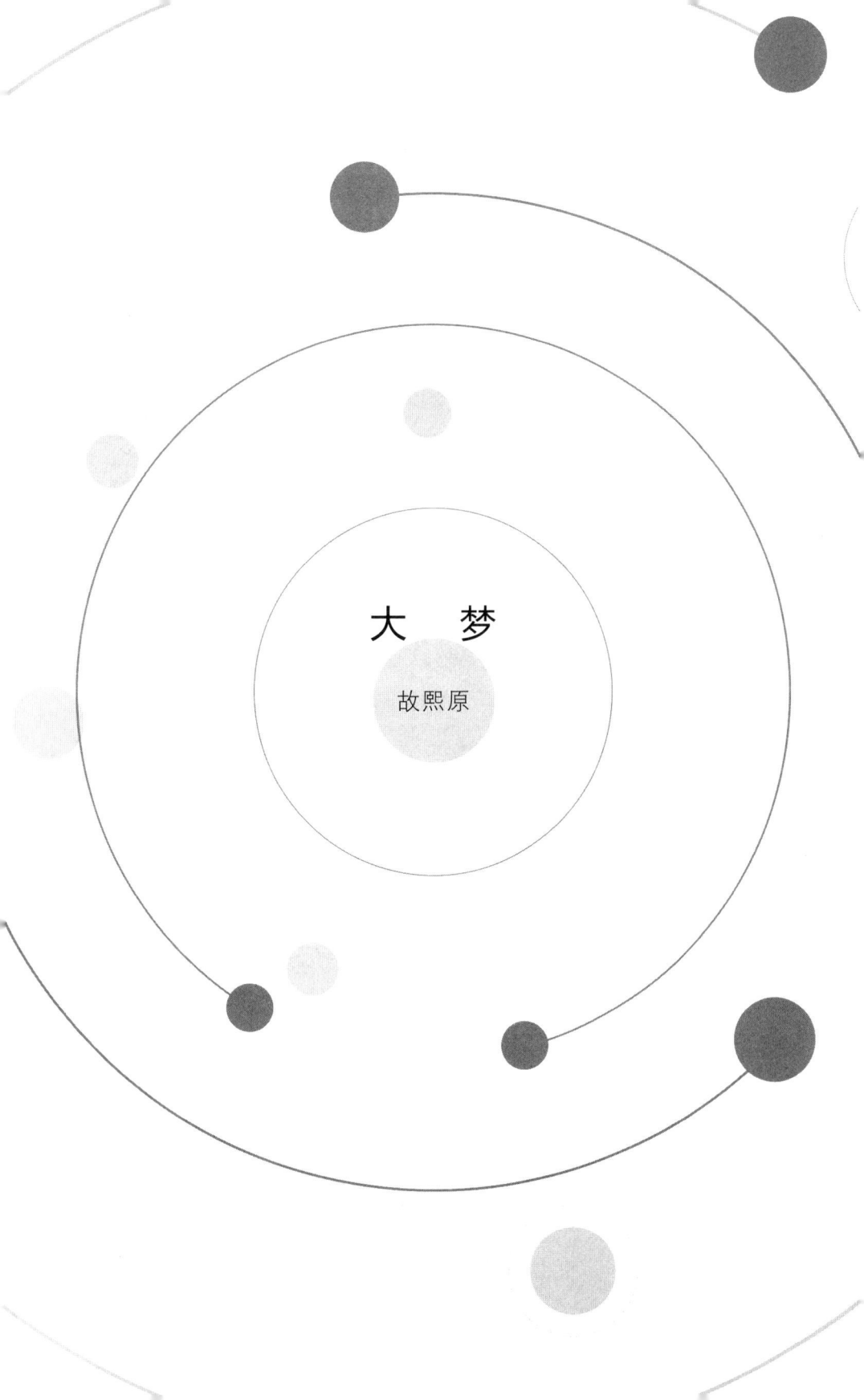

故熙原

楔子：守村人的葬礼

长留村的守村人去世了。

抬棺人走在最前面，身后跟着十来个成年人，稀稀拉拉地走着，奏乐的人则跟在队伍的最后。

少年陈星河跟其他几个伙伴站在凤凰山的山顶上，远远地看着这支送葬的队伍，穿行在山腰的公路上。在送葬人的队伍中，他没有看到悲伤，也没有惋惜，这跟陈星河所理解的死亡不太一样。

"听说每个村庄里都有个精神失常的守村人。"伙伴中一个大点的孩子说道。

"水老头看着挺正常的啊。"另一个孩子说道。

"你说的那是最近几年的事。"大孩子反驳道，"我听阿爸说起过，早些年，水老头疯疯癫癫，到处指着别人鼻子骂，说别人是江里的鳖精。"

"我也听说过，水老头还说自己能看见另一个世界。总之，扯得很。"另一个孩子附和道。

"听说疯了好些年了，大概是在凿挂壁公路的时候开始的。"

陈星河沉默地听着，一语不发，跟着伙伴们沿着山脊往前走，一直走到一排铁丝网栅栏前才停下。栅栏里林深草密，长满了荆棘和灌木。

"别再往前走了。"最大的孩子阻止道，"栅栏里有人巡逻。"

"我听说那里面锁着山妖。"

"山妖？"一个孩子笑起来，"该不会也是水老头说的吧，听我阿公说，水老头能看见妖怪。"

"可水老头去世了呀，否则还可以去问问他。"

"唉，咱们村从此以后就没有守村人了。"一个孩子看向山下的挂壁公路，担忧道。

"总会有下一个守村人的吧。"大孩子给出自己的答案。

大家这才开始快快地往回走。

陈星河遥望着送葬的队伍，一直走进了挂壁公路，消失在岩壁中的隧道里。

陈星河还没有意识到，对于他而言，一切都是从这里开始的。十岁少年的心中在此刻埋下了恐惧和逃离的种子。

岩壁下的山谷中，云蒸霞蔚，弥漫着翻腾的氤氲雾气，概率云将一个文明的过去、现在和未来笼罩并隐藏了起来。

一 病人

矛盾空间

隧道里，八斤锤重重落在钢钎上，不停传来有节奏的"铛铛"声，高亢的劳动号子穿插其间，响彻山谷。随着钢钎一点点深入，石片开始慢慢剥落。十几个光着上身的壮汉，浑身衣物浸满了汗水，依靠人力，对抗着凤凰山峭壁上坚硬的沉积岩。

这是挂壁公路开凿的头两个月，所有人都很有劲头。

那时正值暑假，少年陈水根穿着短裤背心，赤着脚，跟另一个少年一块也在这里帮忙，他们用竹篓装填着刚打凿下来的岩石碎片。陈水根问道，"阿兴，你说山的外面都有什么啊。为什么一定要费这么大劲开凿公路？"

"山的另一边是山，几座山之后就是县城了，再远便是省城。"阿兴望了望峭壁下的山谷，又补充道，"我也是听阿爸说的。"

两人一块把竹篓抬到峭壁边上，将碎石一股脑倾倒下去。

"城里又有什么啊？"陈水根憧憬地问。

"工厂，码头，大房子，平坦的马路，听说吃不完的肉都被倒进臭水沟里。"末了，阿兴又否定道，"不对，城里怎么会有臭水沟呢，这么多吃不掉的肉倒进去，水沟该是香喷喷的才对吧。"

陈水根听到这，流起了哈喇子。

那是数十年前从未离开过凤凰山的少年对外面世界的幻想。

几个大人停下手上的活，哈哈笑起来。

水根爸从腰间取下旱烟袋，点着吧嗒了两口，边抽边用粗糙的大手，摩挲着孩子的脑袋："要想到外面去看看，就得铆足了劲把这路打通，到时候，大汽车开进长留村，带你们一起去。"

适时已到中午，大家都停下手上的活，席地而坐，就着盐水吃起咸菜烙馍来。陈水根咽着干巴巴的馍，满脑子却是盛满肉汤的水沟，肉在汤底，面上飘着油花。

午饭一过，大人们商量了一阵后，决定用炸药炸掉眼前的巨石，从上午的进展来看，这巨石已经严重影响了进度。说罢便用钢钎在石壁上凿出一排排炮眼，将雷管和炸药塞进去。

随后，陈水根和阿兴跟着大人们远远地躲在隧道拐角处，水根爸见众人已走远，吧嗒了一口旱烟，伸长烟袋，借着烟锅里的火星点着导火索，这才迈开腿跑向众人所在的拐角处。

文明史诗的脉络在这一刻伸展蔓延开来。

雷管的爆炸声还没来得及传来，水根爸突然失去知觉倒在了半路上，众人也在刹那间陷入天旋地转中，仿佛有什么东西突然笼罩住了凤凰山，将人们拖进江水回流处的旋涡中心。所有人的意识，都翻滚着上升，而后急速下降，分不清何时何地。只听得雷管爆炸声从四面八方传来，脑中一片轰鸣，震耳欲聋。

事后，在场的所有人都不记得发生了什么，唯有陈水根，在短暂的眩晕感之后，竟渐渐适应了眼前旋转的世界。

陈水根的意识望着周遭昏暗的光芒，眼看着光线变成艳丽的色彩，诡异地交织在一起，不断变幻、闪烁、消失和出现，占据着整个视野。陈水根下意识地摸索着四周，寻找大人们和阿兴的所在，试图获得些许安全感。随着雷管的爆炸声响起，更剧烈的眩晕感让他无法站定，仿佛意识脱离了肉体，独自悬在高空中逡巡徘徊。

随着轰鸣声沉寂下来，一切嘈杂都潮水般退去，徒留下眼前奇异的光景。

一片死寂中，陈水根最终惊啸出来。下身一阵暖流，他尿湿了裤裆，随即便晕了过去。

其他人很快恢复意识，将晕厥过去的陈水根背下山。他在昏迷中连续高烧了一个礼拜，才彻底醒过来。

尽管人是醒过来了，但长留村所有人都觉得陈水根似乎始终处在一种癫狂状态中，像是被烧坏了脑袋。

陈水根疯了。

那之后，所有人都这么说。

"阿爸，你怎么啦。"醒过来的陈水根，看着父亲的遗像挂在墙上，"你怎么待在纸片片里呢。"

村里人帮水根爸入葬以后，生活重新恢复，不再有人提及开凿挂壁公路的事。大家都觉得开凿凤凰山触怒了山神，眼下，死一个，疯一个，便是山神的警告。所以，凿山的事是断然不能再继续下去了。

没过几天，县里来了几个调查人员，扛着器械翻山越岭来到长留村，调查垮塌事故。他们在挂壁公路支起各种没见过的设备，不允许村里人往前一步，后来又集合了当时所有在场的人，分开进行询问谈话，那天究竟发生了什么。

据参与谈话的人后来说，这些调查人员不像是调查事故的，更多地像是调查爆炸前的晕厥现象。只可惜当时所有在场的人没一个记得晕厥后看到什么，也说不清发生了什么。

这之中，唯有陈水根无法走出癫狂的状态，眼神呆滞，飘忽不定，目光似乎无法聚焦到某个具体的物件上。他整日手里紧紧握着那杆父亲留下的旱烟袋，走路时摇摇晃晃，像是踩在棉花上，又像是被山石砸中了脚踝的样子，可所有人都确信，他并没有在那次爆炸事故中受过外伤，这就很诡异。

"井里锁了个龙王，那水不能再喝啦，小心变蛟龙。"

"你婆娘是个绿颜色的鳖精，别带出来乱跑。"

"你是猫妖吧。"

陈水根见人就神神道道上前胡说一通。

"神经病吧你。"起初，村里人见他如此，不由分说，操起扫帚或棍棒给他一顿暴打。

"你就是猫妖，你跟猫儿一样的，都冒红光，身上还有花纹。"陈水根被打得跳起来，边逃边叫。

从此，陈水根开始在村里跛着腿闲晃悠，他弓着背猫着腰，嘴里叼着旱烟袋，很快便满口黄牙。

"孩子，那天晕过去后，你看见了什么。"调查人员对陈水根进行询问。

"凤凰山里有个三只头的鸟，会喷火，会七十二变。"

"还有呢？"调查人员追问道。

"透过那只鸟，我，我看到，光天化日下，光怪陆离的妖孽横行，占领了人界。"陈水根坐在椅子上，眼神飘忽，"人界到处是火焰山，被看不见的火焰覆盖。"

"那，人都去哪了？"调查人员试探着问道。

"没有人了。"陈水根哆嗦道，"人都变成妖怪啦。"

无论如何询问，陈水根给出的答案，在调查人员看来，都是风马牛不相及的东西。陈水根的所见，似乎都是由虚幻的色彩和形状所构建出来的妖魔鬼怪。整个调查过程也就不了了之了。

但陈水根并不清楚，他所描述的末日场景，将在未来某一天切切实实地降临人界。

对于陈水根的癫狂，起初，迎来的是村里人的咒骂，后来，大人小孩都来调戏陈水根,时常有一圈人围绕在他身边,但没几个月,所有人便都失去了兴趣,各自忙着生计去了。

至于陈水根,村里人只能感慨道:"他阿爸被雷管炸死,这事把他吓疯了。"

这样癫狂的行为,一直持续了两三年,人们开始渐渐管他叫水先生,似乎人们都习惯管神棍叫先生。跟很多年后电影里的树先生一样,眼神空洞而疏离,甩手抽着烟,目光的焦点永远落在不知名的地方,展现出一副众人皆醉我独醒的老派模样。

很快,村里再没有人搭理疯疯癫癫的陈水根,他开始变得沉默寡言起来。唯一跟他有所往来的,便是陈水根后来的师父,林永年。

林永年是省城来的知青,据说,他家里是绘画世家,十指不沾阳春水。来到长留村后,他被分配去伐木开荒,整个人很快瘦脱了相,但仍然趁着休息的时候进行写生。这在长留村人看来,多少有点"小资"的做派,因而大多敬而远之。

那天休息,林永年在凤凰山写生后往回走,暴雨突如其来,他将画布塞进衣服里护着,躲进未完工的挂壁公路隧道里。

起初,林永年只是站在隧道口,慌张地整理着衣服和画布,却听得,在暴雨的"噼啪"声中,夹杂着窸窸窣窣的说话声,从身后的隧道中传来。

林永年壮着胆子,顺着声音往黑暗中走去。

"不对不对,该死的,交界点不在这。"

说话声越来越清晰,像是自言自语。

"老子看到的明明就是这样子的,画出来不对呢。"

林永年认出了陈水根,他在这一带很出名。

陈水根抓着头,胡子拉碴,消瘦的身形在煤油灯光中晃动,影子拉得很长。挂壁公路壁上是由烧成炭的木棍绘制出的杂乱线条。

林永年走近了些，试图看清楚绘画的内容。

"你是谁？"陈水根注意到了林永年，打了个激灵，从自我世界中抽离出来。

"别说话。"林永年伸手制止陈水根，让他别打扰。他扶了扶眼镜，目光扫过洞壁上的线条，一直走出去十几米，直到煤油灯照不到的地方，才吐出几个字来："埃舍尔。"

"艾蛇儿？你在说什么，神经兮兮的呢。"

"你画的？"林永年眼中放着光问。

"嗯。"

"你知道你画的是什么吗。"

"我知道啊，画的长留村。"

"长留村？"林永年疑惑着。

"哎呀你看。"陈水根操起旱烟袋，指向杂乱线条的某处，"这是江边的回水湾，另外两条线就是挂壁公路。"林永年看过去，只看到扭曲在一起的线条。陈水根又指向另一处，"挂壁公路下面挨着的，是上山的梯坎嘛。"

"天才。"林永年感慨地看着这个被人们视为疯子的人。

"别开玩笑，别人说我是癫子。"陈水根眼神突然没落。

"你知不知道什么是矛盾空间？"

"没听说过，听起来像是讲数学的吧。我中学都没毕业。"

"绘画，是我们对所观测事物的一种表达方式，最终体现在画布上。当然，墙上也可以。有一些绘画作品，在真实世界中不可能存在，比如我刚才所说的矛盾空间，或者称之为不可能图形。"林永年解释着，"对于我们的经验世界而言，感官上存在矛盾的空间结构，将它通过绘画的方式体现出来，这是一种创作方法。"

陈水根呆呆地垂首站着，似懂非懂。

"你看，你刚才说挂壁公路的地方，他不是现实中隧道的样子，而是一个莫比乌斯带。"林永年挥舞着手在空中比画着，"另外，上山梯坎的位置，你使用的是彭罗斯阶梯的绘画方式。这种创作方式，是荷兰画家埃舍尔最擅长的，其基本特征是将空间弯曲，展现出拓扑学价值和数学美，使'有限无界'成为可能。"林永年转身看向陈水根，不好意思地挠头，"说实话，我确实没看出来画的是长留村，即便你这么说，但我还是需要花时间研究下。但是从笔触看得出来，你没有学过画，简直是天才。"

"你到底是谁？我没钱。"这辈子从没有人夸奖过陈水根，连小孩走在村里都躲开他。

"我叫林永年，是个画家。如果你愿意，我可以教你绘画技巧。"

药王

陈星河从小便是泡在药罐子里长大的。

五岁才学会走路，六岁学会说话，长留村的人都说，这样的人，要么是个天才，要么是个傻子。

那时候，长留村的交通已经改善许多，学会走路前，陈星河的母亲带着他寻遍了周边郊县的杏林圣手，从断奶那天起，陈星河便开始喝中药了，似乎他总得喝点什么。

终于学会走路和说话后，陈星河又开始因为经常尿裤子的毛病继续喝药，常常好几副中药轮番着往嘴里灌。快到十岁的时候，陈星河终于不再尿床，母亲很高兴，做了块"悬壶济世，在世华佗"的锦旗准备送去县里大夫那儿。

"阿妈，最近没喝药啊，哪个大夫治好的。"陈星河晃着脑袋问。

"人家大夫说了，新鲜鸡屎晒干了吃掉，三个疗程就好。这才两个疗程就好了，简直神医。"母亲一边裹着锦旗一边说，"炒在菜里的，你当然不知道。"

尿床的病治好后,母亲总觉得不放心,常常很突兀地问:"你没什么地方不舒服吧。"就仿佛,陈星河必须得有点毛病喝点汤药,她才习惯似的。直到水老头葬礼那天夜里,陈星河高烧不退。在母亲看来,这似乎是某种预兆。

"该不会变成他那样吧,造了什么孽哦。"陈星河恍惚中听到母亲对父亲嘀咕道。

"谁?"

"还能有谁,你那个远房的堂哥。"

"你说水老头?"

"我听说水老头也是差不多这个年纪,高烧之后就疯了的。"

母亲又回过头看了看床上病恹恹的陈星河,由于长期喝中药的缘故,没有胃口,人瘦得像个耗子,而且总让人觉得身上有一股尿骚味,"该不会是你们老陈家的遗传病吧。"

母亲说完,又自顾自晃了晃脑袋否定掉自己的臆想。

第二年,陈星河一家搬到了县里。远离长留村后,母亲也逐渐忘却了自己的儿子和水老头之间微妙的联系。

唯有陈星河,对于母亲所说的话,始终耿耿于怀,如鲠在喉般难受。

"该不会变成他那样吧,造了什么孽哦。"

高中那年暑假,陈星河跟着父亲回长留村祭祖。

公共汽车驶过新建的跨江大桥,进入凤凰山山区后,父子俩在岔路口下了车,岔路的一条水泥路是通向山顶的,那里依然是禁区一般的存在,被生了锈的大门和铁栅栏封锁着,像是从未被打开过。

"阿爸,那山上到底是什么?"通往长留村的景区公交驶来,陈星河上车后问道。

"听说是以前三线建设时留下的国防工程,我在你那么大的时候就有了,偶尔见着大卡车运设备上山。"父亲望了望那条岔路,"跟咱们村从没有过来往,不过,既然是国防工程,也没人多打听。"

景区公交驶入长留村,如今,这里已经全然摆脱了过去穷困潦倒的形象,伴随着自媒体的兴起,有声有色地做起了度假旅游和山药种植,早些年破败的吊脚楼,如今也被重新翻修后变成特色十足的民宿。

祭祖后第二天,陈星河不自觉走上挂壁公路,作为交通路线,这里已然退出历史舞台,如今作为景点被保存下来,并扩建出了一排贩卖特色产品的商店,其间甚至夹杂着几家饭馆,店招整齐划一,古色古香。

一个老头趿着人字拖,站在"兴盛土菜馆"外,边抽着烟边招揽路过的游客。

"老板。"陈星河走上前去寒暄了几句后问道,"以前老有个老头坐在你们饭店外面,你还记得吗?"

陈星河小时候曾经常看见守村人陈水根在去世前那几年,叼着烟袋,目光涣散地坐在这里的马路牙子上。

"你说的是水老头,以前叫水先生。"老头照着陈星河上下打量了一番,"他不是流浪汉,也是我们长留村的,那时候确实经常跑来这,就坐在店门口,什么也不做。"

"为什么?"陈星河问,"听说他疯了?"

"这里以前不是挂壁公路吗,他就是在这疯了的,所以经常到这里来,像在找什么东西。刚发疯那阵子,他叼着烟袋在村里四处闲晃悠,骂别人是鳖精,煮了可以治中风虚劳、脾胃虚弱。你想想,这是人说的话吗。"老头想起当年的事,手舞足蹈。

"他是怎么疯的啊,你知道吗?"

"打听他做什么,人都走了好些年了?"老头警惕地问道。

陈星河本不想跟水老头有所牵扯,这会儿无奈,报出了父亲的名字。

"哟，陈家的星河呀，几年不见都快认不出来了。"

"我妈说水老头是我远房堂叔，所以好奇问下。"

老头回头看了看店里，没什么生意，掐灭烟，边走边说："那你跟我过来吧。"

两人一前一后走进店里，穿过大堂，打开杂物间的门，又搭着手把一排置物架推开，昏沉的灯光下，露出挂壁公路原有的隧道壁。

"这，是什么？"

洞壁上，是一幅巨大的画，炭笔的痕迹，笔触极其粗糙，像是直接用木材烧成的炭绘制的，尽管如此，细节处却相当细腻。

"这是水老头大概二十几岁时候画的，到现在将近三十几年了吧。"老头靠在门口说，"我其实也不知道水老头为什么疯，但总觉得跟这幅画有点关系。"

陈星河自然是不懂绘画的，但是他知道，母亲可能在不经意间说对了，不管是老陈家的基因还是别的什么原因，自己大概跟水老头确实存在某种联系。

"他画完这个，还说过什么吗。"

"那个时候，他虽然没再疯疯癫癫地骂人，但是说话没什么逻辑，神神道道的，没人听得懂，谁还去关心他说了什么。"

水老头的存在，让陈星河的内心变得更加躁动。他竟然在水老头的画里看到了某种秩序感。

少年陈星河的心中，有一个巨大的秘密，那是他从未对人提及过的。

自打小时候开始，早在目睹水老头的葬礼前，陈星河便时常做同一个梦。梦里，自己站在通往凤凰山区的跨江大桥上，四面望去，看不到天空，江水从脚下升起，江面弯曲，高高地越过头顶。在听觉上，包裹整个世界的江面的是一段大提琴发出的浑厚弦乐，背景般铺垫着。稳定行进的和弦中，几个跳跃的音符响起，那是天空中，几艘棱角怪异的货轮驶过，推开江水，发出的细腻而轻快的节奏声，点缀在背景乐中。

诡异的梦境中，音乐声如天空中的江面般厚重，像凤凰山氤氲的雾气般渗入听觉的每一个角落。陈星河喘不过气来。

桥面，像江水构成的隧道中，有一条羊肠的小道。陈星河在梦中奔跑时，像踩在泥泞的江滩中，又像踩在巨大的吉他琴弦上，深一脚浅一脚，发出不和谐的音节，伴随着心中的慌张和惊惧。

可无论怎么奔跑，桥面仿佛没有尽头，始终看不到对岸的山峦。跑出去久了，那艘本在天空中行驶的货轮，便会赫然出现在桥下的江面上，那跳跃的音符也从脚下升起。

陈星河停止奔跑，每及此时，他便会在桥上空旷马路的对面看见一个女孩儿。

她就站在那里，轮廓模糊，看不清脸，透出一股隐隐的管乐声，从她所在的地方飘来，像浮在水中的浮萍，不停地飘荡。

梦中无数次，两人不疾不徐地走向对方，桥面上，没有车流，没有行人，但两人的距离，似乎就像一光年那么遥远，永远无法抵达对方所在的位置。

两人都停下来，陈星河似乎看见她笑了，他也回以微笑。没有一次例外，每到这时候，陈星河就会从梦中被一把拽出。

陈星河常常希望，自己永远待在那个梦里，不再醒来，哪怕在那座桥上永无止境地走下去，哪怕从桥上跌落到被江面包裹的天空中。

那里，似乎是比现实世界更真实的存在。

对于陈星河而言，梦中怪异的跨江大桥是秩序，水老头的画也是。它们在他眼里，体现出的乐感和谐而统一。相反，在真实可触摸的世界中，他所感知到的，却是一片混沌。世界所散发出的音符，在陈星河听来反而如噪音一般，是如此不自洽，不合理。

年幼时，所有人都认为，陈星河没法学会说话，是因为脑子有问题，但其实，只是他感知到的声音世界与其他人不同而已。如何辨别有意义的人声，曾让他十分痛苦。

在陈星河眼中，所有的瓦舍、山川、车流、如织的游客都会散发出自己特有的声音，或急促或悠长，离奇而诡异。搬家到县里后，陈星河曾偷偷去医院做过耳纤维内镜检查，可似乎并没有发现什么异常。

这让自己看起来像是个纯粹因为嗑药过猛的瘾君子，更可能的结果是，这是某种妄想症带来的幻听，他不敢告诉任何人，他怕被人认为是得了失心疯，怕被灌汤药，更担心被人看作异类。

"听说，每个村庄里都有个精神失常的守村人。"

每次想起这句话，陈星河都更加坚信自己的想法，如果变成水老头那样，自己多半也会被人们视为疯子和精神病。

自己能做的，唯有逃离。

起初，陈星河只是戴上耳机，试图用音乐声掩盖脑中的嘈杂。渐渐地，他发现，自己沉浸在和谐的律动中时，那些意识深处的噪音便会潮水般褪去。从那以后，陈星河便将自己封闭在音乐里，头上永远戴着一副耳机。

时间久了，为了追求内心的平静，陈星河便开始学习乐理，自己抱着吉他，寻求和谐的韵律。

那天在兴盛土菜馆的杂物间里，陈星河看到了自己寻求的韵律，从挂壁公路的隧道壁上流淌出来，是手风琴清澈透亮的声音，和弦优美，没有多余的累赘技巧。

这让陈星河再一次确定，自己与陈水根之间存在某种看不见的联系。

陈星河从饭店走出来，戴上耳机，有些惶然地不知道何去何从，便漫无目的地晃荡在挂壁公路琳琅满目的商店之间。时节已入盛夏，峭壁下的山谷氤氲，雾气散不开，将热气牢牢锁在凤凰山中，沉闷极了。

"你，你好。"

陈星河回过神来，将目光从峭壁下的山谷拉到眼前，一个跟自己一般大的女孩，目不斜视地盯着自己。马尾，帽衫，鼻翼上点缀着雀斑，面容瘦弱而坚韧，板着脸，没什么表情。打扮和神色都不像是游客，却也不像是村里人。

等等，陈星河感觉似乎在哪见过。

"我叫梁念。"女孩的目光没有丝毫离开陈星河的意思，紧紧盯着他。

"我，我叫陈星河。"陈星河摘掉耳机。

"你身上散发出瓦蓝色的雾气，如果没猜错，应该是你吧。"梁念站在穿梭的游客中，短暂的犹豫后，坚定地说道，"我们见过。"

陈星河眼前浮现出那个挥之不去的梦境，江水在天空流过，跨江大桥上，她就站在对面，透出隐隐的管乐声，跟眼前一模一样。

"见过吗，我没什么印象。"陈星河目光闪躲，"你认错人了。"

梁念皱起眉头来："你撒谎，你的颜色，我不会看错。"

陈星河转过身快步走开，低着头。

梁念很快跟上来："我就在凤凰山上住，山顶上的家属区，我爸妈在那做研究。我不是坏人。"

"这跟我没关系，我说了，没见过你。"陈星河加快脚步，"你这搭讪技巧有点落伍了。"

梁念走到陈星河跟前，堵住他的去路："不对，你在躲避什么。"

陈星河眼神撇开，看向峭壁下的山谷。

"你能'看见'那些东西，对吧。"梁念仍旧面无表情地猜测着，"所以，那些幻象，给你带来了困扰？"

"不是'看见'，是'听见'。"陈星河似乎被戳中了什么，"难道对你而言，就完全没有困扰，那些真实世界之外的东西，就如此理所当然吗？"

"当然不是。"梁念解释着，"所以，我才试图找到这背后的原因啊。"

"背后的原因？"陈星河困惑道，"你找到了？"

"还没有。"梁念垂下头，"但至少，我没有躲避它，而是选择接受它的存在。"

陈星河沉默着，想说些什么，话正堵在喉咙口，只听得"轰隆"一声巨响，从山里传来，又在山谷中经久不息地涤荡开，惊起一片鸟群，呜啦啦地往山谷深处飞走了。

梁念怔怔地呆立在原地，目光涣散。

"是山顶的研究所，我得回所里去，我爸妈在那。"梁念在短暂的慌乱后恢复过来，从旁边商店收银台借来一支笔，在陈星河手上写下电话，"记得联系我。"

凡·高

一个不食人间烟火的知青，一个神经质的疯子，人们常常看着两人在村里相伴出行，甚至有传言说，知识青年林永年找了个傻子给他做裸体模特儿，简直是一道奇观。

那时候，每个周末休息的时候，林永年都会带着陈水根去写生，有时在凤凰山上，有时在清水溪。用林永年的话说，只有不断地尝试，才能磨炼绘画的触觉，以及对线条的理解。

陈水根是个不错的学生，人体结构、速写、透视法，这些都学得很快，而且很拼命，就好像这是某个必须完成的任务。

"水根，这是一门艺术，没必要给自己太大压力。"这天，在临江亭，林永年劝慰道。

"师父，你以前跟我说过，绘画是看待事物的一种方式，这对你来说的确是艺术，但对我而言，却仅仅是一种表达的渠道。"陈水根眯缝着一只眼，拿炭笔比画着对面山峰的比例。

"你到底想通过绘画表达什么，挂壁公路里那些线条？"

"画我看到的。"

"看到的？矛盾空间是不存在的，所以才被称为不可能图形。水根，你究竟看到了什么？"

"师父，你知道吗，在你眼中，世界是由坚实稳定的线条构建而成，而在我看来，物体的几何结构，却都存在一种朝着某个方向倾斜跌落的趋势，只消多看片刻，它们就会真的扭曲在一起，变得无法名状。"陈水根跟随林永年学了很多，已经能够表达出自己的所见，而不是单纯将他们视为邪祟或妖孽。

"变成不可能图形？"林永年难以置信道，"所以，你是想把眼前的这些，通过绘画表达出来？"

"不，不是眼前的这些。"陈水根摇头道，"而是那些遥远记忆里的东西。而且，我发现，这些记忆正在消失，所以我必须尽快。"

"难道，你真的看到过矛盾空间？"林永年有些诧异，他一度认为，挂壁公路里的线条是陈水根绘画天赋的体现，从未觉得那是真实所见。

"嗯。"陈水根放下画笔，斜倚在临江亭的美人靠上，旁边搁着他那杆旱烟袋。这不是陈水根第一次向别人讲述那天发生的事，但林永年是第一个愿意听的人，而且似乎是唯一一个不觉得他在胡说八道的人。

那天，在挂壁公路令人惊惧的爆炸声响起前，十四岁的陈水根陷入了一种无法名状的空间，黑暗笼罩了一切目光所及之处。

隐隐地，某些光线不断闪烁变幻着，在黑暗中亮起。陈水根的意识哆嗦着，试图寻找阿兴和其他大人，可一无所获，挂壁公路消失了，取而代之的是无助感笼罩着全身。

父亲死在了当时的雷管爆炸中，但陈水根在那一刻，似乎什么都没有听到,四下里一片沉寂,更多的视野范围开始慢慢亮起,像山谷中被快进后的黎明正在被点亮。

陈水根一时间找不到焦点,意识胡乱翻转,逐渐熟悉了环境后,陈水根终于看到,周遭所见尽是无法描述的可怕场景,光怪陆离。

奇怪的线条杂乱至极,又似乎富有某种内在的有序性,像是某种机械图纸,但精细和复杂程度更甚,线条之间没有远近之分,重叠在一起。

陈水根伸出手,试图去触碰眼前的某个线条,可是扑了个空,这只是些光亮强度不一的闪烁而已,线条都算不上。紧接着,线条组成的图案开始旋转。陈水根很快便明白过来是自己在飘荡,意识像离开了地面,没有脚踏实地的感觉,熟悉的一切感知都消失了,意识脱离了一切,时快时慢,恣意地穿梭其中,像被飓风胡乱拍打的没有线的风筝。

"所以你在那里看到的那些线条是长留村?"林永年问。

"嗯。"

"这怎么能分辨得出来呢?"

"如果你在某个房间里被关上一整年,应该能把房间的每个细节都刻在脑壳里吧。"陈水根的眼神陷入无限的悲伤中,"我找到了几处线条的细节,能确定那就是长留村。"

"你的意思是,你在这个空间里待了一整年?"

"我不知道,似乎没有时间的概念,那是几乎没有尽头的岁月。"

临江亭外,清水溪静静地流淌,像时间之箭。秋天的气息从凤凰山的山顶往下蔓延,山林的色彩渐变、跳跃,犹如一幅忧郁的油画。林永年在来到长留村后的很长一段时间里与这里格格不入,找不到归宿。因此,他知道那样的心境,理解陈水根所说的"那是几乎没有尽头的岁月"中所透露出的无限悲伤。

"长留村外呢,还有别的吗?"

"长留村外就仿佛一片地狱,被看不见的烈火灼烧殆尽后,留下妖孽横行。"陈水根陷入可怕的记忆里，神经质般摇晃起脑袋来，"我跟他们说过，那些来调查的人，可他们不信我。"

林永年手掌握住陈水根的肩膀安慰他。

"还有，在更宽阔的视野中，寒冷、空旷、沉寂，弥漫着整个世界。"陈水根仰起头，"可是，那些其他的所见，过于陌生，我并不知道是哪里。"

"没事了，水根。一切都过去了。"

陈水根跟随林永年学习绘画的时光，在几年后结束了。那是20世纪70年代末的一个春天，林永年在一次劳动中被伐倒的高大樟树砸中了胸口，村里人将他背回家里，又徒步翻山越岭赶去找大夫。

林永年身上的衣服被血浸透了，陈水根留下照料林永年，一边擦拭他脸上和脖子上的血迹，一边撇开眼转移着话题："师父，雨季又来了，潮得很，下午我帮你把被子拿去灶台边上烤下。"

"水根，替我画一张肖像画吧。"

陈水根看向林永年残破的身体。在他的印象里，林永年自来到长留村开始，便是一副与世无争懦弱的样子——林永年知道自己回不去城里了，他所崇尚的艺术，在这个贫瘠的山谷中一无是处，时间磨平了一个艺术家的一切桀骜。

陈水根架起画架，他知道，师父这是想让自己给他画遗像呢。

"师父，我一直想问你，自始至终，你有没有相信过我跟你说过的那些事情。"陈水根看着未完成的画，叹息着，"其实连我自己有时候都怀疑，可能我看到的那些，只是一场大梦呢。又或许，我确实是疯了呢，得了癔症，也可能是被什么不干净的东西缠上了，也说不定。"

"我信你，水根。你知道吗，很多艺术家都有与众不同的地方。"林永年支撑着坐起身，眼中蒙着一层眼翳，"匈牙利作曲家李斯特，在指挥乐队排练的时候，经常对乐手说，这里应该再蓝一些，那里应该更粉一些，他可以看到音乐的颜色。而凡·高，他能够看到温度，闻到颜色，体会忧郁，这一切都最终呈现在了他的画作上。"

"算了，不讨论这些了，我也不懂。师父，你躺好，我给你倒碗水。"

"但也正是因此，他们所具备的天赋，在人们眼中就是异类的存在，这让他们失去了很多平凡人拥有的东西。但是，水根，你要学会承担这些，而且，很可能一辈子都要去忍受。"林永年沉默了会儿，"尤其是，当我不在的时候。"

"嗯，师父，我明白了。"陈水根抹着眼泪沉吟道。

林永年是当晚去世的，烧开的井水就喝了一口，赤脚医生还没来得及赶到。

后来的很多年里，陈水根常常想起林永年的话。但他其实并不想成为凡·高，他更愿意做个普通人。

陈水根听说，挂壁公路爆炸那天，在场的许多人也都看见了幻象，但没有一个人像他这样昏迷十来天，深陷其中，即使醒来也无法摆脱。他们没有因此而成为跛子，也没有成为癫子。

真不公平啊，为什么是我。

陈水根这么想着。

那之后，村里人便开始嚼舌根，说陈水根八字里自带孤辰命格。

刚出生的时候，母亲就因难产而死，父亲倒在挂壁公路的雷管爆炸中，如今，唯一亲近他的林永年，最终也呜呼哀哉了。

而陈水根，将师父的死归咎于挂壁公路。他认为，如果不是因为这片闭塞的山谷，如果不是因为挂壁公路停止修建，师父便能得到救治。因此，自那以后，山谷中便又响起了八斤锤撞击钢钎的声音，挂壁公路的工程重新启动了。

只要有人坚持去做，哪怕这一代无法完成，下一代总会做到的。陈水根是这么认为的。

"疯了疯了，水先生彻底治不好了。"村里人每次抬头听得峭壁上传来敲凿的叮叮声，便摇头来上这么一句，"这是要跟老天作对啊，人怎么可能改变得了山呢。"

后来，陈水根索性直接把自己的家安在了挂壁公路上，垒起灶台，安置好被褥，还有他的画架。他绝大部分时候头戴藤帽，赤膊凿着石头，有时候又像是突然想起了什么，蓦地扔掉八斤锤，坐在画架前，把记忆里的画面绘制出来。又或者，独自端端坐着，嘴里叼着旱烟袋，看向自己曾经在石壁上绘制的图案发呆，仿佛回到那个世界，那个意识完全脱离了身体束缚的苍茫空间中。直到天色彻底暗下来，这才煮点野菜草草吃了，听着远处的江涛声睡过去。

如此日复一日后，挂壁公路肉眼可见地一点点向前推进，村里渐渐有人给他送些盐和新鲜蔬菜，有时候他甚至会收到野猪肉。

"水先生到底疯没疯啊。"又过了些时日，村里人开始犹豫起大家对于陈水根的质疑来，"如果多些人，说不定真的能有所改变呢。"

于是，慢慢地，挂壁公路上的敲凿声多了起来，尤其是农忙时节过去之后。寒暑假时，村里的少年们也会来帮忙。就这样，在陈水根默默的坚持和带动下，挂壁公路开凿了整整 6 年，一共完成了 5 公里，这才跟凤凰山外的一条土路贯通，山谷里的长留村终于与外界联系了起来。

而陈水根，由于常年体力劳动过重，加上营养不良，小腿肌肉萎缩，脚掌也变得畸形，他便真的成了跛子。但无论如何，挂壁公路通车了，长留村融入了更广阔的世界。甚至在很多年以后，这里被打造成了景点。

那时候，水先生已然是水老头了。

由于没有经济收入，水老头被福利院收容，在余下的生命里，也很少再作画，只是经常不由自主地走到已然变成景点的挂壁公路去。在那里，他一坐就是一整天。

命运的价码

陈星河毕业后,在出版社工作了三个月,他对这种圈养式的工作环境感到极度不适,每工作个把小时,就得把自己关进卫生间的隔间里,戴上耳机,以平复他惶然的心境,只等着下班后回到家,带上头显,进入庄周的世界。

最初的庄周系统,技术还相当粗糙,穿戴设备沉重,只能通过手势和眼动跟踪进行交互,系统延迟也没有得到很好的解决。不过,对于陈星河而言,这简直是世外桃源般的存在。

他在属于自己的元宇宙空间中,肆意地挥手创造,音乐的节奏也随着景色的叠加,在脑中变幻,通过对景色细致入微的调整,使感知到的音乐趋近完美。陈星河有时甚至觉得如果能够一直生活在庄周的世界中,抛弃现实世界,不用再理会那些异样的目光,该多好。

这种不切实际的幻想,加剧了陈星河对现实的逃避,工作无法专注,不出意外,最终转正失败。

失业后的陈星河选择了成为独立音乐人。

自己写歌、录歌,没有宣传的费用,只能背着吉他在陌生的城市跑livehouse,替自己宣传,偶尔能参加一些小型音乐节。报酬很少,勉强能维持生活。尽管如此,远离凤凰山,将生活沉浸在音乐里,是陈星河能找到的唯一行之有效的方式,摆脱耳中的幻觉和心中不安。

可最近几个礼拜,陈星河犯病却越发频繁了。

那天,陈星河坐在舞台上,踩着效果器,音响里传来简单的和弦变换和自己唱歌的声音,场地里,稀稀拉拉的观众,喝酒聊着天。昏暗的光影中,仿佛隐藏着一个巨大的黢黑空洞,陈星河几乎能看见,一股轰鸣声如洪水般涌上舞台,前所未有的强烈的音墙砸向他。

陈星河捂着耳朵,不顾台下观众异样的神情冲向后台,轰鸣声全然没有退却的征兆，反而更加肆无忌惮。

陈星河钻进卫生间里，胆汁都快吐出来了，眼前天旋地转，伴随着剧烈的耳鸣，意识似乎被挂在一辆疾驰的高铁车厢外，整个世界都在眼前狂奔和鸣叫，远处的山川、湖泊，城市里的立交桥、车流、密密麻麻的建筑，舞台下的观众说话声，这些声音由远及近混杂在一起，呼啸着钻进自己脑中。

接着，意识开始盘旋着上升，山脉、江河以一种诡异的形式闪现，尽收眼底，随后，是漫无边际的死寂。轰鸣声消失了，连白噪音都消失了，像空气被抽干了一般沉寂。整个地球浮现在眼前，在陈星河看来，它本应该是一颗蓝色的玻璃弹珠，可如今却扭曲得像是个千疮百孔的奶酪。宇宙像一株望不见顶的苍茫大树，根茎深深插进波浪一样的空间中，树干树枝如隧道一般贯穿其中。

陈星河的意识疯狂地穿梭其中，像极了一辆飞奔疾驰的高铁。

症状稍微消退些后，陈星河打车到最近的医院。

"我有病。"陈星河扯着坐诊大夫的领子，几乎快跪下来了，"我真的有病，求你了。"

"年轻人，该做的检查都做过了，只查出来三叉神经炎，是因为你压力太大导致的，没有其他大毛病，身体好得很。你干什么，哎哟。"头发花白的主任医师跟跟跄跄，他的力气远不如陈星河，重心不稳一屁股跌坐在诊室外的走廊上，"我这里是神经科，不是精神科。"

"半个钟头前还在发病，我能听到成千上万人在说话，脑子里像装了几十个菜市场，还有轰鸣声和爆炸声，就好像上百架飞机在我脑子里同时起飞，上千颗炸弹在脑子里炸开……"走廊里围满了人，举着手机或激动或惊惧地拍着视频。陈星河最终跪倒在大夫身边，紧紧拽着大夫的腿，"王八蛋才骗你，你重新检查下，我真的有病。"

保安终于拨开人群，姗姗来迟，不由分说一左一右把陈星河架走，结束了这场闹剧。

"我真的有病,你们见死不救。"陈星河被拖着穿过医院大堂,嘴里骂骂咧咧,号啕大哭,"庸医,都他妈是庸医。"

这是陈星河因为妄想症的事,第一次到医院求诊,要不是实在受不了,他决计不会愿意将事情闹到这步田地的。

人群散去,陈星河独自落寞地站在医院外,衣着狼狈地拨通了那通曾经写在手掌上的电话。

"我终于还是接到你的电话了。"电话那头,梁念语气冷冰冰地说道。

"似乎你一早便知道,我肯定会联系你。"陈星河疑惑道。

"无论你是否承认,我们拥有同一个梦境,这意味着我们有相似的感官世界。"

"……"陈星河在电话里沉默着,没有承认这一点。

"以前我不知道你究竟在恐惧和逃避什么。直到我看到陈水根留在挂壁公路上的画,了解了他在长留村的人生故事。我猜测,你大概是害怕自己跟陈水根一样,变成叼着旱烟袋在街上闲逛的疯子吧。"

"呵,你居然还知道水老头的事。"陈星河道,"你也会产生那些幻觉吧,但为什么你可以那么坦然地接受这一切。"

"的确有。但是,我从不认为自己所经历的这些是负担。反而,我认为那是馈赠。"

"馈赠?"陈星河冷冷地笑了笑,"哼。那么,命运所标好的价码未免也太过于昂贵了。"

"尽管立场不同,但我知道,你一定很想探寻这背后的原因吧。"梁念说道,"所以我知道,你一定会联系我。"

"你是说,你找到答案了?"陈星河难以置信地问,"我,不是妄想症,也不会变成守村人?"

"当然不是妄想症,陈水根不是,你我也都不是。这一切是有原因的。"梁念顿了顿说道,"我只知道所有问题的根源所在,但真正的答案需要你自己来探寻。"

第二天,陈星河买了最早的一个航班的机票,抛下一切,去追寻萦绕人生的未知答案。否则,音乐史上,可能马上就会多一个神经质的疯子。

陈星河知道,一切都跟那片山谷有关系,跟凤凰山有关系,甚至,他清楚地知道答案就在凤凰山被栅栏隔绝起来的山顶上。

陈星河从大巴车上下来,于岔路口再次见到那个无数次在跨江大桥的梦境中出现过的人。比起上次见到她,似乎更消瘦了,但仍旧板着脸,跟扑克牌里的大小王一样。

"你所说的答案,究竟是什么?"陈星河随着梁念走进那扇隔绝世界的大门,两个人影穿梭在崎岖的小路上,江风和煦,树影摇曳。陈星河喘着粗气问。

"我没法告诉你,在见到任老前,我不能说太多。"梁念走在前面,回头皱着眉,"况且,即便我可以说,我也无法描述它,我只知道它在那里,但它究竟是什么,目前我们并不清楚。你得自己亲眼去看。"

又走出去十来分钟,在一片开阔的平地上,一扇大门挺立在眼前,两个手持自动步枪的安保人员端端立在两边。梁念出示了工作证,走进大门,是一条亮堂堂的隧道向下延伸,再往里二三十米的地方,有另一道门。

见梁念到来,一个两鬓开始泛白的老头从旁边的房间里走出来,上下打量着陈星河。"梁念跟我说,你也具备联觉感官,看起来也没有什么特别的嘛。"老头随即伸出手握了握,"我姓任,是梁念的导师。"

"你好。"陈星河显得有些不知所措。

任老把手上的文件递给陈星河。"想走进另一道门,先把保密协议签了。"

陈星河看向梁念："你确定，走进去不是要把我解剖了？别看我只是个三流民谣歌手，我的粉丝还是很疯狂的，如果我失踪了，他们能把凤凰山炸平。"

梁念白了他一眼。"就算说出去，也没人信你。赶紧签吧，别啰唆。"

陈星河一边签一边嘟囔着："你从来都不开玩笑的吗，这里气氛太严肃了。"

签完保密协议，任老递给他一套防护服。三人把身体装进防护服里，穿过面前的第二道门，经过一系列消杀过程，穿过第三道门，迎来一条没有尽头的隧道，仍旧向下延伸，光线明亮，隧道两边，扩建出了其他房间，用作办公、休息，其他更多的则像是实验室。

转过两个路口后，眼前出现一个巨大的豁口，空间豁然开朗，方才的压抑感蓦然消失。豁口边的墙上贴着铭牌，"鸟巢"。

鸟巢的空间很开阔，被开挖成了规则的球形，直径将近五六十米，钢结构的桁梁支撑着整个空间，一层层的走道绕着球形空间的最外围分布，打眼望去，至少七八层，钢楼梯将它们连接起来。走道边，架着一排排高速摄像机，闪烁着工作指示灯。视野里，二三十个穿防护服的工作人员各司其职工作着。

"这是什么，一个怪异的斗兽场？"陈星河笑着说。

"再仔细看看呢。"梁念手指着球形空间的正中间。

陈星河望过去，的确有个小东西飘浮在空中，由于体积太小，他一开始并没有注意到。他眯缝着眼，正打算仔细看看，那个小东西突然间无声地急剧膨胀起来，球形表面伸出无数变换着的突刺，突刺如一列高速行驶的火车冲向陈星河。

陈星河吓得猛然后退，甚至来不及骂娘，便撞在墙上一屁股跌坐在地。

突刺最终骤然停止在距离陈星河一米外的地方，然后急剧收缩，却又没有收缩到起初的大小。总之，毫无规律地变换，速度极快地收起突刺，竟变成一个多面体的形状，然后是一个甜甜圈的模样，就这么毫无依托地漂浮着，变换着。

"这，这是什么鬼东西？"陈星河瘫坐在地上，目瞪口呆。

"这就是凤凰计划的核心，凤凰。"

凤凰计划

梁念从小便是别人家里的孩子。

乖巧听话、成绩好，还连续跳级，16岁便高中毕业。但很少有人去关心为什么她不爱说话，敏感而孤僻。

梁念在城里跟姥姥住，父亲母亲没时间照顾她，他们都在一个叫长留村的地方，在山里做研究。具体研究什么内容，梁念在少女时代，是一概不知的。

总之，像这样在学业上毫无瑕疵的孩子，又没有父母陪伴在身边，在其他同龄人眼里，就是怪胎和异类了。

"我妈说，我给你提鞋都不配。"12岁那年，有个同班的男生，放学后在楼梯口堵住梁念，脸上紫了一块，像没多久前刚被揍过，"我看，你也没什么了不起的嘛。"

"她说得不对。"梁念很正经地回答，"人都是平等的，只是天赋不同而已，没有什么配与不配。况且，我也并不需要谁来帮我提鞋。"

男孩见梁念一本正经，并无畏惧的神色，便怒从中来。"只知道说风凉话，要不是你，我妈不会没收我这个星期的零花钱。"

梁念垂手站在台阶上，很认真地思考后说道："如果你只是想证明自己可以提鞋的话。"梁念说着弯下腰，脱下运动鞋，递给他，"给你，你可以带回家，让你妈看看，你可以做到的，看她能把零花钱还给你吗。不过，明天到学校你得把鞋还给我。"

看着梁念手中拎着的鞋，男孩觉得自己被蔑视和侮辱了，涨红着脸，挥起拳头朝梁念抡去。

由于跳过级，同班的男孩其实比梁念大足足两岁，块头也结实得多，战斗力相差悬殊。但梁念后撤一步并侧了侧身体，男孩的拳头便抡了个空，只打掉了梁念手中的鞋，接着整个身体重重摔下楼梯，当场磕掉了两颗门牙，满嘴是血。

梁念回头看了看，穿上鞋便走开了，嘴里嘟囔着："重心轨迹遵守最基本的力学，在没有完全掌握骨骼和肌肉在力学传导上的逻辑之前，所有暴力都是没有意义的。"

在男孩的号啕大哭中，有另外几个路过的孩子目睹了全过程，随后把梁念描述成阎王殿里的白无常，冷漠而无情。

对于被同龄人不友善的对待，梁念习以为常，她对自己保有很客观的认知。

她能看到事物不同的一面，尽管她并不清楚那些是什么。她不知道常年徘徊在梦境中那座没有尽头的跨江大桥是什么，也不知道梦中的男孩是谁。

梁念从小便知道自己的与众不同，她能看见音乐中的色彩，忧郁钢琴曲的湛蓝色，平和歌声中的墨绿色，能在朝阳中闻到鱼腥草的味道，而盛夏黄昏的味道，跟10岁某天在校门口吃的那碗粉很像，辛辣而爽口。不同于普通的联觉者，除了那些充斥在视野里的流光溢彩，似乎还有某种虚幻的图景，跟真实世界重叠在一起，那似乎是那些色彩的某种表征。

对于这些困扰，梁念的选择全然不同于陈星河，她默默地接受了这一切，努力分辨真实世界和背景中那些虚幻的图景，试图寻找其中的规律。梁念努力剥离所有物质存在，去除经验主义，通过数学推断事物的本质所在。

梁念发现，当你接受并了解了它之后，它会带来一种真实世界无法提供的空间感受。这种感受，帮助她在欧式空间、黎曼几何和闵氏空间中，找到直观而便捷的解析方式。

也正因为梁念始终知道，自己跟生活里的其他人不一样，她开始变得寡言少语，大部分的精力都用在观察真实世界以外的图景中，待人接物冷淡而直接，板着脸。后来，用陈星河的话说，"搞得像谁都欠你百八十万的样子。"

唯一令她觉得不那么孤独的，是那个特别的梦，站在由跨江大桥构建的莫比乌斯带上，无论如何奔跑，都无法抵达终点，船在天空中行驶，云彩匍匐在脚下。而马路对面的男孩，慌张而躁动，她看不清他的脸，唯一能感受到的，是他身上所蒸腾出的瓦蓝色雾气。

梁念并不清楚这一切有什么实际意义，直到某年，梁念按例到父母工作的凤凰山过暑假，由于只能待在家属区，生活百无聊赖，来到山腰处挂壁公路景区闲逛的梁念，看到了那个梦里的男孩。

也正是在那一天，父母所在的研究基地，在实验中发生了严重的安全事故，包括父母在内的十几个研究人员殉职了。那是梁念第一次走进研究所。

研究所的大门内外一片慌乱，混乱中，梁念跟随救护人员冲进地下基地，在未烧尽的火焰的高温中，梁念看到了那个处于无规则变化中似乎没有实体的凤凰。凤凰所在的鸟巢，在爆炸后留下无数残骸，消防喷淋疯狂地喷洒着消防水，警报声大作，钢铁桁架横七竖八地扭曲在地上，硬生生地插进墙里，更多的电子设备闪着火花，残破的身体，一块块的到处都是。

前来救援的人，无不神情严峻地穿梭在隧道里，唯有梁念，怔怔地呆望着眼前狼藉的场景和慌乱的人，小小的身体前，是凤凰巨大的轮廓，膨胀，收缩，变换着，俯视着她。

混乱中，一个坚实的身影走来，挡在梁念无限彷徨的眼神前，将一切慌乱阻挡在身后。

是任老，梁念认得他，父母所在项目组的组长，曾到家属区的家里做过客，也是后来梁念研究生阶段的导师。不过，那是第二年的事了。

梁念拿着自己刚发表的论文，来到任老所在的高校。任老除了负责凤凰计划项目，同时担任高校里的博士研究生导师。

"《基于四维协变体系下的哈密顿系统方程稳定解》，刚发表的时候，我便已经看过了。"任老放下论文，"尽管，这只是一种度规张量在假设状态下进行的类比变换形式，但仍旧具有相当的理论价值。"

"任老，我想请求您作为我研究生阶段的导师。"梁念所透露出的眼神十分坚定。

"计算物理？"任老挑起眉头问。

计算物理，利用现代数学理论解决各种物理问题，这的确是梁念认为自己卓越的空间感受能力可能带来实际意义的方向。而任老，正是如今国内计算物理方面首屈一指的泰斗。

"对，计算物理。"梁念逼近一步，"还有，我想加入凤凰计划。"

"凤凰计划不适合你参与进来，你父母正是在这个项目中殉职的，这会影响你的理性判断。"任老摇摇头，"如果你只是因为他们而参与，我不得不拒绝你。"

"不只是为了他们，还有我自己。"

"你自己？"

梁念沉默了半晌，把自己的感官世界向任老和盘托出。

"那天，我第一次看见凤凰在我眼前'跳动'，我就知道自己所看见的真实世界以外的幻象是凤凰引发的。我并不是一个局外人。"

任老惊讶得说不出话，端起茶杯拧开又放下，"可是，其他人并没有因此看到幻象。"

"从小的时候开始，每年寒暑假我都在那里的家属区度过，我猜测，这种超感官现象，可能是我本身所具备的联觉神经在凤凰的作用下被放大的结果。"

起初，任老只是收下了这个优秀的研究生，但并未同意梁念加入凤凰计划。他知道，项目研究，可能让梁念更加无法摆脱父母去世的阴影，这对她并不公平。直到梁念研究生毕业，凤凰计划仍旧没什么进展，任老无奈，这才邀请梁念加入其中。

那是梁念在父母殉职后第一次走进凤凰山。

"那究竟是什么？"梁念站在巨大球形空间——鸟巢中，明明不是第一次见到凤凰，但内心深处仍旧充斥着震惊和惶恐，"这是谁造出来的，干什么用的？"

任老站在爆炸事故后新建的钢连廊上，在梁念的背后："没有谁创造它。20世纪80年代后期，为了贯通长江两岸，一座跨江大桥投入建设，原先的挂壁公路并不满足大型车辆运输条件。因此，设计团队准备重新挖一条隧道与跨江大桥连接。隧道开挖不久便发现凤凰了，很快，隧道工程被终止，转而通过凤凰山北面新建高架公路解决交通问题。"

任老叹了口气继续说："凤凰计划也是从那时候启动的，从项目伊始，我便作为组员参与进来。如今，它就像一颗怪异的心脏，就这么在眼前持续跳动了三十多年，我们却一筹莫展。"

"有什么结论吗，它究竟是什么，又为何会出现。"

"凤凰的出现，其实至少可以追溯到将近50年前。那时，长留村村民在开凿挂壁公路时，发生了集体昏厥，并陷入幻象的情况。当时县里派人来调查过，但并没有找到具体的原因，最终被草草归因于食物中毒而不了了之。但我觉得，凤凰也许就是那时候出现的。"任老从回忆中抬起头，"不过，即便知道这些，也无法解释他为什么出现。"

"为，为什么没有影子？"梁念紧紧盯着凤凰，很快发现了诡异的地方，"它没有实体？"。

"这就是关键。"任老皱了皱眉，"我们试过几乎所有材质，都无法触碰到它。既不吸收光，也不反射光。"

"不反射光？为什么能看见它。"

"你能看见自己的影子吗？"任老反问道。

"能，能看见。"梁念似乎明白了其中的缘由。

"这就是它能被观测到的原因，它周围空气中的分子，似乎被赋予了在紫色可见光波段的反射能力，使得它看起来似乎是有形的。但是，它本身并没有任何引力作用，对电磁波也毫无影响，同时不产生任何辐射。我们做过动物实验，它对生命体的确没有影响。但是一切都太过诡异，所以，防护服仍旧是近距离接触的标准程序之一。"

"任老，那微观层面呢？"

"鸟巢东西两侧的隧道里，正在建设一个小型的螺旋粒子加速器，等完工时就能进行微观层面的试验了。"

"那么，在加速器建成之前，目前唯一可能的突破点，就只剩下其本身的形状变化了。"梁念坐在观察室内，望着硕大的液晶屏幕，屏幕上，是凤凰的实时图像，"信息被隐藏在了图形里。我猜，这就是任老邀请我加入凤凰计划的原因吧。"

"没错。但我希望你不要执着于你父母的殉职，而是真正作为局内人，利用你敏锐的空间感知能力，从你的角度，找到其中所隐藏的信息。毕竟，目前的进展实在太有限了，项目急需不同的研究视角。"

"任老，你是说，凤凰有可能隐藏着有意义的信息？"梁念皱起眉头，表情比平时更严肃了，"是史前文明？"

"也可能是地外文明，谁也不清楚。"任老直摇头。

"如果是文明所留下的信息，那就意味着，信息是具备语言逻辑的。"梁念打开自己随身携带的笔记本电脑,"那么,反过来想想,当人类试图给其他文明发送信息时,会发送些什么?"

"你是说,由阿雷西博天文台向M13发送的无线电信息?"任老恍然大悟。

"没错,1974年发送的阿雷西博信息,包含了与地外文明建立联系的基本信息,包括人类DNA的化学式和结构、人类生物体大小、地球人口、太阳系结构等。"梁念搜索着阿雷西博信息的二进制处理方式,"也许,这便是我们的突破方向。"

以此作为思路,梁念很快摆脱了初到鸟巢的震惊,进入工作状态中。

由于从项目伊始,任老便安排项目组使用高速摄像机对凤凰进行了3D拍摄记录,梁念借由这些历史数据,启动了对凤凰进行建模的庞杂工作。

工作刚进行到一半,梁念便确认自己的思路是对的。

变换中的凤凰,大量穿插着一段持续大约2秒,不断重复的图形变换。这是某种间隔负责将关键信息标注和独立出来。

这就像阿雷西博信息中,所有二进制的信息,必须按照 73×23 的网格进行排列,才能正确地解读。

梁念找到了解读凤凰信息的第一把钥匙。她将这些重复信息视为间隔点,对间隔点之间的其他3D图形进行建模,归类分析。但第二把钥匙始终没有出现,这些关键信息,并没有跟阿雷西博信息一样,呈现出任何进位计数制的形式,凤凰的变换千奇百怪,似乎毫无规律可言。

分析陷入僵局的时候,梁念接到了陈星河的电话。

由于凤凰的原因,陈星河和自己有着相同的感官世界,也许,从他的角度来看,没准能看到不一样的东西呢。梁念想。

阿卡西空间

离开鸟巢后，陈星河怔怔地坐在观察室，听梁念介绍完凤凰计划在前期的进展，防护服也来不及脱下，拉链只解到胸口处，脑子里像被塞满了七零八落的各种零件。

"我主修的是图书管理专业，一个专科的小厮，如今只是一个三流民谣歌手……"陈星河尴尬地笑起来，"二进制、地外文明、阿雷西博，这都是些什么鬼？"

"那你认为凤凰是什么？"

"怕不是这山里什么东西成精了，但修炼还不到家，成不了人形？"陈星河开着玩笑，动作和语气都极尽夸张，试图缓和眼前严肃的气氛，同时掩饰自己在见到凤凰后的慌张和窘迫。

"正经点，这事可不是开玩笑的。"梁念翻了个白眼，冷脸道，"你不需要懂那些研究过程，你只需要知道，凤凰的信息对你我，甚至对整个文明来说可能都是至关重要的。"

"哎呀，我明白。"陈星河不耐烦地嘟囔着，"那个东西，说白了，很可能携带某种信息，但是信息的传递者具体是谁，究竟是侵略者还是和平使者，还没搞清楚。"

任老点了点头。

"说了半天，你们都没弄清楚。"陈星河又强调了一遍，"老天爷，我读的是图书管理专业，我怎么能弄懂呢，这些对我来说，简直就是天方夜谭，对牛弹琴。我只想知道，这个凤凰，为什么会把我变成如今这个怪胎模样，我只是想要一个答案。"

"别着急，孩子。"任老看向梁念，"在梁念参与到项目之前，我们始终无法找到方向，的确走了很多弯路，这是我的责任。但是，梁念作为局内人，她比我们任何人都更能洞悉凤凰在数学层面的表达，我相信，凤凰计划如今已经走上了正确的道路。"

"我听梁念说过，你们都能以一种很特别的方式，在现实的经验世界以外，看见另一个感官世界。起初，我并不相信这样的无稽之谈，但是看到梁念在空间结构上异常敏感的天赋，我知道，这是真的。"任老又拍了拍陈星河的肩膀道，"尽管梁念为我们找到了正确的方向，但是仍旧存在诸多困难，你能主动加入，我们都很高兴，希望能尽快找到凤凰背后的答案吧。"

至此，陈星河正式加入了凤凰计划。最开始的一段时间，他什么忙都帮不上，项目组其他研究员，像陀螺一样忙碌，但陈星河，绝大多数时间，都只能坐在鸟巢旁，望着变换的凤凰，似乎这样便可以看穿其背后的答案。

"最近有什么进展吗？"陈星河坐在廊架上，见梁念走过来。

"一筹莫展。"梁念摊摊手，一脸快然。

"有什么我能帮上忙的吗？"

"目前来看，似乎还没有。"梁念也坐下来，两人并排坐着望向凤凰，"你呢，有什么想法吗，我看你在这个位置坐了好几天了。"

"我也不知道。但总感觉，在这里观察鸟巢，是最舒适的。"

梁念露出不解的疑惑表情。

"你知道的，在我的感官中，事物会以音律的形式被我感知。变换中的凤凰也是如此。"陈星河解释道，"但我发现，当我从不同位置观察凤凰时，它所呈现出的音律感是不同的。而在这里，我所感知到的韵律，似乎是整个鸟巢里最和谐有力的。"

梁念听到这，转头直勾勾地看向凤凰，眼也不眨，像一尊石像。

"你怎么啦？"陈星河小心地问道。

"别说话。"

整整一个钟头后，梁念猛地站起身。"我看到了。"梁念疯狂地往研究室跑去，压根不管一旁的陈星河，"是毕达哥拉斯，我简直是个白痴。"

陈星河也起身来到研究室，任老已经在这了。

"星河是对的，凤凰在不同角度所提供的视觉感受不同。这一点，只有星河能看到，他对所见到的图形和线条存在天然的敏锐度，只不过，是以音乐韵律的形式去感知。而我，则对图形所呈现出的色彩更为敏感。"梁念盘坐在电脑前，调度出刚才位置的高速摄影片段，一帧帧回放起来。深夜的研究室，灯光惨白，任老也静静地看着。梁念最终调出凤凰视频中的某一帧图形，坚定道，"在我眼里，数字和图形可以具象为特定的色彩和波动形式，尤其是特有的图形，比如直角三角形。"

陈星河凑近了屏幕，望着凤凰怪异的形状，跟任老一样，一头雾水。

"我确信，在这一帧，我通过杂乱的色彩抓住的，就是代表毕达哥拉斯定理所呈现出的特有的米色波纹。"

"可是，它究竟是通过什么形式表达出毕达哥拉斯定理的。"

梁念从桌上抽出一张演算纸，在背面画了个不规则的菱形，将其中两个角点进行连线，看起来像个金字塔。

"金字塔？"

"没错，从目前的视角下，我们看到了金字塔的两个面。但如果我们站在金字塔的正面进行观察，看到的就仅仅是一个三角形。"梁念说着，又在一旁画了一个三角形，语速很快，"这是因为，我们在视觉上隐藏了一个维度的结果。刚才星河所处的观察点，也是同样的，隐藏了某个维度的信息，使得凤凰的信息简化为了三角形的数理关系。只不过，这是一个能被我在色彩上识别到的直角三角形信息，呈现出毕达哥拉斯定理所表征的米色波动。"

"如果梁念在色彩上的直觉是正确的，这就意味着，我们找到了凤凰所传递的信息，与我们的数学语言之间的联系，可以借此推导出这背后的逻辑了。"任老思索着说。

"看来，星河加入凤凰计划是正确的决定。"梁念看向身后的陈星河说道。

任老脸上困惑的表情逐渐舒展开，陈星河却显得更迷茫了，挠着头尴尬地笑着："总之，是有进展的意思吧。"

"几乎是决定性的进展。"梁念肯定道，但仍板着脸。

接下去的时间里，梁念忙于寻找其中的深层逻辑关系，试图构建出一整套程序，用于图形辨别。这跟翻译失传语言的机器学习系统在原理上差不多，但是，不同于特定语言的联结关系，在这里，使用的是特定的数理关系，没有现成的模块可供使用，只能花时间从头进行。

另外，一个以鸟巢为中心的螺旋磁路结构的粒子加速器，在5年前开始建设，如今正式完成交付。在另两条隧道中，两条巨大的管道，像钢铁巨蛇盘桓其中，粗壮的电缆藤蔓般攀附其上，最终交汇在鸟巢中。

起初，各种实验都表明，凤凰对于我们的世界，不存在力场的相互作用，但那都是宏观结论，唯有粒子加速器能在微观层面确认这一点。

所有人都集中在指挥室旁边的观测室里，等待加速器启动。

"两个质子束，从加速器通道的两端分别出发，在液态氦冷却的超导磁铁产生的巨大磁场中被加速，最终在螺旋结构加速器的中心，也就是在鸟巢中相撞。"梁念为陈星河解释道。

"会发生什么？"

"在质子束发生碰撞时，碰撞产生的微观粒子，在凤凰中是否会受到未知力场的作用，或者直接产生未知粒子，都有可能。"

加速器很成功完成了首次实验过程，数据信息在后台进行整合。

"我们的推测是对的。"任老看过打印出的数据结果后递给梁念，

"未知力场的作用，直接影响到了微观粒子间的渐进自由现象。这可能来源于更高维度的力场渗透。"任老又看了看陈星河，解释道，"某个未知的力场，改变了粒子的运动轨迹。"

"更高的维度？"陈星河一头雾水。

"在理论所预言的宇宙中，一个有别于我们所存在的世界，处于更高的维度，能看到三维空间里的一切。就好像我们所处的三维空间，能看到二维照片中的一切。"任老耐心地解释道。

"这听起来像是阿卡西记录？"陈星河自言自语道。

"那是什么？"这回轮到任老和梁念一头雾水了。

"听任老的意思，这个高维度空间，能感知我们三维世界的一切。其实在神秘学中，也存在类似的概念，认为阿卡西记录储存了世间一切信息和知识。阿卡西空间就隐藏在我们周围，只是，我们无法感知到它的存在。不过，据说阿马努金和特斯拉感知到过阿卡西记录，并据此完成了超越时代的成就。"陈星河不好意思地挠挠头，"不过，这些无论怎么看，都像是地摊文学。"

"神秘学吗？"任老摸着下巴上发白的胡茬喃喃道，"不过听起来倒的确像这么回事。"

"任老，这么说的话，梁念看到的色彩，以及我所听到的韵律，会不会也是因为感知到了阿卡西空间的信息啊。"陈星河小心翼翼地提出自己的想法，"是因为微观粒子作用的结果。"

"为什么这么说。"

"我最近看了些书，关于人类意识的成因，即便是目前，仍旧是科学界的未解难题。但主流科学界普遍认为，意识的出现脱离不开量子层面的作用。如今凤凰对高能粒子的力场渗透，不也是作用于量子层面吗？"

"确实有这个可能。"任老思忖了片刻，点头认可道，"这种超越经验世界的感官体验，是通过凤凰，在类似你和梁念这样具备联觉神经结构的人中，构建出了一个可观测的桥梁。"

"至少说明，可观测性在理论上是存在的，尽管我们并不清楚其中的机制。"

"你的意思是……"梁念明白过来，"建立稳定的观测通道，直观地进行观测？"

"没错，直接在意识层面，穿越到更高的维度，跟阿卡西空间进行链接。"陈星河道。

"少看些地摊文学，哪那么多穿越。"梁念板着脸白了一眼。

"我会考虑的，安排人论证其可行性。"任老思索片刻后道。

那之后，除了微观粒子方面的发现，梁念也取得了实质性的进展。

以毕达哥拉斯定理为突破点，确定了凤凰图形信息的编码逻辑，是 e 进制。对于纯数学而言，自然对数 e 作为基数的计数制，才是自然界中最高效的表达。

按理说，一旦确定了凤凰的立体图形所代表的数值，与数学定理之间的关系，应该很容易确定，这是毕达哥拉斯定理平方和定理的 e 进制表达。但事实却并非如此，因为，毕达哥拉斯定理在这里体现出了黎曼几何性质。

"黎曼几何？"陈星河疑惑道。

梁念又找来一张演算纸，画出一个直角三角形，然后将演算纸弯曲成一个圆筒状。连续多日熬夜进行分析，梁念的面容略显疲惫。

"比如这个平面上的直角三角形，遵从边长的平方和关系。但是一旦将这个平面弯曲后，其性质就会发生变化。"

"确实如此，看起来，内角和都不再是 180 度了。"陈星河皱着眉，"这么说的话，平方和关系就不存在了？"

"毕达哥拉斯定理的平方和性质仍旧是存在的。"梁念解释道，"只不过，不再是简单的边长平方和，而是将边长与角度视作整体向量，体现出向量的平方和关系。这里所说的角度，便是突破维度的曲率表达，平面正朝着更高的维度弯曲。"

陈星河似懂非懂，任老却恍然大悟道："结合粒子加速器的结论，便几乎可以确定了，凤凰确实来自更高的维度，确切地说，凤凰更像是一个来自更高维度的投影。"

"投影？"

"也就是你所说的，阿卡西空间的信息投射在了我们的世界。就像在路灯照射下，作为三维的你，投射在地上的影子。"梁念解释着。

凤凰正在一点点显露出自己的轮廓，但越是如此，越让凤凰计划参与者，感到不明所以的惶恐，所有研究人员都对这一结论目瞪口呆。

"其他信息呢？"任老立即问道，"除了已经被证实的毕达哥拉斯信息之外？"

研究室里的人都清楚，毕达哥拉斯定理的信息表达，仅仅让大家确认了，信息的传递者是具备智慧的，同时，为信息的解读提供了逻辑背景。但是更重要的信息，很可能隐藏在其他的图形表达中。

信息传递者的目的究竟是什么。是侵略的前奏，还是为了传授更深奥的宇宙法则。

都有可能，好莱坞电影曾无数次演绎过这样的桥段。

"目前，除了毕达哥拉斯定理，我还检索出了开普勒定律。之前，我们一直认为凤凰所传达的信息可能跟阿雷西博信息相似。但其实，凤凰真正传递的可能是类似于此的物理法则或非欧几何定理。由于信息涉及了更高维度下的理论推导，这是计算机无法胜任的工作，有些，甚至是创造性的。"梁念有些有气无力地说道，"要想解析其他信息，我们需要更多的时间，还有人。"

对于阿卡西空间中的物理定律以何种方式呈现，没有任何人有经验，全靠计算机模型导出的数据进行推导，再反过来进行人工确认，推导出的定律是否存在实质上的可能。一排排的黑板前站满了蓬头垢面的研究人员。

一直到一个月后的冬天，梁念在原本无迹可寻的海量数据中，以黎曼几何为基础，构建出协量变换体系，这一体系，可以对阿卡西空间的物理定律进行纠偏，减少了大量的计算工作。

到冬天快结束的时候，凡是能推导出的信息，基本已经落在了纸面上。其中绝大多数都是人类目前已经掌握的知识范畴。至于解码出的陌生知识，项目团队为此专门成立了相关研究小组，启动了对应的研究工作。

第二年开春，凤凰山的雪还没化尽，鸟巢内开启了另一项大工程。

"一个单独成立的小组已经突破了意识提取的技术，条件已具备，是时候启动观测项目了。"任老在例会上宣布。

"什么？"陈星河一头雾水。

"不是你提出来的吗，构建一个稳定的桥梁，对阿卡西空间直接进行观测。"任老看向坐在角落里的陈星河。

陈星河心中一阵悸动。

终于到这一天了吗？那些幻象和韵律究竟指向何处，萦绕在内心深处飘忽的不安感所带来的困惑，如今，终于有机会可以直面它。

二 凤凰

协变量观测望远镜

协变量观测望远镜呈巨型的环状结构，由十二根钢主梁支撑，包裹住变换中的凤凰，无数线缆从天而降，垂到鸟巢最下方的地板上。站在地上抬头望，整个望远镜，像一个由藤蔓向上生长支撑起的巨型戒指。

这是最终完工后的观测设备，其技术手段，用梁念的话解释是，在量子层面，经由凤凰的力场渗透，我们可以跟阿卡西空间进行相互作用，从而实现窥探。其中的主要技术，除了意识提取，更关键的是梁念所构建的协变量算法，这是确保观测桥梁稳定的核心。

终于到这一天了吗。那些幻象和韵律究竟指向何处，萦绕在内心深处飘忽的不安感所带来的困惑，如今，终于有机会可以直面它。

"不，不是你，星河。"梁念找到陈星河，"任老让我来找你谈谈。"

"什么意思？"

"我知道协变量观测望远镜对于你而言意味着什么，那是你终其一生追寻的答案。"梁念收起冰冷的面孔，沉吟道，"但是，选定的观测员不是你。"

"可这个构想本身就是我提出来的。"陈星河暴怒道。

"你得清楚，没有人知道观测能否成功，可一旦成功，观测到的未知领域是怎么样的，需要做出怎样的反应，这些都需要观测者具备极高的科学素养，拥有近乎条件反射般的判断力。"梁念无奈道，"你没有接受过系统的理论学习，那些科普书籍根本不足以支撑完成观测过程。"

陈星河即便有百般不愿意，但他心里也是清楚的，梁念所说的是事实。凤凰所传达的信息，不止关乎他一个人的执念，其影响甚至关乎于整个文明。因此，观测任务不可能交给像他这样的无名之辈手中。

"所以，被选中的观测员是你吧。"陈星河低垂着头，隐藏起自己的表情，"因为看起来有能力在意识层面进行观测的，似乎只有我们俩。"

"是的，观测任务将在下周正式启动。"

等待的时光是漫长而煎熬的，尤其是对于陈星河而言，他无法参与其中，只能徘徊在凤凰山顶，看山谷中被雾气笼罩的长留村，仿佛凝望迷雾中的未知。

观测日准时来到，所有工作人员都严阵以待，每一个环节都被模拟了无数遍，设备经由不同的工作人员进行交叉核验，以确保一切准备就绪。

陈星河没有前往观测点所在的鸟巢，而是选择待在监控室内，他觉得自己帮不上什么忙，只能远远地待着，手中捂着一本量子力学入门科普。对于那个答案，他心中既期待又惶恐。

从监控中，陈星河听到观测启动的指令，随后是静默又难熬的十几分钟，紧接着，负责监控室的工作人员慌乱地惊叫起来："出事了。"

陈星河破门而出，来不及穿上防护服，冲进鸟巢。只见梁念已经从观测设备被抬上担架，担架路过陈星河身边，梁念浑身被绑住，四肢抽搐，双眼只能看见眼白，嘴角抽动着呓语。

"飞船，被灌满水的……飞船，妖魔，妖魔鬼怪……"

陈星河的血管像被灌满了铅，无法动弹。

陈星河眼前竟出现了水老头的样子来，那个挥散不去的神经质模样,此刻,与梁念的面孔诡异地重叠在一起。

不过好在,陈星河担心的事情并没有发生。

梁念很快得到救治,镇静剂让她恢复了神志,只是身体还十分虚弱。

"真的什么都不记得了吗?"任老在病房里问道。

"我知道记忆就在那里,却看不清,像一片空白牢牢地占据着本该是记忆的地方。"梁念无力地回道。

"可那时候,你嘴里一直呓语着'飞船'和'妖怪'。"陈星河焦急道。

"抱歉,我真的什么都不记得。"

气氛沉默了一阵后,陈星河转向任老。"任老,我和梁念奇特的感官世界,都是凤凰带来的,梁念只是寒暑假在凤凰山区生活过,而我在这里长大。如果说独特的神经结构是建立链接的关键,那我受到凤凰的影响比梁念更大也更持久,我能成功的。"

"这一点,我们都清楚。"任老担忧道,"但你要知道,陈水根的意识,也曾跟凤凰发生过深度链接,可醒来后的很长一段时间,他都失去了逻辑能力,无法从阿卡西空间中抽离出来。梁念也在观测中发生意外,因此,后果是无法确定的。"

"我当然清楚。"陈星河眉眼沮丧起来,"我一直都是个很丧的人,觉得老天爷对我不公平,把梦境和现实混杂在一起赋予我,像做一场永远醒不过来的大梦,直到把我折腾成怪胎。用我阿妈的话说,不知道造了什么孽哦。所以,我怕自己变成水老头,成为别人眼里的怪胎。我从来没有告诉过任何人我能感知一个不一样的世界。"

"但是现在,这个证明自己不是怪胎和神经病的机会就在眼前,付出任何代价我都愿意。"陈星河看向任老,"更何况,按你们的话来说,凤凰很可能携带着足以改变地球文明的信息,而眼下,能完成观测的,只有我。"

任老沉默着同意了。

接下来的几天，准备工作有序展开，经过一系列体检和脑部接口微创手术，重复观测将正式启动。

梁念这时已经彻底恢复过来，用轮椅推着陈星河前往鸟巢的观测台。

"如果真的看到了飞船，那意味着什么。"梁念扶着陈星河从轮椅上走下，坐上观测台的躺椅。陈星河问道。

"不知道。"梁念神色清冷，"没有证据的猜测毫无意义。"

"你觉得，有没有一种可能，长得像妖怪的地外文明，正乘坐着飞船前往太阳系，而凤凰，只是他们传递宣战信息的渠道。"

"你最近又看地摊文学了吧。"梁念边为陈星河穿戴身体监测设备边说，"别想太多，现在你要做的，是集中注意力，别把自己变成陈水根。"

"嗯，我会尽力的。"陈星河斜靠在躺椅上，后脑的位置，微创手术留下的伤口隐隐作痛。他望向头顶的巨型环状结构，尽量放松全身的肌肉，把眼前的一切想象成一场大型核磁共振。

陈星河闭上眼睛，任由梁念将手腕般粗的数据线插入他后脑的接驳口，数据线另一头，连接着头顶的环形结构。

"指令长，观测准备已就绪，协变量观测望远镜，申请启动。"梁念对着夹在衣领上的麦克风说道。

阿卡西空间借由凤凰进行力场渗透，人的意识在量子层面与力场发生作用，尤其是联觉者特殊的大脑神经结构将把这种作用稳定在可进行观测的范围内，最终实现对渗透力场另一端的窥探，这便是协变量观测望远镜的基本原理。

观测大厅里，随着指令长任老的命令，一管镇静剂被推入陈星河的静脉中，他整个人的心境都安静平和下来。

"观测员体征数据稳定。"

"协变计算程序稳定，协变数据在阈值范围内，呈正弦波动。"

"凤凰微观力场已建立链接，通道稳定。"

"观测员陈星河，大脑进入三级慢波状态，体征稳定。"

……

随着一个个研究员的监测报告，指示灯一排排亮起。任老最终命令道："启动。"

穿越肉眼，究竟会抵达怎样的晦暗空间？

陈星河小小的意识，从脑中一跃而出，在一阵天旋地转中狂奔向不知名的陌生空间。

陈星河的意识一阵惶恐，飘荡其中，像被卷携进了洪流，周遭一片混沌，无法分辨任何事物。

短暂的眩晕感后，陈星河很快便适应了这里的空间感。令他不适应的，反而是听觉上的混乱。

无数窸窸窣窣的声音钻进意识深处，低沉的鸣叫，毫无韵律可言，在几乎所有音阶上随机跳跃。

陈星河"定睛看去"，无数泛着光的蛛丝编织连接成网，疏密有致，穿梭其中的是流动的黏稠浓汤的海洋，和永不停歇震荡着的波纹。令人诧异的是，空间中所有的细节，只要陈星河稍加感知，便全都能"看"到和"听"到，似乎整个无垠的世界，都存在于自己可感知的范围内，抑或自己存在于这个无垠世界的每个角落。

正这么想着，陈星河发现，专注在某个细节中时，局部细节所对应的音阶竟然慢慢和谐起来，秩序井然，其他噪音很自然地褪去。这应该就是被动地接受和真正观测的区别吧。

正当陈星河试图通过音律，分辨那些浓汤海洋中的波纹时，他注意到无数波纹中某一个点，像是被谁刻意标识了出来。

陈星河的意识,顺着黏稠的海洋滑去,思维的每一个触角都伸入其中,探索感知着这里的音节。

这些是什么。陈星河思忖着。

陈星河意识所感知到的,是好几十个开口的几何图形,内里构造复杂。他努力回想着梁念教予他的黎曼几何直觉,想象着这些几何图形可能的三维结构。

是飞船。没错,梁念是对的,这是一个由飞船组成的舰队。

紧接着,陈星河的意识,在毫无征兆的情况下,被一股强大的吸引力抽离,来到一处全新的空间,感知的音律也骤然变化。

这里,汪洋中的一团,剧烈地翻腾涌动着,周遭的洋流也随之荡漾扩散开来,抖动的波纹,仿佛辐射出的一大片蛛网,伴随着一股异常激烈的韵律。

这又是什么。陈星河完全无法想象其三维结构,但似乎在哪里见过这样的场景。

对了,是那幅画啊。陈星河恍然大悟。

原来,水老头从一开始就看到了这一切。

可是,这究竟意味着什么,这里的一切又是什么,这是在哪里,谁在引导着水老头和自己。

庄周

深海纪元 15450 年,猎户旋臂外。

大概 100 亿秒前,春见出生在碎叶城号上,由于长时间的交替冬眠,身体年龄其实只有 6 亿秒,对于平均年龄达到 63 亿秒的种族而言,仍然是很年轻的个体。

由于舰队的空间和能源有限,无法满足种族所有个体同时进行生命活动,否则很快便会出现资源枯竭,甚至无法抵达下一颗补给星。

因此,每隔3亿秒,一批个体便会苏醒过来,进行学习和工作,再进入下一个阶段的冬眠。取而代之的,是另一波个体苏醒,如此交替下去。

今天,便是春见的苏醒日。

春见从水中睁开眼,机械鳃疯狂地扇动,以攫取氧气。

冬眠舱门打开,春见艰难地伸出手,滑进舱外的小小海洋中,连接在脊椎上的细小接驳线自动脱离。

春见伸展着刚刚苏醒的身体,正准备往前游去,却发现眼前的海水中正闪烁着可怕的猩红色。

是防冲击警报。

是演习吗?春见犹豫地想着,被一个同伴撞了个踉跄。

"别愣着了,赶紧回舱里。"

春见看清了同伴,是虫达。

春见还没来得及反应,船身剧烈而短暂地抖动了一下,海水晃动起来,像一只巨手,在海水中拎起自己的身体,一把推开。

视野里,都是刚苏醒过来的同伴,在晃动的海水中艰难地维持着平衡,跌跌撞撞地往各自的冬眠舱游去。其中几名同伴狠狠地撞在船舱上,伤口处渗出蓝绿色的血液,接着便一动不动地漂浮着,像是失去了意识。

春见赶紧转身,钻进自己的冬眠舱,关上舱门,在恐惧中等待着一切的结束。

整个过程持续了大概600秒,其间,又听见几次船体被撞击发出的惊悸声响。直到广播里出现阁老的声音:"一切都结束了,苏醒过来的大家,可以出来了。"

春见再次游出舱室,心跳仍旧没能平复。

"阁老,究竟发生了什么事啊?"一个同伴焦急地问。

"我很抱歉,是落日玫瑰号左舷的传感神经受损,导致我无法检测到它的故障情况。本来计划由你们这拨同伴中的机械师,在苏醒后进行人工修复,但是还没来得及……"阁老是整个舰队的智能系统,这时候语气懊悔,低落地说着,"海水从落日玫瑰左舷的一处裂缝中,倾泻而出,在真空中立即结成冰,随后落日玫瑰号船身开始解体,碎片洒落在航线上。"阁老的语气竟然像是哭出声了,"我做了最大的努力进行规避操作,但是……高速散落的碎片,仍旧让我们损失了包括白河号和木兰山号在内的6艘船,而包括碎叶城号在内的其他56艘船体,则有不同程度的受损。"

"你说什么,白河号和木兰山号?"一个同伴惊声叫出来。

春见也惊讶得说不出话,那是仅有的五艘采冰船中最大的两艘啊,这下,我们失去淡水了。

所有同伴都不约而同缄默起来,静静地漂浮在碎叶城号的海洋中。

随后,由108个平均年龄55亿秒的年长个体组成的元老院,在银河列车号紧急召开会议。所有人都知道,有同伴要被沉没了。在失去淡水的情况下,这几乎是唯一的办法,会议的内容无外乎是沉没谁而已。

年长的个体代表经验,幼年的个体则代表未来的希望,对于舰队而言,都是至关重要的。春见这么想着,竟脱口而出:"还是沉没掉我这样无聊的家伙最好了。"

"为什么会有这样的想法呢?"阁老的声音在春见脑中响起来。

阁老作为整个舰队的智能系统,除了确保舰队各船只的正常运行,同时也被植入每个个体的大脑中,负责身体指标监测、知识学习辅助等工作。

"没什么,只是觉得,生活啊,真是无聊而又漫长呢。"春见懒洋洋地漂浮在甲板上,"不清楚过去,也似乎看不见任何未来啊。有的只是宇宙深海的群星间,漫无目的地旅行,从一个岛到另一个岛。"

"怎么会没有目的呢？甲申318B啊，那是我们目前旅程的目的地。"

"呵，舰载射电望远镜能观测到的细节有限，严格意义上来说，那只是一颗潜在的宜居行星，更何况，像这样的目的地，我们已经经历了38次，但没有一个目的地被证明是宜居的。"春见咕噜出一个气泡，漂浮在海水中。

舰队离开母星已经4700亿秒了，根据舰载望远镜观测结果，在航线上寻找宜居行星，然后追寻它而去，可每一次都是无疾而终。宇宙深海中，真正的宜居行星太匮乏了，甚至能勉强进行改造的星球都未能寻得。一路上，若不是依靠补给船离开航线进行停靠开采，为舰队补充能源，整个种族早就消亡在了茫茫深海之中。

"而且，这样的漫长旅程，即便抵达了宜居星，跟我又有什么关系呢，到那时候，我们这一代，可能早就作古了吧。所以说啊，还是沉没我这样对什么事情都无所谓的人来得好。"春见漫不经心地说着，而阁老沉默着没有回答。

春见这才反应过来，阁老是整个舰队的智能系统，千万别让他把自己消极的态度扩散开才好，于是转而说道："阁老，就没有不用沉没同伴的办法吗？"

阁老沉默了会儿，犹豫道："的确有一种很古老的技术，可以完全丢弃躯体，让意识生活在虚幻的世界里。如此一来，仅仅依靠极低的能耗，就可以维持整个虚幻世界的运行，当然，也就不需要被迫沉没掉谁了。"

"为什么不使用呢，难道我们已经失去这项技术了吗？"春见语气急迫地问。

"没有呢，据我所知，技术数据仍旧保存在记忆宫殿中，但那是一项被封禁的技术。更何况，即便要重新还原这项技术，时间也根本来不及。"

"为什么会被封禁啊?"

"那是个很遥远的故事,发生在舰队离开母星的时候。而且,作为被封禁的技术,就连我,也是被禁止访问的。因此,很抱歉,我没法告诉你其中的原因。"

"不管怎样,既然有这样的技术存在,如果能得到解禁并实现,对舰队而言,应该有着非常积极的作用吧。"春见叹了口气,气泡涌入海水中,"至少,大家不用再担心自己会被无缘无故地沉没掉啊。"

"似乎的确是这样呢。"阁老似乎很认真地思忖着春见的话。

没多久,银河列车号上,持续了将近17万秒的紧急会议结束,拥有最高决策权的元老院做出了最终的决议。

蓝溪号、盐湖号、沙漠海棠号等二十艘船,在摆渡船进行资源转移后,被迫熄灭了引擎,将近九千个同伴在冬眠中被迫沉没。唯一值得庆幸的是,他们都没有痛苦,只是陷入了漫漫长夜。

春见游过碎叶城鳞次栉比的通道,来到甲板,望着一艘艘飞船,从舷窗外缓缓滑过,渐渐消失在视野中,像无力地沉没到大海深处黑暗的尽头,毫无声息。

一贯性格散漫的春见,竟也隐约感到一阵巨大的落寞感,而阁老所说的被封禁的技术,再次在他的内心深处萦绕着。如果现在便重现这项技术,这九千名同伴,应该就不会这样悄无声息地沉没了吧。

令春见感到意外的是,这项技术,很快便得以解禁并运用,他的想法竟然这么快就实现了。

这发生在春见的下一个苏醒日。

春见刚从漫长的冬眠中醒来,极力舒展着身体。

"春见,你终于醒啦。"是同伴虫达,他漂浮在春见的冬眠舱前,兴奋道,"以后终于不用再担心资源的问题啦,也不会再因为资源不足而无谓地沉没掉其他同伴啦。"

"怎么啦，发生了什么事。"春见开合着腮，咕噜出一团气泡飘荡在水中。

"是一项叫元宇宙的网络技术，我是搞不懂啦。"虫达摸了摸长满角质的头部，不好意思地说道，"不过听说，他们把那个网络世界称为庄周系统，可以把意识上传到庄周里，这样一来，我们就可以抛弃掉这副身体，只要提供维持庄周系统的能源就行啦。"

这就是阁老所说的被禁止的技术吧，原来，已经解禁并实现了啊。春见心里这么想着，却又总感到一股隐隐的不安。

"是不是很棒？"虫达见春见没有搭话，追问着说。

"嗯。棒，棒极了。"春见摆动着还没完全苏醒的身体，"回见，虫达，我得去个地方。"

春见在海水中游动，穿过碎叶城长长的通道。

这本是春见所愿，如今，技术真的实现后，春见心中却感到惴惴不安。

"这不是禁术吗，为什么突然开始使用了呢。"春见边游边在脑中问阁老。

"没办法呀，我们的船体都太老了，随时都有可能出现类似于落日玫瑰号那样的解体风险，无论我如何进行修补，船体总归是有使用极限的。"阁老抱歉道，"所以，元老院迫于无奈做出决议，对这项技术进行解禁，重新学习并建立了完整的庄周系统。不过，这还要感谢你的提醒呢，在这之前，包括我在内，根本没有人考虑过这项被封禁的技术，它似乎早已被遗忘了。"

"但是，这项技术遭到禁止，总归是有原因的吧。"春见游过一个转角。

阁老没有回答。

"你知道答案，对吧，你已经获得权限，并访问过记忆宫殿了。"

春见收缩起身体,快速滑向那扇大门,那里就是记忆宫殿所在的舱室,存储这个族群过去记忆的地方。阁老的沉默,让他越发感到不安起来。

"是的,目前,关于元宇宙的相关技术数据,已经全部解禁。"

春见重重地推开门,这是个大型的服务器集群,矩阵式排列在海水中,密密麻麻的壮观极了。春见游到一排接驳点位,顺手操起一根脐带管,插进脑后的接驳口。

"如果你不想说,那就让我自己来看看呢,究竟是什么原因遭到禁止的。"

春见的眼前,出现了记忆宫殿的虚拟操作界面,他搜索出庄周相关的技术资料数据,果然已经全部解禁。

几乎一瞬间,春见感到,一股强大的数据流,顺着脑后的接驳口,如洪水般灌进自己的意识中,无数的画面在脑海里涌现。

太初

一切都源于时间出现之前。

时空处于实在和虚无的叠加态中,充盈着真空量子随机涨落,在卡西米尔效应下,实粒子和虚粒子成对的产生和消失,这一切都发生在一瞬间,在宏观上遵守着能量守恒。然而,宇称不守恒,导致在消失的时候,实粒子消失得晚了一点点,时空叠加态坍缩,这细微的差错带来了一系列链式反应,强烈的震荡,顺着以太一瞬间抵达宇宙视界内的一切空间,在耀眼的光辉中,时间和空间诞生了。

这时候的宇宙,是一锅滚烫黏稠的汤,光充斥着整个宇宙,无数的波,在以太中永不平息地震荡和干涉。而那个意识,便是在这锅以太的汤中诞生的。

后来,在时间长河的某一刻,这个意识在一个还在尘埃里的文明里，听到一种哲学的表态：太初者，始见气也。以此形容宇宙之初，一种无形无质，只有先天一炁的原始状态。

于是，这个意识便称自己为太初。

当然，这是后话，很后的话了。

对于太初而言，他的宇宙就是这些震荡的波纹。不同的未来，同样以波的形式重叠在一起，竟构成了或密集或稀疏的一片片概率云。

漫长的岁月里，太初唯一可做的，便是徜徉其中，毫无乐趣，不过，也许他甚至不知道什么是乐趣，似乎并不需要，也不在乎。

后来，太初发现，随着滚烫浓稠的汤渐渐平息，冷却成为海洋，这些各色的波，随着洋流荡漾到宇宙某些犄角旮旯中时，会最终稳定下来，在那个角落里形成各种各样类似于夸克的物质，另一些波纹，渗透在角落里，形成引力、强力、弱力、电磁力，这些力进而将微观物质重新塑造成了万千斑斓的星辰，最终形成一个接近平坦、均匀和各向同性的角落。

那个尘埃里的文明将这样的角落视为全部，他们称之为三维空间，那是他们的宇宙。

呵，多么狭隘而可怜的"宇宙"啊。太初一面这么想着，一面又饶有兴致。随着漫长的观察，那个角落中，第一代恒星在爆发中消亡，第二代拥有更高重元素丰度的恒星，和它的行星体系开始形成，这个小小宇宙变得越发热闹纷呈。

更加有趣的是，那些由第一代恒星聚变产生的重元素爆发后重新凝结而成的行星上，竟然产生了除自己以外的意识。

太初快开心到发疯了。尽管，他们的意识被束缚在无比脆弱的身体中。

是的，"他们"。

太初花了很长时间去理解他者的存在，又花了很长时间理解众多的他者。

　　随着岁月的流逝，太初小心谨慎地观察着这些脆弱的意识，在小小宇宙中艰难地进化，并最终，在这样如尘埃般的角落中出现文明。

　　尘埃的文明出现得很晚，但处于阿卡西空间的太初，没有放过这个文明的任何一个角落，所有的信息都汇聚在这里。他跟那些两足生物共同经历着战争、阴谋、屠杀、离别、背叛、当然更多的是坚毅、无私、思辨、民族融合、悲壮的爱情、无畏的大航海，他们在世世代代转瞬即逝的生命中，跌跌撞撞前行。

　　在漫长的岁月里，太初试图感知他们的所谓情感。可越是如此，太初便越感到孤独，那是一种从未感知过的情愫，伴随着压抑、困顿。太初拥有宇宙中的一切，却无法加入他们的狂欢。这种前所未有的情愫随着波的震动传遍所在宇宙的每一个角落。

　　直到某一个时刻，太初看到，一颗近距离恒星正在爆发，近到几乎可以摧毁那个文明的进程。而事实上，由波纹构成的绝大部分可能性中，尘埃的文明都将走向沉寂，那是被概率云所主导的未来。

　　"不可以。"

　　太初在自己的宇宙中呐喊。

　　只要文明还存在，他们终有一天能突破维度的藩篱，与阿卡西空间中的自己相遇。而不是骤然间消逝，再次留下孤独的自己。

　　太初在所有未来构成的迷云中徘徊，在概率云为这个尘埃文明指定的冷酷未来中，寻找一个可能性。

　　可是太难了，太初没有能力拯救他们，他并没有类似尘埃文明所创建的科学体系。在时间诞生那一刻开始，他便能感知和"看到"一切，所有的物质以波的形式呈现在以太的海洋中，而这些波在三维的角落里构成了他们的光、引力以及所有微观粒子。他直观地"看到"了这一切的构成，也就不会追寻和思考，宇宙间的事物是否存在某些内在的因果联系，利用普遍性的规律，进而解释世界。

这意味着，他没有科学体系，也没有相应的技术手段。

没办法。维度仍旧是横亘在太初所处的阿卡西空间与尘埃文明之间的巨大鸿沟。

不过，太初能够把这个消息告诉尘埃文明，帮助他们在恒星爆发的毁灭性力量抵达前做出防御。这是他唯一能做到的，也是概率云所揭示的唯一路径。

于是，太初化身为炼金术士，搅动着以太中震荡的波，在那个三维角落中，形成可见的非实体，进行信息传递。不同频率的波，在他看来，便是不同的色彩，以及不同的音律。

这需要消耗巨大的能量，但他必须得这么做。唯一的目的，就是告诉他们，灾难正在路上。

尘埃文明中，曾有过一个个体最早观测到了太初所留下的信息，并窥探到了恒星爆发的景象。不过很遗憾，对于扭曲的空间结构，他似乎并不明白其中的意义。

还好，另一个个体通过特殊的神经结构将阿卡西空间中不同频率的波以音律的形式进行接收，并帮助其意识在量子层面，感知到了这里。

太初向他展示了某个可能的未来，文明凋零，残存的文明星火，建立起脆弱的星舰文明，踏入深海纪元，但最终消弭于茫茫星辰中。那便是大爆发后这个种族的悲惨结局。

接着，太初又引导这个意识前往文明末日的源头——那颗爆发中的恒星。

快瞧瞧吧，它已经爆发了，发出的韵律是如此激昂，赶紧做点什么啊。太初在"心里"呐喊着。

如此一来应该足够了。无论如何，这是太初所能做到的一切。

一定要活下来啊。太初祈祷着。

我等待着有一天，你们的科学体系能够强大到构筑桥梁与我相遇，成为宇宙间的同伴。

大闪烁

面对庄周系统，春见对其技术封禁的原因始终耿耿于怀，一头冲进记忆宫殿。

在记忆宫殿鳞次栉比的服务器矩阵中，数据的洪流冲刷着春见的意识，无数的画面出现在脑海里。那是记忆宫殿中所记载的历史，经由智能系统进行渲染还原而成的影像资料。

破败、萧索、荒凉，所有的城市都是一片死寂。只有当漫长的白昼结束后，夜晚降临，变异后丑陋怪异的生物才会出没在早已荒芜的街道和原野，寻觅食物。

那便是母星，地球。那个几乎毁灭整颗星球的事件，被称为"大闪烁"。

伽马射线与大气层发生化学反应，结合形成氧化亚氮的烟雾，臭氧层几近摧毁，生物被暴露在强烈的宇宙射线和紫外线下。而浮游生物的大面积灭绝，促使含氧量降低，进一步导致整个生态系统的全面崩溃。

幸存下来的人类，开始大面积转入地下进行生存，但这并没有阻止辐射带来的变异、癌症，文明几乎崩溃。陆续开始有人选择进入元宇宙中，抛弃无法适应残酷环境的躯体，转而寻求意识的永生。

"越来越多的个体选择进入元宇宙，而一旦超过某个临界值，整个文明将会彻底失去活性。"春见的脑中，响起阁老的声音，"对于文明的延续而言，这是极度危险的。"

在元宇宙技术信息的数据洪流中，春见看到，这个千疮百孔的星球上，各个大陆的发射场，一艘艘飞船发射升空，在轨道上组装、编队、启航。星球上最后的外向型力量，在这里积聚成一个舰队。

"阁老，这个由外向型力量集结而成的舰队，就是我们吧。"春见问。

"没错，为了适应长期的宇宙生活，个体基因接受过大规模的改造和完善。"阁老的声音响起，"为了适应高强度的加速度，飞船内需要被灌满特殊的海水，个体则被改造出了机械鳃，其他的辅助性改造，也都是为了适应水中的生活。"

"阁老，我们，还是人类吗？"春见看着自己的身体，鼓鼓囊囊的机械鳃，为了适应水中的生活，背鳍和脚蹼也都长了出来，光滑惨白的皮肤下，是坚硬的角质，以抵御宇宙射线。

阁老顿了顿，说出了自己的看法："你可以将此刻的文明形式，看作是人类的某个阶段。就像智人曾经经历过的那样。要知道，在历史上，即便是已经消失的尼安德特人，仍旧为人类做出了一定的基因贡献。只要传承着族群的文化和精神，延续着族群的基因，那么我想，人类的文明，始终是被延续着的。"

"原来如此。"

"也正是因此，我们仍旧延续着地球时期人类的思维方式。一个由外向型思维力量构成的舰队，但其后代的倾向性依然是不可预测的，跟大闪烁后地球上发生过的意识形态的分裂如出一辙。为了避免人类个体厌倦漫长而无边际的宇宙航行，从而再次滋生出内向型思想，舰队出发伊始，元宇宙技术及相关资料，便被禁止了。"

春见笑了笑，心想，厌倦了漫长的航行，这不就是自己吗。不过，这项被禁止甚至遗忘的技术，因为自己的一句话，出现在阁老和元老院的视线内，并得以解禁，究竟会给这个舰队带来怎样的未来，春见很忐忑。

"那个'大闪烁'事件，是超新星爆发？"春见对另一个疑惑追问道。

"没错,距离地球 80 光年,其爆发尽管无法彻底毁灭人类文明,但已经足以摧毁地球生态系统。"

"等等,数据显示,人类似乎提前就已经知道了'大闪烁'即将到来。"春见在数据信息中似乎发现了什么,惊呼道,"这怎么可能,在伽马射线抵达地球之前,地球是不可能观测到大爆发的。"

"地球上的个别人类个体的确知道。"

"怎么可能?!况且,既然已经提前知道了,为何没有任何预防措施?"

"那是'凤凰计划',一个鲜为人知的研究项目,庄周所使用的意识上传技术,便诞生于该计划。"阁老说道,"详细数据在另一个数据包中,随着元宇宙技术的解禁,与其相关的'凤凰计划',也同时得以解禁。那里有你想要的答案。"

"'凤凰计划'?"

春见提起了兴趣,将数据包打开,读取,花了整整 15 万秒的时间沉浸其中,似乎不愿意放过任何一个细节。

直到春见的意识从记忆宫殿中浮出,一脸深沉地说道:"阁老,我想重启它。"

"重启什么?"

"凤凰计划,我想继续下去。"

阁老不禁问道:"你为何突然这么上心,你不应该是个得过且过的人吗,是个说出'还是沉没掉我这样无聊的家伙最好了'这样话的人。"

"是啊,我确实是这样的人,对什么都提不起兴趣,是个无趣的人。"春见拔掉脐带管,漂浮在记忆宫殿的舷窗前,望着璀璨的星空,"但是,总觉得,庄周系统将会是一个不安定因素,如果真的因为我自己的一句话，破坏了舰队社会结构的稳定，那不是我想看到的。"

"解禁元宇宙技术，虽然是你最早提出来的，但最终决策来源于元老院。"阁老劝慰道，"况且，元老院也一定权衡过利弊，内向型思潮，并不一定会发生。"

春见望向舷窗外，缄默着不再说话，似乎已经打定了主意。

那以后，曾对一切都提不起兴趣的春见开始沉下心来，为了可能的未来做出努力。

成年日之后，春见顺利获得碎叶城号的学者身份，将精力全部集中在启动"涅槃计划"上，该计划意在重建"凤凰计划"中提到的协变量观测望远镜。落日玫瑰号那场事故，大大加强了包括元老院在内整个舰队的危机意识，任何可能转变局面的尝试都是值得的。因此，"涅槃计划"顺利得到了碎叶城号的支持。

好在当年的实验记录都还完整，重建过程很快便在碎叶城号得以完成。

"原有的'凤凰计划'，是基于'凤凰'而存在的，而我们并没有那样的条件。"建成当天，同伴虫达问道。

"没错，但是啊，你忘了吗，傻瓜虫达。在宇宙空间中，岛屿和岛屿之间，蜷曲在宇宙间的阿卡西空间，在理论上的确是有可能存在的。"春见用头顶去触碰虫达，角质接触的一瞬间，关于阿卡西空间的理论数据，就传输到了虫达的脑海中。

"话是没错，可这都是理论上的啊，碎叶城号的行驶速度这么快，我们怎样才能捕捉到它呢。"

"总是要试试才知道啊。"春见在虫达的身躯旁游走，"我编写了一段监听程序，一旦协变量观测望远镜捕捉到阿卡西空间蜷曲起来的维度，我就会被唤醒。"

"所以，我们要说再见了，对吗？你要进入长时间的冬眠状态，直到获得有效的捕捉信息。"

"可能不会再见了，虫达。"春见停止游动，稳定住身体，在虫达的前额上吻了吻。

宇宙深海中，蜷曲的维度是随机出现和消失的，更何况，在狭窄的舰队航线上呢。捕捉阿卡西空间的时间将会非常漫长，也许会远远超出个体的寿命。

这次冬眠，春见睡了整整47亿秒。

然而，春见苏醒过来发现，尽管，协变量观测望远镜捕捉到了之前仅存在于数学公式中的阿卡西空间，但仅仅持续了65秒，碎叶城号便飞速掠过了它。得不到足够的数据，什么也进展不下去。

春见再一次睡去，醒来已经是110亿秒后，本以为是协变量观测望远镜再次实现了捕获，但压根儿不是那么回事。

"没有完成捕获，我为什么会被唤醒？"春见舒展着醒来后无力的肢体，问向脑中的阁老。

"不只是你，所有人都被唤醒了。"

"什么？"春见惊讶道。

"是元老院，他们启动了一级应急标准程序。"

在舰队中，绝大部分公共事务均由作为公民代表的元老院进行管理和决策，唯有对全体公民造成威胁的危机出现时，才会启动一级应急标准程序，唤醒舰队内所有成员，进行共同表决决策。

"究竟发生了什么事？"春见游出冬眠舱，很快汇入飘荡的人群中，所有的同伴都一脸惊惧，不明原委地朝甲板游去。

甲板上，所有人的大脑都接到一段广播信息。

"很遗憾，我们航线彻底错过了导航星。"广播中，元老院悲伤而简短地宣布道，"接下来，同伴们，你们将会收到过去2亿秒间，领航船与舰队之间的所有通信信息，为大家还原事情的经过。"

天困八

陈星河的意识，从没有边际的深渊中不断上升，轰然间，眼前一片光明，幽深如海洋的阿卡西空间迅速从视野中褪去，失重感陡然消失。

陈星河大睁着眼，咀嚼着空气，感受它灌进肺里的舒畅感，随着胸膛的剧烈起伏，其他感官也在慢慢回归，瞳孔重新恢复了色彩，重力将他牢牢地固定在躺椅上。

任老和梁念冲了过来。

"水老头。"陈星河喘息着，咽了口唾沫，"水老头早就看到了。"

陈星河整个人，像被摁在水里快溺死的人重新被拖上岸，边喝水边喘着气，讲述了在阿卡西空间中观测到的光怪陆离的一切。

"什么意思？"任老听完陈星河的"梦境"，诧异地问道。

"那是水老头在去世前的最后一幅画，我在兴盛土菜馆看到过，几乎一模一样。"陈星河平复着起伏的胸膛。

旅游业兴盛起来之后，挂壁公路上，陈水根当年画壁画的地方，已经改建成了饭店，老板正是阿兴，那个少年时的伙伴。

"时间过得真快，阿兴，你都这么老了，还当上了老板。"由于过去长年独居，性格孤僻，如今福利院没人跟他合得来，晚年的陈水根，说起话来慢吞吞的。

"我儿子开的，我帮忙跑个堂。"阿兴挠挠头，"水老头，听说你也成画家了啊。"

"呵呵。"陈水根坐在店外，掏出旱烟袋，笨拙地点燃烟锅里的碎烟叶，无奈地笑起来，"那些画，没人懂，也没人看得上，快别笑话我了。"

"我是不懂画的，但是我知道，水老头的画也好，话也好，很难有人懂。"阿兴哈哈大笑两声。当然是指陈水根关于看见另一个世界的疯话。

陈水根也不过多解释，只是尴尬地问道："阿兴，可以借用下你的店吗，打烊之后，我想在这里画点东西，不影响做生意。"

阿兴还没来得及反应，陈水根又补充道，"你放心，我保证不动店里的东西。只是，一切都是在这里发生的，我觉得，在这里画的话，能让我回忆得更清楚。"

"没问题。"阿兴最终爽快地答应道。毕竟，无论是什么样疯狂的理由，陈水根曾经凭借一己之力，带动了整个村庄一起开凿挂壁公路，才有了长留村的今天，也才有了这间土菜馆。这样的小忙，没有理由拒绝。

陈水根知道，自己病了，走路越来越跛，脑子也开始不灵光。有两次，出门后甚至找不到回福利院的路。陈水根决计开始执笔创作最后一幅画，他怕自己马上就记不住那个场景了。于是，那一晚，陈水根带着画架和颜料，在兴盛土菜馆的杂物间里，熬了一整个通宵。

直到第二天早晨，阿兴打开店门后，发现陈水根倒在杂物间的地上，歪嘴翻着白眼。

陈水根中风了。

出院后，陈水根又在床上躺了三个月，尿失禁让他失去了仅剩的尊严，在无限的迷惘中蹬了腿。

陈水根被葬在凤凰山，并没有像师父林永年说的那样，成为凡·高一样的天才，直到死，他都是个不知道去向为何方的癫狂之人。

而那幅画，陈水根的少年好友，始终将它保存在杂物间里。直到很多年后的某一天，老陈家的一个孩子到杂物间看陈水根早年的壁画，这才发现了这幅落满灰的油画，否则，它将永远被人遗忘。

陈星河摘掉缠绕在胸口和手腕上的体征指标监测线，拔掉脑后的插槽，刚从躺椅上迈出一步便重重倒在地上。"我得去把那幅画取回来。"

刚经历一趟如此漫长的异时空之旅，根本无法这么快适应地球的重力。

梁念替陈星河来到挂壁公路，很快取来那幅油画，三人坐在研究室里，陈星河披着毯子，朝任老要了根烟。

"这画的是什么，看着像是一座迷宫啊。"任老眯缝着眼。

"不，这是阿卡西空间中的视角，虽然看起来古怪，但其还原后的三维结构是球形，应该是一颗恒星。"梁念长时间进行协量变化的计算，如今仅仅通过心算，已经能基本判断其几何结构。

"难道，这就是凤凰所要传达的信息，一颗恒星？"陈星河疑惑道。

梁念没有搭话，敲击着键盘，将油画的扫描数据导入协变量方程式，进行逆向模拟计算。

"的确，是颗恒星。有些模糊，手绘的线条，终归不那么精确，但轮廓还是很清晰的。"梁念看着电脑屏幕上显示出来的最终结果，突然沉默起来。

"是哪一颗恒星，能匹配到星图上吗？"任老问。

梁念怔怔地呆坐着，并未回答任老，随即又重新进行了一遍协变量逆向模拟，最终才无力地说出那个答案来："这是，是一颗超新星。"

任老几近崩溃地问道："你，你怎么能确定，这明明只是一座迷宫啊。"

"那些构成迷宫的线条，其实是阿卡西空间中所观测到的光谱数据和电磁波数据，我验证过了，即使考虑到手绘偏差，它仍旧是一颗切切实实的，正在爆发中的超新星。"

"距离我们有多远？"

这才是最令人忧心的，如果在近太阳系区域，那么，超新星的爆发，将可能直接终止人类文明的进程。

"系统已经在逆向计算了，通过爆发当量进行恒星数据的反推。"梁念目光空洞,"系统正在检索。"

"如果真是这样,地球会怎么样?"陈星河声音颤抖着问。

"这要看超新星与地球之间的距离,如果在50光年内,伽马射线将抹去地球上的一切生命迹象。"

就在这时,随着计算机"嘀"的一声,计算结果出来了,是天囷八——鲸鱼座γ,距离地球24.4秒差距,也就是80光年。

梁念在星图系统中点开星体信息,紧紧盯着屏幕说道:"准确地说,天囷八是一个三星系统,两颗主序星阶段的恒星不可能发生超新星爆发,只有是这颗矮星。"

"矮星?"任老疑惑地问道。矮星已经进入了恒星的暮年,根本不可能重新爆发,"难道?"

"没错,应该是捕获了另外两颗主序阶段恒星的气态物质,漫长的汲取后,质量突破了钱德拉塞卡极限,开始坍塌,进入超新星爆炸的进程。"梁念推测完,无力地说道,"只是,目前,还没有任何观测证据可以表明,这颗矮星爆发了。"

"什么意思?"陈星河问,"这么说,通过油画推导出的信息是错误的?"

"不。在地球观测不到,只是因为爆发产生的伽马射线,目前还没有抵达太阳系,光速限制了信息的传递速度。用光锥模型来说,这属于天囷八的未来光锥。然而,站在更高维度的阿卡西空间来看,未来光锥尽收眼底,因此,能看见爆发中的天囷八。"任老试图让陈星河理解,但很显然,陈星河更糊涂了。

梁念补充道:"假如你是站在月台上的乘客,列车何时从上一站出发,现在行驶到哪了,何时抵达你的月台,这些信息你其实都不清楚,但不代表这列列车还没有向你驶来。"

"不是有列车时刻表吗?"

"没错,那是因为有调度员的存在,而调度员就相当于阿卡西空间中的信息传递者,在阿卡西空间中,能看到我们世界里的一切。"

陈星河彻底明白过来,即便没有观测到超新星爆发,但那已经是注定的命运。他看向任老,问出一个没有人知道答案的问题:"所以,我们的文明游戏,马上就要结束了?"

"文明世界转移到地下,也许是目前唯一的办法。"梁念的目光像是被掏空了。

"不可能。"任老斩钉截铁地否定道,"星河的观测过程无法通过仪器记录下来,所以不会有人相信。因此,这一切都只能被认为是推断,没有严谨的科学推导,除非……"

"除非什么?"

"除非能够通过协变量望远镜进行重复观测,不只是星河,而是其他人。"任老望向观测仪器的巨大环形结构,又自顾自地摇起头来,"还是不行,陈水根的画才是关键,没有这幅画,我们甚至无法定位到天囷八,而这幅画,本身就是非科学范畴的研究材料。"

梁念疲惫地瘫坐在椅子上:"也就是说,唯一的办法,只有继续凤凰的研究,从凤凰所传达的信息中,直接解码出超新星爆发的数据。"

无论如何,任老仍旧亲自执笔,将陈星河在协变量观测望远镜中所看到的,以及整个关于超新星爆发的合理推测,写了篇详尽的汇报材料。但毫无意外,汇报材料泥牛入海。

所有的推论都来自一个毫无科学素养的专科毕业生,如梦一样的观测结果,和一个整天叼着旱烟袋的疯子的油画,这当然得不到科学体系的认可。政府也不会因为这样的推论而进行大规模的地下掩体建设,简直是痴人说梦。

对凤凰的研究继续进行。

然而,重复观测试验仍旧毫无结果,梁念的状况已经不适合进行协变量观测，除了陈星河，没有任何人能成功进入观测领域。就仿佛这台协变量观测望远镜是为了陈星河量身定做的一般。而对凤凰的深度挖掘，也并没有什么特别的进展。

另外，更糟糕的消息骤然而至。

凤凰在一夜之间消失了。

通过高速摄像机拍下的视频画面显示，凤凰的消失，几乎是眨眼之间的。回旋加速器再也无法检测到阿卡西空间所渗透的力场，凤凰在微观层面也消失了。

梁念很早就通过计算证明，阿卡西空间向我们投射稳定信息是极其困难的，必然伴随着巨大的能量消耗，尤其是在确保信息准确性的前提下。看来，信息的传递者已经无力再维持凤凰的稳定性。

但是，如此一来，重复观测实验和凤凰的深度研究，都无法再进行下去，彻底失去希望了。

凤凰计划遭到终止，人员撤出，凤凰山里的研究基地也被严密封锁起来。任老和梁念成为唯二可以继续该研究的人，但研究材料，只剩下过去这些年的实验数据和凤凰的视频资料，经费也少得可怜。

而陈星河结束了自己的使命。他在那个梦境般的世界中，找到了自己追寻半生的答案。他曾无法面对始终盘桓在眼前的虚幻，甚至因此而对人生感到迷惘，如今，一切都过去了。

但是，真的过去了吗。陈星河站在研究基地大门口，望向重重的铁门。那扇门背后，分明又给出了另一个巨大的问题，人类的未来，还有希望吗？

"对了。"梁念像是突然想起了什么，"在陈水根那幅关于天囷八的油画背后，有七八行五线谱，我猜，应该是你写上去的吧。那是什么？"

"哦，是有这回事。"陈星河回忆起当时的情景来，"我在兴盛土菜馆，第一次看见那幅画时，画中涌现出一段音乐，我只是记录了下来。现在想来，这段音乐急促而激烈，毫无渐进过程，倒是跟超新星爆发很贴切。如果当时便能看出来就好了。"

"别放在心上，已经过去了，向前看吧。"梁念安慰道。

"向前看吗？"陈星河自言自语后问道，"你说，我们所看见的飞船是什么，是我们的未来吗？"

"我已经失去了那部分记忆，但是，如果它们真的存在，我们就权当那是人类未来的某种可能性吧。"

陈星河沉吟着问道："如果未来已经确定了，我们就没有必要做任何事。"

"所有可能的未来，都是以概率云的形式分布，踏进怎样的未来，仍旧取决于过去每一代人，甚至每个个体的选择。"

"如果，我是说如果。协变量观测望远镜能够实现稳定观测，我们是否可以通过阿卡西空间找到地球以外的宜居星球？就像调度员能看到每一列列车的状态，也就能看到，究竟哪一列列车，是人类的第二家园，以及这列列车在哪里。这样的话，我们便可以向宜居星球移民。"陈星河目光呆滞地看着铁门，思绪飞舞，"甚至如果我们的意识可以完全脱离肉体，并且稳定地维持在阿卡西空间中，跟信息的传递者一样，生存在那里。"

"理论上来说，的确有这个可能。"梁念拍了拍陈星河，"但是，凤凰消失了，我们不再拥有这样的可能性。尽管这样的未来看起来光明而辉煌。"

陈星河落寞地站在山顶，望着凤凰山北面的山下，浑黄的江水翻滚而去，没有尽头。

在退出凤凰计划后的岁月里，陈星河仍然全国各地跑 livehouse，抱着吉他踩效果器。用母亲的话说，这跟自己年轻时候，在厂里踩缝纫机和弹棉花没什么区别，这是注定没有未来的。

母亲是对的，陈星河始终收入微薄，日复一日地在陌生的城市中穿梭。

那个注定的未来，也还没有来到，像长留村山谷深秋的晨昏，掺了薄雾，笼罩着一切，看不到江对岸。

陈星河再次想起凤凰计划，这个高度机密的项目已经再无人关注，陈星河脑中的轰鸣声，也随着凤凰的消失而彻底褪去，妄想症再未复发过。

陈星河再也不用担心自己会成为长留村的守村人了。

而长留村外的世界，依旧有条不紊地发展着。协变量观测望远镜的关键技术——意识上传技术，已经开始进行人体实验。持续落寞的房地产经济大规模转移，元宇宙概念股疯狂上涨，成熟的韭菜一茬茬地被割倒。

但这些对于陈星河而言都无关紧要。枯燥而无趣的生活，在他32岁那年，彻底结束了。陈星河看着手中的病理诊断报告，无奈地笑了笑。

"喂，梁念，有空吗，想见一面，任老应该还跟你在一起工作吧，如果他方便的话，也一起吧。"陈星河拨通梁念的电话。

快傍晚的时候，任老和梁念驱车赶到陈星河当晚驻唱的酒吧。

"怎么啦，星河？"任老如今已老态尽显，头发全白了。他快步走到吧台前，找到陈星河，"梁念说你语气不对，出什么事了吗？"

梁念站在一旁，静默地看着。

"我没有什么朋友，这个时候也只能想到你们，所以，想跟你们告个别。"陈星河平静地说着，把手机里拍下的诊断报告递过去，"颅内急性脑瘤，还有两三个月吧。"

梁念扑克牌一样的脸开始柔软起来，眼中瞬间被汹涌的泪水浸没。

"长得挺好看的女孩儿,就是没什么表情,现在哭起来更难看了,像个癞蛤蟆。"陈星河扭过头去。

"是,是因为协变量观测望远镜吗,是观测过程导致的辐射?"任老逐字看完手机里的诊断报告,抬头问,"我们不该把你牵扯进来。"

"不,任老,我很感谢你和梁念,要不是因为你们,我一辈子都不会走出自己是怪胎的心理阴影,也不会找到答案。"陈星河笑着说,"而且,也不一定是因为凤凰。水老头也进行过观测,但是他一直活到改革开放,甚至连新千年都经历了。所以,我并不认为是观测的缘故。只是……"陈星河顿了顿。

"只是什么?"

"庄周,最好还是再重新论证下。"

"你是说元宇宙相关的意识上传技术吧。"任老思忖着,"的确,庄周系统的升级正是得益于当年协变量观测望远镜关键技术的衍生。"

"嗯,是的,以防万一吧。"陈星河勉强笑起来,"对了,你们还在研究凤凰吧,有什么进展吗?"

"你还记得你曾经说过,如果能进行稳定观测,通过阿卡西空间,我们便可以找到宜居行星吧。"梁念抹着眼角,"其中,缺少关键的一环,那就是阿卡西空间看到的星体在三维世界的坐标是什么。"

"你不是可以进行转换吗?"

"你是说协量变换体系吗,不行,那仅仅是针对定律的转换表达,而不是空间坐标。即便是当年定位天囷八,也是通过水老头的油画,找到光谱数据后,通过星图对比,从而确定坐标的。"

"我当时也只是随便那么一说,现在没了凤凰,什么事都做不了。"陈星河不忘安慰道。

"但是,你说的是对的,星河。而且,我们也找到坐标转换方式了。"在酒吧昏暗的灯光下,梁念婆娑的目光撇开来,"凤凰项目关闭后,我们从福利院把陈水根留下的三十幅画全部找来,进行了深入研究。其实,某种转换方式始终隐藏在他的油画里。只是一切都太迟了。"

涅槃计划

过去的2亿秒间,领航船与舰队之间的往来通信,信息相当冗杂。春见大脑中的逻辑单元立即高速运转起来,在庞杂的通信数据中,筛选着关键信息。

"银河列车号,我是领航船南华宫号。"领航船从3光年外,传来信号,"导航恒星距离南华宫约47光年,最新的航线分析发现,南华宫始终处在航线偏离不断修正的过程中,这让我们感到很不安。我们利用其他两颗参考星体,使用三角视差法进行了对比分析,尽管相对位置的结果并没有异常,但是导航星对于我们而言太过于重要,请求银河列车予以协助分析。"

如今,舰队正在穿越猎户臂与英仙臂之间1950秒差距的茫茫虚空,整个漫漫航程中,没有任何的补给星体,在能源如此匮乏的情况下,航线不能有任何闪失,一旦错过了目标航线,将是万劫不复的。因此,航线上导航星体的稳定性,对于舰队而言至关重要。

随着这段信号传输而来的,是导航星和参考星体的光谱、电磁波谱等信息。

"南华宫号,导航星以及参考星体的三角测距,都没有问题。但是,我们发现了其他异常的情况。"银河列车号的这段信息,显得急迫而焦躁,"我们没有观测到透镜效应。请立即提供导航船位置最新的全星域星图。"

"南华宫号已重新绘制最新星图,银河列车号请接收,期盼好的消息。"

"很遗憾，我们彻底错过了。"长久的沉默后，银河列车向南华宫发送了最新的回复，就在26万秒前，"导航星和参考星体，相对位置信息都没有问题，但是，它们共同地在星图上发生了位置偏移。不止这三颗，附近至少32颗恒星，都存在相同的情况。无论是什么原因，导航星出现偏移，导致我们在目标航线上出现了至少15度的偏离角，我们彻底错过了通往目标星系甲申318B的航线。"信息的最后，银河列车号要求道，"南华宫，请保持航速和航线，元老院即将启动一级应急标准程序，请耐心等待。"

春见从接收到的数据中惊愕地抬起头，导航星的光辉仍旧稳稳地闪烁在星图上，为什么会观测不到引力透镜效应，为什么航线会发生偏移呢。

"是暗能量，这是目前算学院给出的最有可能的一种解释。"元老院继续开始全体广播，"我们对暗能量知之甚少，对宇宙的认知也存在大量空白。这些星体，似乎是一种由暗能量影响而导致的投影现象，这解释了为何没有透镜效应，而随着暗能量的相对运动，投影出现位移也就不难理解了。"元老院以一种无奈的语气广播道，"导航恒星，它不在那里，这不是领航船的错，是宇宙深海给风雨飘摇的我们开了个几乎无法承受的巨大玩笑。"

"那，我们该怎么办。"一个声音哆哆嗦嗦地问出了所有人都关切的问题，紧接着，得到了无数人的附和。

在这个人类文明最后的方舟中，这样的恐惧感很容易滋生和蔓延开，舰队全体同伴陷入了对未知未来的集体恐惧中。

元老院唯一能做的就是重新进行航线矫正，而暗能量在这片广阔星域的投影效应，让导航星体的选择成了最大的困难。剩余的能量，是否能支撑舰队在60%光速的航速上进行一次漫长的转向，仍然是未知的。

算学大师们进入了无休无止的研究和计算中。

可就在这时候，暴乱发生了。

暴乱是从寂静岭号发起的，这是一艘武装船只，它的舰载激光炮锁定了其附近，包括春见所在的碎叶城号在内的10艘民用船只。

碎叶城号立即亮起了警戒红灯，警报声呜啦啦地响起来，"阁老，怎么啦？"

"我们被雷达锁定了，是寂静岭。"

很快，一份声明通过无线电广播到舰队所有船只中。"首先，感谢元老院所做的一切。我们都曾是舰队的一员，我们的祖辈曾为了深海中的群星，踏上漫漫旅途。但是，很抱歉，同伴们，这太难了。漫长的航程几乎看不到任何希望，一个又一个无法抵达的岛，无休无止。伴随我们的只有宇宙海洋的虚无和漫长。我们不是暴徒，只是想要一次选择的权利。"

广播里的声音顿了顿。"接下来，是我们的选择。寂静岭号的能源足够维持一个庄周系统的运行，至少，足够维持我们这一代。只需要把寂静岭留给我们，我们不会给舰队带来任何麻烦。否则，我们将与雷达锁定范围内的10艘飞船同归于尽。最后，请原谅我们的懦弱。"

"糟了。"春见惊声道。

"怎么了？虽然寂静岭号是武装船，但对目前的舰队而言，武装力量并没有实质上的意义。即便失去寂静岭，也不会对舰队造成什么影响吧。"阁老一时没明白过来，似乎还在针对损失寂静岭号的利弊进行模拟计算。

"这不是一艘武装船的事。你忘了吗，是你告诉我的啊，地球文明也曾面临过相似的危机，如今，它重现在了这个危如累卵的文明中间。"春见沉吟着，"当整个文明全体都处在灭亡的恐慌和毫无希望的情绪中时，内向型思想的一点点星火，便会焚烧掉文明所有向外探索的希望，而夹缝里的微弱希望才是文明真正的未来。"

"你，你是说，马上会有其他船只效仿其做法？"阁老立即反应过来，"这样一来，舰队损失的就不只是一艘船了。"

"没错，正是这样。"

春见陷入长久的沉默，他看到甲板上其他的同伴，开始交头接耳，甚至有人喊出了支持寂静岭的口号。

以目前舰队的社会结构而言，虽然表面上维持着平和，但其实隐藏着极为躁动的危机，随时都可能在一点点星火中爆发出来，形成社会动乱，甚至暴动。

这就是解禁元宇宙技术可能带来的巨大隐患。春见曾经担心的事，如今正在真切地发生着。

春见扇动着鳍，摆动身体，迅速朝控制室方向游去。

阁老似乎知道他想去哪，这时候，最重要的就是占领中央控制室。阁老迅速为他打开控制室的舱门，然后反锁起来。

"接下来你准备怎么做？"阁老问。

"帮我计算个东西。"春见在脑中大喊道。随后，通过脑中的储存单元，向阁老发送了一串数据，"我需要目前既定航线中，在能源可抵达的范围内，所有满足这串数据条件的脉冲星信息。"

运算量很大，需要阁老的几乎所有计算单元。阁老迅速陷入了计算中，而碎叶城的管辖权则全部交给了春见。

春见迅速切断碎叶城与其他船只的所有信号，进入无线电静默状态，以避免船员与其他船只通信。

很快，控制室外的舱门传来了暴力撞击的声音。

"咚咚咚。"

像春见的心跳一样急促。

"春见，计算结果已经发送给你。但是，舱门快撑不住了。"在结束了漫长的计算过程后,阁老催促道。

春见漂浮在控制室中央,闭着眼,脑中的逻辑单元正在整理着数据。

"没关系。"春见睁开眼,眼中尽是光芒,"解除无线电静默,打开通信通道,把我整理好的这份数据广播出去。"

阁老收到一份数据,很快便反应过来:"原来如此。"

很快,舰队里所有的同伴都收到了这份数据,舱门外暴力破门的声音停止下来。

"元老院,请给我点时间。"

元老院收到数据,也立即明白过来:"这的确是目前的最优解啊,请做详细解释吧,春见学者。"

"同伴们,我们每一个个体都拥有选择的权利。所以,我们当然可以选择进入庄周系统,度过安详的余生。但是,当这一选择已经危害到了文明的存亡,危害到那些选择即便艰难万分,但仍旧愿意拼尽全力尝试的人,那么,这就不是索取自由的行径,而是危害文明的暴行。"

春见顿了顿继续说道:"如今,涅槃计划为我们找到了一个可行的出路。所有的同伴,你们的计算单元应该都接收到了关于涅槃计划的全部内容,这是在凤凰项目的基础上延伸出的计划。大家应该明白,即便现在错过了目标星体甲申318B,但是,在不改变既定航线的基础上,在舰队所剩无几的能源所能抵达的航路上,只要通过阿卡西空间进行观测,实现对宜居行星的精确定位,仍然是有希望的。"

因自己而引发的蝴蝶效应,最终在舰队中带来了一场狂暴的飓风,春见要竭尽所能地扑灭它。庆幸的是,在元宇宙技术解禁之初,自己就看到了凤凰计划的无限可能性,重启凤凰计划,为如今的危局带来了一丝希望。

"坐标转换如何解决,阿卡西空间观测下的空间结构,跟我们经验世界的结构完全不同,即便在阿卡西空间观测到了,怎么才能知道宜居行星是否正好就在我们的航线上?"有同伴质疑。

"请仔细看,另一个被标记的数据包,那里有三十幅油画。在当年凤凰项目终止以后,研究方向回到了这些油画。而这些油画其实存在多层覆盖,面色层的油画是绘画者对阿卡西空间所见进行的直接表达,从信息传递的角度而言,其实没有任何意义。而底色层才是绘画者对无法理解的阿卡西空间结构的表达,它简易地呈现了整个银河系的星图对应关系。"

"天哪,居然需要三十幅油画的底色层全部拼接在一起才能看到全貌。"一个惊讶的声音传来。

"没错,这样的绘画方式非常隐晦,当时的研究人员对油画进行扫描,在三维打印过程中才发现面层是在底色层干燥后进行绘制的。"

"换句话说,有了阿卡西空间投影的星图,只要找到参考星体,就能还原整个银河系在阿卡西空间中的坐标换算。"陆续有同伴明白过来,帮助解释道。

"没错,而且阁老已经找到了参考星体,并且在刚才完成了整个银河系的坐标计算。"春见坚定道。

"那么,现在最关键的问题在于如何进入阿卡西空间呢?"

"刚才广播出去的星图中,有一颗,我用闪烁的红光标注了。"春见在眼前展开星图,盯着那颗被标注的星体。

"一颗脉冲星?"

"没错。"春见脑中的思维过程,不断向外广播,"我们没有凤凰,无法复原相同的观测过程。在过去的157亿秒之间,涅槃计划曾试图在航线上寻找蜷曲在宇宙中的阿卡西空间,也的确曾成功捕获到过,但量子涨落并不支持其尺度可用于观测。"

"天哪!所以,你想利用脉冲星?"

"脉冲星能实现吗？"

越来越多的同伴明白了过来，但质疑声也更多了。

"质量可以改变空间的曲率，足够巨大的质量，甚至能将空间弯曲到连光都无法逃逸。但是，黑洞的引力过于强大，无法保证观测结束前不被潮汐力所撕裂，唯一存在可能的就只剩下脉冲星了，只有在脉冲星的近轨道处，能实现协变量观测。"春见看着眼前那颗闪烁的星体，"我已经拜托阁老帮忙计算过，在目前既定航线周围，最近的脉冲星便是它，戊戌219。而且，通过星图比对，已确认该星体不受暗能量影响，不存在与导航恒星类似的投影现象，其坐标是准确的。"

"可是，它偏离航线达到了35度。"另一个声音响起，"况且，从接收到的计算结果来看，要实现脉冲星近轨道观测，几乎是无法返航的。"

"我并不打算返航。"春见平静地说道。

所有同伴同时沉默下来，为春见的果敢而惊叹。但很快出现另一个问题："可是，你确定自己能进行观测吗，根据凤凰计划的资料来看，目前只有一个人成功进行过协变量观测。"

"所以，并非我一个人啊。"春见的目光看向海水中某个并不存在的实体，"还有阁老。"

"我？"阁老疑惑地问道，"作为舰载智能系统，我当然跟你一起去。"

"不，你没有明白，阁老。"春见又从存储单元中找出一个数据包，抛向广播系统，"在记忆宫殿中，一些零碎的数据记载了那个唯一成功进行协变量观测的人类——陈星河去世后的信息。阁老，其实，你就是陈星河。这次，我需要还原模拟出你作为陈星河的神经网络，这颗大脑才是观测所需的必要条件。而我只是为你保驾护航。"

三　再见，陈星河

礼物

凤凰山的雨季再一次侵蚀着长留村的山谷。

陈星河和梁念离开挂壁公路景区后，沿着梯坎拐上一条羊肠小道，在淅淅沥沥的雨里，显得格外泥泞，走出去十来分钟方才豁然开朗起来。一片杂乱的墓地铺陈开，远远地看见，一杆旱烟袋牢牢地插在泥地里，很容易便识别出，那是水老头的墓。

凤凰山对于水老头而言有特殊的意义，因此，他很早便跟福利院的人交代过，死后要葬在这里。如今，已没有人再记得他，无人祭拜，墓上长满了苍耳和马唐草，其间甚至夹杂着几株稗子。

"水老头，他为什么要把两幅画覆盖着画在一起，分开作画不是更清楚吗，也不至于直到凤凰项目结束你们才发现被隐藏的底色层。"陈星河点燃烟，狠狠地呛了一口，把烟插在墓边。

"对于水老头而言，他无法理解同时存在的两种视觉，最合适的处理方式可能就是画在同一幅画上吧。"梁念撑着伞，把一捧白色菊花斜靠在墓碑上放下。

"也对啊，他哪知道自己的画是些什么。"陈星河蹲在墓前，"但是，我也通过协变量观测望远镜进行过观测，为什么我就看不到路径呢？"

"其实，你也看到了。"梁念看向陈星河，见他一脸茫然，便解释道,"你还记得吗,那幅关于天困八的油画背后,你写下了几行五线谱。"

"没错,这事你还问过我。"但陈星河仍旧不明白其中的关联。

"凤凰计划终止后,我们对陈水根的画重新进行了研究,包括你留下的乐谱。我们发现,乐谱里藏着天困八的光谱信息,是通过音符频率进行表达的。"梁念看向水老头的墓碑,"也就是说,陈水根通过绘画留下了对天困八的视觉感知,而你则通过音律。"

"原来如此。"陈星河叹息着,"我们都曾如此近距离地感知过它,那颗爆发的恒星,它就在那里,但我们还是无法阻止这一切。"对于身患绝症的陈星河而言,伽马射线什么时候抵达,其实并没什么意义,他看不到那一天了。但是,他仍旧止不住地悲恸,一股巨大的无力感侵袭着每一根神经。他才刚跟这个世界和解,还没有学会怎么好好感受这个世界,就要仓促间道别了。

梁念沉默着,她似乎也不知道该如何安慰。

"梁念,帮我个忙,你跟任老应该有办法。"陈星河蓦地站起身,雨水已经打湿了背。

"什么?"

"我死后,把我的大脑拿去做研究吧。"陈星河看向梁念,挤出笑容,"毕竟,这是目前唯一还存在的成功实现过对阿卡西空间进行观测的大脑了,保不齐以后凤凰计划的研究,还需要用到呢。"

虽然任老和梁念,都曾安慰过他,无法阻止即将到来的超新星爆发,无法拯救这个文明并不是他的原因。但陈星河对凤凰计划的一切感到极度愧疚,他认为命运将自己绑定在凤凰上,自己却什么都没能做到。

而这颗大脑是他唯一能留给这个世界的礼物了。

梁念转头,目光低垂,看向凤凰山下烟雨朦胧的山谷。她压低了伞，遮挡起自己内心所涌动的情绪。

三个月后，陈星河安详地躺在病床上，无数个画面交织扭曲在一起。他的人生叙事，像万花筒一样，在眼前一幕幕闪过。

陈星河看向年迈的母亲，目光已经无力再聚焦，思维沉浸在童年的记忆里，呓语道："阿妈，中药好难喝。"

很快，心电图逐渐被拉成一条直线。

没有放疗，在生命的最后，陈星河坚持了最后的尊严，在安详中度过了余下的日子。

梁念站在门口，已经泣不成声。

陈星河被迅速推出病房，立即进入手术室。

首先被注射的是抗血栓药物和抗凝剂，接着是抗菌类药物，最关键的一步，在零摄氏度的环境下，颈部的主动脉和主静脉，被灌入保护液，以替换大脑中的血液。接着，身体被放入液氮的冰棺中，大脑被剥离，长久保存在了零下196摄氏度的容器中。

此后的整个保存过程，由凤凰项目付费。在凤凰项目的研究没有更多的进展前，不允许任何私自研究。

梁念和陈星河的母亲则经常来到保存陈星河大脑的医学机构。

"明明有墓地，但总觉得他还活着。"母亲不知道如何接受这样的结果，自己的儿子究竟是去世了还是怎样。

"姨，他的确还活着呢。"梁念搂着这个花甲的老人，不停摩挲着她的肩膀，这里太冷了，"虽然不知道未来会怎样，但是，星河可能会以我们无法想象的方式苏醒过来。"

梁念是对的，陈星河的确醒过来了，那是许多年以后的事。

天囷八超新星爆发带来的强烈伽马射线，直扑地球，大闪烁降临，臭氧层被摧毁殆尽，地球生态系统全面崩溃，生物变异严重。这些末日场景，陈水根曾在晕厥中瞥见过，"人界尽毁，妖孽横行"。只是，那时候，没有人相信他，如今却全部变成了现实。

幸存下来的人们，在地下掩体中艰难生存，他们重新想起凤凰计划，可当年的研究人员都已离世，唯一能找到的只有保存完好的陈星河大脑。

人类复原了陈星河的神经结构，但是，没有凤凰，地球上找不到蜷曲起来的维度，从而进行协变量观测，一切都毫无意义。

很多年后，幸存下来的人类纷纷选择进入元宇宙。而外向型力量为了阻止这一趋势，开始集结地球上仅剩的资源和工业力量，向宇宙深空发起了一场豪赌。那时候，由陈星河的大脑神经结构，作为基础的智能系统，被证实具有相当的稳定性，搭载上功能强大的计算单元后，被配备进了舰队舰载系统中。

直到深海纪元中最危难的时刻到来，这颗神经结构异常的大脑，被再次重构和唤醒，成为与阿卡西空间建立联系的桥梁。

沉没

猎户臂与英仙臂之间的一大片宇宙虚空，如深海般深邃，一股巨大的悲壮感结结实实地笼罩着碎叶城号。

碎叶城号的所有人撤离到其他船上，春见独自驾驶着这艘残破的民用船只，偏离舰队的航向已经 16 亿秒。每过 3 亿秒，春见会苏醒一次，对前往戊戌 219 的航线进行矫正，其他时间则由阁老进行照看。

这一次是他最后一次苏醒，因为碎叶城号已经抵达戊戌 219，进入其引力井中，为了抵御戊戌 219 强大的吸引力，碎叶城号的反向发动机全部开启，满负荷运转起来。

在恒星演化的末期，缺乏维持燃烧所需要的核反应原料，内部辐射无法与巨大的引力相抗衡，便出现了坍缩。对于质量超过钱德拉塞卡极限的恒星而言，其内部引力甚至超越了电子简并压力，电子越过泡利不相容原理的屏障，继续坍缩。直到电子与质子被压缩成中子，形成12公里直径的星体，中子简并的压力与星体引力达成平衡，最终形成了眼前的脉冲星。

这个密度仅次于黑洞的天体，其引力井将三维空间平滑的曲率狠狠拉扯，阿卡西空间的力场从狭窄的裂缝中渗透出来。

巨大的服务器固定在指挥舱的四周，那便是阁老了。更确切地说，那是陈星河，一个5000多亿秒前的人类意识的神经网络，在这里被重新构建。指挥舱的中央是巨大环行结构的协变量观测望远镜。

春见被戊戌219巨大的引力牢牢摁在指挥舱中，他一边艰难地操作着漂浮着的虚拟面板，一边说道："真是抱歉，星河前辈，没有经过您的允许，就擅自对您的神经网络进行重建。"

虚拟面板上，显示着一条红线，那是协变量观测望远镜的观测临界线。碎叶城号的图标一点点地在巨大的引力中闪烁着逼近它。

"不用感到抱歉，孩子。你知道吗，你正在做我们曾经竭尽全力却未能完成的事情。为此，有人历经了被误解的一生，有人只能无力地看着世界崩坏。"陈星河回望着那些过往，声音显得有些低沉。

春见在自己的储存单元中寻找一番后抬起头，笑道："星河前辈，我送给您一首歌吧。"

说完，碎叶城号的广播系统中传来一首钢琴曲，急促而激烈，飘荡在指挥舱的每个角落。

"这是？"

"没错，是您曾写在天困八油画背后的那首歌。我将它命名为《大梦》。"

"你把它演奏出来了，谢谢你，春见。"陈星河低落的情绪逐渐高昂起来。

"不，应该我们感谢您，星河前辈。"春见解释道，"尽管天困八的油画为我们提供了阿卡西空间中的银河系星图路径，但是，这并不能帮助我们在阿卡西空间中以最快的速度，在舰队既定航线周围迅速筛选出哪一颗行星是人类的宜居星。而借由《大梦》与天困八光谱信息之间的关联，我逆向编制了一个宜居星搜寻程序，一旦行星各项参数满足程序限定的范围，您将会在阿卡西空间中听到它所谱写的音乐，这是只有星河前辈您能感知到的和谐乐章。这样，我们便能确定宜居行星的存在。"

春见再次感谢道："脉冲星的引力井将很快撕裂碎叶城，留给我的时间不多，是《大梦》解决了在阿卡西空间快速搜寻宜居星的问题。"

"太好了。"陈星河沉浸在这段钢琴曲中，"这样一来，我便再也没有什么值得懊悔的啦，无限孤独的过往，也总算为这个文明沉淀出了些许价值。"

"所以，星河前辈，应该说感谢的，是身处深海纪元的我们。"春见诚挚地献上敬意，"尤其是，或多或少因我的缘故，元老院解禁了元宇宙技术，最终将文明置于绝境，若不是星河前辈，以及凤凰计划，我将一生都无法原谅我自己。"

"别说傻话，孩子。让我们一起为这个种族完成最后的尝试吧，这不只是你我的遗憾，更是当年参与其中的大家心中共同的执念。"虚拟屏幕上，观测临界线已经近在咫尺，"那么，请开始吧，春见。"

春见被陈星河温暖的声音所感染，眼神也越发坚定。

"星河前辈，待会儿，我会把事前编辑好的抑制程序施放到您的模拟神经网络中，所以，这就意味着……"春见顿了顿。

"我知道，一旦抑制程序的进程开始运行，神经网络便会陷入静默，进而进入观测状态中。而不用多久，船体便会在潮汐力中被撕裂，我将无法再返回。因此，这是我们最后的对话了，对吧。"陈星河平静地说道，"不用为我担心，虽然时间不长，但是，很高兴认识你。"

抑制程序用以模拟当年凤凰计划中镇静剂的效果，抑制神经活性，以避免神经活动过于活跃，影响观测稳定性。

春见的目光望向控制室外的宇宙星空，一个不知名的地方，仿佛陈星河就在那里。

"前辈，我也很高兴认识您。"一声道别后，随着进度条推满，抑制程序加载进入了虚拟神经网络中。

"永别了，群星。"陈星河的意识随之潜入宇宙深海中，朝着那个漆黑海底中阿卡西空间的缝隙游去。

在神经网络中，根据《大梦》编制的宜居星搜寻程序也工作起来，陈星河在阿卡西空间中的所见，将经由程序迅速筛选确定宜居星，并通过一段乐章被陈星河捕获，再经由协量变换体系公式进行转换，确定宜居行星的三维坐标。

"嘀……嘀……嘀……"大概1200秒后，锁定最佳目标行星的提示音响起，春见迅速调整旋转着眼前的星图。

找到标记物了。

放大。

舰载光学望远镜很快锁定。

观测。

这颗行星围绕着一颗白矮星运转，距离舰队652光年，航线偏角为22°。

在这个距离上，光学望远镜很难得到更多的数据。但是，既然星河前辈已经在阿卡西空间中观测到了，这必然是确凿无疑的宜居行星，多想亲眼看看那个世界啊。春见这么想着，眼中含着泪，跟周遭的海水混为一体,在虚拟键盘上点击发送,这颗行星的坐标朝着舰队的方向飞奔而去。

但是,这样的距离和偏角,春见在心中担忧着,以舰队现有的能源,真的能抵达吗?元老院,你们要怎么办呢?

"无论如何,涅槃计划已经成功实现了观测任务,再见,星河前辈。"春见知道不会再得到回应了,但仍旧道别道。碎叶城号已经深入戊戌219的引力井无法再逃脱,潮汐力撕扯着碎叶城号,它正在解体的边缘。

而陈星河的意识,也许会永远地停留在阿卡西空间中吧,对于这个5000多亿秒前的孤独意识而言,这应该是最好的结局。

春见这么想着,便闭上了眼,迎接即将到来的巨大撕裂感。这副身躯中的每一个微观粒子,终将以中子的形式融入脉冲星。

"永别了,群星。"

碎叶城在巨大的潮汐力中破碎着,沉没了。

舰队收到了来自碎叶城号的宜居行星坐标,目标距离舰队652光年。这个距离很难有实质性的观测结果,唯一能做的,就是相信星河前辈在阿卡西空间的所见。

但是,行星在航线上的偏角在22度左右,这样的距离加上转向过程所需要的能源,完全超出了舰队可承受的范围,舰队根本无法顺利抵达。

元老院再一次启动了一级应急标准程序。

"航路上有其他恒星系可以作为补给站吗?"福禄堡号发出疑问。

"很不幸,在可实现的距离上,没有。"元老院简单而直接地否定道:"已经做过不同方案的计算,即便是由补给船前往进行能源开采,距离仍旧太远了,无法返回舰队。"

"那么，既然如此，没什么好商量的了吧。"这一次，是黄金海岸号，"唯一的办法，是沉没掉部分飞船，将能源全部转移到其他船只上吧。"

"钢铁甜心号同意。"一道毫无迟疑的电波回复道，"钢铁甜心号里全是老人，我们同意沉没掉自己。"

"应该没这么简单吧。元老院，请告诉我们最终的计算结果，以目前的能源最多能维持多少艘船抵达目的地？"还是黄金海岸号。

"八艘，大概1万人。"元老院并没有回话，是阁老无奈地将计算结果公布了出来。

"呵呵。"是寂静岭号，那个曾经放弃了所有希望，试图以武力脱离舰队的船只，"如果是这样，就只能留下孩子们吧。甚至无法维持一个庄周系统将被舍弃的同伴上传其中。"寂静岭号最终坚定地回复道，"寂静岭，可以被沉没。"

"已经不需要进行任何投票了，元老院。我们同意，留下孩子们吧。"

"可是，"元老院犹豫地说道，"没有技术，没有经验，甚至还没有人予以教导，他们要如何在陌生的环境中生存？更何况，目前，我们还没有更详尽的观测结果，那颗星球上究竟是什么样的生态环境，很有可能那是异常艰险的。"

"在母星地球上，大闪烁发生时，探索的精神曾是人类未来的希望，的确需要心智成熟的同伴进行引领。但现在，毫无疑问，孩子们才是希望。只要孩子还在，一切都可以重新开始。"

"可是，前辈们。"是诗泉河号，这是一艘年轻同伴的民用船，说它是一所保育院也不为过，"我们害怕。"

"不用怕，孩子们，我们始终在你们身边伴你们同行。我们，还有我们共同的地球先辈们，我们的经验和成果，都储存在记忆宫殿中呢。更何况，还有阁老在，他会确保你们顺利抵达目的地，在新的星球上，教授你们生存的知识。"

"除了知识，还有勇敢和探索的精神。阁老，请教授这些孩子们。"

"我想，此时此刻，应该就是最好的课堂，无须我的教授，这样无畏的牺牲精神，便会根植在所有孩子的内心深处吧。"阁老的声音，在舰队中回荡，温柔而坚定，"是的，我会做到的，我会让这些孩子像他们的先辈一样敬畏星空，不忘来时的路，铭记那颗永远的地球，我会如你们一般，守望这个文明的种子。"

"如此一来，我们便放心了。"是元老院，黄金海岸号，寂静岭号，福禄堡号，钢铁甜心号……舰队中所有的飞船都重复发来这段话，电波响彻着星辰深海。

"如此一来，我们便放心了。"

抵达

一个意识徘徊在浩瀚汪洋的角落里，洋流在这里跌落成三维的世界，这是他唯一关心的小小角落。

另一个意识的触角也滑过来："快让我看看，他们到了吗？"

"他们到了。为了抵达那里，他们花了整整380亿秒，穿越深海。"

"每一秒，你都在陪伴着他们。"

"是啊，因为，他们是族人哪。"那个意识惆怅地回忆道，"尽管，我曾是族人中的异类，不过好在最终找到了归属。"

"你很幸运。"

"我也是这么想的。"

"对于他们来说，这将是一个全新的开始。"

"没错,祈祷他们能重建文明。"

"我会很期待那一刻的降临,当他们建立起跨越维度的桥梁来到阿卡西空间中。希望到时候他们会接纳我成为真正的同伴。"

"你已经是同伴了啊,太初。"

八艘飞船抵达他们的目标行星,阁老唤醒了所有仅存的人类孩子。

由于能源匮乏,旅途中,只能确保孩子们始终处于冬眠状态,此时此刻,所有的孩子们都苏醒过来。

八艘船只,停泊在行星轨道上,所有的幼年个体都游到舷窗边,蓝色海洋映入眼中。

阁老将行星的基本数据广播到所有船只中。

"行星82%的表面被海洋覆盖,大气氧含量稳定在25%左右,母恒星是一颗矮星,由于质量太小,行星现在已经被潮汐锁定,昼半球温度大约在-20℃到-5℃,两级冰盖是唯一的大陆。而夜半球可能无法生存,巨大温差的原因,大气中可能伴有巨大的风暴。"

"尽管这里不是最完美的,但是对于历经漫长而艰苦的漂泊岁月的文明而言,这就是你们未来全新的家园。"阁老哽咽起来。

"孩子们,我们到了。"

"他们到了,水老头。"那个意识也跟着暗自"哽咽"地"呐喊"道,"他们最终还是做到了,任老,梁念。还有你,春见,以及跟你一样,在人类跨越宇宙深海时,为了文明存续而沉没的族人。"

他默念着他们的名字。

人类文明追寻宜居行星的漫长航程,让他莫名想起那条挂壁公路来,想起人类对抗大自然对抗宇宙的无数次冲锋。每一代曾努力和付出过的人,他们的名字终将被镌刻进这个文明"守村人"的光辉名册中。也正是"守村人"的存在,让人类能在文明未来的概率云中找到方向。

"不要害怕，孩子们。"那个意识朝着八艘飞船"呼唤"道，"即便我们已经不在身边了，但是，你们之中总会有下一个守村人出现的。总之，请好好守护这个文明。"

故熙原，曾用笔名"绿天"。以文字为载体，探寻人类文明从哪里来，要到哪里去。发表作品《芭芭拉号》《穆天子》《上帝保佑女王》《重庆雨季》《守望者》《沙滩酒馆》《雾都孤儿》等，《通天塔》获第四届"原创之星"全国高校科幻征文一等奖；《易水之畔》获第七届晨星杯中篇小说提名；《深海》获第三届读客科幻文学奖银奖。

长安饕餮馆

李 夏

三冬尾,朔风吹,刚过宵禁,天上飘起巴掌大的荧绿雪片,漫天森森飞舞,打着旋儿落地,给长安盖上一层厚毯。月华在天地间来回弹返,映得满城明明灭灭,如同坟头上的幽幽鬼火。《黄帝地母经》云:"太岁庚子年,人民多暴卒。春夏水淹流,秋冬频饥渴。"这不,离年关尚有半月,长安就已现异象——每到夜半时分,一街两巷就响起呜呜咽咽的鬼哭声,把人炸出一背白毛汗!

长安城东,宣平坊外,巡街的更夫裹紧棉袍,抖掉灯笼上的绿雪,深深吸了口凉气。哪!哪!哪!"家门不出,百鬼不撞,平安无事!三更喽——"他一面敲着梆子,一面扯着嗓子长号。

话音未落,只听咻的一声,一条黑影从更夫背后掠过,带着股阴凉煞气。他赶紧跨前一步将肚子贴紧坊墙,拼命把背上高耸的罗锅往回收,闭起眼睛不敢偷看。这鬼他撞过几回,哭哭啼啼忒烦人却从不害人,于是干脆就没上报——如今国步多艰,祥瑞却特别多:有人在山坳里抓获拼接佛面云雀,有人在沟渠里捞出手绘七彩锦鲤,有人在王八肚子里剖出写着"大唐兴"的草纸,还有人给肥土狗染上白毛充当白虎。百姓纷纷献宝求打赏,直把县衙库房塞得满当当。诸多"祥瑞"因官家经费不足而疏于投喂,如同炼蛊一样互相啃食,也不知最后剩了哪个⋯⋯总之,人人变着法子说吉利话,独独自己老实巴交上报撞鬼,那非得杖八十、把罗锅打平了不可,要不得!要不得!

果然,那鬼原地哀哀哼唧一阵,干呕了几下,噗噜噜挤出一串淡而无味的响屁就飘走了。它穿街过巷,转头北上,攀过坊墙直入东市,腾地窜进一户后院。那是东市最大、最奢华的酒楼——饕餮馆。

它轻落在院中松软厚雪毯上,凝聚成圆圆胖胖一团黑影,约莫一架牛车大小,上面满布大大小小的动态螺纹圈,最上方一对碗口大的对称方纹婉转流动,恰如一双滴溜儿乱转的大眼珠子——这是一颗巨大的脑袋!

大脑袋贴地骨碌一滚,攀上井沿,搅了几下井辘轳木柄,吊出一副冻得硬邦邦的皮囊,然后咻一声跳了进去。嘿哟!嘿哟!它使劲把皮囊从脚面往上扯,一路拽到囟顶,吧嗒一扣,对齐眉眼,调整耳鼻,竟化作一个清丽女子,粉妆玉琢的俏脸上一双杏眼顾盼生辉——正是饕餮馆的老板慧娘。

　　慧娘是一只饕餮,以欲望为食的异族,而黑影是她的本相。她趁夜深人静出门行散消食,因肚子胀痛而哭哭唧唧——人的原生欲望太难吃了,气味腥臊难闻,里面全是硌牙的杂质,挑都挑不出。枉费饕餮馆做遍天下佳肴,自己身为掌柜、主厨,居然只能吃这样的泔水渣滓,实在是意难平呀!

　　慧娘仰望着月轮长啸一声,扯动皮囊剧烈缩紧,一连串水嘟噜响屁相继喷发,把蛰伏土穴里的过冬蚱蜢崩了出来,窸窣四散惊逃开去。她终于松快下来,心中暗暗起誓:一定要搞些上乘食材,好好吃一顿饱饭——再这样日日肚子痛,吃不下又睡不香,瘦到没型可就混不开啦!

一　元正，盛景拼

　　长安城东西十四街、南北十一街，切割出一百零八坊，方方正正、刀琢斧凿。城里房宅均由黄土打坯筑成，风一刮，尘土飞扬，风停了，就在人身上裹出一层厚厚土壳，兵马俑一样威风凛凛。城中人气最旺的地界，莫过东、西二市：西市为利人市，多是平价铺肆；东市是都会市，聚集四方奇珍，其中名号最响的要数东市腰上、正对市署的饕餮馆。

　　饕餮馆是一座十丈高的朱木雕楼，纯榫卯结构，通体没打一根钉。楼体上尖下阔，前后支棱着四条粗木柱，形如蹲伏荷叶顶上的蛤蟆，一戳一蹦跶。最让人啧啧称奇的是门口的一只赤焰凤凰。它灵隐净透，翩跹盘在雕花檀木大门上，翅展最宽处足足五米，进出馆子的人都得从这大鸟裆下通过，受两次胯下之辱——这是为饱口腹之欲必须付出的代价。

　　它自然不是真凤凰，而是由琉璃灯与风轮营造出的幻影——前门横梁之上架着一支风轮，三枚精钢叶片形如柳叶，由终南山坳捡回的天铁淬炼而成，轻如鸿毛却百折不断。轻风拂过，叶片吱吱嘎嘎怪叫着转起来；此时以鲛油灯照射琉璃箱中的皮影，将影像投射在疾转的叶片上，空气中就会出现凤凰扑翼的幻影，流光溢彩，宛如活物。食客们并不在乎这种奇技淫巧——吃饭不积极，思想有问题，那些土牛石田不打粮食的都不是事儿！

元正日，新年第一天，饕餮馆高朋满座，比平日更加热闹。原因有二：一来朝廷特赐免了宵禁，允许百姓彻夜欢庆；二来嘛，每逢佳节饕餮馆都会推出特餐，皆是别处吃不到的珍馐，不品一品一年就算白过啦。

酒楼大堂里觥筹交错，雅间包厢内香气氤氲。众人正吃到酣处，扑哧一声，凤凰撇开两腿又放进来一人。冰凉荧绿雪片随风灌了进来，惹得门口桌前就餐的几位食客蹙起眉头。

来人是书生扮相：身着玄色粗布圆领单袍衫，头戴磨了边的软脚幞头，方脸上蓄一缕稀疏山羊胡须，一只蒜头大方鼻冻得发紫，仿佛一碰就要碎掉。他扫看一圈，拣了最靠边角的空位坐下，怯生生招呼伙计道："来碗油饭。"说完，抠抠搜搜从褡裢内摸出两文铜板，捏了又捏，快要盘出包浆来才轻放在桌上。

慧娘正在柜台算账，远远觑见这书生，招子一亮。此人颇有点意思——穷得兜里只剩两文，还要拣城中最奢华的酒家吃饭，要知道，两文钱在偏坊脚店足可买到一大碗热腾腾的水盆羊肉！细细上下扫量一番，她确认了目标，扔开手里账簿一路小跑过来，热情招呼道："小店元正特餐盛景拼筵，客官来一份尝尝吧。"

"不必，不必了。"书生摸了把额头汗，吞了吞口水便不再吭声。

"马求伯乐，琴求伯牙，美女求良人，美食求吃货。"慧娘摇着团扇嬉笑道，"客官还是不要推辞了。"

这话一出，店内食客纷纷停筷注目——饕餮馆的掌柜娘子为人一向颠三倒四，做事不循常理，无论来客是官是贾均不逢迎，只拿美食招呼，这样热情主动的模样实在少见。

邻桌老主顾赵老板不乐意了，啪嗒放下酒盅嚷道："小娘子是啥意思？五两银子一份的盛景拼他买得起吗？全店限量五份，只卖这一日，错过等一年。我们加倍付钱你也不肯卖，他凭什么？！"

"问题是你们也买不起啊,还加倍付钱,呵呵,你们几个偷摸商量着拼单,轮流坐主位——当这是名媛下午茶?"慧娘干脆利落怼了回去。

"咳咳,怪只怪特餐太馋人了。"与赵老板同桌的王员外讪讪打起圆场,故意岔开话头一指身后桌子,"第四份许给了他,你看,菜品上齐差不多也有半个时辰了,他现在还舍不得动筷子。这桌菜呀,光是赏色就三魂离了七魄,要是赏味岂不是要成活神仙?"

那位有幸点到第四份元正特餐的是个年轻人,瘦长身段似柳木成精,枯槁脸色也像木头一样蜡黄,脸上一双卧蚕粗眉压着一对丹凤细眼,小得如锅沿儿碰出来一般,却格外明亮,如同穿透薄雾的晨星一般——这副五官组合起来意外地清秀,但实在过于病态,看着让人大气不敢出,生怕把他掀翻了!那年轻人头不抬,眼不斜,面无表情地啜饮一盏热酒,根本不理众人议论,而满桌琳琅菜肴几乎完整如初。

穷书生的脸涨红成猪肝色,嗫嚅道:"在下已用过晚膳,听说饕餮馆的油饭是一绝,慕名来消夜而已——掌柜娘子别费心了,就油饭吧。"其实他说得不错,油饭家家都有,唯独饕餮馆用三花子鸡吊油来炒,拌匀黑猪肉松和胡麻豉酱,再撒上一层蒜末与熟芝麻,一碗下肚是由身入魂的满足。

"别理他们。"慧娘举起团扇半遮面,俯身从袖袋掏出一块梅糖,以迅雷不及掩耳之势塞进穷书生嘴里,贴耳轻道,"你不是池中之物,马上就要飞黄腾达,这桌筵席是饕餮馆赠送的,权当提前给的贺礼。敢问阁下贵姓?"

"吴。"书生两眼发直,痴痴答道。

"最后一份盛景拼筵归这位吴先生了。"慧娘旋身对全场大声宣布,顿时又惹起一大通喧哗抱怨。

啪啪啪，慧娘连击三掌。几名伙计连忙掀开珠帘，依次上菜。

真真叫人惊掉下巴！吴生不仅得到了最后一份特餐，更是最大、最丰盛的一份，满满当当一桌，菜量起码够几十个人共享！菜品均以炸、脍、脯、腌、酱、瓜、蔬、黄、赤杂色斗成景物：梨花木桌正中，一张白骨瓷盘三尺见方，盘中以冷蟾望月醢打底——这菜可了不得，以蛤蜊熬汁，拌进鳜鱼鳃边最细的一缕肉，打匀放凉后呈莹白半透肉冻状，鱼肉丝丝悬浮其间，表面上以蟹黄描绘一幅月轮，色香俱全。醢层之上支棱着几架宏伟宫宇，雕梁画栋，临月摩星，歇山房顶垂梁曲翘，屋脊两端鸱尾翩翩，造型神似兴庆宫！再细看，屋顶瓦楞是九转卤牛肉细片拼接；廊柱是鳖汤汆过的腌腊牛肠；地板上平铺薄如油纸的鲜切明虾；墙面上满镶西域特产的巴旦果脯；左边池塘是胎里鸡子打成白泥、加麻油香菇熬的酱汁，浓厚胶结，入口即化；右边假山是鹅肝猪件七宝，心肝脾肺眼唇肠因循天然纹理混搭雕饰，拿奶汤去腥，胡麻蒜泥腌入味，香醇有嚼劲。最妙的是，宫宇内外的酥油馃子都捏成宫娥造型，共计八十名，身着交领窄袖曙色襦衫，配齐胸束腰豆青罗裙，个个鼓乐吹笙，不亦乐乎，每个宫娥的面貌、动作、材质与馅料皆不同——这哪里是吃食，分明就是一幅《唐宫夜宴图》！

吉兆，真是吉兆！吴生盯着满桌菜肴两眼泛红——殿试结果还有几日便张榜发布，这菜式、这筵题、这盛景，分明在预示自己要高中，可以亲赴皇宫夜宴！想到这里，他颤巍巍起身对左右拱手道："借掌柜娘子吉言，这桌盛景拼筵在下便与大家分而食之，交个朋友！"他倒会借花献佛，合着不是自己花五两白银买的，一点儿都不心疼。

众人闻言大喜，纷纷起身举筷扑了过来——他们早就馋晕了，正愁吃不上，如今有人愿做冤大头，自然是当仁不让喽！食客们火急火燎围到桌边，一句客套话也没有，伸长胳膊夹了菜就往嘴里塞，前一口还没嚼烂,下一口又送了进来,一个个腮帮子鼓得跟松鼠似的,油水菜汁飙到襕袍前襟,唾沫星子杂着菜渣横飞,简直如饿鬼扑食一般。

慧娘立在两步外歪头哂笑,眼神又落回穷书生身上——这帮饿鬼不过是下酒小菜,那落魄吴生才是重头戏!此人看似平平无奇,其实欲念炽盛远超常人。难以压制的欲望挤得元神惶惶不安,所以他面相上眼白泛青、颅生紫光,行事浮躁务虚、不计代价。这样的人一旦为官必定左右逢源,如同一块吸引欲望的磁铁,非把各方好处引回来、敛干净不可,而这套唐宫夜宴盛景筵正中下怀,无异于给他的满腔欲念上加了一把火……来日时机一到,收割了他绝对足够打一顿牙祭!想到这儿,她贪婪地长吸了口气。

"掌柜,结账。"一个不谐声音打断了美好畅想。

慧娘惊讶扭头,蓦地怔住了,只见推搡抢食的恶鬼背后一个瘦弱男子纹丝不动,正是之前那位得了盛景拼的年轻人。"客官,你……"她一时不知说什么。

年轻人自褡裢里掏出个银锭子,掂了掂拍在桌上:"盛景拼价值五两,算上茶酒,这锭子足五两三钱,不用找了。"他佝偻着腰站起身,干咳两声就要走。

"稍等。"慧娘疾步过去拦住,"这就给你打包。"

年轻人眼瞟门外漫不经心道:"不必了,不好吃。"

慧娘的脑袋轰的一声胀大了一圈——从没人这样评价过饕餮馆的菜,更何况,今天的特餐里头放了不少……她嘴角微微抽搐,一拍桌子恍然道:"哦,我明白了!看你这瘦马猴样儿,木头杆子似的风刮就倒还不肯吃饭,必是对门赵记包子派来的——大过年的想饿死在我这儿碰瓷讹人,想得美!"

"一派胡言。"年轻人闷哼一声拂袖要走,却被掌柜娘子反手一扣,按住后脑压在桌上。他的额头重重撞到桌板,疼得嘶嘶吸凉气。

慧娘气鼓鼓地自袖袋里又取出块梅糖，不由分说就塞进年轻人的嘴里。

他却机灵得很，翘起舌尖一顶，扑哧一下吐出了糖块："你有病吧？"

"你有药啊？"慧娘不假思索答道。

年轻人一愣，动了动嘴不知道怎么接。

"你看，人不吃碳水脑子反应就是慢，吵架都还不上嘴。你应该回'你要多少'，然后我就说'你有多少我就要多少'——"

"休再胡言纠缠——你不服？那我便直说了。"后生铁青着脸打断了她，"这里的菜空有皮相却无骨相，邪性调味掩盖了食材本味。饕餮馆徒有虚名，外有一飞冲天的凤凰，内部却是恶浊不堪的泥淖——那些食客个个咂嘴弄唇如同鸱得腐鼠，比起街边脚店还不如，叫我如何下咽？"他被压在桌上抬不了头，斜眼瞟向邻桌正在暴食的一群饿鬼，嫌恶之情溢于言表。

慧娘皮囊内的本相一通乱窜，冲得脸皮鼓了几鼓，脑袋瞬间又胀大了一圈，差点爆皮而出。还好众人都在抢食，而那年轻人被压在桌上，所以没人发现。

"那我再做几道拿手菜给你尝尝。"第一次听到凡人这样挑剔评价，慧娘不甘更不解，强按火气缩回大脑袋，愤愤道，"你要吃什么？天上飞的，水里游的，地上走的，土里埋的；带钩儿的，带刃儿的，带尖儿的，带刺儿的，带戎绳的，带锁链儿的，但凡你说，我都能做了给你吃！"

"不必，快放开我！"年轻人一面回绝，一面徒劳地挣扎了几下，纤细脖颈快要甩断似的。

奇怪？慧娘突然发现了不对劲的地方，这瘦猴儿身上一丝欲望的味道也没有。她俯身再嗅——怪不得！他分明早饿得前胸贴后背，见到佳肴却不为所动，原来是得了厌食症呀！

"客官，得罪了。"她松开那年轻人笑吟吟道。

他趁势弹起身大步往门口走，理也不理。

慧娘也不拉扯，压着声音远远道："你是真有病，而我真的有药——食欲，你最缺这个对吗？"

年轻人闻言停步，回过头，眼中又惊又疑。

"食欲是最好的调味料。食欲充盈，万物秀色可餐；食欲不振，山珍海味与泥沙无异。"慧娘不动声色道，"能治你的病的，长安城里只有饕餮馆。"

"敢问……贵店厨人是否是个方脸高个儿中年男子？"年轻人颤声问道。

"大厨就是我本人。"慧娘飞了个白眼回道。

年轻人眼中闪过一丝失望："并非因你是女子而看轻，但我不——"

"亏着心呢是吧？你不说，我都没往那儿想。"慧娘拿团扇啪啪拍着胸脯打断了他，还放出狠话，"下次来前招呼一声，给你留个雅间。我担保药到病除，要是不能，我就把这店送给你——敢问阁下高姓大名？"

"张信。"

"难道是洛阳第一饕客张信？"慧娘一怔。长安早有此人传闻，据说是天生一条灵舌，能品出常人无法觉察的细味。经他举荐的食铺酒楼无不生意兴隆，反之要是得了差评，就离关门大吉不远了。

"虚名罢了。"年轻人略一颔首，犹豫半响才道，"我还有些事要办。一个月后再来，烦请留一间安静雅室，做一道酒酿萝卜丝。"他唱了个喏便迈出店门，融入漫天飘零雪幕之中。

萝卜丝？单点一道贩夫走卒下酒菜，他这是瞧不起人还是故意刁难？慧娘瞪着张信远去背影，心中怒火如万骡齐奔。

婶可忍叔不可忍！她命伙计将烂醉的吴生扶进后院厢房歇息，咚咚几步跑到前门口，一把揪住凤凰尾，喀喇一拽。两扇白铁厚门沉沉下落，咣当一声挡死了出路。

管他是香是臭是鲜是腐，老娘今天心里不痛快，必须得胡吞几口解解压！她旋身回到大堂正中，咻一下褪去皮囊，露出了黑森森的本相，大张阔口，胡乱绕场飞转、噬咬起来。

原本在疯狂进食的客人们终于察觉出异样，纷纷惊恐抬头，还未等喊出声，就被硕大黑影怪物咬住头颅，啃鸭头似的一捋，吸走了脑中的欲望。他们只觉脑子嗡的一声，便失去知觉瘫倒在地……一个时辰后，凤凰分腿，大门重开，食客们陆续怏怏出门，一个个面无表情，拖着麻袋一样的身体默默四散而去。

不尽兴啊，不尽兴！没吃饱倒是气饱了！

慧娘郁郁跑回后庭里的寝室，一个猛子扎进床上拿被子捂住头。盛景拼筵已然激发出了满场客人的食欲，却也只有食欲——世间最基础、最稀薄、最清淡的欲望，犹如没加高汤和猪油的水煮挂面，怎么可能让人满足。按原计划再多等一刻，多加诱导、催化，待火候足了，定能激发出其他肥厚流油的欲望——罪魁祸首当然是那个什么第一饕客！

她恨恨跳下床，自床底抽出一口桃木箱，取出几个古色古香的锦盒，攥在手里颠来倒去。这个饕客张信七情浅淡，简直就是木头一根，想要征服他、得到他的举荐，必须多下猛料，可是……她将几只锦盒在床上排成"一"字，盘点起来：打开第一个盒子，红绒缎上镶着一条雪白的九尾狐腿，取自大荒青丘，肉质细韧，食之不蛊。不行！青丘地处偏远一隅，九尾狐又特别狡猾，太难得了；她打开第二盒，是虎蛟——这种鱼身蛇尾的小兽是浑水冰海下的主宰，肉质居于虾鳖之间，食者不肿，可以医痔。不行，不能便宜了那小子！再开第三盒，一条凤尾鲮鱼干闪闪发亮，这是一种水空飞鱼，难抓得很，食之可避疫疾。

怎么办？如今天梯已断，自己又太虚弱，去混沌大荒世界补货是不可能的。爹爹只留下这半箱饵料，用一样少一样。万一那张信只是滥竽充数之流，岂不浪费？

二　中和，烧尾宴

二月初一，中和节。今年春榜放得早，吴生果然高中一榜进士及第，敲锣打鼓，骑马游街，春风得意，极尽炫耀之能事。夸官三日毕，他特意推托了别处邀约，盛装赶赴饕餮馆设宴庆祝，以答谢慧娘当日知遇的恩情。出乎意料的是，掌柜娘子如同未卜先知，早预备好了一桌丰盛佳肴，远远迎在门口。

慧娘置办的筵席规格、菜品均是参考先例——每有金榜题名或官员升迁时，主人便举办一场隆重的"烧尾宴"，取意"神龙烧尾，直上青云"。全筵兼有饭、粥、点、脯、酱、菜、羹、汤几大品类，常见菜品如：巨胜奴蜜制炸馓子、贵妃红酥皮脆馃子、汉宫棋高汤吊面片、箸头春鲜炙活鹑子、生进鸭花汤饼、二十四气馄饨、虾蟹冷蟾儿羹、曼陀样芝麻夹饼、樱桃毕罗、汤浴绣丸、八仙盘、水晶糕……这些菜码饕餮馆里统统都预备了，只多不少，样样精细，兼赏形味，香飘十里，极大满足了吴生的虚荣心，乐得他合不拢嘴。

经不住几句吹捧奉迎，吴生更加膨胀，大咧咧端起酒壶开始巡场应酬、交际。酒过三巡，他更是站在厅堂正中，阔气宣布邀全场宾客随意点菜，记在自己账上。众人又是连连拱手，道尽美话。唯有一人例外——

二楼最东头雅间里，张信一人独坐，空荡荡的案几上摆了两盘酒酿萝卜丝。小菜煞是清爽，青是青，白是白，缀上几丝琥珀色鳀鱼碎，漂亮得如同一幅水墨淡彩。不过与饕餮馆里其他菜品比不了，相对而言，寒酸至极。

按张信几日前托人捎来的方子，慧娘以四成江米、四成长粳米、二成红米混合制糟。与江南糟卤菜不同，这道菜只取上层透明醯汁，混半匙冰糖荔枝蜜，搅拌均匀静置待用；主材精选南山野生三寸丁萝卜，不可长一寸、短一分，以锋利藏银刀切成头发丝儿粗细，放在笊篱里快速浇三勺老母鸡滚汤氽烫断生，沥干后摆盘散开，吃之前才加酱汁——醯汁里加少许麻油、头抽、岐山黑醋，淋在菜上拌匀即可。这样做出的萝卜丝根根分明，不软不塌，入口时的脆爽质感让人浑身舒畅。

慧娘费力连做了两次，张信都是只尝一小口便皱眉吐出来，连连摇头，说离记忆中的美味相差甚远，形至、味至，而意不至——不成，不成！

一盘简单小菜能有多好？简直无理取闹，气煞人也！慧娘强忍燥火又去后厨摆弄一番，做出了第三盘萝卜丝。她一把推开雅间大门，咣当把盘子掷在桌上，粗声粗气道："木头一根，嘴还挺刁。"

"什么？"张信没听明白。

"没什么——哎呀，蟑螂！"呼！慧娘一巴掌擦着张信右脸拍了出去，"真是太烦人了。"她松开手弹到一边，阴阳怪气骂了一句。

柳木桌面生生被掌柜娘子拍出个缝子，上面确实有一小团黑魆魆的东西。"蜚蠊？"张信看清了，被拍成扁片的虫豸棕壳薄翅八足双须，分明就是厨房里常见的恼人蜚蠊，又叫"偷油婆"。

"我习惯叫它蟑螂，吃你的吧。"慧娘不耐烦地指了指萝卜丝。

张信挑了一筷头萝卜丝送入口，细品一番冷冷道："这次酒酿煮开一滚，去了三分酒辛，酒糟过筛两遍，氽萝卜丝的母鸡汤撇了油，更加清透爽口，做法都不错，但叠加在一起……料与材、食与味各行其是，互不相容，比之前两次更加不妥。你以便宜的晋北醋代替了西岐醋对吗?南山阳盛,草木多辛烈,须以阴柔的西岐老醋中和,你竟不知?"

好灵敏的舌头,好恶毒的舌头,全中!着相了,这木头还真有点本事!慧娘心里咯噔一声,不甘示弱高声嚷道:"山珍海味你没兴趣,偏要吃什么萝卜丝——甭在这儿故弄玄虚,老娘在未来世界待过不少日子,是见过大世面的!什么阴阳五行、奇门遁甲,全是唬人的,你有科学依据吗?"

"未来世界……"张信眉头一挑,顺着她的话头问道,"你还去过未来世界。怎么样呢?"

"不怎么样。"慧娘没好气道,"满大街都是预制菜,各色化学品加防腐剂,放一个月不馊不坏,我这暴脾气,忍不了就搬去更远一点的未来,发现又开始吃什么营养泥了,味如嚼蜡,吃一口一天不饿——搞不清未来人整天瞎忙些什么,一个个病恹恹的,烦心事特别多,都没时间坐下来好好吃顿饭。我在东大街开的馆子倒闭以后——哎,烂木头,我跟你说不着!"

张信不再理会这些胡话,将盘盏推到一边,缓缓啜饮一杯清茶漱口。坊间传闻所言不虚,他确实天生一口超凡的舌头,能品出常人无法察觉的细腻味道,却也被这能力所累——百味不调的瑕疵会在他舌尖放大万倍:凡人追捧的佳肴,在他口中漏洞百出,而日常的食物,在他口中无异土泥砂石。他尝遍天下美食却始终兴趣寥寥,唯独念念不忘一道家常小菜——酒酿萝卜丝,可惜搜遍了大江南北,还是寻不到记忆中的风味。

"今日有劳掌柜娘子了。"他扔开茶盏拍出半贯铜钱,起身拱手便要告辞。

又要跑路?"你给我站住!"看来这次是糊弄不过去了,慧娘一把将张信扯回案几前,脸一沉道,"不想尝尝食欲的味道吗?"

"食欲能有什么味道?"张信不动声色,"不过是你引客的说辞而已。"

"错！之前是我放得太少，你尝不出奥妙玄机。这次多放些，保管勾掉你的魂儿。"啪！慧娘揪下鬓角一根头发，手一松，轻飘飘地掉进一盘萝卜丝里。

张信看得眼发直，凑近过去，却见萝卜丝上干干净净什么也没有。他举起筷子翻了几番，莫说一根头发，连茴香八角调味小料的渣滓也不见一粒。他使劲揉了揉眼，抬头疑看慧娘："这是？"

她抿嘴一笑，素手一扬，砰的一声竟直接把张信的头按进盘子里！

再拉起头时，张信挂了满脸汁水菜渣，滴滴答答地顺着腮帮子流到衣襟。他却中邪一样浑然不知，愣愣地夹起一筷子萝卜丝放入口中，细细嚼了起来。一口下肚，他眼中一闪，怔怔又一口，眼圈开始泛红，再一口，他痴痴嗫嚅起来："像，像，只差一点儿了。"

这才对嘛！慧娘终于松了口气。

要钩钓其他欲望，食欲是最方便的饵料，简单、易得、杂质少、基本无害，只要注意用量便无碍人的健康。这根头发丝儿正是食欲所化——拔一根，取一毫，下在菜羹里，能拿捏住人的神志，诱发出更大、更多的食欲；趁人失神贪食的时候，谈笑间巧加引导，便可顺势激出其他种类的欲望，轻松收入囊中。

这笔生意向来稳赚不赔，除了这次——原本一根头发足够钩钓一整酒楼的食客，如今却勉强刚够对付一个人。要是顿顿这么伺候，非把自己薅秃了不可！慧娘嘴角不停抽搐，心里一百个不痛快，心思一转却又想通了，甚至有点兴奋——按照过往经验，这种人表面薄凉寡欲、隐忍克制，其实只是将欲望藏得很深罢了。世间哪有没有欲望的人！若吴生是只速成肥鸡，随时兴起便可宰杀吃肉，那张信就是一锅海参高汤，慢火熬煮才会出味，是难得的大补。也许他就是上天送来的年货，好让自己美美饱餐一顿！再探一探吧，搞不好有惊喜。

慧娘正窃窃胡思，余光窥见张信又撂下了筷子，暗惊道："怎么又停了？"

张信失神看着盘盏没有回应。突然，"汤饼"雅间的大门咣当一声被人拉开，来人是吴生。吴生的烧尾主宴恰设在一墙之隔的"鱼脍"雅间，开席前掌柜娘子却气呼呼离开，等了半天不见归位，吴生便循声找了来。

"外面听到说话声，掌柜娘子果然在这儿——"屋里景象古怪得紧，骇得吴生话说一半就憋了回去，张大嘴巴半天合不上。只见雅间案几前，一个玄衣干瘦男子和慧娘相对而坐，气氛剑拔弩张，而桌上可怜兮兮地排着三盘清淡小菜，其中一盘被搅和得乱七八糟。

"这位是大名鼎鼎的洛阳第一饕客张信。"慧娘佯作轻松地指了指张信，笑吟吟对吴生解释道，"但凡他到访过、赞赏过的馆子，无一不是生意兴隆、客似云来。我自然要好生款待。"

"失敬。"吴生随意点了点头，"他这是……"他狐疑地比画了下自己的脸。

"哦，这个啊，没事，"慧娘掏出绢帕胡乱一抹，擦净张信脸上的污渍，"吃太急了，护食——名流雅士脾性都怪。"

吴生不再追问，抬手作"请"的姿势，客气道："劳烦掌柜娘子移步隔壁，庆贺宴缺了你可不成。张公子吗……不妨也同去吧——"他突然又收了话头，鼻子抽了抽，像被一根透明绳索拴住的家狗，亦步亦趋地挪到案几边。

"这是什么味道？"吴生把头凑近案上第三盘萝卜丝前，招子一亮，竟猛扑过来，径直抓了一把送入口中，"萝卜丝？不会是萝卜丝吧，简直比肉脍还好吃！"他鼓着两腮扑哧咀嚼，连吃五口还嫌不够，竟抱起盘子猪刨食似的往嘴里划拉，没两下，风卷残云地吃光了一整盘菜。汁水菜渣从他口角漏下来，弄得衣襟上也是污迹斑斑。

"慢点，看把你馋的。"慧娘嗤笑着轻拍吴生后脑、后背，如撸一只肥猫，"你如今考取了功名，授封翰林院检讨，算是一只脚迈进了朝堂。来日面圣时表现好些，摸清官家的喜好，把他哄高兴了，封个五六品不在话下。知道吗？凡事都要好生争取，不计代价，财啊权啊朋啊亲啊，都是多多益善。对不对？"

"对，对。"吴生点头如捣蒜。

这一剂"食欲"钩子本是给欲念淡薄的张信下的，五蕴炽盛的吴生哪里受得了！一盘下肚，只觉肠胃里火烧火燎，像被人灌了一盆滚水，而一种诡异的饥饿感依旧汹汹来袭，一浪接一浪地翻腾五脏六腑。他发癫一般又将剩下两盘萝卜丝吃光舔净。然而"汤饼"室内再无可吃之物，他便吧嗒一声瘫倒在地上，两腿狂蹬抽了起来。

"春榜进士居然是这德行？"

"哎呀，吓死我了！"慧娘乍然扭头，看见张信正冷冷打量吴生，一双眯缝细眼不时上翻，清楚透着"鄙夷"二字。

"你咋没事了？"她惊讶问道。

"该有何事？"他瞥了眼慧娘，眼透古怪神色。

这怎么可能！张信非但没被灌迷糊，还清醒得很，拉长一张又臭又硬的脸，活像穿山甲成精。"我刚跟他说的话……你都听见了？"慧娘小心探道。

"嗯。"

"不觉得怪？"

"有点。"

"你出去不会胡说八道吧？"慧娘问。

"说什么？"张信淡然反问。

"刚才的事。"慧娘怔了一下。

"刚才什么事？"张信依旧面无表情。

这招反客为主让慧娘彻底慌了神。没法子，只能一鼓作气继续了——只要把欲望取干净，他就会忘记这一切。她轻叹一声，按了按藏在袖袋里的宝贝，冲过去扯住张信后襟，一把将他抛起离地三尺，揽住腰身扛起来就跑。

"放下！"张信又惊又耻，终于乱了阵脚，挣扎几下发现是蚍蜉撼大树，只得软言求道，"你别这样，我自己走，自己走。"

二人进了隔壁"鱼脍"雅间。屋内景如其名，淡雅不俗——屏风、案几、脚桌都是上乘野竹制作，墙上挂的是点墨山水画，虽无百色渲染，却更显意蕴深长，正应了那首诗：露凋萎疏叶，波冲枯朽根。生处当如此，何用怨乾坤。

慧娘快步冲到席前，抬手给吴生几名友人口里分别塞了块梅糖，谎称吴生有事，打发他们出去查看。那些人懵然嚼了口糖果，两眼一直，立刻乖巧出门，问也不问一句。于是，雅间里只剩慧娘与张信二人，对着一桌五光十色的精美菜肴。

见张信拧着眉毛一脸不悦，慧娘先发制人挑衅道："席上有厉害玩意儿，我保证，只要你尝了，立刻就会忘了那劳什子萝卜丝——你敢试试吗？"

沉吟一刻，张信点了点头。

"这是箸头春，稚鹑肉切筷头大小的细丁，以鱼膏文火慢煎。"慧娘端起一个盘子哗啦递过来，直接抵住张信的鼻子尖，"你这木头嘴刁又挑食，但这次肯定没得说。"她从袖带里取出个巴掌大的荷包，两指轻勾，挑出一个竹签样的细筱子，铁丝儿一般乌黑油亮。

乌签上隐隐散出一种奇异肉味，令张信心里一荡。

"美食不如美器，食器合一则天下无敌。"慧娘以乌签叉了块肉，故技重演又要往张信嘴里塞。

张信体验过她的神力，赶忙接过食物："不用喂，我自己来，自己来。"

慧娘轻轻一哂,任由他抢过签子肉。装什么装!凡人吃了饵菜会消解自我意识,变得如傀儡一样任人摆布,到时还不是乖乖被投喂。这次饵料选的是西荒的当扈,一种彩羽似雉、以咽喉下面髯须飞行的怪鸟,食之不生眼翳——乌签正是一缕风干的当扈脑筋,质韧而味足,一只大鸟脑袋里仅能取出牙大的一丁点儿,珍贵得紧呀!

张信仔细咀嚼一番,刚咽下去,身子陡然一轻,感觉飘浮起来,眼前景象也恍惚变幻:朱楼纱帷都不见,转成苍翠青土与莹莹自亮的密林,树枝如蛇神一样扭动,似活物一般;自己化作一只鸟儿,自由自在在林间飞旋……半盏茶后幻象消散,他口中只剩下箸头春里驽钝的鹌鹑肉余味,心底不由荡起一圈圈惆怅涟漪。

"怎么样?"慧娘一脸藏不住的得意。

张信略一点头:"还可以。"

还可以?只是还可以!慧娘心里一紧,难道饵料失灵了?

她低头轻嗅荷包里剩下的几根乌签,否定了这个可能——当扈生平见闻留存在脑中胶质细胞里,细胞记忆又被食客同步接收,于是"忆起"西荒的自由天地,逼真场景犹如亲历一般。这种奇妙感觉在张信口中居然只是"还可以"?!

也许是分量还不够,再来!慧娘闷哼一声,唰啦又从桌上拣出一盘:"过门香——取赤鳞鱼、角羚羊、雏子牛、果子狸,混合制成丸子,裹上鸡头米糠炸制,香气远飘三里而不散。你试试配这个蘸粉。"她变戏法一样又从袖袋里掏出一物,是个耳朵大的精巧木盒,打开,里面是薄薄一层藕荷色细粉,像极了女儿家的胭脂。那其实是大荒东山海底万年珠蟞,生得四眼六脚,满身毛刺,肉质酸甜细嫩,体内满是珠子,取一半肉、一半珠,烘干焙粉,就成了绝世蘸粉,食之不生恶疮。

肉丸略点粉末,入口后弹在齿尖、化在舌上,滋味环环递进,怎一个美字了得！张信不由点起头来。同样，蘸粉也带出了一段幻境，氤氲不清，想必是因为珠鳖生在深海水下，不见光，不见景，唯有琥珀一般的安宁世界。静谧幻境退散后，异香满盈的过门香丸开始爆发，满口喧嚣繁杂，让人不禁心生离俗避世的深深渴望。

"不错。"他放下筷子淡然赞了一句。

终于得到这个挑剔家伙的肯定，慧娘这才宽了心。接着，她又如法炮制，将凡俗食物与珍贵存货搭配，一一递给张信品鉴：金乳酥金黄松脆，乳香四溢，配苟草酱遮去两分甜味，可谓锦上添花，食之可美人色，能激发情欲；七返膏乃是芸豆面打发蒸制，蓬松如云，拳头大的一团用力一握，会缩成指尖大小，松手则迅速回弹，点上汁液如血、一首十身的眦鱼露，可防腹胀多屁，同时激发性欲；缠花云梦肉以黄姜腌透，用松枝熏熟，肥而不腻，入口即化，与炸虎蛟丁拌匀，食者不肿，最能使人滋生被接纳之欲；二十四气馄饨包了二十四种馅料，蘸上年兽眼泪拌香醋汁，一粒粒按顺序吃下，如同一年四季依次淌过舌尖，最能勾起追求长生的欲望……

趁张信沉浸在美食里松了防备，慧娘凑近他的耳畔长嗅一下，一双招子顿时睁圆，铜铃一样噗噗冒出金光，快要掉出眼眶。终于闻到了，心血没白费——这段冷冰冰、硬邦邦的木头身体里果然深藏了一个欲望，看不清，摸不透，很特别。这个欲望在心底压缩成一个致密小点，与血肉相融，经年累月吸取他的情愫，反反复复被盘得油亮，在暗处闪出珍珠一样的幽光，是难得一见的极品，如能设法吃到，一定能立刻补足元气——必须得到它，慧娘下定决心。

再看张信，早堕入无底幻境无法自拔，真的像傀儡偶人一样，两眼发直，身子僵硬，任由慧娘一口口投喂。也难怪！人间最灵敏的舌头，品尝前所未有的绝妙滋味，这种冲击和震撼是无法抗拒的。

任你奸似鬼，喝了老娘刷锅水！看着张信落入套中，慧娘暗笑一声伸出手，朝他的心口猛地一抓。咦？落空了！那个小小的欲望似乎有灵性，径直躲开，往深处又退缩一分，连气味都减轻了许多。慧娘瞠目结舌——区区一个凡人，被这么多宝贝招呼到迷失神智，却还死守心中欲念不肯释怀，简直太不可思议了！

"知道吗？'烧尾宴'还有第二层意思，"慧娘又凑到张信身畔，贴耳低语劝道，"兽修炼成人形以后，尾巴不会自动消失，得烧掉它才能圆满。你也一样——只差一点，褪去最后一层壳，敞开心里最软的地方，释放出那个压得自己喘不过气的欲望，这样人生才会轻松。"见张信没反应，慧娘咂了下嘴，一扫满桌佳肴，取起一个白骨瓷盆，舀了满满一匙递到张信嘴边。

"张郎，起来喝粥了。"她柔声唤道，"我家祖传的长生粥，喝一口像回家一样，来，乖啦。"

米香飘进鼻腔，迷迷糊糊的，一些过往片段也闪进张信脑中，对了，想起来了，这长生粥娘以前常做的——以洋县黑米，配红枣、葡萄干、桂圆、莲子、赤豆、长生果文火慢熬五个时辰以上，是洛阳第一楼的招牌菜之一。张信虎躯一震，心神猛聚，一下子清醒了过来。啪！他打翻汤匙，反手扣住慧娘的手腕哑声道："不要叫我蟑螂！"

三　端午，盲射席

五月到了，天气渐渐转热。一顶乌云不知从何处飘来，顽固地罩在长安城头上，仿佛群仙在天上架起一台铜炉，唱着小曲儿、搭着炭盆涮暖锅，直把地上的人往熟了烘。接连三日，天昏地暗，天上不时干巴巴响几声瘪雷，偶尔落一两滴雨也都是沸水，沾了皮肉立刻烫出燎泡。满城黄土成了精似的乘风四处乱窜，有时堵了坊门，导致百姓须翻墙出入；有时又在地面塌出个陷坑，害得几匹拉车老牛崴了脚。

这样炎热天气使万物萎蔫，人也懒洋洋的，相见装不识，吴生倒是例外。他在朝中混得如鱼得水，凭借舌灿莲花的本事，迅速结交各路朋党，甚至有了一批追随效忠的麾下客。面圣之前，他得了不少小道消息，摸出圣人修真问道的喜好，当庭吟出青词三首，被破格提拔为五品中书舍人，直让同行的状元郎妒红了眼。肥差加身后他的路子更野，行了些不黑不白的勾当，钱袋像吹了仙气一样迅速鼓胀。接着，他更在一个月间一口气娶了四房妻妾，分别是一个刚出阁的黄花闺女、一个丧偶十四年立了牌坊的寡妇、一个来自西域的菩萨蛮以及一个刚刚还俗三天的尼姑，可谓享尽齐人之福，让旁人摸不着头脑。

这一切背后少不了慧娘的点拨、引导——自打那日"烧尾宴"后，吴生像中邪似的日日都在饕餮馆大摆宴席，结交新朋，款待旧友，谈经论道，参禅辩经，品诗弹琴，求理明义，每次酒足饭饱出来，心中欲火就更烈一分。菜中饵料加上慧娘的话语透过肠胃、流遍周身、深入骨髓，令他深深成瘾，在一次次撩拨、一遍遍刺激下，彻底迷失了心智。他一心只想被妻眷爱慕、被同僚接纳、被下属尊重；要格物推敲万物之理，还要斟酌参透生之奥义；渴望自由与无碍，也执着于大道与秩序，求穷理、尽性、了命——这些都是被慧娘刻意播种下的无害欲望，虽与其他淫邪欲望一样虚无缥缈，但至少没有腥臊怪味，杂质也不多，吃起来口感不错！

正所谓"色恶不食，臭恶不食。失饪不食，不时不食"，如此大费周章地饲养了几个月，吴生这个食材马上就要成熟了。端午便是收获之日，慧娘满心欢喜地期盼着。

万事顺遂，只有一事恼人——自打那日给饕客张信尝了大荒异兽饵料，就被讹上了。他日日登门，觍着脸只点一道酒酿萝卜丝，还变着花样提要求，怎么都不满意！后来才知道，此人早已祸害遍了长安城所有酒楼食肆，都是只点萝卜丝，尝一口，呸呸吐出，然后拂袖而去。别家掌柜碍于"第一饕客"的名头，怕他在外头胡说八道坏了自己招牌，只能小心伺候，敢怒不敢言。

待收割了吴生，吃饱了攒足了气力，定要好好收拾那个难缠家伙！慧娘一边气鼓鼓地想着，一边掏出后厨里密封的瓷坛。她小心启开坛口封蜡，挑起一条腊肉，斜刀片薄片，再以滚油炸好，撒上胡椒盐面儿，塞入一个油布袋里扎紧袋口，丢在身边竹案上——案上的油布袋已堆出半人高，除了炸腊肉，还有粉团、粽子、各色点心馃子等美食，全是为端午特餐"角弓盲射"游戏预备的。

端午日一大早，慧娘命伙计在大门前的凤凰胯下横起一根木梁，将油布袋子高高低低悬在梁上。大门外十步远处摆上案几，上面放几支特制牛角小弓。路过百姓均可随手取角弓射布袋，每次收取二十文。射中了，便可取出其中之物，一品美味珍馐。"盲射"游戏年年都是端午重头戏，令参与的百姓们吃到扶墙倒地。

锵！锵！锵！

三声锣响，游戏正式开始。两名头戴软脚幞头、身着圆领半袖的小伙计首先出来，立在油布袋前开始讲话。二人生得一高一矮，一胖一瘦，一黑一白，让人忍俊不禁。

"欢迎光临本年度'盲射'盛宴，荣幸之至。"黑胖高那位欢快开腔。

下面围观看客热烈鼓起掌来。

"列位可曾有过这样难言之隐：酒肉穿肠过，万般难离身？"黑胖高话锋一转，皱眉严肃道。

围观看客的巴掌悬停在半空。

"要不你给细说说？"白瘦矮那位故作惊讶，搭腔递话。

"十人有九，忧思哀愁，坐卧不宁，只因痔瘘。"黑胖高沉吟道，"吴记药铺推出神奇止痔贴——贴眼皮，治痔疮，一贴见效，两贴包好。"

"甚好，甚好！"白瘦矮拍手笑道，"我也要囤两包。纵然不是有痔之士，贴出个双眼皮儿也是极好的。"

"同去，同去。"说罢，二人携手施施然离场，留下一圈围观看客瞠目结舌，嘴张得能塞进去半个拳头，直到慧娘上台宣布游戏正式开始才缓过神来。

这段词儿是慧娘润色的，吴记药铺合伙商也是她拉的——"盲射席"油袋虽小，一日流水也不容小觑，哄着吴记出了大头，自然要在宴席前、中、后提几回人家的货名，以作宣传造势之用。再说，止痔贴也不能算八竿子打不着，与美食还是有一点干系的——围观看客自行脑补了因果，很快想通了，便排队抢购了几包。

"掌柜娘子好手段！"吴生看得明白，不禁连连称赞，"角弓专用的竹箭小而轻，见风转向，多半会落空，这二十文就打了水漂儿；即便射中,那也可能只是个寻常白米凉粽,一文一只的便宜货。更何况你还拉来别家掌柜出钱,借鸡生蛋,借花献佛,这生意做得简直无本万利呀!"

真没见过世面,这才哪到哪啊。慧娘心中讥讽,脸上赔笑,捧了只白犀牛角弓递来:"说得我跟奸商似的——袋子里也有好东西。吴阁老鸿运当头,必定能射中最值钱的玩意儿,来试试。"

"哈哈,如此一说,再推托倒是不敬了。"吴生接过小弓,瞄向十步外的横梁。密密麻麻的油布袋大小不一,鼓瘪皆有,应该是迷惑人的,他思忖一下,对准角落里最不起眼的一只小袋子射去,嗖!竹箭离弦,凌空划出一条大圆弧,竟正中布袋中心。这也行?吴生不由怔住。

慧娘笑嘻嘻地摘下油布袋,打开,呀!里面是长安百姓最爱的蟹黄毕罗,足足有五枚,按市价起码五十文!旁观众人分外眼馋,齐声怂恿再来一发!再来一发!

吴生被众人拱得头脑发热,接过一支竹箭又射出去。这次他没刻意选油布袋,几乎就是闭眼乱射,然而竹箭有如灵魅附体,砰的一声中了一大袋光明炙虾——巴掌大的虾子以葱蒜腌味,裹秘制酱料以文火慢烤,成品韧而好嚼,拌饭下汤或独为小食都是一绝。炙虾自袋中取出一瞬便芳香四溢,引得众人口水汩汩冒出,停不下来。因是反季稀缺货,虾干在常规食单上没有,价格难估,这一袋恐怕要一贯钱都不多。

旁观众人噗噗朝两旁吐净口水,疯狂鼓起掌来——这手气,绝了!

吴生向来不喜海物,瞥了一眼便随手送给围观的王员外,然后又从伙计手里取来一支竹箭。

第三箭更加曲折——吴生前腿弓,后腿绷,把竹箭搭在弓上,刚要发射,天色竟骤然一暗,几坨黑云从四面八方奔来,压在饕餮馆上,仿佛一抬手就能碰到。吴生一惊,手一抖,箭离了弦,径直朝饕餮馆门的木柱打去。突然,一股贼风不知从何处旋了过来,卷起厚厚黄土迷住了人眼。人们隐约瞥见吴生的箭镞砰的一声被柱身反弹回来，微调了角度，平贴着一排油布袋窜走，最后浅浅戳进其中最凸出的一个袋子。这时，风停，尘落，乌云散开了。再看袋子里头物件，竟是个印着蟠螭纹路的精美银盒，里面是满满一盒鲟鱼黑籽酱，市价起码两贯钱！

这一切自然也都是慧娘设计的，确切讲，是她从未来世界学来的——

要令人迷而不醒的要义有六：一，诱人的目标，袋中美食当仁不让；二，不可预知的结果，盲射之法恰是如此；三，营造"渐入佳境"的错觉，绝不能一开始就放大饵；四，随机调整难度，避免成绩得来太易；五，制造紧张气氛，也要让人误以为一切尽在掌握；六，旁人的围观、叫好，有机会分享交流，绝不可孤芳自赏——这招很灵，令人沉迷的游戏公司都用，无一例外。

果然，到了后面吴生连挑选、瞄准布袋过程都省掉，箭头只上下平移滑动，不假思索地射出。饕餮馆伙计背着一整筐竹箭贴身服侍，不等吴生思考反应，便迅速递出箭支补上空弦。一射一填，须臾之间；一动一赏，欲望无限。境不移，心不转，玩着玩着一个时辰就嗖嗖过去了——这招也很灵，未来人刷短视频时也是这样，根本停不下来！

火候差不多了，吴生的欲望已全盘激发，满则溢，再继续下去就会露馅。慧娘上前拦住他，笑道："吴阁老玩累了吗？喝杯茶歇歇吧。"

吴生一惊，如梦初醒般低头看，沉甸甸的滚圆肚子比怀胎十月还大，不知塞进去了多少吃食。他忙放下角弓羞愧道："哎呀，一时忘情，都怪小娘子的馃子点心太好吃——要讨杯消食的山楂饮呀。"

慧娘招手一迎："里面请。"

吴生这边刚离开，旁观者中立刻挤出一位填上了空缺，而张信也藏在人群中，盯着密密匝匝油布袋直蹙眉。一只布袋被射落，几枚馃子从松开的袋口骨碌碌四散滚开，其中一只碰到张信鞋边。他捡起来，放在鼻下一嗅，果然又是那种味儿——食欲的味道。

虽是白天，饕餮馆却严密拉着帘子，屋内暗如黄昏。二楼"鱼脍"雅间，竹案上早备好了各色馃子。泥煤炉里青绿火苗噼啪跳动，玄铁壶中太白泉水刚刚煮开。慧娘提壶浇在茶粉上缓缓搅拌，沁人心脾的焦香茶味立刻散了出来。吴生跪坐案几边，静等茶汤入盏。

张信蹑手蹑脚来到"鱼脍"室外，扒着门缝往里瞄。此刻，食客全都聚在门外玩盲射游戏，一楼大堂、二楼雅间均是空空如也，唯此一间点着油灯。

忽然，噗，一股邪风吹灭了油灯，雅间内顿时漆黑一片。

咔嚓！一道闪电劈下，透过窗纸照亮室内方寸。张信大骇——他看见一个黑黢黢的巨物立在吴生背后，铜锣样的巨眼里闪着金光，罗刹一样狰狞可怖。巨头张开阔口，喷出一股气掀翻案几，未等吴生反应过来，竟把他一口吞了下去。

滋，滋，滋，巨头闭上嘴，两腮鼓胀，一动一动好像在吸吮、咀嚼，发出磨牙一样刺耳的尖音，激得张信出了一身鸡皮疙瘩。

咕咚！随着一声闷响，吴生竟又完好无损地掉了出来，触地弹起，砰然落地，滚了几滚便昏厥过去——原来那巨头并没有身子，嘴巴吞进去的东西会直接从空洞处排出来。

"饕餮！"张信心头一颤竟喊出了声，"真是饕餮！"

声音惊动了雅间里的人，唰啦一声，门打开了。"你怎么在这儿？"慧娘理着鬓发盈盈出门，皮笑肉不笑地问道。

"你，你……"张信抖着手指了指自己的右眼。

原来是慧娘听见有人，慌里慌张猛往皮囊里钻，情急之下就套歪了，偏了一半，右眼掖在皮囊里没露出来。

"哎呀，怪不得感觉独眼龙了。"她转了一下皮囊恢复娇俏容貌，"你刚刚在嘟囔什么？"她追问道。

"四目黑皮,有首无身,行进迅疾若风——你便是传说中的饕餮,对不对?"张信目光闪动道。

"你居然不怕?"

张信摇摇头,想了想:"是,是那种只吃不拉的——"

"呸!那是貔貅。我还以为你真知道点儿什么呢!"慧娘愤愤打断,黑着脸絮絮解释,"我是兽首饕餮,自古与人共生,不食五谷,只吃欲望,也吃也拉,边吃边拉——哎,你那表情是嫌弃吗?"

"不,不。"张信忙摆手否认,沉吟又道,"只不过没想到世上饕餮不止一只——我儿时见过一只饕餮,时隔久远,只依稀记得他的气度与你颇有些相似。"

"是吗?何时、在哪儿见的?"

"洛阳,二十年前,那时我不到五岁。我娘……在洛阳第一楼后厨做工,曾救过一只受伤的饕餮,作为报答,它教会娘几道功夫硬菜,令她从杂工升成小厨,我们娘俩才算有了安身立命的本钱。"

"我没去过洛阳。"慧娘轻叹一声。

"肯定不是你!酒酿萝卜丝可是那只饕餮的看家菜,比你做的——"

"它是我爹。"

"什么?"张信两眼瞪圆了。

"借一步说话。"慧娘引张信入隔壁雅间落座,沉吟半响,缓缓开口,"饕餮一兽一城,不与同类混居。洛阳曾是老爷子的地盘,不过二十年前他被另一只饕餮打败,身负重伤,又因不得已的苦衷必须离开洛阳——大城市都有主了,他就去了偏远的不毛之地,从此失联了。临行前爹爹跟我讲了自己被凡人相救这段,还特意叮嘱,若遇见恩人一族要尽力报答。"

"怪不得你做的酒酿萝卜丝比别家都要好,可比起你爹还是……怎么手艺差这么多?"

"讨打是吧？"慧娘作势要打，却软软收回拳头叹了口气，"你说得也不错，我本该更厉害些，可惜巧妇难为无米之炊，饵料不到位，菜品就差点意思——上次烧尾宴你吃了我族菜谱里的东西，不也是赞不绝口嘛。"她打衣襟里掏出一册书递过来，边角都翻得打卷儿了。

"《三体》？"张信瞧见书名大为不解。

"哎呀，错了，不是这本。"慧娘在怀里一摸，又掏出一本书。

"《山海经》？"张信更奇了，"这是菜谱？"

"这回没错！就是菜谱，里面详细写着饵料和效用。"

"《山海经》我确实没细读过，但若是菜谱——那里头可也写着你啊，饕餮？"

"不错。我们饕餮饿极了连自己都啃，所以才有首无身。"她瞟了一眼自己的一双长腿皮囊，满脸惋惜神色，"当然，那是意外，意外而已。菜谱里记录的饵料是给人吃的，激发出欲望再供养我们。"

"这些异兽在哪儿？怎么从没见过？"张信又问。

"说来话长……'绝地天通'你听过吧？"见张信没反应，慧娘才不情不愿地简单撂了几句，"鸿蒙初开时，轻气升聚成天，浊气沉降为地。人生活在地上，异兽生活在天上——混沌大荒世界里。天地间还架了一座天梯，可以互通有无，不过被重黎一屁崩坏了。怪我，那时年纪轻，爱贪小便宜，把盒饭里的鹿肉馅儿藜麦饼换成了地瓜馅儿黄豆饼，酒壶里灌的是凉井水，所以才，咳咳。"她瘪嘴收了声。

"确实，"张信责怪地看了慧娘一眼道，"小小年纪怎能兜售假货？"

"嚯，真会抓重点，合着天梯断了不叫事儿是吧？"

"'绝地天通'对人未必是坏事，无非你没处采摘饵料罢了。"

"倒也不是。就算没有天梯，我们饕餮一族也有法子飞升天域，穿梭时空。"

"穿梭时空？"张信眼中一闪。

"对啊，不信我演给你看。我去了——"慧娘双膝微屈身子一僵，两眼放空定在原地，忽然身子一抖，两眼回了神，"我回来了。我又去了——"她再次僵住，两眼放空，忽又再一抖回了神采，"我又回来了。"

张信瞠目呆在原地，突然瞧见慧娘在一旁吃吃偷笑，才知她是诓骗自己取乐。"穿梭时空这么不正常的事，你居然不怀疑？真不知道你是傻透了，还是知道点什么。"慧娘抬手一点张信眉心，收了笑意道，"说真的，我确实可以穿梭时空，但现在不行——我太饿了，没劲儿。你不信啊？"她从荷包里掏出一个乌黑油亮的薄片，表面分割成指甲大小的方格子，猪胰澡豆一样滑滑腻腻，"这是一块上等黑巧克力，专业大理石调过温，是我从未来世界学来的，便宜你啦。"慧娘吧嗒掰下一块巧克力，不由分说塞进张信口中。

巧克力入口后瞬间融化，填满了味蕾缝隙，丰厚而独具层次的质感逐次展现，绝妙非凡不可言诠。张信怔怔品着，感受苦、涩、酸、甘四味在舌尖流转，青烟一般消长变幻。他突然一个激灵清醒过来，双手抓住慧娘的肩膀摇晃道："你也可以带东西穿梭时空？"

"呃，只能是能量信息，比如，你心心念念的酒酿萝卜丝方子——"

"带人，"张信急声打断，"带人回到过去可以吗？"

"人只能在混沌借道，然后神穿，呃，我想想怎么说，就是从当下时空点进入大荒，在想要的时空点找到另一个自己，把意识信息传过去，差不多就是这样。不过也得当心，混沌大荒里万物混叠倒错，万事流动无常，连时空都是乱的，还蛮凶险的。"

"你敢不敢带人神穿？"张信目光闪动。

"只要让我吃饱有力气就行。"她揉了揉肚子哀哀道，"欲望，我要吃很多很多欲望。"她满眼渴求，如同街边饿了几天巴巴盼着施粥的饥民。没错，欲望是多巴胺神经元间的势能，是优质负熵来源。饕餮吸收欲望能量供养自身，跟人吃饭补充能量本就是一个意思。

"饕餮馆日日满座还不够……"张信沉吟一刻又问，"还差多少？"

"差得多！"慧娘脸上飞出一抹红晕，"你不知道我有多能吃。更何况那些人的欲望不纯，净是烂渣败梗，吃下去难受得很，几个虚屁放出去身子反倒更弱了。"

"倘若将你不吃的欲望调配入菜给人吃，岂不比异兽饵料更直接？以人心为泥，让欲望生根发芽，开花结果，一生二，二生三，三生万物，肯定比平时来得更快、更多。"张信迅速支招儿，像早盘算好的一样。

"那可不行！"慧娘果断摇头，"爹爹一直教导我不能这样——欲念横流，后患无穷。我平时调制食欲、饵料入菜时都很小心，只敢略加一点点，主要还是靠美食本味诱人入局。更何况欲望是人的排泄物——譬如养猪，你喂剩饭猪草麦秆都行，但绝不会拌猪粪进去吧？我族菜谱第一页就写着：'天地感，而万物化生；天地呕，则万物裂崩'。"

"……猪粪，那你还吃？"

"胡说！我才不吃！那就是个比喻，比喻懂吗？我只挑好的，像食欲、情欲，相当于汗液、眼泪，还算干净。"慧娘顿了顿，恼道，"只不过有时太狼吞虎咽，不小心误食恶欲，长期这样累积毒素就会生大病。病恹恹的再被其他饕餮盯上，丢了长安这块风水宝地还罢了，万一被打残了才不值呢！"

"就像你爹那样。"张信呆了呆道。

"嗯。不过嘛，"慧娘眼珠一转，凑近张信耳边深嗅一口，贪婪道，"也不是没法子解决。药食同源——深藏人心的欲望有时也能化成灵药，吃下去不但可以补气养精，还能镇痛解毒、开窍醒神，可谓是有病治病无病强身，嗯，就像，就像牛黄，牛的胆结石，对人有清热解毒的功效。我闻得出，你恰好有一个。"

"我，牛黄？"张信低头瞟了眼自己的肚子，嘴角不住抽搐。

"不是牛黄，哎哟，笨死算了，你有一个欲望藏了很多年，大补哎。"

他闻言一怔，沉思半晌，轻道："好，给你就是。"

"真的？那我们现在——"

"现在不行。你先帮我在混沌借道，回到过去办一件事。事成之后，药我一定双手奉上。"扑通！张信不等慧娘接话竟俯身跪下。咚咚咚！他重重磕了三个响头，"你只管放开催发欲望吃顿饱饭，放心，我也会以口舌仔细尝味，帮你拿捏添加的欲望分量，绝不致祸害人——你爹不也嘱咐你要报恩吗？恳请慧娘相助！"

四　中秋，玩月丸

八月天高，长安城里百味袭人，桂花米糕，火晶柿子，糖炒山栗，芝麻胡饼，水盆羊肉……香飘十里而不散。其实这盛世太平只是表象，满目浮华之下皆是疮痍，不过暂时没有发作罢了——圣人已下书，令天下的重轮钱一钱当三十钱使，凭空增发的虚钱流向坊市，令物价腾涌，关中一斗米已贵至吓人的五百钱！百姓却如无知无觉一般，两眼落在当下，依旧歌舞升平——哪怕来日饿殍相望，今朝有酒今朝醉也便好了。

饕餮馆的生意越发火爆。自打端午盲射筵席归来，新晋的吴阁老像变了个人似的，清心寡欲，无念无求，举手投足间甚至透着股天真单纯，在朝中也是有事办事、无事回家，整日品茶、种花、养鸟、遛猪，俨然一副贤官清流典范样子！吴生再未踏入饕餮馆半步，将前尘旧事一笔勾销。他的改变在坊间口耳相传渐成佳话，人们也心照不宣地涌向饕餮馆，期待着灵魂也被涤荡清洗一番。这正中了张信与慧娘下怀——菜肴酒茶里都添加了欲望，来了你就别想跑！

在饕餮一族眼中，欲望是有形之物，看得见，摸得着。有的欲望非常虚浅，从眼耳鼻舌身轻松排出，类似出汗或流泪，很快就消散不见；有的欲望相对粗重，多年梗阻不通，咣当一下子排出后迅速风干，能贮藏很久。慧娘在饕餮馆里绕场巡视的时候，会趁新鲜吃掉刚排出的易消化欲望，来不及吃的就会调进菜里给人吃，作循环利用。

比如一对父子来吃茶果，她把父亲"望子成龙"的欲望自口边摘走，塞进酥饼馅里给儿子吃；儿子"贪玩"的欲望时时从颅顶冒出，她一把捋走加入酒壶晃三晃，又给父亲喝下——父子二人渐渐交心，互相明了心意，周身生出大团浓郁绵密的细丝，那是喷喷香的亲情之欲，入口即化，回味悠长！夫妻来就餐，丈夫"纳妾"的欲望自胯下而生，味道不太对头，只能碾碎了拌进泔水里给猪吃，催增产崽量，而妻子渴求"被爱"的欲望则不费事，直接下进旗花汤面卧个鸡蛋；丈夫连吃带喝，十分满足——二人走时相敬如宾，和离之事不再提了。交换欲望，情之始矣！

更常见的是众生被理解、包容的欲望。这种欲望绵密而细腻，如夹袄一样将每个人裹成茧子，让他们孤独而自怜。一把薅下来，裹上糠以热油炸，吃起来嘎嘣脆，把对门的赵掌柜都馋哭了……这些相对优质的欲望让慧娘吃得心满意足，而被吃的人从饕餮馆出来也都是一身轻松，偶尔略显傻里傻气、过于天真烂漫，可能是因为慧娘没忍住一下子吃多了，就像吴生那次。

有时碰上一些欲念交杂、自激互生的，欲望像爆米花一般膨胀，慧娘就吃不过来了。譬如，几个集物成癖的衙内，窝在雅间里交换收藏的花片，就是那种店家放在锦盒、酒盒里的小纸片，上面往往画着一个人或物，如封神榜上的诸神、神农集里的百草之类——想集齐一整套非常不易。几位衙内小哥换着换着就会打起来，发现稀缺的姜子牙只有一张，都拼命想要，欲望自脚底板噗噗往外流，顷刻灌满雅间，埋过头顶，灌进口中，反复吃了排、排了吃，循环无休止。慧娘刚一拉开门，欲望就哗啦一声奔涌倾泻而出，直把她吓了一跳。

摘、拔、捋、掐、捞、摇、挑、捏、揪、抽、拍、揭……不同欲望形态不同、位置有别，收割手法也不一样。慧娘凑近瞧仔细后，稳准狠，一把抓，全部收入囊中。厅堂中的食客看不明白，老是疑惑大嚷：掌柜娘子疯疯癫癫比画啥呢？慧娘便笑吟吟敷衍道：是蝇子，客官你慢慢吃。他们就会猛拍桌子高声反驳：胡说，我们才不吃蝇子。慧娘笑而不语，心想快得了吧，你吃的那些还不如蝇子呢。

当然，这句话她绝不会说出口。

再看张信，也按照约定认真帮忙把关，防止菜品里欲念过盛，致人作恶。他一夫当关地守在后厨门口，每道菜送出前都要先细细品尝，而每吃一口，他都要面红耳赤地干呕几下。

"有这么难吃吗？"慧娘气得差点现原形。

"不，不，不难吃，只怪我食欲不足。"张信强忍不适，连连拱手致歉。

"就你这脾胃还作饕客，不是遭活罪吗？是谁让你干这行的？"

张信叹了口气没吭声，胃里火辣辣地翻腾，不禁弯腰捂着肚子蹲在地上。

"别逞强了，我手下有轻重的。你歇一边儿去吧。"慧娘心生不忍。

"不行，既答应你帮忙把关，我必定做到。"他强撑着直起身子，"我们绝不能出错，否则长安人就遭殃了。"

慧娘知他说得在理，也不再劝，转言幽幽问道："长安人都爱吃我做的菜，为什么就是拿不下你啊，木头？"

"这便是一物降一物，遇上方知有。"张信脱口而出，突然又自觉失言，涨红脸扭过头，斜倚门栏闷头抠起墙皮。

"咦，你的脸怎么红成熟虾子啦，木头？"慧娘抓住张信衣襟一把拽过来，贴脸仔细端详起来，"我爹爹曾说过，饕餮平日不与凡人共情，但若遇到气场相合的人，可能纠缠共振一辈子解不开呢。"

慧娘圆圆杏眼饱含春水，扇子一样密的睫毛扑闪乱眨，撩得张信心里发痒，挠又挠不得，额上渗出一粒粒汗珠。他故意提高嗓门，欲盖弥彰地斥道："放手——你不要总这么二杆子，没有半点女孩子的模样，成何体统！"

"谁爱提桶谁提，反正我不提——只要把人的欲望吃掉，他们就会忘记曾经发生过的事，我吃得越多，他们就忘得越干净。"慧娘一脸满不在乎，转而又道，"但你跟他们很不同，真是让人有点……"她将鼻子贴到张信脸上，土狗似的一抽一抽，边嗅边赞，"特别，太特别，但藏得太深了。真好奇到底是什么。"她松开张信衣襟，退开一步，上下打量一番，歪头嬉笑道，"你深藏的欲望之上有个心结，如果能解开，搞不好也可以缓解食欲不足之症。你呀，多吃些饭菜长胖一点，绝对配得上一句'美哉少年'——起码是偶像团体的水平。"

玩笑话张信没听进去，"心结"二字却让他面色一白。

"心结跟那个欲望纠缠得很紧，又重又厚，压在心上让你喘不过气。"慧娘看得真切，一脸诚恳道，"干脆说出来释放一下嘛！反正我不是人，不会'提桶'朝你泼脏水，更不会到处乱传八卦。"

张信脑中一昏，心里一热，竟鬼使神差地道出了一段尘封往事：当年在洛阳的时候，娘在酒楼后厨打杂帮工，整日忙得昏天黑地，积劳成疾却一直瞒着他。张信凭借过人天赋在官家"百味筵"中击败各路饕客，年少成名，一时捧者如云。某日，他受邀赴洛阳府衙夜宴，多喝了几盏便留宿不归，第二天早晨回来却发现娘已离世，案几上摆着一盘酒酿萝卜丝和一碗粥——这是娘怕他醉酒后脾胃不适而特意备的，可惜终究没能等到……自那天起，他便开始食不甘味，见不得任何美食，虽有品鉴高下之能，却再也无法从食物中领略一丝丝快意，人也一天比一天消瘦、沉郁。

"要不是因为顾虑我，怕我被人瞧不起，娘大可以改嫁，跟心仪之人离开洛阳，过上自由、闲适的日子，根本不必在后厨里受尽苦楚，郁积于心而生出恶疾……是我拖累了她，都是我的错！"张信把头埋进瘦削肩膀里，不住颤抖。

原来如此——虽不能完全体会张信的悲戚，慧娘也大略理解了他心中的苦闷来由。"我倒觉得你没什么错。"她轻抚张信的后背劝慰道，"再说，你身为洛阳第一饕客，盛名在外，拥有普通百姓羡慕不来的富足生活，你娘这么在乎你，九泉之下必定会欣慰。"见他还是不为所动，她又抬手一指窗外的灯红酒绿，"你看，长安城多漂亮——那么多有趣的人，那么多好玩的事，你全都不在意吗？"

"如果不能与爱的人共享，一切都没有意义。"张信抬起头时已是泪眼婆娑，"什么锦绣长安，什么美食佳馔，什么金玉货赂，什么利禄功名，我都可以不要——我只想再见娘，跟她说说话，哪怕几句也好。"

"原来你要混沌借道是为此事。"慧娘怔怔问道，"你想对她说什么？"

"我要劝她为自己活一次，只为自己。"张信扯过袖子抹干泪水，沉默半晌又道，"其他的，都无须挂怀……"

人好难懂啊——有时很简单，只知追着肤浅的欲望狂奔，如同围着磨盘转圈的老驴，有时又很复杂，倾其所有只为换一些莫名其妙的东西。慧娘套了半天话，张信的心结非但没解开，反而只浅浅一现就迅速缩到那个欲望底下，再不露一丝一毫。她从没见过这样的情形，不由一阵恍惚，如葱的玉指攥紧又松开，松开了又攥紧。

"好，我帮你！"她终于下定决心，沉声道，"帮你偿愿，也是帮我自己解惑。我们必须祭大招，让全城都参与进来，而不仅限于饕餮馆一家酒楼。百万百姓齐齐出力催生欲望，此事便可速成！"

全城百姓？张信怔怔看向慧娘："你的身子能扛住吗？"

她伸出一根手指点住张信的眉心："我有灵药，什么疑难杂症都不怕。"

凉风轻拂，带来阵阵甜腻桂花香，抚慰了万物凋零的秋夜。二人都没再说话，半晌后，齐齐点了点头。

八月十五，入夜后，一枚皎洁圆月低悬碧空，照得人间影影绰绰。

长安城里华灯溢彩，笙竽欢歌之音响彻，宛若云外仙境。百姓玩月赏灯之时，饕餮馆也应景地推出大量特色美食——所谓"祭日以牛，祭月以羊"，月圆夜少不了以羊为题的菜品，"消灵炙"便是其中颇受欢迎的一道：羊心尖肉混合鹊舌，以宽刀剁成细泥，拌上芡实、木薯粉，在滚沸羊汤中氽烫至半熟，取出来以鸭油炸酥，凉凉后切成手指粗细的条，淋上麻油、胡椒、蒜末、海盐，与腌渍嫩笋条子拌匀，吃的时候配一壶慧娘特酿的桂花凝露，一口肉，一口酒，滋味简直无法形容。

"消灵炙"只是道下酒凉菜，更令人称奇的是另一个吃食——"玩月丸"。这是种指甲盖大小的丸散，透亮弹牙，质感类似羊羹，但更加坚韧，掷在地上瞬间反弹两米高。味道难以一言以蔽之：初入口其实尝不出什么滋味，隐约还发一点苦，这时绝不能咀嚼狼吞，而要含在舌下慢慢品——不到半盏茶工夫，人会面红心悸，大汗不止，感到周身脉络像被打通一样畅快，开始因时、因情、因境进入不同幻境中！有人灵魂离窍，神游虚空；有人遨游蓬莱，与仙同戏；有人心愿得偿，泪流满面；有人忘情放纵，不眠不休……

丸散里面掺了欲望，不是一种，是全部！慧娘将收集的人间欲望各取一点揉捏在一起，珍藏的异兽饵料也是每样各取一点，焙成干粉加入。百味调和是苦，百色调和是黑，百情调和是空，百欲调和是什么？慧娘自己也说不好。饕餮向来懵懂，虽然以欲望为食却从不解其意——她只知道这玩意儿有奇效。

她将几十粒"玩月丸"置于精巧锦盒里售卖，盒身大小刚合适放入袖袋，便于随时取用，于是一夜之间风靡全城，几乎人手一盒，取代鸡舌香成了长安城最流行的随身蜜饯糖果，不再限于中秋。人们随走随吃"玩月丸"，彻底释放内心欲望的样子使旁人动容，情不自禁地模仿起来，也生出了一模一样的欲望。就这样一传十、十传百，炽盛的欲望源源不断从人身上涌出。

慧娘忙忙碌碌四处采摘，吃得撑肠挂肚，身子像灌水牛尿脬一样日渐圆润。吃得又急又快，免不了吞进不少秽物，她也常因腹中绞痛而满地翻滚，一面滚，一面吵嚷："可撑死我了！等到除夕夜火星——就是荧惑星运行到心宿位置，我就能带你入混沌借道，回到过去见你老娘——哎，你那是什么眼神？"她脸色一黑冲张信恼道，"我明白了，你嫌我胖。胖咋啦，我吃你家大米了吗？再说这是虚胖，根本就不健康——都是你害的！"

张信连忙宽慰："我并没有嫌弃——何况你也不胖。"

"不胖？按唐朝审美就是说我不美？"她气鼓鼓地蹦起一尺，落地时震得满地黄土飞扬。

"仔细看，确实是胖。"张信抹了把额汗。

"我就知道你嫌弃我胖！"

张信既不会撒谎，也不会说圆滑讨喜的话，这样一步一个陷阱的对话让他毫无招架之力，便叹了口气不再吭声。

"你就说我还美吗？"慧娘不依不饶。

"美，美着呢。"

"结巴啥！"

"没，没结巴。"张信吞了下口水，望着慧娘的眼睛诚心开口，"你灵巧能干又真心待我，在我心目中就是最美、最难得的。我也不知道该怎么讲，之前除了娘，从未有人这样……"他自怀中摸出一根珠钗，是市面上常见的那种便宜货，桃木钗尾孤零零镶一粒月白小珍珠，"这个送你，莫生气了。"

慧娘立刻转怒为喜，插好钗子问道："你什么时候买的？"

"是我娘的。"

她更加高兴，圆滚滚的身子转了几转，左一扭，右一扭，活像一个巨型地瓜成精，逗得张信扑哧一声笑了出来。

"张郎居然会笑？真是活久见！"

"别叫我蟑螂——你以为我不知道？"张信的笑容僵在脸上。

"嗨，谐音梗嘛，你不懂。"

"怎么不懂？庐山居士刘禹锡有诗云：东边日出西边雨，道是无晴却有晴。'晴'者，'情'也，表面风雨日常，实则暗诉情意。"

"无情却有情……你还挺上道啊。"慧娘歪头上下扫看张信半天，"木头，你真的很特别，跟别人都不一样。"

"是吗……"

"你特别会吃，又特别挑食，特别明理，又特别好骗。说你是个傻白甜、一根筋吧，你偏还藏着一个特别的欲望，让人捉摸不透。"

"听着可都不像好话。"张信直瞪眼。

"但我觉得挺有趣，因为咱俩气场相合，对吧？待混沌借道以后，你就留在饕餮馆，我们一起——"慧娘突然收声，思绪被一个问题堵住：要是那个欲望灵药被取走了，他还会这样特别、有趣吗？他像吴生一样忘记前尘，变成陌路人，还能重新开始吗？想到这里，她心里竟莫名发酸。"木头，你将来对我有话千万直说，万事好商量，我也不是非要怎样……反正你别藏着掖着，更别吟诗——比上面那句再难一点儿，我就听不懂了。"她幽幽叮嘱道。

张信憨笑道："看吧，论'傻'，还是你更胜一筹。"

"找打吧你！"

……

谈笑间几个月过去，一些变化悄然发生。在慧娘的原计划中，满城的欲望应该如黄肠题凑一样，一根叠一根、一块搭一块，砌成一面面因果相续、密不透风的实墙。只消按图索骥、顺藤摸瓜地摆弄它们，便可稳稳地掌控一切。然而现实中的欲望却随人而动，密密匝匝搅成一团乱麻，根本捋不清；因果长链在其中此消彼长，形成一种微妙动态平衡，复杂到算无可算。从这一点看，人间跟混沌大荒世界颇有些相似——乱中有序，却永远无法精确掌控；所谓秩序，更多时候是一种局部近似、一个瞬时状态、一个痴妄设想。人可以期待在有生之年得到秩序的眷顾，却不可强求掌控它。可惜二人当局者迷，竟没看出人间的混沌本相。

黄土大城里的欲望堆在一起，如一套危如累卵的叠叠木，若被好事之人抽走一根，就可能发生垮塌——倘若抽取的是脆弱平衡点上的木条，小小一根就够了。

平衡点就在大通坊三街右手边第五棵槐树下的一只蚂蚁背上！彼时，一个幼童哭闹着拉拽父亲衣袖要求上茅厕，而父亲正沉迷在"玩月丸"幻境里不理会他。小童实在憋不住，还没来得及解开裤带，黄汤就沿裤管哗哗冲下来，恰好淹死了那只蚂蚁。平衡瞬间被打破了！欲望洪涛再不可遏制，轰隆隆四下疾泻，瞬间淌遍全城。

五　除夕，娘亲菜

年尾将至，百姓全无心情庆祝，黄土大城凝成黏兮兮的一团，人行走在街上如淌过泥淖，分外吃力。有术士夜观星象，推测除夕夜会出现"荧惑守心"天象——荧惑星落在心宿，是"大人易政、主去其宫、国运有厄"之兆！这下更加人心惶惶了。如今国气大伤，外忧未绝内患又起，各地闹起饥荒，关中斗米贵到七百钱，江南更是一千五百钱一斗！相传还有饥民易子而食……大凶庚子年外加天现灾星，简直是屋漏偏逢连夜雨。一时间满城谣言四起，以讹传讹，添油加醋，大灾之谶甚嚣尘上。

世道浇漓，人心不稳。"庚子年"也好，"荧惑守心"也罢，其实更多是个噱头，一种蛊惑人心的说法。它引发的情绪在人心里发酵，恰好可拿来为欲望施肥，帮助欲望在人间传递——所有欲望都始于一个小小念想，起初只是个转瞬即逝的杂音，被情绪加持之后，尾音就变得十分悠长，从一人体内溢出，被另一个人捕获，加以模仿并再次排出，传给第三、第四个人……如此循环往复，绕上一大圈再回到起始之人，形成一个封闭的环。到那时，这个欲望就成为所有人的欲望，在黄土大城里如雷地回荡！

所以说，人的欲望多半只是模仿他人——瞧，饕餮馆里，一名食客醉醺醺踉跄出门，被脚下欲望绊了一下，啪唧摔了个嘴啃泥。欲望趁机钻进他口中，又复制给搀扶他的同行友人。这个欲望在友人体内瓜熟蒂落，一枚化十枚，又向外噗噗射去，砸中几名围观看热闹的路人天灵盖，于是他们也生出一模一样的欲望——渴望力量与控制。

更多欲望是通过言语排泄的：有的欲望毒性颇深，一旦说出口，立刻窜进听者的左耳，成熟后自右耳出，形成一种延迟的回声，转回去反噬说话的人，最后两人齐齐中招，成为那个欲望的俘虏——这种情况是"造口业"的一种。有的欲望夹在唾沫星子里，从说话者口中不断飞溅，发出铁铲划锅似的刺啦声，不经意间飘进听众的鼻孔，就会传染他们——这种方法是名士传道时常用的。

就这样，欲望持续暴涨着，几天时间便从齐腰高涨到了埋过头，最后超过了全长安最高的望月楼，将黄土大城深深掩埋起来。人们被缚其中，像一只只黏在蛛网上的蝇子，整日昏昏沉沉，一抬手，一动脚，一啄，一饮，皆被欲望牵引、限制，完全无法自持。

慧娘好几天没出过门。一方面因为身体宽肥、腹肠绞痛不方便出门，另一方面，欲望塞满街巷让她无从下脚——对她而言欲望是实打实的物件，同一草一木一猪一狗别无二致：

好奇之欲气味清新，长了一口细密尖牙，喜欢追着人咬，一旦碰上就很难摆脱，非得打破砂锅问到底才算完；道德之欲最陈厚，铺天盖地蒙蔽人的眼睛，导致他们什么也看不见，只能跟着别人屁股后头闹；权力之欲毒性最大，小小白白一点，跟虫卵差不多，但染上的人都会变成冬虫夏草一般的僵尸，成为它的傀儡；财富之欲臭不可闻，却最能成瘾，倘若被它黏上，人就会不停追逐，直至贪多而亡——还好这些欲望都不在慧娘的餐单上，看着都吓人！

"好难受。"慧娘被皮囊箍得上不来气，就干脆一把拽掉，黑黝黝的庞大身躯瞬间弹开，塞满了饕餮馆的后庭，把张信挤得贴在墙边。她狠吸口气又聚回人影形状，圆圆胖胖甚是可爱。

"辛苦了。"张信小心翼翼地靠过来，"你还好吧？"

"我从来没吃这么撑过，虽然浑身都是力气，但难以控制，而且头昏脑涨肚子疼，怕是食物中毒了。"慧娘愁得脸快皱成包子，拍拍水袋一样的肚腩道，"还好今天就是除夕，再过一刻荧惑就转到心宿正位，端直朝它飞，就能找到大荒入口。混沌借道要耗费很多能量，我会很快再瘦回来的。"

"到时服下灵药，解了食毒，再慢慢调养一番，你定能恢复精神。"张信手抚心口，顿了顿，柔声道，"你的长安城没人能抢走，我保证。"

慧娘扭头看着张信，张了张嘴，却把话咽回了肚子。

张信抬头上看，夜色阴沉，乌云遮去半边月轮，连星空也是半遮半掩、模模糊糊。"混沌大荒的入口在哪里，怎么看不见？"他揉着后脖颈问道。

"它就在天上，激活之前只有芥子那么大。"慧娘拖着沉沉的步子，斜靠石栏缓缓坐下，"它像苹果上的虫子洞，直连两个面，一面是人间，一面是混沌大荒世界。当年洞口挂着个太空电梯，好找多了。"

"你说过，天梯被人一屁给……"张信有点不好意思说出口。

"可不嘛。吃完第一盒豆饼，重黎也没怎么，吃完第二盒就捂着肚子往一边跑，脚下一滑，摔了个大马趴，苏醒过来的时候，天梯已经卡坏了。唉，工程师就是脸皮薄，放个零存整取的屁还要躲人，能怨谁呢？"

"如此说来并不是屁崩的！"

"想想也不能够啊。"慧娘鄙视地瞟了一眼，懒得再费心编排，将后面的事一股脑儿直说了：天梯故障修不好，"女娲号"上的工作人员不得不炸断天梯，又补上一道能量屏障，像一张大饼似的把洞口严密包住，阻止异兽胡乱下界祸害人，自此绝地天通。后人为了纪念这件事，还有模有样地过"天穿节"，把黏饼子扔到房顶上，模仿女娲补天。

张信听得目瞪口呆："你这伶俐口舌不如去做说书人——女娲补天

只是上古神话罢了。"

"没胡说！那些都是真人，来自未来的人，而且还不止一次回到过去修补能量屏障，阻止了人间浩劫。"

"那更没道理。"张信闷哼一声，"若天上裂缝掉出异兽导致人间浩劫，现世都难保，哪里还有什么来世？"

"这个嘛，"慧娘摸着下巴思忖道："我记得书里有种解释，大概是：因果链条不是线性的，而像一条咬着自己尾巴的蛇。无数条这样的蛇在高维度上交错嵌套，因化成果，果回到因，无限循环，跟卡bug似的。"

"你是说……因果循环？"张信多半没听明白，只抓住了几个关键字。

"呃，是这四个字，但咱俩不是一个意思。"

"你是什么意思？"

"可以发生的事必然可能发生，不能发生的事无论如何都不可以发生。"

"这……要不然你想清楚了重说一遍？"

"拜托，别打破砂锅问到底了——我在未来世界还是个厨子，又不是科学家，也就知道点常识概念。"慧娘苦着脸，"宇宙就这德行，你打算拿它怎么办？"

"我打算拿它——"张信一噎，"我能拿它怎么办，我又不是神佛！不过……这些玄之又玄的东西竟然只是常识！"张信转言由衷叹道："未来世界世风昌明，百姓开智崇理，甚好，甚好。"

"也不见得，"慧娘轻轻咕哝道，"去一次你就明白了。"

张信无意深究，望着夜幕之上的伶仃的荧惑星又问："洞口若只有芥子大小，你有法子计算清楚、找准位置吗？"

慧娘在石栏上蹭了蹭背，慢吞吞地摇了摇头——虫洞不仅小，而且不可化归，位置因混沌而变，小小微扰就引发巨大改变，甚至计算位置的举动都会产生不可忽略的影响，可谓差之毫厘，谬以千里。譬如吃汤面，正常人会一根接一根吃吗？不会。正确吃法是挑起一筷子面条全部吸进嘴里，囫囵吞掉。倘若有人穷讲究，非得精细计算出面条的头儿，一根接一根完整地从头吃到尾，整碗面早就坨成一碗疙瘩了！混沌就是这样黏糊糊一团，没头没尾拎不清，非在里面找定数，黄花菜都凉啦。

"总不能大海捞针吧？"吃面的比喻用得不错，张信一下子明白了。

"顺势而为就行了，随我来。"慧娘铆足劲儿，一口气套好皮囊，拽着张信奔出饕餮馆前门，忽悠一下跃上前梁，咣当！她竟一把折断了风轮的精钢粗杆。没了琉璃光映照，火红的凤凰幻影倏然消失，只剩一支丈宽风轮在慧娘手中轰轰疾转。她将张信背在背上，一手护紧他，另一手高举风轮。阵阵罡风卷动风轮叶片，一股神力竟托起二人直直向上飞升。

风不知来处，亦莫知归途，如同一支隐形大笔，抽丝剥茧地描绘出混沌的脉络。它无疑是最佳的风向标，指引二人抵达混沌系统的奇异吸引所在——一种混乱中的稳态，无常中的恒常，无序中的秩序。它是开始也是终结，是虫洞轨迹的必经区域。

二人越飞越高，上面的风更凌厉，刮得人睁不开眼。他们如一片落叶，打着旋儿顺着风的走势飘移。突然，风轮发出吱嘎一声怪叫，好像被什么东西卡住了。时机到了，慧娘猛地刹住，抬手一击，伴着轰隆巨响，黑森森的天幕被她捅出了一个红点，由指甲大小迅速扩散成拳头大，血红底色正当中隐隐杂着一条黑色细线，如一只鬼眼似的冷冷瞪着二人。

慧娘喜道："打中了——能量屏障显化了。"

没待张信细看，却又是轰隆一声巨响，鬼眼又睁开了些，向外扩散了一圈，变成了井口大小，中间的黑线也被扯成细长椭圆形状，向四周辐射冷光。咻！一团黑魆魆的东西自椭圆正中蹿了出来，但速度太快，看不清楚。

"呀，怎么裂了个缝子？"慧娘花容失色惊道。

她掉转风轮后退了几丈，向下探看一番，瞧清楚了刚才掉出的黑影——那是只年兽，无相无形，以时间为食。这厮货在混沌大荒里基本没什么存在感，因为那里的时间原本无序，被年兽啃得乱七八糟也没人发现；但在人间可就不一样了！年兽经过身边时，人的脑子就会轰地一晕，待在原地，待一个激灵醒过来，时间已被偷咬了一大块，感觉"恍如隔世"。还有一些顽皮的年兽，最爱伸长舌头跟在屁股后偷偷舔人，吃棒棒糖似的把时间一点点舔干净，人就感觉一天、一月、一年嗖嗖地过完了。

一些往事片段闪过脑海，慧娘心里越来越紧。

不会这么倒霉吧？又来！

明明跟之前几次一样，只用了三成力，应该刚够把能量屏障激发到高能级、让它显化才对，怎么会……

难道是因为吃得太多，蛮力过大？

怪不得"吃饱撑的"是句骂人话哩！

缝隙还在扩大，震天轰鸣从里面传出来，听得人肝胆俱裂。声音来自混沌大荒里的异兽——它们嗅到长安城里欲望洪流的气息，变得兴奋暴躁，纷纷想要跃出来。如《山海经》里记载的一样，这些兽有喜食心噬魄的，有好撕筋啃骨的，有爱嚼皮啖肉的，有爱饮精啜血的，要是一股脑儿跌进人间，绝对又是一场浩劫。

"这缝子你能补吗？"张信察觉出慧娘的惶恐，预感到事情不妙。

"能是能，但……"她满脸难色，"不补也没关系。我们去别的时空躲一躲，这边的烂摊子迟早有人收拾，反正也不是第一次——"

"烂摊子？"张信再次抓住了关键，打断慧娘问道，"你指异兽下界袭人，像上古那次一样？"

"嗯。刚刚掉出的是只年兽,不难收服,但要是别的异兽一起下来,我可打不过啊。"慧娘连连咂嘴。

张信沉默一刻,沉声道:"我们先进大荒办正事,其他稍后再议。"

慧娘忙不迭点头:"好!记住,你借道神穿的时候,我得留在混沌流里稳定节点时序,不能一起去,但别担心,我一直能看见你,发生任何意外都能及时赶到。"

"那便好,那便好。"一阵疾风卷来,张信从背后紧紧抱住慧娘,仿佛怕被颠簸气流震下去,"你等我信号,事情办完后速速取药,无论当时情况如何都莫迟疑。"他涩声叮嘱着,一直没松开环绕的双臂。"与君此别,无语凝噎。知我心意!勿念我哉!"沉默一刻,他又轻轻念了一句。

"又吟诗——这上下文有啥关系?还不押韵。"慧娘怨道。

"你那么聪明,会懂的。"张信笑道。

小小虫洞之内果然别有洞天,幽暗深邃一眼看不到头。眼睛适应黑暗后,张信看到空中飘满大大小小灰色气旋,不停舒卷,展开、回缩、生成、消失。异兽嗥呼声自四面八方响彻,时而空远,时而又近在耳边,震得人浑身汗毛倒竖,这便是时空无序之象。

张信按照慧娘吩咐把头探入最近的一枚气旋里,抬头一看,大惊失色——正前方一团气旋中还有颗人头正慌张四顾,正是他自己!细扫一圈,每个气旋当中都有一个头颅——前后左右上下,沿一条条螺旋线往远方排布,无穷无尽。每颗头颅都不一样,有些年轻,有些苍老,目力所及处甚至还有一个白发苍苍的垂朽老人,双目浑浊,皱纹深刻,恐怕是他终老的模样。

光线昏昏,身子又卡在气旋外无法挪移,张信吃力地伸长脖子逐个查看,半炷香后,他终于在一隅发现了一个幼童模样的自己,眼神清澈,脸颊稚嫩,约莫五岁。罢了,就是他吧!

心念一动，一个光点从胸前掉落，飘浮在幽暗混沌里，发出萤火虫一样微亮的光。亮点轰隆爆裂，光影盈动，竟化出一盘酒酿萝卜丝——这是他心念的标记物，也是借道之锚。

盛满萝卜丝的白骨瓷盘急转狂旋，再度爆裂，射出万道刺目白光，在幽深混沌幕景上映出了一段影像。

一段童年时光浮出虚空：画面正中是娘，立在洛阳第一楼的阁楼里，一边拌着萝卜丝，一边温柔念叨："五味均衡方能成就美味，孙思邈《千金方》有云，酸入肝，苦入心，甘入脾，辛入肺，咸入肾。这盘酒酿萝卜丝，甘味来自千锤百炼的麦胚，酸味来自九制九窖的话梅，辛味是西域热海胡椒，咸味来自干贝高汤，而这苦……"娘眼中微微闪动，"是人间本味——众生皆苦，如磐石不移。"

娘面前地上坐着一个小男孩，圆圆脑袋上顶着一根朝天细辫，正是五岁的小张信。他正专心抽打一枚陀螺玩具，娘的话一字也没听进去。他的身后是阁楼露台，夜色氤氲，透过木栏杆看去，洛阳满城华灯如璀璨星河。

娘把拌好的萝卜丝递到小张信面前，摸了摸他的头继续道："菜要好吃，有一个秘密——让五味流转，而不要僵在一处。五味流转可催生百味，盈枯润竭之间方显灵韵。信儿你天赋异禀，生了这么个灵巧的舌头，将来一定要去品鉴天下珍馐，让每一个普通人都能——"

啪嗒！

小张信扬鞭一挥，打掉了娘手里的筷子，而他头也不抬，视线依然紧紧锁在陀螺玩具之上。

娘叹了口气，转身去取一双干净筷子。

就是现在，借道吧！张信偏过头，向气旋之外的慧娘给出时机信号，再睁眼时，神志已进入了小童身体。

小张信眼神一聚，晃晃悠悠站起来，狠狠把陀螺踢向一边，转身径直朝露台快步奔去。他抬手一吊，吃力地攀上了三尺高的栏杆，翻到外侧，面朝屋内抓住栏上木柱，小脸涨得通红。

"快下来，危险！"娘看见了，忙往露台跑。要知道阁楼在第三层，下面是青石路面，人坠下去必定九死一生。

"别动！"小张信奶声奶气地吼道，"不然我立刻松手。"

张信娘被儿子的异常举动惊到，脑中一片空白，不敢妄动，怔怔举起双手。

"没有我，娘就能无挂碍地离开洛阳，跟那只饕餮远走高飞。"

"你说什么？"娘一怔，突然想到了什么，颤声问道，"是他送你回来的，对吗？我的信儿长大成人了，他也安好，真好！真好！"千言万语堵在喉咙间，她一时不知从何说起。这几年，她与他确实联手做着一些事，一边以菜肴激发食客炽盛的欲望，一边暗中将其摘走，以达到疗愈效果。可惜失败了，结果事与愿违：有些人故态复萌、变本加厉，有些人成了空壳、成了行尸走肉，而他也不辞而别……

"自他走后，你一天都没开心过。这都是我的错！"小张信带着哭腔吼道。

"怎么会呢？这一切与你无关！信儿，你冷静听娘说，当人被一己私欲囚禁时，苦便凝固在心里，永远只会是苦；但若借美食之力让五味流动，便有机会入胃、入心，缓解欲念焚灼之苦——哪怕只是让人在万苦中尝到一点点甜，也都是功德一件。"娘停下来捂着胸口，眉头紧蹙，似乎非常痛苦。她的恶疾早有预兆，而张信竟从未发现！"我们搞错了，一味摘取欲念根本行不通。我已经想到了真正治本之法——利用他送的半箱饵料入菜，调动人心欲念随百味流转，将其中的恶欲中和、平息，让人得到慰藉。我每晚辛苦劳作，正是为了调配出这样的菜肴。我必须留下来完成这件事，一切无怨无悔。信儿，你既然能回来，便代表今日不会有事。你不如再去看看后面几年，细想想我说的话，定会明白——"

"既然无怨无悔，又怎么生了恶疾？那是经年郁积于心才会的。我不信，绝不信！"他转过身，反手握紧栏杆，小小的身体摇摇晃晃，似要被夜风卷走一般。他仰头望着茫茫夜空，嘶声吼道："慧娘，来取药吧！"他的身子斜斜下倾，松开了手。

电光石火间，一个光点从他胸口掉出，飘浮在幽暗混沌里，发出萤火虫一样微亮的光。他深藏的那个欲望终于露头，在时空里激起圈圈回响——

没有我的拖累，娘一定能安康地活到老。

我要找到那个饕餮，求他送我回到过去。

只要我死了，一切祸事都不会发生，一切困难就都不存在，所有人都可得安乐。

我是无用之人，根本不应存在。

我要死！我必须死！

慧娘在混沌流里看得真切、听得清楚——他深藏的欲望、那个世间难得的灵药，竟然是一颗执着的求死之心！他早就打定主意回到起点将一切归零！怪不得，怪不得他总是一副欲说还休的样子，坚持等最后一刻才能取药。她心里轰的一声，碎了一地——木头，我已经决定不取药了，长安城也不要了，我们一起去个没人的地方，重新开始。我不想把你我的一切归零，不想被你忘了，可你呢？！

她猛扑过去，在坠地前一刻抱住小张信，轻轻放在地上，转头又将那个欲望一口吞下，干干净净，一点儿渣滓也不留。几乎同时，混沌流被打乱，旋起道道狂野乱流，猛烈激荡。她在乱流里找到了成年张信，拼命抱住。轰！乱流气浪炸出一声巨响，将二人掀出了大荒。

裂缝又扩大几分——这是挑衅混沌的代价！它像一只将醒的恶鬼，打着哈欠，张开血盆大口。踏蹄声、磨牙声、嘶吼声，不断从口中传出来，震得人心魂俱散。缝隙剧烈一抖，一条覆着青鳞的丈长粗腿猛戳出来，看身形应该是只应龙——它可不好惹，嘶吼一声就能摧垮一座山头！

慧娘看着怀中昏迷的张信，不由一阵恍惚。他没有按自己的心意死去，因果之轮如常转动，灾祸依然。可是，补天耗费的能量巨大，并不是她力所能及的事，只能行权宜之计，略施补救。她望着裂缝，惨烈旧事历历浮上心尖：上古那次，熊熊大火几月不熄烧焦了树林，狂风卷起黑色巨浪冲毁村镇，无数只异兽自混沌大荒里跑出来，人间满地骸骨累累……后来裂缝被补上，惨剧得以平息。百姓心怀感念，每年正月二十把面饼扔上屋顶、地下，模仿补天地的动作，过起"天穿节"。

面饼子当然不能补天，但欲望可以：欲望能量是最好的黏合剂，在万物间拉出道道长丝，不绝如缕却牢不可揭。如今慧娘饱食人间欲望，只要把身体像面饼子一样黏到缝隙上，就能补足屏障缺失的能量。唯一的问题是，她必须一直保持这种状态，直到裂缝被真正修复才能自由。等待的时间可能是一年、两年，或者百年、千年，说不好……未来人回来次数越来越少，也越来越不及时了，这并不是个好兆头。

恍惚出神间，她突然感到胸口有些刺痒，低头看，一个东西在皮囊里蠢蠢欲动，是刚刚吞下的那个欲望！它并没有像往常一样立即消融，而是活物似的在体内左右冲撞，继续变形生长！慧娘的身体如被钢刃切削一般绞痛，险些失去平衡。她反着双手用力揽紧张信，凌空一翻，稳住了身形。

那个欲望平定下来，绞痛感消失了，取而代之的是一股厚重的苦味，丝丝渗遍慧娘周身，一段幻象随之浮现眼前：

锦绣长安，一个瘦削少年的背影，熙熙攘攘的东市街头……少年的玄色大氅被风刮得猎猎作响。他没有回头，只轻飘飘丢出一句话，余音乘风在天地间打转：

"不能与爱的人共享，世间浮华便没有意义。"

这场景似曾相识……慧娘凝望幻象中的背影，生怕他被风碾碎了——他看上去那么脆弱，却又那么执着。"你为什么非要死？"明知他只是欲望幻化出的虚影，她还是要问，而每吐出一字，嘴里的苦味就增加一分，如同含了千百个苦胆。

瘦削少年垂下头喏喏自语，恰好像是答案："我一无经世之才，二无青云之志，本是百无一用之人，不配活在世上。唯求守护所爱之人，让她幸福，付出任何代价都可以。"

慧娘心里一阵发酸，和之前的苦味搅和起来，蜇得她神志迷离不清，眼前也模糊起来，彻底分不清是真是幻——

四更一刻，夜空中蓦地飘起巴掌大的荧绿雪片，给长安城盖上一层厚毯。月华掀开乌云照下来，与满城华灯交相辉映，将人间化作缥缈的蜃景。除夕夜按律不必宵禁，街巷间乌泱泱的挤满彻夜赏灯、逛会的人，暖暖烟火气盘空而上，熏得慧娘渐渐沉醉，坠入幻境深处，与那些喧闹的人融汇在一起。

长安城真漂亮！这么多有趣的人，这么多悱恻的故事，这么多值得一遍又一遍过的日子，竟都不能留住一个人——木头一心求死，自己也总想着带他离开。为什么呢？她迷迷糊糊想着。

朦胧中，东市街上，少年突然扭头，怔怔望着擦肩而过的一对母子：娘亲牵着手拿糖葫芦的小男孩，二人满脸都是幸福。

"我想成全娘，我想让她拥有最好的一切，可这些都不是她要的。"少年的脸痛苦扭曲，掩面哭泣起来，"这么些年，我错了，全错了！"

幻景像被他的情绪触动，开始剧烈舒卷，将满目繁华吸入旋涡中心。咔嚓！一声破裂之音响起，如同一粒种子正在破壳——这个欲望在变化，它早在被吞下的一刻已经变了，只不过当时情势紧张，慧娘未曾觉察，甚至连张信本人都没意识到。

支离破碎的背景之中,少年抬起头,两眼通红,"娘要我以珍馐美馔去疗愈人世之苦,而我陷在一己私欲里背道为之,一错再错。必须停手,尽快补救!"他沉默一刻,梦呓一般低声喃喃道,"还有慧娘,她为我付出这么多,该被珍爱才是。本以为只要我死了,便可逆转因果,让灾祸不复发生,她便解脱了,可是,她还会记得一切,或许会一生不得开颜——我不能如此负她!"

一行咸的泪水从慧娘眼中淌出,与之前的痛、酸、苦味相融。流转四味点亮了一盏走马灯,将过去一年的景象映过眼底。他与她斗嘴、打闹,却也将自己最宝贝的珠钗送给她。他在大荒洞口的长长一抱,分明满是不舍与愧疚。

慧娘哑然失笑,心底浮出了一丝甘甜。虽然只是淡淡一点,却如射入幽暗海底的一缕光,让她浑身松快下来,仿佛一切祸事与劫难都不曾发生——张信娘是对的!苦是人生本味,无法消除,竭尽全力与它对着干,结果只是苦上加苦……只有让五味流转起来,才能留住一点甜,拿它盖住苦,就像他们常说的:用魔法打败魔法。她感觉到自己正被修复、疗愈,周身真气流转,无比舒畅,不仅如此,还有一个东西自体内萌发,从胸前透出,浮在空中,散着温热微光,如一盏飘飘摇摇的烛火照亮了方寸。

那是另一个欲望!一个……自己的欲望!

这是?

饕餮本相为亿万欲望凝聚所化,但自身却从不产生食欲之外的欲望,日日只是凭借本能烹饪美食,再不断吞噬别人的欲望。慧娘独行人世千万年,从不问因果,不生情义,不觊奥义,现在竟生出了一个欲望!它被张信欲望幻化的虚境催生,二者很像,有模仿的部分,但也不全是。

慧娘怔怔看着自己的欲望,头一遭直面自己的心。

那个欲望太微小、太脆弱了，如同一个新生的婴儿。它模糊懵懂，盛满杂思——沉底的是张信娘的嘱托，上浮的是收服年兽的念头，中间一段满满都是回忆，鼓噪摇摇地涌动……不行，思绪太满，情绪又太过激荡，这个欲望马上就会被胀破！

她做了一个决定……

每个人都有想要守护的人，不惜付出任何代价。人人都这样守护一个人，便守护了这座城、这个世界。要解众生之苦，唯此一剂良方，必须得让它留存下去……

"替你娘，也替我，做完剩下的事吧。"慧娘俯下身，凝视还未苏醒的张信，将这个小小的欲望含在口中，轻轻一吻，放进了他的体内。

咯吱！她猛然回旋身体，驾着疾风冲上云霄，仰天长啸一声，身躯飞快旋转，像摊煎饼一样迅速展平，朝裂缝飞驰而去。

啪！她真的像面饼子一样黏上洞口，渐渐化开，渗透进去……风打着旋儿卷来她最后一句："木头，谢谢你的药。知我心意！勿念我哉！"

尾　声

　　庚子年终于平稳度过，长安城又恢复昔日喧嚣样貌。夕阳西下，城中飘起袅袅炊烟，撩人香气加快了每个归家人的步伐，万事浮云何足道，人间一遭，不过飞鸿印雪，紧也一程，松也一程，终点永远只有一个——终日与己纠缠郁郁过一生岂非太不划算？还不如在烟火气里苦中作乐，体味这得来不易的欢畅。

　　长安城一切都没变，但一切也都变了。

　　饕餮馆已易主，新掌柜是洛阳第一饕客张信。他在长安城里继续经营舌尖生意，不断推出新菜式，让每个光临的食客吃得心满意足，一身松快地离开，心中烦扰杂思减轻不少。他们都说，饕餮馆的菜品吃到嘴里一刻，犹如一股涓涓细流婉转流动，从口舌，至肠胃，透肌血，入心扉，直将三魂七魄清洗一遍，感觉说不出的畅快！张信还将独门秘料放在油布袋中，供食客随意买回家用，照着方子调饭入口，同样可以暂时忘忧，比治伤痛的膏药还灵。

　　饕餮馆大门上的凤凰消失无踪，取而代之的是一团模糊灰影——那是新伙计年兽，整日蹲在门口，奉命吃掉食客无谓的愁苦时间。只要进门人不着红衫，不大声喧哗，它便不怕不跑，每日饱食终日，乐呵呵的。

　　新掌柜张信也是终日乐呵呵的，闲暇之余最爱仰头痴痴望天，一看就是一个时辰。路过的人不免窃窃议论，这人怕不是个傻子？夜阑人静时，他会做一桌好菜独享，举杯对天，口中念念有词，仿佛在跟一个看不见的人聊天。他可能是真傻，完全想不起来那个人是谁，但他很肯定：那个人非常重要，这锦绣长安是他俩一同守护的。世间有一个怪诞的地方，东边日出西边雨不过稀松平常，而无论在什么地方，无情中的一点情都最难得。在因果循环的无常世界里，他们终有一日会再见。

李夏，微电子博士，射频集成电路工程师，荷兰梵高博物馆官方专栏撰稿人。代表作有"长安"系列科幻小说《长安风轮记》《长安异闻录》《长安奇骗记》等。

慷慨悲歌

齐 然

一　易水站

"是海水养育了我们,造就了我们的文明。"

赵狄忽然说道。他正端坐在一堆高高的摞在一起的钛板箱子上。这位地球上小有成就的物理学家摆出一副指点江山的样子;那些早已空空如也的箱子里原来装的尽是些快临期的锌皮炖肉罐头。

"赵老师,又有何指教?"我说。

"不要嘲笑我,"他说。他垂头丧气地爬下箱子,"如果我们也有足够的水就好了。"

我一时语塞,不知道该如何作答,美国科考队刚在西维利亚高地钻出了新的地下冰层。反观我们,自从上一处极地井采光后,氢光探照就不太顺利,易水站所在的这片区域,可以汲用的冰源似乎越来越少。

"我只是位随队摄影师,"我想了想,说,"这些事还要你们来努力。"

他踢踏着一双靴子,小心地升起遮光帘,现在洼谷里正起着一阵微小沙暴,小小的蓝色太阳在红褐色的沙暴的缝隙后隐约地闪烁。"也许,今天我们要一起检查一下太阳能板,一场坏天气,它们可能要被沙子埋住了。"

他转过头盯着我,以为我刚刚是在抱怨。他说:"别说丧气话。你是第二批末尾来的,可能不知道,我刚到这里的时候,条件苦极了……可你看看现在,我们有肉罐头、水培箱、新鲜蔬菜……"

我点点头表示相信。然后谈话就陷入了沉寂。耳边只是隐隐传来沙子敲打帐篷顶的声音，似乎有一处空调停摆了，我听到一阵扇叶快要折断的噪音。

沉默充斥着整个营房。

突然间，赵狄说道："太无聊了。老刘，我给你讲个故事吧？说实话，这里只有你懂我。不要笑。你别不信，不是我不合群。这半年里我其实和他们都说不上话。"

可在易水站，赵狄明明才是队伍中不太合群的一个人。

这也是为什么他被留下来看守营地。至于我为什么被留下，除了因为身体微恙，我既非科学专家也非飞行专家，就算身为新华社的摄影记者，实话实说，在能力为先的易水站，我也只是个可有可无的编外人员。我随同赵狄留守在这里合情合理。

我知道赵狄这是在和我瞎套近乎；留守基地的任务很简单，这日子平静得每天都毫无波澜。他比我早半年来到易水，可一个搞物理的技术专家怎么会和一位摄影师有什么共同语言。来了这儿这么久，我总结出一件事，我私底下也问过黄玉和蒲航他们，赵狄做事很勤快也可靠，这些都没得说，但这个小伙子实在有点自命不凡，又有点疯疯癫癫的。和赵狄说的正相反，黄玉觉得，是他不太愿意搭理他们……

有时候，我也会看到他一个人在那里自言自语。

现在，赵狄推开营门，一层遮天蔽日的泡沫状保温纤维覆盖着眼前院落的穹顶，一些尘土从纤维缝隙里被吹进营门里，他正用一根淡绿色的塑料扫把将它们悉数扫出去。这些半透明的泡泡天穹美极了。他抬起头，只是一场例行检查，看看这些纤维形态是否完好。营地突出到天空部分的骨架结构是最新型的纳米纤维材料，在恶劣的沙暴天气里，这些梦幻一样的轻薄但坚韧的纤维泡，一旦出现破损可不得了；它们是保护整个营地的最后一道防线。

这里就是隶属中国的火星一号营地——易水站。

我和赵狄要在易水留守五天，等队长他们从南海站带水回来。本来作为新华社的随队记者，我应该全程跟随拍摄的，可三天前，从载货舱卸载一台液压机床时，我的手不稳，这台大机器滑落了，不小心砸伤我的脚趾——幸好火星重力只有地球的 1/3。队长黄玉就打趣我："我们的大摄影师着实有些四体不勤啊，那你就只能留下来陪赵狄了。"

是的，现在我这才明白，陪伴赵狄才是真正的苦差事。还有，队里为什么没人愿意和他说话。

最危险的草创建设时期已经过去了，我是第二批轮换来到易水站的编外随行人员，要在这儿待上三个月，记录科考队员们衣食住行等诸如此类的生活细节。这些留影，不仅是一份宝贵的探索火星的第一手资料；也可以充当家书，鸿雁传信，让宇航员远在地球上的亲人更加安心。

可不得不说，这也是个艰巨的任务。

出发前，我在位于敦煌罗布泊大戈壁深处的孔雀海国家宇航基地训练了一年，这才被俄罗斯的阿方索号一起带到了这里；阿方索是运送物资到俄罗斯科考站营地的三艘常备循环飞船之一。租赁一架载货飞船的舱位实在比发射一艘新的要便宜经济得多。没错，可以说，我是挤在货舱中才赶到我们的科考站的，俄罗斯人的伏特加和腌熏鱼的复杂味道陪伴了我的整个旅程。等我终于昏昏沉沉到达营地的那天，队里恰巧发现了一个富含水冰和原金属矿物的新矿点，蒲航甚至在阿拉伯高地发现一条证明史前河床存在的新证据，他们相信这都是我带来的好运，也为我赢得了一个"吉货三郎"的雅称。他们说，这是一个日本传说：为避难而藏在一艘渔船里的唤作三郎的武士，刺死了一条躲在海底的巨大魔鱼，解放了被魔力禁锢的鲟鱼群，给终年饥馑的渔民带来开春以来第一批好收获。

　　这个传说的由来比较伤感，是已经撤离火星的日本科考队告诉黄玉的。日本人的火星进驻过程充满了厄运，在半年前，他们的主营地就被一场突如其来的小型陨石雨摧毁了；备用营地在三个月前也遭遇了一场无来由的伽马射线暴，他们牺牲了三个人，成为火星探险史上牺牲的143名烈士中的一员。在喀特雷斯墓地（那是一座很深的盆地）埋葬了死者后，他们灰溜溜地乘坐飞船回到了地球。日本政府说，他们要暂时休整一段时间，日本人的火星科考计划只是按下了暂停键。但我们知道，十年内，日本人都可能不会回来了。他们最终还是败给了这里恶劣的环境，选择了放弃。

　　这里根本不适合人类生存。这是我踏上这片红色土地第一天就明白的事情。这里只是浸满死亡孤寂苦水的不毛之地。

　　可我们还是来到了这里，还得留在这里。

　　现在，面对赵狄的邀请，我想，反正也是闲着没事儿干，听听也无妨。我就再次点点头。

　　赵狄退回屋内，关好密封门。

　　还有一个小时火星就要日出了，蔚蓝的霞光像柔软的蓝色子弹一样，是近乎扫射一样跳跃进营地内的，银白的金属地板被赵狄擦拭了一遍又一遍，几乎能照出人影来。可现在，因为队友悉数外出，干完了手头所有活，无所事事的赵狄，说要给我讲一个有趣的故事。于是我摆好相机，趁着天色渐好，预备开机留像。他害羞地别过脸，问："能不能不记录？"我摇摇头。

　　"这是我的工作。"我说。

　　"也好，"他转过头，正色道，"那就替我留个底吧，这种机会其实不太多。等我老了，健忘了，还可以把这些片子拿出来看看……"

二　燕燕

　　赵狄穿着一件银灰色的宇航内衣,坐在一把价值不菲的钛合金椅子上,用看似滑稽的巨大热情,信誓旦旦地向我保证他叙事的真诚。

　　故事要从头讲起,赵狄说,他所说的一切字字属实,无须怀疑。恪守诚实——这是一位科学家的基本操守。而我将影片辅以文字的形式,也力求真实准确地记录下赵狄所说的每一句话,向你们转述这个故事。

　　那是一个不太炎热的傍晚,赵狄他爸从幼儿园接他回来,隔壁空着的单元的门前放了一架旧沙发和一些摞起的纸箱。顾南燕他爹打开门探出身,这是一个黝黑瘦长的男人,他挪开一个箱子对赵家父子做了自我介绍,他说,他是物理系新聘来的讲师,刚带着女儿搬过来。这时,顾南燕就从他爸的胳膊下面、从门里闪了出来;她穿着一件蓝色小裙子,头上扎着花头绳,用黑而明亮的大眼睛瞪住他,一点也不怕生。赵狄害羞地躲在他爸爸身后,偷瞄这对奇怪的父女。

　　这也是两个孩子友情的开始。那是在二十年前,2015 年的北京,赵狄方才五岁,他的父亲也是一位大学教师,母亲是一名普通白领,他的家庭和睦,每天都过得快乐又幸福。

　　顾南燕的父亲邀请邻居家的小男孩在他们搬完家后来玩,赵狄和他的父亲都欣然同意了。这天是赵狄第一次见到燕燕。他爸评价道,这是一个浑身冒着机灵劲的漂亮女孩。

赵狄换了个姿势,双脚轻轻地摇晃,火星重力大概只有地球的三分之一,火星的大气基本上全是二氧化碳,将阳光折射成蓝色;和地球的日出不同,易水站营地就笼罩在清晨冷峻的黛蓝色霞光里,照相机切换成了录像模式,正闪烁着一点红色的提示光。起初,相机屏幕里赵狄的表情愉快且生动。

挨到从幼儿园回来,又挨到周六,赵狄拎着一个作为礼物的塑料娃娃敲响了顾南燕家的大门,门打开了,脑袋上系着六七个蝴蝶结的小女孩探出头来。"你来得真是时候,"她说,"我爸在做鱼!"

她的意思是赵狄有口福了。女孩把赵狄让进门里,赵狄就闻到一股焦香的烧鱼味道,他把娃娃递给燕燕。燕燕说,谢谢。她回送给赵狄一本给孩子看的科普书,一部《海洋生物大全》。

等混熟之后,这也就是赵狄发现燕燕的第一个秘密。

她喜欢大海。喜欢水。

水,H_2O,万物之源,没有水就没有地球上的生命,没有我们人类存在。

燕燕从小就格外痴迷于水。水的纯净,水的温柔无形,水居然能灭掉暴烈的火,水可以变成坚硬冷冽的冰的奇妙性质,这些都深深让燕燕着迷。

她的房间——更小时候住过的那间——墙上画满了卡通风格的各种海洋生物,天花板也被粉刷成天蓝色——水越深就越会吸收红光,呈现出这种美丽的颜色。水族馆、游泳池,还有无边无际的大海,这些也都是她的最爱。

水,这也是矿产丰饶的火星最缺少的东西。赵狄和我说,他从来没想过,20年后的自己,会踏上和燕燕热爱的一切完全相悖的一片恶土。这片红色恶土上没有水,比中国新疆的火焰山,比美国内华达州的死亡谷还要荒芜,还要断绝生机;这里只有一些苦涩难喝的需要技术处理才能使用——或饮用——的化学成分复杂的又总是臭烘烘的冰块（也许因为含了一些硫氰化物）。更别提大海了，那些蓝莹莹的闪烁着波涛的流动的疆土，生命的乐园。

也是燕燕最后葬入的地方。

是的，那个女孩现在只能存在于赵狄的记忆里，这也是他养成了现在如此旁若无人的性格的一个原因。可这都是后话了。顾南燕和赵狄一起长大，她的父亲是一位在学界有影响力的地质物理学家，而这也是赵狄日后所要从事的职业。

那是赵狄第一次来到一位女孩的房间，一些纸箱子还叠放在床脚，新家的窗户正打开通风，一扇窗子上贴着粉红的剪纸蝴蝶。一株高大的法国梧桐向四面八方伸出枝条，挨到了这栋三层的小房间的窗台。那天顾教授留下赵狄吃晚饭，东北德莫利炖鱼——顾家父亲的掌厨看家菜。

饭桌上，顾教授和两个五岁的小孩子闲聊，他是这样问的——任何一个中国家长都会询问孩子的问题："你们长大以后，想做什么呢？"

做什么工作，成为什么样的人。大概就是这样的旨在启迪孩子关于如何从事一项终身事业的思考的问题。这可把年幼的赵狄问住了，他只有五岁的小脑袋瓜从来没思索过类似的疑问——我会成为什么人。就在赵狄卡壳的当口，燕燕却率先回答了："我想成为一名公主。"

"好呀！我们的小燕子想成为一名公主。"顾教授轻轻敲打筷子的一端，对孩子的天真梦想表示赞赏。公主，赵狄知道，爸爸说过，这世界上最尊贵美丽的女孩便是公主，于是孩子的好胜心被调动上来，他开动脑筋，想自己一定要找出一个更厉害的职业来当。他一定要赢过这个刚结识不久的女生朋友。

"宇航员。"赵狄说，"叔叔，我长大后要成为一名宇航员。"

他是前天从电视上新学到这个词的。爸爸在看新闻，突然高兴地抱起他圆滚滚的小身子大喊："泛地球联合国际空间站建成了。儿子，看呀！"

爸爸指着黑色背景中一大片银白色的造型复杂的庞大金属结构说道，也不管自己的幼子能不能看得懂。赵狄还记得，那些庞大金属结构上的太阳能电池板像一片片蓝色的蝴蝶翅膀。

"那是一名宇航员，"爸爸指着一个正在爬出对接舱，穿得圆滚滚的像一个蚕宝宝的人，大声地宣布，"我们马上就能前往火星了！"

而多年后，我和赵狄，真的都是从这座高度三万公里的近地轨道上的新国际空间站出发前往火星的；我乘坐的是俄罗斯阿方索联盟Ms-25号飞船，赵狄看起来幻想成真了。可在小时候，他真的不知道宇航员这三个字的具体含义。

顾教授听到赵狄这句回答却很开心，他一口气喝干一杯酒，擦擦眼睛，似乎眼里突然有了泪水。他朗声开口道："好！远大的志向，叔叔祝你成功。"

得到了表扬，赵狄开心得很。可是燕燕的小嘴却噘起来了，她觉得父亲没有这样夸奖自己是在偏心眼。小小年纪的赵狄就从爸爸那里学到了如何和妈妈那样难缠的女生和平共处的办法，他看到自己放在餐桌旁的那本《海洋生物大全》，为了让燕燕也开心起来，自作聪明的赵狄又加了一句："海里的宇航员。其实我要成为大海里的宇航员！"

顾教授撅着一块鱼背愣住了，他竟从赵狄这话中听出一点诗意来。他把鱼肉慢慢地填入嘴中；他明白了，尽管眼前的小男孩并不懂自己的话究竟是什么意思，可他知道顾南燕喜欢大海。他想让自己的小小愿望和眼下这位新认识的朋友有关。

这样就很好。顾教授心想。

三　一只叫"海"的猫

"可是你来到了火星,"我打趣他,"这里没有海洋。"他摆出一副严肃思考的样子,"你说的对,可是这不是故事的重点。关键是,我能成为今天这样的人,全亏了顾南燕。"

"听你的口气……所以你是在埋怨她,还是感谢她呢?"

"兼而有之吧。"赵狄想了想,说道。

好吧,又回到了那个话题。我想,童年发生的事情对一个人的成长影响是巨大的。

刚见到赵狄时,我就知道他不合群,甚至有些乖僻。到今天为止,相比和队友们待在一起游戏、打牌、聊天,赵狄更喜欢一个人看书,做些清扫垃圾的简单工作;他有满腹学识,可在人类的第一场火星求生的行动中未免难以派上用场。黄玉不同,他是军人,军人们的强健体格在这场史无前例的荒野生存里会发挥更大作用。这就是眼下的状况,毕竟我们是在一颗异星上,做着一些这样的事情:建立中国第一座火星科考站、寻找太阳系起源之谜、观测宇宙的未来命运诸如此类古人想都不敢想的事情。

赵狄本来是为第一期任务准备的科考队员,并不是首选,因为他的心理测验是在最后一刻才达标的;当初选拔他入队也是一波三折,最终,他赶上了第二期队员的选取;这才只比我早半年来到这里。他好不容易才适应了火星凄冷的生活。

这里的一切，和我们温暖潮湿的家乡相比就是一个谜。

我看了看表，刚刚赵狄足足说了有一个小时；一个宇航员在火星上回忆他的童年，凭我的职业感知，这是一个极好的纪录片题材，我决定试一把，如果真能把这些片子和文字出版，不说升职或者赚一笔，回到地球我也有足够的资本离开报社。商业社会嘛。我说不定能找到一条更好的出路。

离开监测室——科考站中央的那个银色大厅，沿着一条狭窄的廊道前进，我打算去吃早饭了。赵狄没有跟来，他还在做着一个人的沉思。除了特别寒冷，火星环境和我在地球上接受训练的大戈壁沙漠里的宇航基地相似：湖水枯竭，风沙雕磨，形成了奇诡的雅丹地貌，唯有一颗蓝色的太阳在天上闪烁，戈壁与沙漠侵蚀了大地，处处寸草不生。

然后，在廊道中央，我就看到了那只叫作"海"的猫。它有短短的嘴巴，湿润的鼻子，正喵喵叫着，蹭着我的裤脚。是的，跟随我们来到火星的不仅有植物，还有一只猫；宇航员需要可爱动物的陪伴来抚慰心情，同时它也有属于自己的实验，那是队里的生物学家郭娟的课题内容。

现在我可算知道了，为什么当初赵狄一定要给这只猫起名为"海"了。

还是和那个叫燕燕的女孩有关。
那也是赵狄发现的关于女孩的第二个秘密。

九岁时，赵狄和燕燕已经相当亲密无间了，想想吧，两个孩子已经相处了四五年，这份感情该是多么深厚啊。他们被分到同一个片区上小学，但不是一个班。事情发生那天，大家第一次被老师们组织上游泳课，赵狄兴冲冲地去找燕燕，他以为燕燕会很高兴；她是那样喜欢湖泊河流和海洋啊。可是等他赶到体育馆，在一群戴着粉色橙色灰色泳帽的小豆包里，他没看到顾南燕的身影。他以为顾南燕生病了，可当他跑到三年级四班的时候（那是燕燕的班级），偌大的教室空无一人，他看到燕燕正一个人趴在课桌上哭泣。

"你怎么了？"他问。

听到他的声音，燕燕抬起头来，"我不愿意游泳，方老师就骂了我，我顶撞了她，她说要找我爸爸谈话。"

"你怎么会不喜欢游泳呢？"男孩迷惑不解。

新鲜的、石榴花一样的红晕爬到女孩的脸上，"不是不喜欢，是不愿意，我不想当着别人的面游泳。再说了，我早就会游泳了。"

"我不信，"男孩撇撇嘴，"我从来没见过你游泳。我都不会游泳，你应该也不会的。"

放学后，女孩拉着男孩的手一起溜进了关灯散场后黑漆漆的游泳馆，她要向赵狄证明，自己可以游泳，却又为什么不能当着别人的面游泳。他们翻过收费处矮矮的收缩铁门栏，小心翼翼地走下一溜台阶，耳朵里听着动静——他们怕管理员还没走。

他们走的是男宾区，赵狄摸索着打开了一个衣柜，换好泳衣。在黑暗中，回头看燕燕并不动弹。他不免有些烦躁，"你怎么还不换衣服？"

"你闭上眼睛。"

赵狄只好用手掌捂住眼睛，这是赵狄第一次意识到，燕燕是个和他不一样的女孩子。虽然到处是漆黑一片，他也根本看不清楚，他知道自己还是得老老实实地遵命，闭上眼睛。从窄窄的指缝中，这将会是赵狄第一次看到燕燕的身体。他只看到了一片模模糊糊的白色。女孩子的身体和自己的却不尽相同。

月光透过很高的一圈侧边窗射进来，把整个池水照得影影绰绰的，赵狄踌躇在岸边不知道怎么办才好。可顾南燕已经像一条游鱼一样扑腾到水里去了，他确信了，顾南燕天生就会水。她可以在水下憋好长的气，直到赵狄觉得心里发慌，害怕出事，她才像一条海豚一样从水中跃起。月光下,她湿漉漉的头发飞扬着溅起星星点点的细小水沫,像汹涌的黑色流沙,又像永恒跳跃着的、一条又一条、黑暗色的日冕,她淘气地向他抛了一个飞吻。他看到,她的手指脚趾间都生出了薄膜的片状的蹼,她的皮肤上生出了一些新鲜的可以翕动的条纹切口。

赵狄相信了,燕燕为什么天生就会游泳。他也可算明白了,燕燕为什么不能在人前游泳。

"你真美。"赵狄发出了与幼小年龄不相配的赞美。

"你不会害怕我吗?有好多人都害怕我,他们叫我怪物,"燕燕张开湿淋淋的双手,她的肋间也生出了蹼膜,她的姿态充满野性。赵狄毫不畏惧地与她对视,他的目光灼灼,像两盏灯火。"不,不,怎么会呢?"他斩钉截铁地说。

"不要告诉别人。"

她哀求赵狄,不要泄露她的秘密。

赵狄轻蔑地笑了,她看轻了他……他怎么会吐露最好的朋友的秘密。

无须多言,燕燕明白,现在自己可以肆无忌惮地玩水了。她快乐极了,仰起头,长发如海草般在黑夜和池水中哗啦啦地飘来荡去。她发出了一声鲸鱼一样快乐的鸣叫;赵狄下意识地堵住耳朵,可是什么也听不到;那是超声波,叫声的频率超过了人耳能感知的极限,那一圈极高的天窗却喀拉喀拉地碎了一地,皎洁的月光如流水一样,更毫无滞碍地倾泻而下。赵狄知道他们闯祸了,可他并不害怕。

玻璃碎了。是燕燕开始唱歌了吗,或者管理员的那台大留声机响了吗,赵狄不知道。可黑漆漆的游泳馆里突然不知什么时候响起一首歌,调子悲凉,可以说很触动人心,那时,赵狄还不知道这歌是什么。后来长大了,想起来,才发现是美国女歌手惠特尼·休斯顿1985年发表的单曲——《给你我全部的爱》。

"一起来玩吧？"他听到燕燕说。

"那你得托住我，我还不会水。"

赵狄小心翼翼地踮起脚尖下水，于是，一双光滑柔软的小手托举起他的脚掌。

Saving All My Love for You.

歌声里如是唱道。

从那天起，绝不仅仅光是青梅竹马的缘故，赵狄觉得除了燕燕，普天之下的人一点意思都没有。这也就是为什么他后来那样孤僻。

你相信这个故事吗？

我抚摸着"海"光滑的皮毛，轻轻地说道。它喵喵地舒服地叫着。我想抱起猫，可它轻巧地躲开我的手，它不喜欢站里任何一个队员的搂抱，除了赵狄。赵狄没有朋友，这只猫才是他的朋友；就像这只猫不理任何人，它只认赵狄为主人。

猫跟随我来到餐厅；这是个十平米见方的斗室，建站之初打算设计成风力发电站的备用机芯的堆置处，可是我们误估了用电负荷，我们需要再多建造十台的风力发电机才能将将满足一天的电力用度，黄玉决定把营地的面积扩大三分之一，下沉式的营地地基就向东延伸到了准噶尔盆地的内部。这间较小的房间被征辟为临时餐室，反正站里人还不多。而且，在哪里大嚼营养膏都可以。

那些嫩绿色、富含维生素、口感就像新鲜排泄物的复合营养膏，便于储存，能量效价极高，是火星生存的最优良的应急食品。但我真的受够了。

"海"跳上铺了天蓝色桌布的钛合金餐桌,叮当当地碰翻了摆放好的一摞金属餐具和碗。我急着想抓它下来。墙上贴着的温度表显示:室外温度零下十摄氏度,室内十五摄氏度,空调正常运转,可我突然感到一阵刺骨的冷意。我知道,有什么事情要发生了。

然后。我就看到了那个怪物。

它体型不大,所以刚进餐厅时我竟没注意。它似乎蹲伏在餐桌上,身体是半透明的,折射着灯光,活像某种美观的玻璃摆设。

我被惊吓到了,连忙后退了几步。

它生着一颗泪滴形状的头颅。扁平的身体和"海"差不多大,似乎有着四肢,但没有指爪,就那样在桌布上蹲伏着;这个生物就像全由凝胶组成的。忽然,它从餐桌上弹跳起来,我能清楚地看到,它留下了一道蜗牛一样的透明黏液。我不禁失控地大叫了一声。我怕它伤害"海",急忙抱住猫,想要夺路而逃。它睁开四只绿莹莹的眼睛盯着我和"海",把我骇得一动也不敢动。

接着,我听到这个怪物,也喵喵叫了起来。

"海"像受到了召唤,趁我发愣,它跳出怀抱,奔向那只小怪物。它亲昵地用头去蹭怪物看似是肚子的地方,它的皮毛也沾满了黏液。

我吃惊极了。

看来,"海"并不是只有赵狄一个亲人,它在我们看不见的地方也交了一位新朋友⋯⋯

"怎么回事?"赵狄的喊声从走廊的另一边传来,他被我的呼号惊动了。我匆忙回头,看到他抓起一支挂在墙上作为装饰品的八一式步枪冲进了餐厅。他举枪的手似乎在颤抖。他在害怕?不,只是翻涌起的回忆让他的思绪和身体颤动。赵狄接下来的那些话,是我万万没想到的。

"是你,尕娃,是你吗?"他放下枪,我听到他激动地说道。

是的,和"海"一样。他居然也认识这个怪物。

四　尕娃

"听你的意思,那个女孩好像变形成了某种水生动物;沾了水才有这种变化,还是一直都有这种体征,但你没发现呢?"我问。

"当她的身体整个浸泡在水里,才会变成这样。"赵狄说。

赵狄发现燕燕的生活真不方便,她不敢跑跳,不敢在夏天经常出门,她怕出汗;汗水也会让她的身体发生变形,让秘密暴露。有一次他们去一个共同的朋友家玩——这是赵狄印象里燕燕唯一一次去另一位朋友家。在门口,她却不愿意脱鞋,赵狄想,也许汗水让她的脚起了一些变化。

这世上只有顾教授和赵狄能理解这样生活的痛苦。被迫宅在家里的日子,燕燕喜欢上了读书,喜欢上了一个叫作康金斯的英国小提琴家的《小夜曲》,她喜欢下雨,却不能接近雨水。

于是,在每个下雨的日子里,都是赵狄打着伞,帮她去图书馆还看完的书,并借一批新书回来,慢慢地,他也喜欢上了读书,学习也越来越好……赵狄现在还保存着燕燕的借书证,他还记得,她借的第一本书是麦尔维尔的《白鲸》;她一定是被书名吸引了。那是一个很有趣的故事……

尕娃到来的情形是这样的。

那是一个同样阴雨连绵的秋日,赵狄和燕燕上五年级了,马上他们两个就要去不同的初中了；赵狄的成绩好，燕燕却考不上赵狄要去的学校。这意味着分别。

那天放学后，赵狄打着伞去找燕燕一起回家。

下雨天燕燕不愿意自己回家。有一次，她忘记了带伞，半路上下起了太阳雨，她捂住短裙害怕极了，以为自己要在大庭广众下发生那种变化了。是赵狄冲上来救了她，他冲过来，用自己的雨衣罩住了她正在逐渐变形的身体……

而后来，就算不下雨了，日久天长，两个人也渐渐养成了一同回家的习惯；一起结伴回到大学里那栋老旧的职工家属楼，奔赴面对面但不同的两扇铁门。也是在那个时候，赵狄开始被行星地质物理这门学科吸引，那本是顾教授在大学开授的课程，赵狄是在找燕燕的时候偶然旁听了这门课，他被深深吸引了。燕燕没找到——她去教学楼旁的院子里捉蝴蝶了，可鬼使神差，他在阶梯教室的第一排坐下了。看到邻居家的小男孩突然出现在眼前，顾教授只是微微颔首，接着讲授那门课的总论一节：太阳系八大行星的演变，泰坦六的甲烷海洋，金星的厚重炽热的硫化氢大气，还有我们谜一样的邻居、荒芜的兄弟行星——火星：火星美丽的北极冻土、蜿蜒的废弃河道、笼罩全球的巨型沙暴……

顾教授还讲到了类地行星诡谲多变的地质活动，火星星核的衰颓和地球的青春洋溢的对比，伟大的土星十四号对地外行星的第一次探索，苏联女宇航员彼列娃在太空英勇无畏的牺牲……

也正是那时候起，赵狄才真正明白了何为宇航员，成为一名宇航员又代表着什么；还有那次餐桌问答，顾教授为什么会激动地表扬自己。

可那天，赵狄却没在教室找到燕燕，一个留下打扫卫生的小胖子告诉他，她早就一个人回去了。小胖子露出不怀好意的笑容。赵狄后来才知道，他们成长了。一个男孩和女孩走得太近就会被施以臆想，然后被迫生疏远离。不光燕燕和赵狄，班级上每个曾经要好的男女同学都会彼此保持距离，这是个短暂的性别适应阶段，为青春期里那种心情的成熟和爆发创造条件。

可赵狄骨子里十分骄傲，他觉得是自己先被友情，或者说，朦胧的爱情——两个孩子之间纯洁的爱——抛弃了。在剩下的一年里，他再没来过燕燕的教室找过她，遇到这些多嘴多舌的女孩也总绕着走。有几次燕燕主动来他班级，已经来到了他的面前，张张嘴巴，想和他说话。她似乎想要道歉。可他都是扭头就跑。

他知道这样不好，他们曾经是多么亲密的朋友啊！

可他那时，就是这样打算的：他要忘掉这个朋友，忘掉她浑身的秘密，忘掉她带给他的震撼……

"你是个蠢货，"我把镜头瞄准赵狄的眼睛，放大焦距，想捕捉此时在他脸上是否流露出一丝悔恨。他微弱地点了点头，却拉了一下凳子让自己坐得更舒服一点，随后对我的詈骂，又摆出一副死猪不怕开水烫的样子。

三个月后，爸爸带给赵狄一个更坏的消息，他的小升初考试要去西安参加了，因为爸爸的教聘合同到期了，他在西安一所高校谋得了新的合约。那时候，赵狄还只是一个13岁的少年，他不知道分别意味着什么。

他之后才明白，因为他的任性恣意，他浪费了人生中可以和顾南燕朝夕相处的最后一年。

系里举办了一场欢送会，爸爸的同事们都来送行，顾教授也带着燕燕来了。两个孩子都长高了，那时候的赵狄还纤瘦羸弱，顾南燕却变得高挑起来。他们两个人打量着彼此，笑出声来。

"我叫它尕娃。"燕燕指着包里的奇怪生物说。尕娃，形容可爱的小孩，青海陕西那片的方言，也是赵狄要去的地方；从河北地方入晋陕，那是一段漫长的旅途。

它像一颗放大的鼻涕虫，透明半流体的身子上生着圆溜溜的四只大眼睛。"我是在校园的坑塘里发现它的。"燕燕说。她丝毫没有介意赵狄一年以来的忽视和唯恐避之不及。这是一副和解的姿态，赵狄心里想。

"你怕它吗？"

赵狄这回听出了一丝挑衅的意味。

"当然不怕。"他伸手去摸眼下的这个怪物，没有想象中恶心的触感，手就像碰到一摊冰冰凉的纯水。触碰到的那一刻，怪物舒服得喵喵叫起来。"它是什么？"赵狄问。

燕燕摇摇头，"我不知道，但我猜，它也是个没朋友的另类。根据那本《海洋生物大全》的命名法则，我认为这是一种海猫。它像不像一只海里的猫呢？爸爸说这一定是个新物种，我可以享有对它的命名权。所以，这只叫作尕娃，而它的种属名是海猫。你喜欢这个名字吗？"

赵狄有些愧疚，他点点头，是的，他喜欢这个名字。

可那天，我和赵狄在易水站碰到的海猫却凶暴得很，它冲向餐厅里的水管，居然扯开了龙头，水被哗哗地吸进它的身体，它转瞬间就膨胀了一倍。我明白了，它能直接把水——这种营地里最宝贵的资源——径直变成自己身体的一部分。它是从一扇被撞开的窗子逃走的。"你倒是射击啊？举把破枪干什么？"我愤怒地大喊。

赵狄只是喃喃自语："是海猫，我再一次看到海猫出现了。"

好吧。那会儿，他整个人傻住了。这回怪物真跑了。而一件更意想不到的事情是这样发生的。

"海"还在自顾自地舔毛。刚刚发生的混乱对它的好心情毫无影响。只见它跳下桌子，在它的领地逡巡；在一座高大的餐柜前——里面放了全营地的餐具碗筷，它忽然不安地喵喵叫了起来。

赵狄冲过去，拉开柜子。

谁又能想到呢？那里面居然躺着一个死去的人。

就像刚才那只怪物把吃剩的食物在逃跑前慌慌张张地藏进我们的餐柜里……他就被潦草地藏在那里面。

他的头脸干净整洁，好像只是睡着了，身上一丝血迹都没有。我不禁大呼小叫："那个怪物杀了谁，把他藏在这里？"

赵狄摸了摸死人僵硬的肌肉。不。我想，这个人的穿着像套中世界戏服，而不是宇航服，至少据我所知，它们不属于火星上的任何一支科考队。"窒息而死的。"赵狄声音放轻地说道。

"他是从哪来的？"我大声地问。

可是，没人想要回答我。

五　水妖

　　我从柜子里拖出尸体，一片冰凉，彻底没救了，我想。这是一张西方人的面孔，可不属于美国英国或俄罗斯的科考队。他的嘴角有条红色的切线，用一把餐刀小心地触碰，切线突然张开一个口子，这把我吓了一跳——死后尚未衰竭的神经反应。那个伤口的形状却是鱼类的鳃。

　　鱼鳃。

　　从七岁那年开始，赵狄就开始间断性地做一个奇怪的梦。女主角都是顾南燕。她成了一名公主，戴着贝母皇冠，穿着轻柔的泡沫状长纱，站在一座礁石上，许多人在她脚下匍匐朝拜。赵狄耳边响起轰隆隆的巨响，像打雷一样，有什么东西正在奋力运作，可眼前又起了雾，只能看到山岩一样的黑乎乎的似乎是一只巨兽的轮廓；它趴在尘埃、大雾和海水里，喷射着冲天的巨浪与水柱。除此之外，就什么也看不清了。

　　这个梦困扰了赵狄很多年，一直到他成年以后，来到西北，再回到北京，又前往罗布泊无人区受训后的很多年。

　　五年级时——俩人保有共有记忆那个最后的暑假，顾教授亲自带着两个孩子去海边玩，那也是燕燕一直以来的愿望，教授父亲甚至租赁了一艘小快艇，要带孩子们出海旅行。起初，那天的渤海湾风平浪静。燕燕偷偷带了海猫"尕娃"一起出游，她觉得它会喜欢广袤的大海。

　　小艇气呼呼地划开一道又一道波浪。临行前爸爸千叮咛万嘱咐赵狄不要太过于靠近水边。赵狄是个听话的孩子，开始时，他傻气地躲在甲板中央，不敢靠近边缘。可后来，船驶远了，他的胆子也大了起来，燕燕握住他的手，赵狄感到，在海边时，她的手像一团因兴奋而燃烧的冰块。"不要怕，我会保护你的！"燕燕说。他们一起并着肩，看快艇披荆斩棘地劈开波浪。

这时候，燕燕腾出一只手，把尕娃从水壶倒入海水中，这情景吸引了赵狄；小怪物扑腾起来。它像一团活着的水，赵狄心想。尕娃不断地把水从肚子里吸入吸出，不一会儿，它把身子鼓起来，隐隐有分裂成两个的趋势。这个生命如此增殖吗？赵狄恍然大悟。他刚学了一点生物相关的教材，繁衍是衡量生命与否的标准。

顾教授在驾驶室开船，孩子们在快艇短窄的甲板上玩；他没看到这一幕。

"不可以！"就在尕娃要裂成两个的时候，燕燕大叫道，这声尖叫蕴含了超声波，直接把尕娃吓得缩回成一团。赵狄仿佛看见小怪物生气地噘起嘴巴。可是不可以就是不可以，这是燕燕说的。

尕娃生气了，天气也变差了，风浪渐起。从船首传来顾教授歉意的声音："孩子们，我们不能开得更远了，天气不好，可能一会儿就要返航了。"尕娃闷闷不乐地回到了燕燕的水壶里。就在这时，一个很大的浪头打了过来。

一不小心，脚下一滑，赵狄掉到了海水里。

咸且苦涩的海水灌了赵狄一鼻子一嘴，那是他这辈子离死亡最近的一次。浑然不觉的顾教授还在操纵着快艇的前进。来不及呼救了，燕燕想。她也随之跳下了水。

海底越深，阳光越少，粼粼的波涛消失了；赵狄发现一株水草攀着一座海底礁岩，在微微摇晃。红色和黄色的小鱼在珊瑚丛中穿梭。男孩一直在下沉，他产生了幻觉：有一只四肢生蹼的水鬼正抓着他的脚，拖着他坠入黑暗的深渊；而那只水鬼有一双冰冷滑腻的指爪……他畏惧地想大叫，却只是咕嘟嘟地喝水。接着，他感受到那条长长的水草触碰到自己的脑袋。恍惚中，他睁开眼睛，是燕燕，她黑色的长发正在海水中垂下，轻抚他的脸庞。人类无法在水中呼吸，他已经感到了一阵窒息的痛苦。她用手轻轻揽住他的肩膀，用嘴渡气给他。

在往后二十年的人生中，很多事情已经在赵狄的心中磨灭了，可一想起少女温暖柔软的唇，他还是会感到一阵甜蜜的心惊肉跳。

一只怪物逃走了，碗橱里却出现了一具尸体……我打算等队长黄玉回来后再向他汇报这些事情。祝融号时速150公里，从易水站到北极的南海站只需要三个日夜，抛去中间扎寨休息的时间，黄玉他们顶多再有一天就要回来了。我们的梦想是在火星上建造一条运水用的铁路，这也是最近各国科考站坐在一起协商的事情。

在易水站，我和赵狄共用一个房间。可那天晚上，他很久还没回来。我躺在床上睡不着，决定去找他。我发现储放植物样本的房间亮着灯。推门进去，平时靠在墙上的那张硬铝桌子展开了，灯光摇曳着，屋子里阴影幢幢。赵狄穿着件脏污的厨师围裙，举起双手，靠在桌旁。他正拿着一把手术刀在解剖那具尸体。

"我觉得，你最好不要动他。"

见到这一幕，我放低嗓音，避免惊吓到他。

赵狄听到我的声音，慢慢地抬起头。我倚在门框里，冷冷地注视着他。

"他不是来自地球的。"赵狄说，"他是溺死的，在火星的大气里溺死的……"他戴着一副薄膜手套，指着尸体的脸，"准确地说，窒息而死。"

我看向他指的地方，那鼻腔口腔里都是细粉状的棕褐色沙砾。

"你的意思是,他不属于我们,"我问,"那他是哪里来的?迷路的走霉运倒毙在星际航线上的外星人?"

赵狄沉默着,我想他一定有些东西向我保密了。他童年那个如妖似鬼的朋友顾南燕;他一生中那些戏剧性的经历;他说,他早就认识那个变化自如的以水为生的小小怪物,我本来是半信半疑的。可转念一想,不算月球,现在,这是人类第一次靠双足踏上一颗异星的土地,我们太渺小了,除了数据和记录,我们不知道母星外的任何东西,也许这些陡生的异象外表下恰是我们对这个宇宙的极度无知。我们曾天真自傲地以为,自己起码是这个平凡恒星系里唯一的智慧生命,没想到这也是错的。

"我取了一小块组织做了同位素分析。"赵狄说,我注意到,植物样本室里的元素质谱仪还在工作,闪烁着诡异微弱的绿光。

"这具尸体至少死了几十万年了,碳-14全衰变完了,甚至超过了衰变的界限,他死亡的准确时间已经不可考了。你能相信吗?他看起来如同还活着,但似乎已经死了好久好久了,久到不能想象。"

我看着电脑屏幕上的分析曲线,样本的峰又低又平,待测元素的丰度近于零……

我从餐厅拿了一杯咖啡给赵狄。他的面容憔悴,看起来累坏了。

"这个人,"他说,"也许是一个梦。我见过这个人的故乡,那里并不像在地球上。而那里,生活着千千万万和他一样的人。可他为什么现在会出现在火星?"

火星的夜和地球不太一样,漫长、干燥,营地里会充满一股硫黄的味道;那是冷却的硫化物蒸汽凝结的气味。他把尸体蒙上了白布,没有腐坏的迹象,足够挨到黄玉他们回来了。既然我们好歹登陆了一颗异星球,这些怪事多少也就该习以为常了。

六　回乡

夜深了，我们都不想睡觉，就又开始了闲聊。

我们又聊到了燕燕，还有燕燕喜爱的水，我们对水可谓又爱又恨。我就是西安本地人，黄河泛滥会淹没农民赖以为生的一切，可黄河真的干涸，大家就直接眼巴巴地等死吧。现在，我在火星煮臭冰块喝，可过去我们在西北沙漠里受训，也还可以喝掺了沙子的苦水。

因为顾南燕，赵狄这一辈子仿佛和江河湖海分不开了，在北京的时候没感觉，玉渊潭就在他家后晌，想看海，坐火车半小时到天津就是，可等来了西安，随父亲去了西北的戈壁，一切就又不一样了，他想水，想绿莹莹的水，当然，他更想顾南燕。

高二那年，爸爸带赵狄下了一趟青海茫崖，他震惊于那里的荒凉和干渴，在最干旱贫穷的村庄，几十口人围着一汪卵石大的泉眼过活；三百人每天只能喝到不到三百毫升的水。过去几十年里，这里为外边输送了宝贵的石油，可当能赖以维生的油井干涸，没了油气的沙漠依旧是沙漠，人们不能吃沙子，黄灿灿的万里无垠的海一样的沙子，在村民眼里却不能换来金灿灿的过活日子，这里的生活就越发差了。赵狄和我，我们有着共同的愿景；他是地质物理学家，他来火星的课题内容的一部分就是发掘可利用新能源，比石油性质更优渥，产量更充足。我们想靠这些改变我的老家，我的故乡。

随爸爸考察回来后，痛心于水的污染，赵狄甚至还给国务院写过一封信：

尊敬的总理伯伯，我是西安的一名普通初中生……

没想到三个月后居然收到了回信。回信是这样的：

赵狄小朋友，感谢你的来信，我们希望你快快长大，以后可以加入治理中国水污染、保护水资源的行列……

他很早就从科普画报上了解到，火星原来和地球一样富含水，甚至现在两极还有大量的结合水冰存在。这真是太稀奇了，那个看起来荒凉的不拔一毛的红色邻居，或许曾几何时也拥有过川流不息的江河水。就像曾经的中国西北一样。但同时，又有各种研究表明，火星似乎从古至今一直是这样荒芜的。赵狄告诉我，冥冥之中有什么人催促他来到这里，这里荒芜，好歹有水的痕迹；没有生命，所以无所顾虑，我们立足之后，可以试验他那些行星改造的激进想法。他的课题的另一部分，他的终极梦想，是要在火星上局部重现像地球一样美妙的生物圈。

至于是什么在着急催促他？

我想，这也许都和顾南燕的最后一个秘密有关。

赵狄是在十八岁那年回到北京的，他考上了北大物理系，西北的风沙把他的性格锤炼得更加坚韧，可他也越发地封闭自己。初中高中六年，他只交了寥寥几个朋友。人人都没意思透了，他想。因为他在童年阶段就已经遇到了这个世界上最好的人。

可在进入青春期前，赵狄和顾南燕就彼此疏远了。赵狄搬走后，他们彻底断了往来。于是在旺盛的青春期里,赵狄和燕燕在小学毕业分手后,他都保持着独来独往。直到他开始真的痴迷上物理,找到了放纵精力的办法。

现在回到北京,赵狄想立马见到自己的童年好友。可他知道,还不能着急;万一顾南燕怨恨自己怎么办?她有了男友该怎么办?这种让他痛苦的可能是存在的。所以他迟迟打不定主意。

他还记得,她敢爱敢恨的性格,她喜欢一本《海洋生物大全》,喜欢读书,喜欢康金斯的小夜曲,喜欢水,但不能轻易接近水,甚至饲育了一只小怪物,她还在大海里,救了溺水的自己。

赵狄匆忙收拾好了自己的宿舍。几个舍友来自天南海北,聊得火热,他并不参与,只是平躺在床上静静地盯着天花板。他给父母回了电话,这时候,他就打算给顾家打一个电话。他已经有六年没拨通这个曾倒背如流的电话了。他做着白日梦,想象着顺着从唐古拉山脉流下的一条小河渐渐远去,那是大江的起源,他将牵着燕燕的手,坐在船上,一同汇入大海……

他喜欢燕园这个名字,这所大学不仅是他故乡的骄傲,还和燕燕同名。他还是不能下定决心,到底要不要打这个电话。

事情急转直下的标志是夘娃在这个时候冲了进来。

赵狄以为白日梦没醒,一个蓝色的人推开门别扭地走进了宿舍。他一下子没认出夘娃来,因为它长大了不少,模样也变了,透明的身子里没有内脏。大家也都惊呆了,以为见了鬼。一个外表涂成蓝色的女孩子就这样直愣愣地跑进男生宿舍。

是的,夘娃并不会说话,可它很聪明,知道给自己拟态了一张顾南燕的面孔,好在人类的校园里畅通无阻。

他知道,事情不太妙,顾南燕一定发生了什么,她失去了对夘娃行为的掌控。也许燕燕知道他回到了北京,却不想见他——他们两个的顾虑是一样的。只有它才不理会人类的那些弯弯绕绕；敢擅作主张地到处寻找主人的朋友，它有着比狗还灵敏得多的气味感知。尕娃就带着他来到了顾教授的最新住处……

就在这时，新的黎明和一场意外的骚动打断了我们的闲聊。先是停放飞船的机坪方向传来了一阵剧烈的震动。地震了，这是我的第一反应。在过去学界的印象里，火星几乎没有地质活动，不会发生地震，可赵狄来到火星之后最新的探测数据却显示，火星的南北极附近似乎还存在涌动的液体圈层。如果这次地震是真的，这会是一场大发现，这将间接验证赵狄关于火星地质理论的正确。

我赶忙收起录制中的摄像机。赵狄带着我穿好密封服，我们打算去科考站庭院——就是那些营地外圈的纤薄致密的纤维穹顶下面。那里安放着一台机器，可能会记录下这次震动的来源、深度和广度。

可等我们赶到机器处，赵狄发现，这不是一次普通的地震，仪器记录的源头坐标定位在我们的机坪——那里是易水站最薄弱的地方，那里发生了一次爆炸。只有一个可能，我们的飞船爆炸了。有人在袭击我们。一旦冒出这个念头，我脑子里首先想到的是同在火星上的其他科考队。是的，在地球上的确充满令人厌倦的政治纷争和分歧，停留在这里的许多科考队所隶属的国家曾经或正交战着。可我们一直保有这样的想法：在火星上的地球人还是一家人。

我们本来也是这样做的。可现在的情况，不由得让我不去怀疑。事后回想起来，也许在这个节骨眼，也只有赵狄还坚信，袭击者并不是我们的人类邻居。

我对赵狄说："完了，我们被攻击了。"

赵狄正跑进门，他回过头对我喊道："联系黄玉，让他快点回来！"他着急要去寻找"海"，那只不省心的猫，它一晚上没露面，不知道又跑到哪里去了。

先是什么来着，一场无主无缘由的谋杀，然后是彻夜未眠，再加上一场意外袭击的惊吓，我摇晃着昏昏沉沉的身子，赶到了易水站的主控机房，这里有我们平时联系用的无线电设备。好吧，好吧，联系我们的队长，功勋飞行员，科考队的主心骨，可是又能有什么用，他解决不了国与国之间的争端。

"不。"我听到赵狄在我的背后说道。他怀里抱着"海"，那只有着灰色眼珠的小猫，"这是一次史无前例的第三类接触。那具尸体绝对不是人类。袭击我们的也不是人类。你也看到了海猫的存在，那些可以硬化的活动结晶。"

我们没有想到，一次被大部队排除在外的简单留守任务会演变成这种情况。可赵狄并不懊恼，在他眼里，这是宇宙在向我们揭开它神秘的面纱。

现在，我打算联系黄玉，报告杀人案、宇宙怪兽、飞船的破坏，可我发觉，我找不到祝融号的信号。我看了赵狄一眼，给他让开座位，换他来操控装置，他手指搓着按钮，不断调节波段，可是电台里传来的只有微弱的嘶嘶背景白噪音。他甩下耳机。我意识到要坏事，昨天，一场大沙暴正从北半球席卷而来，也许沙子追上黄玉，他们因此遇险受困，是不断从天空倾泻而下的沙子阻隔了我们和祝融号的通信。这颗星球在向我们展示它可怕而暴烈的一面。

七　死别

　　那是艘古怪的飞船；它有着奇特突起的外壳，像某种海鞘属的水生动物，铜褐色舱体被炸得面目全非，舰首延伸出一道舌头一样的结构，中央开口，恰好可以容纳一人大小。空中还弥漫着黑色的烟雾，全是呛鼻刺激的味道。我想象着它完好时的样子，它如何小心翼翼地降落，霍尔推进器被关闭，电推发动机喷口那优美摇曳的蓝色电离火焰……这是一艘技术先进的宇宙飞船，代表着一个昌盛的太空文明。一位勇敢的先行者。可它们已经完全被毁掉了，飞船的外壳被烧穿了三处大裂口，融化后又迅速凝固，形成了闪烁着阳光七彩光泽的玻璃样釉质。这让它看起来既怪异又美丽。

　　我们仰视着爆炸后深深陷入红色沙土中的半截飞船。

　　毫无疑问，这艘被毁掉的庞然大物不属于任何一支地球科考队，不，它理应属于人类之外的种族。停机坪的金属桁梁有一截被高热融化了，可我们的飞船好端端地停在固定架上。机身上红旗的标志没有一点损伤。赵狄是对的，发生事故的不是我们。

　　一次第三类接触……

　　我想起了赵狄的喃喃自语。我们的故事正遵从天真而自然的逻辑发展。如此一来，那个脸上长鳃的奇怪死者确实不是我们的一分子，而属于某个我们从未接触过的地外文明。他正是乘坐这架被毁坏的奇特飞船而来，然后不幸溺死在火星干燥的大气里。这合情合理。

"它们是只生活在海里的种族。"赵狄突然说道。

他拉着我回到火星车；我们从泛亚联合科考队那里借到了这辆车的使用权。赵狄说，联系不到黄玉他们不是因为风暴，而是他们遇到了危险。祝融号上载有七名科考队员，还拉有至少五吨的饮用水。我们留守基地的小型火星车根本派不上用场。

"海。"

我默默咂摸着这个词，河北离大海不远，可我是西安人，大海与我的成长无关。我轻轻抚摸着那只叫作"海"的猫毛茸茸的尾巴；没人照顾它，赵狄就把它也带上了火星车。

"你和海很有缘。"我说。

有时候我就在想，我为什么要在荒凉的火星上听大海的故事呢。海，你说对吗？我抱下猫，它喵喵叫着，隐没在车后的阴影里。水是万物之源，可这个道理还是我在这里学到的，因为赵狄。我想起了罗布泊，楼兰古城东南罗布泊，干燥凄凉的巴音郭楞塔里木若羌东北早已干涸的大湖罗布泊；羌笛何须怨杨柳，玉门关古老的箫声，此刻却仍在那里回荡；火星科考队宇航员出发前的集训都是在那儿进行的；昔日的核武器实验基地，如今的良好的火星环境地球模拟场。一个时代，这里就有一个时代的任务。地球上，敦煌、羌塘、古楼兰的龙城雅丹地貌和火星的风土极其相似，那是一种旧日湖泊干涸后经大风沙千百年不断侵蚀的遗留痕迹。火星上到处都是类似的云谲波诡的地貌。

这说明了什么？

是的，是燕燕的死使赵狄第一次对这个世界产生了怀疑。

在他赶来北大报道的那天，他还是没有拨通顾家的电话。但那只神出鬼没的、叫作夰娃的怪物突然出现了；它是一只蓝色的海猫，和赵狄、燕燕缘分匪浅。它指引着赵狄到他该去的地方。

赵狄踌躇在防盗铁门前，彷徨犹豫，最终还是敲响了门。

打开门的是顾教授，赵狄的第一印象是，他老了不少；昔日在大学里为小赵狄讲授行星地质物理知识的顾教授这一年已快60岁了。顾教授仔细瞅了又瞅眼前的年轻人，似乎才认出来者的身份。也许是他一下子想到女儿，也许是悲从心来，他突然哭了起来。老头子的哭把赵狄吓了一跳。

"你来得太晚了。"顾教授捂住眼睛，让开门说。

赵狄没脱鞋就进了屋子，他看到了客厅当中靠墙，摆着一座小小的供台，黑白照片里的燕燕正对着他笑。

那一刻，他觉得自己的一部分被谁掏走了。他想起了那个梦，燕燕成了海中的公主，她站在一座高高的礁岩上，就是这样微笑着看他。赵狄始终未发觉这个梦是个预兆，带有何等不祥的意味，直到现在。顾教授止住泪，连忙赶过来扶起摇摇欲坠的赵狄，他把同样悲伤的年轻人让到沙发上，贴心地为他倒了一杯水。这水是苦的，赵狄想。

"什么时候的事？"过了良久，赵狄问，他的眼底也都是苦水。

"大概两年前，她知道自己挺不住了，医院也没办法。你们两个小时候那么要好，可是在你搬家后就再没联系过，我不知道发生了什么。——临走前，她告诉我，'爸，如果赵狄那个小子还回来找我，把我的日记给他。'今天，你总算回来了。"

赵狄靠在沙发上，觉得自己还在发梦。顾教授走进里屋，翻找了一会儿，然后颤巍巍地走出来，把一本扎着红绸带系着小锁的灰色笔记本递给赵狄；还有一串小巧玲珑的钥匙。

"本子里的东西，燕燕不让我看。我就都交给你了。"

说着说着，顾教授就俯下身子，抱了抱赵狄的肩膀。赵狄知道，眼前的男人才是失去顾南燕后最心痛的人，他慨叹，自己永远无法理解失去女儿的心情。这个男人启蒙了他，带给他此生最好的朋友，自己也是这世上除了他唯一知晓顾南燕秘密的人。燕燕死去已是两年前的事情了，那时候他应该正上高二，和父亲去了西北考察干旱的村落。想到现在，顾教授被他重新勾起丧女之痛，他的心中顿时充满了苦涩的感激。

"燕燕的墓在哪里？"赵狄问。

"没有墓。"

顾教授的皱纹开始生长的双手平放在膝头，老去的双眼呆涩地望着并不存在的远方，"我们听从燕燕的遗愿，将她海葬了，她这辈子最爱大海，死后也要回到那里……没有火化，燕燕说她这辈子吃了太多鱼，想把身体送还给鱼群……"

"你知道吗老刘，"赵狄对我说，"大悲之下，我甚至想到了死。我以为还能见到燕燕，所以回到北京我还是高兴的。可她已经死了。我难过得要死。六年不见，我最好的朋友死掉了，我连她最后一面都见不到。"

可无须多言。回到大海，这的确是最适合燕燕的归宿。

作别了顾教授，赵狄没回宿舍。他来到了玉渊潭，这是北京西城一片很有名的小湖泊，正值十月，公园里气温微凉，翠叶红花不再，但满是桂树的香气。他静静地坐在潭水边的长椅上，一对父女正在湖上划船。冬天快到了，过去，他和燕燕常来这里，在结冰的湖面上滑冰。

赵狄小心翼翼地拆开了日记。一张信纸从扉页掉了出来。信的内容是这样的：

赵狄，当你看到这封信的时候，我也许已经不在了。不过，是你先狠下心的，竟然就这样离开了这么多年。可就算如此，我还认为我们是全天下最好的朋友。多想让你再听一次那首《给你我全部的爱》呀……（省略）……如果你来找我，发现我不见了，不要伤心，只要我们心意相通，我们还是会在一起的……（省略）……还记得你小时候说，你要成为海底的宇航员，答应我，你一定要实现这个愿望！

　　成为宇航员，成为一名海底的宇航员。赵狄收好信，潭水微微波动，无风也无浪，他也回忆起小时候的那句戏言。那天，他和顾家父女其乐融融地坐在餐桌旁，那天，顾教授做了一顿美味的看家炖鱼。可物是人非，一切都不同了。也许也是因为有了那一刻，才有了今天的赵狄。

　　顾教授没解释燕燕为什么会突然死去。可赵狄已经隐隐猜到了答案。燕燕其实并不属于我们这里。赵狄翻阅了那本日记，他不再相信，日记里那些孩子气的记录都是燕燕的妄想。燕燕写道：从小到大，她常做一个梦，梦见自己其实来自一个叫作亚特兰的古国。那里的人民和她一样，都是遇水化形的水生人类；他们生在水里，长在水里，死在水里……她是王国的公主，可打小身体就不好，一直病恹恹地卧在床上。直到15岁那年，梦中负责诊治她的老国师告诉她：上苍有灵，国之大幸，公主的离魂症终于要好起来了。

　　于是，她感到现实中的自己日益衰弱；可梦中的那个女孩却越发健壮起来……

　　赵狄合上日记本，寻找这个宛若寓言一样的故事中真相的蛛丝马迹。亚特兰，燕燕写到她梦中故乡的名字。赵狄从没听说过地球上有这样一个国家存在过，荷马史诗中倒是有一个大西洲，亚特兰蒂斯，可它们还是不一样。这是人类没有记录过的历史。联系到燕燕身上的种种异象，还有那只精灵一样被她豢养的海猫，他甚至觉得，这个国家不应该出现在被陆生人类占领的地球上。

这应该是一颗和地球同样富含美丽海洋的行星的名字。

那么她来自另一颗叫作亚特兰的行星咯？

赵狄过去一直以为她说着小孩子的笑话，他们经常这样干，孩子们说过太多戏言，比如，燕燕还说自己其实是一只上古白狐狸公主；赵狄就说自己前世是用佩剑刺杀暴君的侠客。他们呢，讲这些孩子气的话时都是一本正经的。可到今天，赵狄才知道燕燕的小孩儿话好多都是真的。

八　冰山陷阱

"你成为宇航员，还是因为燕燕的愿望？"听到这里，这个故事让我有些动容。

他点点头，又摇摇头。

"你相信顾南燕其实是个外星公主，是一颗叫作亚特兰的类地行星上的人？"虽然我有些感动，可还是觉得自己全盘相信这个故事就是昏了头。

这个男人这回没有点头，也没有摇头。

泛亚联盟的火星车比祝融号尺寸稍小，但巡航芯片更胜一筹，泛亚的资深宇航员加古负责驾驶这辆车，他们还是不放心把自己最重要的家当就这样简单地借给我们。

"你见过那颗星星，是吗？"加古问，这个菲律宾人也被中国人赵狄的故事吸引了。

赵狄不置可否，他的身子随车子颠簸一晃一晃的。我想起了昨天在植物标本室他说的那些话，他早就猜到了死者的身份。是的，死在火星上的是一位来自燕燕故乡——一个叫作亚特兰的国家，甚至是一颗星球——的宇航员，他的胸口戴着一块简单但高效的氧气发生器，小型氦三冷聚变的核心，直接插入静脉导管供氧。赵狄在我赶来前，拆除并藏起了这件奇妙精巧的外星生命维持装置。

确实如此，这位死者脸的模样乍看起来像俄罗斯宇航员维亚纳，但身体构造其实和人类大相径庭。

他最后还是窒息而死的，就像鱼离开了水。他有鳃，也应像鱼一样，需要溶解氧的水来驱动体内类似三羧酸循环的反应，产生供生命活动的能量。

外面刮起了大沙暴，视野极差，火星车前端的电子地图显示着绿色的实时等高线；各个科考队共享的数据，这种天气里每个人都是瞎子，就算声呐雷达也很难发挥作用，除了远在火星平流层上的人造卫星辅助定位，只有这些实时更新的地图会帮助我们，绕开复杂地貌上不断凸出凹进的岩砾与山体。

赵狄刚刚放飞了三只小型的线鸟——这种固定翼无人机也是唯一能安全飞越这种天气的飞行器，是中国科考队的独家技术。在眼下这种情形，飞得越高视野就越好。地图只能不让我们撞墙，而它们是半瞎的我们安全找到祝融号的唯一指望了。

我轻触了一下车的侧舷，那里就变成了半透明的窗子。一块温压触敏的变光折射金属，这辆车也用了一些新技术。我们是在易水站北方三十公里处发现祝融号的车辙的，风沙掩埋了车子经过的大部分踪迹，多亏天上的线鸟发现了这些细微的线索。

在搜索了大概一小时后，我们终于看到，祝融号停在不远处的小坡下。橡胶轱辘都陷在一层新堆积的厚沙土里；它后面那架拉水的储罐车已然倾倒在地。

至于祝融号遇到的真正麻烦是什么？也许说出来你们都不会相信。

一些巨大的蓝色"冰山"耸立在山坡周围，把祝融号的退路堵得死死的。

是的没错，祝融号千辛万苦从南海站运来的大罐子里的水都不见了，它们似乎被一下子冻成了坚冰，突然从红褐色的沙土山坡上冒了出来。看到这般景象，加古立马操控泛亚的火星车让它停住了。

"上帝啊，那是些什么东西？"加古大声嚷嚷起来。

我猜，是一些活动的史莱姆？一些有生命的冰块？一些让人心生不适的深渊魔物？

我看向赵狄，他正一脸镇静地穿着密封服。要下车吗，在这红色行星最危险的大沙暴天气。而我心中已经有了一个答案，猜得不错的话，那些冰山正是海猫；是这段时间偷走、吸取各个科考队营地的储水新繁衍出来的海猫；不再是那个在易水站餐桌上喵喵叫的略显可爱的小怪物，它们数量和体积都增加增大了。应该在不久前，它们硬化了自己的身体，拦住祝融号的去路，再度夺得人类赖以生存的水。

现在，赵狄故事中的角色来到了现实。他看起来那样胸有成竹。他和顾南燕的故事就显得不再是临时起意的胡编乱造。

对海猫来说，携带大量水分的祝融号是一个目标，一个活动的靶子，一份可口的美食，一座移动的粮仓。

"你要下车？"我想阻止赵狄的疯狂举动，我隐约觉察到他要做什么，"现在，当务之急是去联系火星上所有国家的科考队，这是一场外星灾难，要告诉他们这里发生了什么。"

我苦口婆心地劝说赵狄。面对这前所未有的事件，黄玉他们应该退回祝融号不敢出来；祝融号似乎启动不了，无线电发射装置也用不了。我们需要人类同胞的帮忙。加古见状也点头附和我的提议，"我这就向联盟汇报。"他说。

"来不及了，"赵狄说，"没有水，黄玉他们的氧气可能已经不足了，看见那艘飞船了吗？"他指着线鸟传回来的最新实时影像。我们就在"冰山群"西北五百米方位看到一艘绘着国旗的飞船，居然是天剑九号，我们认得它气宇轩昂但张牙舞爪的样子。这是我们为太空军准备的第一艘制式飞船，它的动力由一半核裂变一半太阳能组成，是艘试验型号，尚未加装武器。大家都知道这条新闻。它应该在三个月前被发射升空，现在应该巡行在月球和泛地球联合空间站的轨道间测试航行性能的呀。

它怎么会在这里？

赵狄已经穿好了他的密封服，他翻越后排座椅（这是辆满载二十人的大型火星车），小心翼翼地搬起早已准备好的一台大机器——那是为火星上动植物使用的超声波发生仪，郭娟的课题：验证乏氧情况下声波刺激对生物体的影响。还好火星的重力只有三分之一，这台地球上相当沉重的机器，赵狄这会儿可以一个人将将抬起来走动。

"我来引开那些冰块怪物，你们去把人救出来。就这么办吧。"赵狄下了决定，他抱着那台黑不溜秋的机器，不容反驳地说。

我们的祝融号陷进了尕娃诞下的由水组成的怪兽设计的陷阱里。

幸亏赵狄知道这些怪物的弱点，他想起了燕燕的天赋异禀，想起她在大海上大声叫喊，让尕娃不要分裂。没了主人，这些恢复了野性的怪物还是怕燕燕能发出的极高频率的超声波。赵狄是这样打算的，他去安置机器——这台能发出超声波的"炸弹"——炸开眼前的"冰山"，而我和加古去开启祝融号的舱门救人。

计划听起来不错。加古无奈地按下按钮，车子开启了第一道密封内门，赵狄艰难地想要将机器搬下车。可火星车的台阶很高，他磕磕绊绊地，差点摔了一个趔趄。

这下，我实在看不过去了。我拉住赵狄的手，另一只手抓起属于我的那件厚重的密封服，对他说："你等等，我和你一起搬。加古一个人开车去救人是可以的。"

九　泡泡星门

　　风沙像铁锤一样重重地砸在我的面罩上。每呼出一口气，我的肺都像被火炭灼烧。氧气瓶储量消耗得飞快，我们必须快一点，制氧机的压缩机似乎进了一点沙子，发出不祥的吱吱嘎嘎响声。

　　赵狄背驮着机器，我在后面抬着。我们朝着既定方向艰难地跋涉，那些蓝色"冰山"就在前方。

　　"还有多远？"我挣出一口气，从红沙中拔出脚，用密封服内置的无线电呼叫赵狄。氧气还够我使用不到半个小时。

　　"大概三百米。"赵狄说。那是线鸟传回来的数据；刚刚我们坠毁了一只线鸟，现在还剩两只翱翔在沙暴范围外，再也不敢靠得太近。

　　半小时，来回不到八百米，算上安置机器和启动超声波炸弹的时间，一切应该绰绰有余。

　　心里有了底气，我的脚下也有了力量。我们就这样走着，直到看到了那台趴在地上的天剑号；这是第一台水平起飞而不是竖直升落的宇宙飞船——人类航天科技的伟大进步。它的外壳蒙满沙尘。我们不再理会它为什么会出现在这里，专心于眼前的目标，已经能看到暴烈沙土中一闪而逝的蓝色了。然后，我们看到了祝融号，它被挤压在两块"冰山"之间动弹不得，那些海猫也许还瞄上了祝融号里储存的那一点点可怜的生活用水……

　　终于靠近了足够的距离，我小心翼翼地俯下身，支好机器，把六根固定用的架杆埋进沙土。祝融号的长管状的排气口就横亘在我的头顶。事情就是这样发生的，我们的打算是，当超声波赶走海猫时，加古立马开车赶来接应我们，救出受困的人。可那台该死的机器一时间却死活启动不了，大风沙永远是一切精密机械的噩梦。沙子砸在我身上，就像固体的红色雨水一样。突然，我听到自己的头盔发出嘶嘶的声响，这可不是个好现象，哪一步的计算出现了错误？也许时间耗得过久，我的氧气居然用光了吗，可那台微型制氧机明明还在工作，并没被沙砾卡住。后来我才发现，是我的头盔裂了，那阵嘶嘶的漏气声正是来源于此。我感到一阵绝望冷意扑面而来。

赵狄好不容易启动了那台黑色的声波制造仪。空间中出现了一道我们看不到听不见的微波涟漪。那些巨大高耸的"冰山"发出令人不悦的声音，它们庞大的身体开始蠕动，表面出现一道道流动的水样波纹。开始起效果了。怪物纷纷退缩而去。我们成功炸出一条通路。

黄玉他们得救了。

可我也到了极限，加古的车子开过来还要大约十分钟。我感受到一阵窒息的痛苦。我想起了那个死在火星稀薄大气里的亚特兰人，还有他切口一样的鳃板。赵狄发现了我的异常，他看见我的防护面罩上延伸开去的裂缝；那些沉重沙子像尖刀一样刺穿了它，像雨水一样渗进那些令人胆战心惊的罅隙里。

他沉思了片刻，然后做出了一个不可思议的举动。赵狄回身剥掉我破裂的头盔，我恐惧地大叫。可接着，他又脱下了自己头盔，戴回我的头上。沙子一下子蒙住了我们的脸。我还能呼吸，可他完了，我想。我拼劲力气想要阻止他摘掉头盔。他压住我的胳膊，不让我动弹；他的力气真大。最后，我只拉住赵狄一只手，可还是松了手。透过那顶同样沙痕斑斑的呼吸面罩，我看到，他对我展露了一丝笑容；那张脸的眉毛嘴巴上都是黑色的好似无形体的沙砾，可很快，黑暗降临了，它被冰冷的火星大气冻得面无血色。

要自杀吗？这才是你来火星的目的吗？成为燕燕期盼你成为的宇航员，然后追随她而去，安宁地死在这里。

"不要，赵狄。"我痛苦地说。

他撇下我，拼命站起身，跌跌撞撞但坚定地向加古疾驰而来的车子反方向走去。没有密闭头盔，五分钟内他就会冻死或窒息而死。我不知道他在干什么。

可祝融号和我都安全了。

等到他已经走出了差不多一百米，我才明白了他的用意，还有他真正的目的地。他停了一下，向我们挥手，告别。兴许他早就计划好了，在窒息前，赶到距离最近的那架飞船天剑号里，这样或许还有一线生机；前提是那艘飞船并没有损坏。而人类首次第三类接触事件的尾声是这样的。加古把我拽回泛亚的火星车；透过变为透明的舱窗，我们看到，天剑号放出反重力线圈特有的白色闪光。赵狄顺利启动了那艘飞船，然后，那些被声波驱赶的海猫发疯一样被他吸引而去，它们用流水一样的身体包裹住飞船，吞没了它。天剑号就安静地在半空中一个晶莹剔透的大圆泡泡里漂浮，泡泡闪烁着虹彩斑斓的粼粼光芒，在"炸弹"不断喷射的激烈的超声波下，海猫们愤怒地合为一体，它们要努力地压缩自身，——那个泡泡，连同里面沉浮着的赵狄乘坐的天剑号，变得越来越小，直到化作一个小点。仿佛一场无声却剧烈的爆炸。此刻，半空中只留下海猫们一道余韵悠长的叹息。

转眼间，这诡异的一切一下子就都不见了。沙暴也恰如其时地停下了。

我想，那天在火星上，我们见证了一道门的诞生。

十　新拜访者

剩下的故事，我将单纯地以宇航员赵狄的视角讲述。这是一种形似非虚构写作的语言，我保证，所写的一切句句属实。尽管我无缘参与到他后续的奇妙冒险里。在他平安回家，回到地球后的几年间，又专程找了我几趟，为我补全他的整个经历。他知道，我已经偷偷把这次火星之旅都记录了下来。而他也只和我一个人讲过这些，不是因为我们是多要好的朋友，也不是因为不可说与外人（他们只会认为他在说疯话）；只是因为，他救过我一命。

我也不想靠这个纪录片剧本升迁，或另谋高就了；因为我也知道，就算黄玉他们集体站出来做证，也没人相信剩下的这些故事。一些精神科专家已然做了权威断定，把这次毫无痕迹和证据——那具亚特兰人尸体也莫名其妙不见了——的第三类接触当作了火星恶劣环境下生活压力累积骤然井喷导致的集体无意识癔症……

天剑九号正在安静地降落。无法和你们描述眼前的盛景，天上乌黑的云幕低垂，一些云下有闪电，有滂沱的大雨——真正的雨水，而最下方是一片无边无际的滔滔大海，波浪翻滚着，赵狄已经沿着海面飞行超过十五分钟了，可还是没发现一块陆地的踪影。就在刚才，他把天剑号拉升到海平面上大约八千米的平流层；星球就弯成一道深蓝色的硕大美丽的圆弧。

赵狄这才发现，这是一颗彻头彻尾的海洋行星。

现在，他穿越了那道门，来到了一颗叫作亚特兰的遥远的行星，可没想到，这颗蓝色行星居然只有海洋存在。也许，这也是人类第一次离开太阳系，他很幸运，虽然这里只有无边无际的水，但显然是一颗宜居星球。在云层之上时，他看到了一颗橙色的年轻主序星存在，那就是这颗行星的"太阳"。

他对自己的命运尚且茫然无觉，他被一群愤怒的海猫强行带到这里，还不知道生路在何方。这一刻，赵狄想不到逃生办法，可他竟然想起了燕燕，那个古灵精怪的小女孩，他最好的朋友，像个谜一样，出现在他的生活中，又逐渐从他的记忆中褪色。"如果，她能看到这么一片大海……她该有多么高兴啊。"赵狄犯起了迷糊，有些忧伤地想。

易水、南海、淮泗……中国的火星科考站都用古代有名的河流大川命名。比起西方科考队清一色的"钢铁""战神"或"火焰"，我们的取名更体现了另一种意味不同的良好心愿：近代以来，石油采光后，我们受够了长久干旱饥馑的折磨，不仅希望火星成为丰沛新能源的供给基地，更期望荒凉的火星有朝一日成为一处试验田，检验那些最新但有些危险激进的环境改造技术，以至于脱胎改貌，使这里变成又一处流满稻脂的鱼米之乡。

可有田，就一定要有水。不必像眼前这样多的水，也不能像火星只有两极苦涩难喝的冻土。

这当然很难，但这也是赵狄这样的技术专家不远万里踏上那块红色荒土的意义所在。

赵狄又在海上盘旋了好几圈，还没看到可以着陆的地方，他只好选择迫降在海面上。他知道，天剑九号作为新型号，被设计出来的战略意图是为了一种垂直立体式的太空—天空—地面广域作战，完全可以把它当作一种秘而不宣的新型战机，一种拥有革新战争理念的多栖飞行器。

想象那幅场景吧,空天一体的打击范围,它可以直冲云霄,甚至攻击敌人卫星,也可以俯冲而下,轰炸重要的军事目标……

一想到自己乘坐的这艘飞船,并非纯粹为了探索这个美丽的宇宙制造,而蕴含某种争斗的意味,他的心底就有点泛起酸楚。他不是黄玉那样略显狂热的飞行军官,他只是一位单纯的偏向科学理性的孤僻技术人员,又带一些知识分子的天真感性。按他的想法,他更愿意看到全人类携起手来一同揭开未知星空的奥秘,而不是困在大地上,消耗于无休止的内斗。尽管很艰难,但新联合空间站和火星上各支相安无事的科考队的出现,毕竟让这个想法露出一丝曙光。

飞船缓缓下落,他并不知道如何在水上迫降,没有安全操作手册,他小心翼翼辨认着驾驶面板上的提示文字,许多数字排列在一长串拉杆和按钮旁。一枚蓝色的按钮上画了一个水滴的图案,揿按后,舱外没反应,可不远处舱壁凹陷处的一个饮水口流下了一摊热水。

他无奈地捶了一下自己,之后再试一次。

飞船离海面已经不足三十米了,甚至,他能隐约听到哗哗的波浪的声音,他的鼻腔里立刻涌起一阵莫名的腥咸气味——那是二十年前渤海湾的气息。

就在这时,飞船的控制面板的透明外壳亮起了光芒,把他吓了一跳。有什么东西在自动启动。滑行的轮毂收起,飞船舱底爬出两条附有气囊的轨道,摆动的尾焰喷口垂下,进行降落前最后的减速。这是艘神奇的飞船,赵狄想,它仿佛有自己的思想。不,它能自然地迎合他这位驾驶员的思想。

于是他们都落在了水上。

赵狄在船里找到备用的密封服,还有他从火星上的死者那儿获得的一些维生装置。赵狄把它固定到自己身上,那块氦三驱动的核心,连带一枚外星科技的自体氧发生装置——可以不断地电解海水,径直将氧气打入静脉血；安装过程像一次心脏导管手术，小手术，很痛，但这样做显然值得。他早有预感，自己终有一天，要去燕燕的故乡看看，可他没想到，亚特兰居然只有海洋存在。但亚特兰人的鱼一样的外表，还有这些装置，他在心里隐隐约约早就做好了准备。死者的装置是为了在干燥乏氧的大气中呼吸，可他需要不幸死者的零件帮自己在海水里汲取养分，这对装置构造是一种逆向破解。后来，燕燕帮他改进了这块植入式插件，他甚至能在海中自如地张嘴吃饭……

起先，赵狄还是很谨慎，他不知道这里大气的成分，天剑号上有测量工具，可他不会用。他慢慢地爬出飞船，登上机顶，立刻被眼前的美景深深震撼了。

天上飘着好多浮云，已然放晴，一道又一道的彩虹挂在海面上，他数了一下，虹桥足有十二座。虹桥组成了一道幽长门廊，通向未知的远方。那轮"太阳"看起来比太阳系的略小，浪花轻轻在他脚下拍打飞船。他的心里冒出一个疯狂的决定，他摘下了面罩。出了什么问题再戴上就是。他想。

果真闻到了海水熟悉的气味，多少年没闻到这股腥且潮湿的味道了。他的心里无比怀念。

一阵和煦的风吹拂他的脸庞，头发吹起落下，撩拨得他痒痒的。他可以呼吸，这里有充足的适合人类生存的大气。还有微风，不是火星上那样暴躁的死去的风，这里的风满是生命的香气。他明白，海下生活着那些亚特兰人，可除了他们，这里一定还存活着更多奇异美丽的生命。

彩虹消失了。

赵狄降落时，这个半球正在日落，他抬起手臂遮挡住突然变强的阳光，心里一阵自在，这是他前往火星以来最放松开怀的一天。大海、流云、落日，他还看见了天上若隐若现的一簇又一簇的繁星。他想，如果这儿有山就好了，燕燕喜欢大海，可她也喜欢青山啊。更何况，任何绝美海景有了远山的衬托,都会更胜一筹的。

于是,这会儿,渐渐黯淡下来的万顷波涛起了晚雾。他看见,一位身穿长白裙的少女正踏在水上,款款而来。许是幻觉,抑或黄昏时分的海市蜃楼,赵狄怔怔地看着她越走越近,近到一定程度,他方才确信少女是真实的。可他不敢相认。那海上踏水而来,形容如神祇般的女孩,正是在地球上已宣告死去的顾南燕。现在,他以为,海猫们带自己来到的并不是什么叫作亚特兰的异星,而是一座大海的天堂。

"你是神仙吗,还是鬼魂?"赵狄喃喃地说。

"赵狄小子,你是个傻蛋!"燕燕扑哧笑了,说道。她果真穿着泡沫一样的美丽白裙,戴着一顶贝母王冠。

她说:"赵狄,我们又见面了。想不到,你果然达成了小时候的愿望,成了一名宇航员。"

十一 入海

"这些年你过得还好吗?"赵狄并不问她怎么来到亚特兰的,他不关心那些事情,他只想轻轻地牵住她的手。

"你看,我很好。"燕燕温柔地说,"赵狄,你变高了,也变壮了,你还在读书吗?还记得吗?每当下雨,我不敢出门,你就会替我去图书馆借书来看。这里没有那样好的图书馆,我好怀念那个时候。"

他们温柔地回忆着,享受着重逢的喜悦,在不得不远离了对方这么久的时间后,他们发现彼此都成长了,两颗心也贴得更近了。

他们并肩坐在一辆由大贝壳和头足目角质拼接而成的"马车"上,车子滑行在海面,几匹长得像织梭一样的硬骨鱼潜在海面下,马一样拉着车飞驰。

"我们这是要去哪里?"

"我在这里的家。"

直到此时,赵狄才知道他童年的伙伴也达成愿望,她真成了一名公主。在她从地球的大海中漂流来这儿以后。"马车"疾驰着,他们见证了一场盛大的欢迎仪式。天剑号在天空巡视星球时可没发现,这颗满是水的行星,居然也生活着这样多的人。

那些亚特兰人,他们纷纷从水底冒出头来,骑在一些奇怪的鱼虾背上,在远方恭谨排成一队,觐见公主。他们身体细长,毛发稀少,戴着滑稽的水瓢一样的小帽,正纷纷脱帽致敬,高声欢呼女孩的名号。

她是亚特兰帝国的燕燕公主。

这是怎么回事？

现在，赵狄这才迫不及待地问他的青梅竹马。他告诉燕燕，大约十年前他就回到了北京，想找到她，可只见到了悲伤的顾教授，她的父亲告诉他她死了，他以为这辈子也不能再见她一面了，可她却成了一颗陌生星球的公主。重逢的喜悦被满腹疑问压倒。

燕燕告诉赵狄，是尕娃救了她。当顾教授遵循她的愿望，把她的身体葬进海中，尕娃追了上来，它吞没了她，就像吞没赵狄的天剑号一样。等醒来，她就在这里了，这里的海民都认为她的样貌和百年前死去的燕燕公主一模一样（看，她们连名字都一样），在见识到她对尕娃的驱使后，更是奉若神明。就这样，她在另一颗星球成了公主。

"尕娃怎么做到这一切的？"赵狄不解地问。

燕燕想了想，说："这里有个传说，饱腹的喀纳斯，也就是海猫，会打响饱嗝，更换叫声，开启死的门扉，让你和祖先相见。大家都以为被海猫吃掉的人是死掉了，可我不这么认为，有一本书说，吃掉的人穿越的空间，那并不是死的门扉，而是宇宙的门扉……"

在亚特兰的先古传说中，海猫是宇宙中堕神的泪滴。

赵狄那时候还不明白这个传说的意义，可他想起了易水站里那个突然冒出来的死者，他也许就是被尕娃意外地吞掉，带到亿万里外太阳系的火星上的。就像赵狄也的确经历了相反的过程。赵狄甚至怀疑，他的这次来访就是眼前女孩的故意指引，燕燕可以控制海猫，所以当年，濒死的燕燕可以挺过相似的穿越宇宙的危险旅程，可那个可怜的牺牲者无法指挥海猫，就死在了火星干燥乏氧的大气里。

赵狄无暇继续深究这些，他再度沉浸在重逢的狂喜里，以为失去的朋友——不，并不单单只是朋友——却好端端地活着。顾教授按照遗愿把她投进海里，阴差阳错间，她化作了水的一部分，现在她回来了。

一想到亚特兰是一个掌握了氦三冷聚变技术（海水有大量的氦三，

这也不稀奇）的文明——甚至还是小型化的冷聚变，赵狄心里就一阵战栗。他已经迫不及待想看看这个神秘莫测的亚特兰文明的全貌了。他和他的女朋友，注定将是两个智慧文明的连接者。

人们还在欢呼，燕燕向人群点头致意，她温柔地帮赵狄戴好密封服的头盔，她看出他还有许多问题，"不要着急，我的朋友。我会把一切都告诉你的。"她说，"现在准备好和我一起下潜了吗？"

她说，他们这就要去海底。随后，女孩对着天空打了一个响指，一些蓝色的冰块扭动着从人群中央涌起，是那些海猫。亚特兰人眼含敬畏地望着能驱使神秘恐怖的海猫的女孩，他们的公主。

"还记得它吗？我们童年的朋友。"燕燕说，她指着其中一只最高大的海猫。

赵狄点点头。

是尕娃，那个用中国西北小孩惯用爱称命名的小怪物，它变成一座蓝色的小山，山上有四只晶莹剔透的绿色眼睛，如镶嵌的绿宝石一样。是它，带赵狄来到了顾教授门前；也是它，在火星开辟了一道"门"，帮赵狄和顾南燕来到了这里。

"深海的压力你没法承受，可它会帮你的。这个过程没有痛苦，请不要害怕。"

赵狄还不明白要发生什么。

尕娃恭敬地垂下头——如果它长着眼睛的部分算头颅的话，"冰山"划过水面，来到赵狄和燕燕的贝壳车前。赵狄觉得有什么东西正要融入自己，大海要温柔地吞没他，他也要变成这片温柔的大海。

他不再紧张，也不害怕，燕燕在他耳边唱起了一首熟悉的歌，轻轻哼唱的旋律，是那首熟悉的《给你我全部的爱》。歌声抚慰了他，他觉得心中充满了勇气。说实在的，他喜欢这个地方，没有风沙没有饥渴。在失去意识前，赵狄看到的是尕娃风中烛火一样摇曳的眼睛。

十二　亚特兰

　　赵狄不觉得难受，密封服保护着他，抬抬手臂，他的身上萦绕着一圈深蓝色的半凝固的流体，也许称为非牛顿流体更为恰当。孖娃果然是这里土生土长的物种，它和燕燕无疑都来自这颗叫亚特兰的行星。它融入，或者说，吞没了他；它会适当地硬化帮他排开水，阻挡深水厚重的压力。

　　他又有些激动，这确实是一次伟大的第三类接触。那他是第一位踏上有智慧文明居住行星的人类吗？何等荣幸，人类又是何等渺小。直到今天，他们才确认，自己在看似漆黑无光的宇宙中并不孤独。

　　有人说，喀纳斯这种无定态的生命诞生自亚特兰，一颗海洋行星，拥有奇妙的能力，它们不需要食物，而以时空中的熵为食，它们吞没别的生物只是为了乐趣，或者是获取其他生命的水分。水是它们繁衍自身必需的物质。熵用来存活，水用来繁殖。于是，亚特兰人祖先惊呼，他们亘古的死敌是一种多么神奇的生物。

　　又有人说，这种生命来自宇宙深处，和最幽深难解的造物主的伟力有关，它们作为生命的火种，伴随着陨石来到了亚特兰，赐予了亚特兰最初的活力。但我个人对这种近似神秘学的解释存疑……

　　文明的起初，亚特兰人惧怕这种吞噬人的怪物，保持着对抗和敬而远之的态度，可后来，王族可以和喀纳斯沟通，甚至驯化它们；在迁徙时代后,这拯救了亚特兰岌岌可危的王权,也给文明带来了一种深远的改变……

可以说,亚特兰人的历史是不断驯化喀纳斯的历史,是和这种暴躁又神奇的生物斗争共生的历史……

这段文字记载在燕燕公主卧房书架上一部百科全书里,那其实是一大片刻满符号的贝壳;这本书详细地讲述了亚特兰的历史。燕燕正在为赵狄读这本书。他们还是来到了燕燕的家,这是一座悬浮在深海中的城市。燕燕告诉他,这儿离海面足有三千米,而亚特兰海洋的平均深度为八千米,这里有比地球的马里亚纳海沟更深的渊薮。

赵狄听燕燕读书,渐渐着了迷。

他从书上了解到,千万年岁月里,亚特兰文明走上了一条独特的进化道路,他们是慢慢学会将身边千姿百态生命的能力为己所用的。巨量海水里孕育出的生物种目大约是地球物种数的三百倍。也正因如此,不像我们天生拥有大陆,拥有丰富且便利的化石能源,亚特兰人能利用最多的自然资源,仅仅是作为生命熔炉的取之不尽的海水而已……

譬如,海水天然可以导电,这实在不利于电力工业的产生,可在付出惨痛的代价后,亚特兰人还是利用一种胶原蟒掌握了水下绝缘技术。但这样的简单技术,在地球上发现橡胶后就足以实现了。而书上说,祖先们在海底的电狐狸身上——一种形似电鳗的放电生物——第一次发现了电能的存在,这些没有五官的灵巧节肢动物的甲壳是天生更优良的导体……

海底自然不能生火,这是另一个很不方便的地方,必将限制文明智慧的产生。可在偶然发现导体和绝缘体后,亚特兰人居然跨越了火的使用,自行摸索出一条直接用生物发电的技术路线。和我们不同,亚特兰人是在先于火之前发现了法拉第效应,发现了电的存在。

眼下，房间里有一盏大约15W、发出幽冷蓝光的奇异壁灯。在燕燕琅琅的读书声中，赵狄穿着密封服游荡在房间里，凭借这盏灯，一窥亚特兰独有的建筑风格全貌。燕燕把房间涂成了淡绿色，无论是油漆还是贴纸并不适于亚特兰的居所，燕燕使用的是一种黏附性极强的细腻均匀的绿藻。

看，亚特兰对物质和能量的榨取到了无所不用其极的地步。这是这个海底文明的局限，却也实在是他们天生的优越。亚特兰人驯化利用了一切能见到的生物，更别提神奇的海猫了；当亚特兰人摆脱仇视，学会和这种奇妙的生物共生后，他们也才终于窥见海水外更广阔世界的一角……

明天晚上会有一场欢迎宴会；在那之前，赵狄和燕燕约定好了，她会带赵狄参观亚特兰壮丽的海底城邦，讲述她所知晓的这个神秘国度。她是在十五岁那年，才被尕娃带回了她的故乡。

现在，赵狄只想和燕燕单独待上一会儿。

燕燕放下了那本书，她投来的目光像落入水底的钻石，她的读书声动听，像敲响的小巧银磬，水是声波最好的媒介，水中声速约是地球大气里的五倍（没有空气的磨损衰减，等能量的次声波甚至可以传到数十公里之外），这让燕燕的声音更有一种别样的穿透力。亚特兰人天生可以发出全频段的声波，只有在和赵狄对话时，燕燕才会慢一点。亚特兰人更舒服常用的语言是超声波和次声波这种人类无法接收的频谱发出的——超声波可以用于驯服海猫，次声波则广泛用于人们间彼此的交流。

他们的生活方式就像海豚一样。赵狄想，如果地球的海豚也可以继续进化几千几万年，会不会形成眼前亚特兰一样的文明？

可惜文明没有假设。

见赵狄着迷地望着自己，燕燕吃吃地笑了，头略微前伸，露出完美的颈部曲线，赵狄觉得，他就像顺大海漂流的婴孩，终于回到了母亲的怀抱。他已经摘掉头盔，发现自己并没有溺水，就贪婪地翕动鼻翼，死去亚特兰人的维生元件嗡嗡地震动起来，他在水中闻不到气味，可她的信息素却顺着一股温暖的水流，直抵他的脑门，他的灵魂深处。这是这颗星球的大海第一次对一名人类敞开怀抱。

也许是她的气味迷人，他闻到一股爱情的味道。

燕燕拉住赵狄的手，他们沿这座海底城市的大街小巷漂流。他们都已经25岁了，无论如何不能算小孩子了。可这的确，是他们此生第一次，享受着彼此，享受着新鲜美好的恋爱……

这时，我们的公主说她希望赵狄留下来，留在这里，和她在一起。面对这个问题，赵狄却犹豫了，或者说，她看出了他的犹豫。燕燕愠怒地甩开赵狄的手，在水中滑翔出去。赵狄惊慌失措地追她。街上的百姓都兴致勃勃地看着两人的追逐戏，他们明白，他们的公主爱上了这个小伙子，可这个幸运的年轻人却还没有准备好。

一些渔人收工回来，他们身后的长杆串着一串收获的猎物。

赵狄撞翻了他们，这才追上了公主。

顾南燕这会儿已经不生气了，她决定等待，等赵狄做好准备，让他可以接受这里。那么第一步，就是消除他的疑虑，把自己民族的全部秘辛都告诉他，这个可怜民族的荣耀、耻辱，还有千百万年的奋斗、挣扎、失败。

她重新拉住男孩的手，呼唤了一条亚特兰人的海底计程车，它的外形像一颗梭形的胶囊。她要让赵狄亲眼看看他们的梦想。

十三　触摸天空

车子停下了。

一座连绵的海底山脉，赵狄驾驶着天剑号在天空巡航时居然没发现它们，这也难怪，眼前这座海拔超过万米的山脉最高峰，只有一片平坦湿润的山顶裸露在海面上，远远地看起来就像一小块黑色礁石；而这里，就是整个亚特兰唯一的陆地。

这里也是亚特兰的圣地。代表着他们世世代代渴望拥有一块坚实的土地的梦想，渴望接近天空的梦想。

那位燕燕公主的父母就葬在这里。两座低矮的骨冢埋在接近海面处一座幽深黑暗的祠堂里。他们正在台阶下仰视这座拥有尖尖穹顶的石头建筑。

燕燕说，她不知道自己是否就是这个同名同姓的早夭的女孩，也不知道过去究竟发生了什么。父亲，也就是顾教授说，她千真万确是他的亲生骨肉，可对她的母亲又闭口不谈。在她以为自己是土生土长的地球人时，她发现自己其实不是；在她以为自己终于回到故乡的时候，她却不知道自己到底是谁了。

"不觉得我很可悲吗？"燕燕问道。

赵狄缓缓但坚定地摇摇头。他心中突然充满了对这个女孩的柔情。

他将燕燕拉向自己身旁，祠堂周围生活着一些交辉闪烁的水下萤火虫，像星星的碎片，在燕燕的黑色长发中穿行。

"你后来去了西安,那里好吗?"燕燕转移开话题。

"西安是个不错的城市,我依旧享受了很好的资源,"赵狄说,"但再向西北走,光景就大为不同了,那里是风沙连天的戈壁沙漠。生活在那里不算个好选择,缺乏水源,没有宜居环境。亚特兰拥有大海,真是个好地方,你可没见过火星上的样子,前往火星前,我在罗布淖尔东北腹地的孔雀海国家宇航基地训练了半年,那里又和火星的状况是那样相似,都是那样的荒凉……"

"你同情他们?"燕燕突然奇怪地问。

这个问题如此古怪,以至于赵狄一时有些张口结舌。

"这是自然,我愿意前往火星很大一部分原因也是为了他们。如果,我们能把火星改造成一个山清水秀的地方,那戈壁沙漠也自然不在话下了。"

燕燕转过头,目光盯向黑暗邈远的地方,"那么,你一定能理解我们的选择。"

赵狄似乎听到一阵若有若无的叹息。

那时,赵狄还没明白燕燕这句话的意思。可不久后,他就全懂了。

他们的下一站,是离海底圣山约一百公里的地方。车子行驶在水道上,亚特兰人在行星海洋中开辟了这些固定水道,他们的聚居点便依赖这些便利的直线水道连接在一起。水道是一些绵长的拼接起来的透明管道,管壁上嵌有一些贝壳,和不断放出放射性荧光的石头;这些石头是在亚特兰天然形成的,也是远古还匍匐在万米下海底的亚特兰人祖先们唯一的光明。

赵狄终于见到了那座伟岸的人造物。

这也是燕燕执意要让他见到的东西。

那是一座似乎漂浮在海水中的巨柱,近乎完美、绝对规整的圆柱体,只会出自一个智慧文明的手笔。他估计这座雄伟的造物直径合围大约 200 公里，长度估算不出，表面黝黑光滑，看不出材质、空心或是实心。这是一座彰显文明伟力的图腾，抑或有什么实际功用的堡垒？赵狄知道，能造出这样的伟大造物的文明，就某方面而言，发达程度已经超过了现代人类。

巨柱离海面也只有不到 50 公里的距离。一开始，他们无法靠得太近，因为数不胜数的海猫正硬化起来，像屏障一样保护这座造物，像一串又一串缠绕起来的晶莹水晶项链。

水道到了尽头，电力驱动的计程车尽可能靠近那群海猫，还有那座绝对非天然的巨大圆柱体。海底居民没条件发明锂电池，他们把电能储存在一种形似藤壶的生物含硫酸的硅晶体外骨骼里。还是那个道理，这颗星球的自然环境对文明发展所欠缺的，由丰富的物种多样性尽可能弥补。海猫们没有拦路，它们知道亚特兰的公主来到了这里，彼此纠缠的项链解开了，让出一条通路。

燕燕和赵狄下车。赵狄被眼前的壮观景象深深震撼了，这显然不是一次简单的户外散步，燕燕带他去了王室的祠堂，又带他来了这里，她别有深意。这座黑色圆柱就像一座丰碑，这里离海面不远，阳光足以穿透水面，可它投下的巨大阴影深深遮蔽了一切，赵狄飘荡在巨柱下，觉得自己是那样渺小，渺小得就像一只蚂蚁。

"这是你们建造的吗？"赵狄问，"它是浮在水里的？"赵狄注意到，幽深海底有一列灯光亮起，映照出这条通体漆黑的巨柱根部。

它是无根的，正悬浮在万米深海的中央。

"祖先的遗作，"燕燕说，"绵延千年的执念，最近终于完成了。"

燕燕用力蹬水，她的双腿并拢成鱼尾状，脚上长出蹼来，飞跃到巨柱的边缘，她轻轻抚摸着巨柱光滑黝黑的壁。

"不久后，我们就会'点燃'它。"

点燃？

赵狄以为自己听错了，这根黑色巨柱难不成是个打火装置？亚特兰人决定在海底生"火"？不可思议的设想充斥了赵狄的脑袋，他想破头也没想明白这些海底人为什么要点燃一座海底巨大的石柱。

他们要煮沸海洋。

这个离谱且可怕的念头是最后出现在赵狄的头脑里的。

"我们要除去这层厚厚的海洋。"燕燕迟疑了一会儿，说道，"是的，蒸发它，沸腾它，吹走它，总之，我们要去掉海洋，让亚特兰变成地球那样让人艳羡的大陆行星。"

赵狄的脑袋快要爆炸了，他猜对了。燕燕终究还是说出了这句惊人之语，这是一种奇怪的悖谬，诞生自海洋的文明，却想亲手毁掉他们的摇篮。这实在难以理解，可为了什么呢？其中一定有什么缘故，也许是有关一个种族悲哀千年的梦想。

当赵狄和我讲述这一幕的时候，我以为自己听错了。"别开玩笑了，老赵，"我说，"编瞎话也要有个限度吧。"

"我当时也以为自己昏了头，"赵狄说，"那里多么美好啊，亚特兰，可是他们要改变那里的环境，和我们改造火星目的不同；他们最后要故意彻底毁了它。"

"不，我不理解。"赵狄还是说出了这句话。

赵狄目瞪口呆地盯着燕燕的脸。在他眼中，现在，那张昔日温柔又活泼的脸正变得刚毅而残忍；不管出于什么原因，她在对他说出一个疯狂而难以置信的计划。一旦成功，这颗星球就完了。这时，他有些愤怒，他想到这大海，这些好水；他想到地球上一个叫作中国的国家，西北的那些干渴的土地；他想起了自己身为地质物理学者的愿望。这里的水，被他们嫌弃的水，但凡有百万分之一挪送到那些沙漠里，但凡地球上这些最严酷的地方能够更湿润一点，他的人民，他的同胞们都会活得更幸福……

可是燕燕最后居然说服了赵狄，显然，这次宝贵的重逢点燃了赵狄心中仅存的爱火，让他有足够耐心对待眼前之人，在易水站时，这可不常见。而我们的公主对他讲了一个故事：亚特兰人如何在这颗星球的历史中出现，并逐渐走到今天这一步……这是一切的关键。

"你知道吗？千百万年前，不，不知道多少年前，亚特兰人的祖先是诞生在这片无岸大海的海底的。"

"这不可能，你们不符合深海生物的特征，而基本上，任何深海生物来到浅海都会死掉。"赵狄还在用地球的生物知识套用眼前的世界。可她所说的并不荒唐。

"所以这是个漫长的故事。"燕燕说。

她再度拉起赵狄的手，两人返回停泊在水道上的车子。赵狄发现，眼前这座巨大的"海中点火石"或者"大号水壶加热管"，身边聚集了越来越多的海猫。这些丛聚的海猫吞进海水又吐出海水，然后分裂自身，不一会儿，指数级增长的海猫几乎把黑色巨柱完全包裹起来，那里形成了一堵蓝莹莹的"墙壁"。

"我为你读过的那本书，赵狄，"燕燕说，"那本记录亚特兰历史的文明之书，上面说，是来自宇宙中心的陨石，带来了这些被唤作喀纳斯的奇妙生命，而也正是因为陨石，亚特兰形成之初沸腾的混杂熔岩的海水，水底人，也就是我们的种群的种子也诞生了。值得一提，深海并不是漆黑一片，这里的深海中游离着一些放射性元素，星球在水下凝固后自发生成了一些熔岩空泡，从熔岩空泡中逸散的放射性核素石头的微弱磷光，就是海底人最初的光明。"

"你也看到了，赵狄，"燕燕抬起手，指向远处奇妙的海猫墙壁，许多蓝色墙壁连成一片，这会儿，那里形成了一条直径超过100公里的硬质孔道，"这就是海猫大规模繁殖时的奇妙现象，亚特兰学者发现，当海水中出现异常升温的热源时，海猫就会群聚进行繁衍，它们会大量吸收海水，以至于形成一道近似真空的固体空洞。在古代，这景象不常见，但也偶尔发生，现在，我们视其为一种可利用的生物习性，就像地球上熊的冬眠、大雁的南飞或鲟鱼的洄游一样……可在古代，海猫们聚集成的墙和孔道，往往会被视为灾厄，因为误入孔道的人总会死于非命——大多因为窒息，或消失无踪。大家也亲眼看过海猫吃人的样子……

"比如，伴随着海底火山喷发，热源产生，海猫的群居繁殖仪式开始进行，这些孔洞甚至会击穿万米厚度的海洋。历史上记载的规模最大的灾厄之年里，全球海底火山大量爆发，一道又一道空洞甚至分隔开了海洋，那幅景象十分骇人。在祖先眼中，喀纳斯，海猫，是吃人的恶魔，是给海洋打孔、寄生的可恶蛀虫。所以，史书上也写了，历代先祖都致力于捕杀灭绝喀纳斯，也为此付出了沉痛的代价。

"可那时，先祖还不知道，其实喀纳斯的行为正无数次实实在在地保护了他们，亚特兰文明早期之所以没被可怕的海底火山爆发毁灭，正是喀纳斯空洞的存在、隔离并吸收了海底岩浆和过度高热。本应酿成更大祸端的灾难被喀纳斯无意消弭了。当然，这都是后话了，亚特兰人对喀纳斯这种生物的认识是逐渐进步的；但也像地球人一样，实用价值、对人们有利与否，代替了自然规律，成了评价生物益害最冷酷刻板的标尺……

"当这些类晶体生命分裂时，常常头尾相连，大量地吸收周围的海水，还有火山的热量，隔绝海水，形成一条贯穿海洋甚至短暂真空的通道，古时候，这种可怕恶景祖先们是绝对不许族人靠近的。可事情总有意外，总有那么一个调皮的小孩，她违背了禁令，潜入了空洞，她很幸运，没被繁殖中的海猫吞噬；海猫也给她留下了一点海水，让她不至于在涌入的空气中溺死。然后，命中注定的一幕发生了——

"是的，和万年前地球上一只抬头看夜空的猿猴一样，这位不知名姓的亚特兰先民——经过多年的自然选择与物种进化，她的外表和今天的亚特兰人大不相同，比起人形的模样，因为深水沉重的水压和昏暗的环境，她的样子更像一只压扁的黏附在海底的长着七八条长腕足的蛞蝓。

"无论如何，她抬起了头。如果那块可以弯折的黏糊糊的布满光学感受器的块状物，能称之为她的头颅的话。

"碰巧，那又是一个无云无雨、天气晴朗、星空闪烁的美好夜晚。空气迅速涌入海水消失带来的真空，她第一次感受到了风，原始鳃肺中还传来一阵从未有过的窒息感。她知道自己现在还无法在这些干燥的介质中呼吸（她的子孙后代却可以），于是她只好暂时潜回了海底。可在那之前，无疑是一个伟大的时刻。

"刚刚萌生智慧的亚特兰人先祖初次看到了光。不是海底的辐射光，不是海猫排泄物的点点荧光，而是大气中虽然视野窄小，但清晰无比的星星的光。"

十四 煮海计划

"不一会儿,繁殖仪式结束了,海猫散开,水重新翻涌入孔洞。这回轮到祖先的孩子慌了,她鬼使神差地受到星光的指引,好不容易来到了这里,可她发现,这会儿,那块闪烁星光的天空消失了,那些亮晶晶的小东西消失了。她不明白发生了什么,只是后悔为什么潜回海底。

"这是这个原始文明初次产生懊悔这种情绪。她想,如果自己刚刚再坚持一会儿该多好。

"她努力地游动起来,拼命地上浮,她知道,那些美丽得异乎寻常的小东西还在她的头顶,只是被茫茫的海水挡住了。她心中涌起一种强烈的渴望,这种相似的渴望推动着这个种族艰难地走过千万年的历史——她想离头顶那簇窄小的星光更近一点,她想要摸一摸它们,那些显然悬在水面上的东西。可她发现自己够不到它们,越上浮,越接近,胸中就会爆发越揪心的痛楚,身上每一寸皮肤、每一缕肌肉、每一条血管都要就此裂开一样。后来我们知道,那是压力骤降导致的减压病。

"这就是亚特兰人有史以来最大梦想的肇始。是困居深海,对星星的求而不得,引发了先民对那可望而不可即的美丽造物延续万年的狂热。

"这个历史片段的尾声是这样的,回到家后,她把经历告诉了父亲,她的族长。她告诉父亲,她见到了亚特兰传说中的天堂,那里有触摸天空的幸福,有世界上最美的东西,一种永恒的美。

"族长没有惩罚女儿。他派出了宰相、将军,连同他自己,他们要亲眼看看女儿口中的天堂……小女孩领路,在又一次繁殖仪式里,他们终于幸运地得偿所愿,在同样饱受震撼之余,他们却觉得孔洞里返还的水出奇温热。然后,他们也第一次真正见识到了海底火山的爆发。

"往后的日子里,祖先们定下了一条新规矩,他们不要再蛰伏于深海。向上,他们要向上,到海的最上面去。他们相信那里有美好的天堂。而这是一条漫长的路。

"亚特兰的先祖踏上了一条艰辛无比的自然选择之路。"

燕燕告诉赵狄,亚特兰的史书将这段时期称作"迁徙时代"。

当地球人类爬上高山,就会遇到难以忍受的高原反应,水生的亚特兰人也一样。他们生活在万米以下的海底,习惯了海水的高压,一旦上浮太过,就会罹患减压病。体内血液会沸腾,溶解的氧气逸散出体外,让整个人变成一颗血葫芦。

他们了解到自己只是群井底之蛙罢了,可偏偏又借助一个孩子的双眼,第一次看到了井底的星空,由海猫制造的那条通道,就像爬出深渊的井一样。他们再也忍受不了蒙昧的黑暗了。于是先祖们做出决定,他们纷纷抛弃了固定在海底的城市——现在,这些史前城市依旧是值得铭记的文明遗址。祖先转而利用更轻便的隧孔石和结构中空的"龙骨",建造能在水中漂浮的住所。"龙骨"其实来自一种类似蝠鲼的巨型生物,也有人直接用这种硕大无朋的亚特兰鲸鱼的头骨,当作临时居所。用石头和生物骨骼构造的大规模绝美建筑物群,正是亚特兰人如今还在营建的城市。

在燕燕带领下,赵狄找机会远远见过那些生有坚韧轻便巨大骨骼的亚特兰鲸鱼,它们优美的山一样的身形,穿梭在一大片洁白的珊瑚森林中,给他留下深刻印象。

而在见识到水压对身体的摧残后,亚特兰的祖先便决心,每一代人只上浮一百米。一边建造新的城市，一边上浮，直到这代人身体不能承受为止，直到后代的身体适应浅海的环境为止，直到他们可以来到海面的那一天为止。

似乎，在茫然无知下，亚特兰人发现了自然选择定律。亚特兰人是我这样的地球人所知道的，第一个为了某种虚构目标而主动筛选自己的生物族群；不是为了饥饱冷暖这种实实在在的目标而趋利避害，反而是为了一个虚无缥缈的梦想——到水面去。

漫长的时间过去，被主动筛选的后代渐渐产生了意想不到的进化，他们真的习惯了水压的改变，身形越发和现代亚特兰人相似——血管肌腠骨骼更加坚韧强健，既能适应深海的高压，又能习惯浅洋的低压状态。这收获是出乎意料的。历史书上这样写道：

在"迁徙时代"里，亚特兰人成为真正掌控海洋的种族。

和人类不同，亚特兰民族拥有将一定量记忆传递给下一代的能力（不是全部记忆，而是人生最激动人心的那部分），这是造物主对这个命途多舛的天生自我封闭的民族的一种恩赐。我认为，这也是为什么，对于星空的一份执念能在这个海底民族里延亘数千万年，为什么他们能在一个看似如此虚无缥缈的目标上，那样地理解彼此……对地球人类而言，这些根本无法想象。我们天生就能轻松窥见星空神秘的一角，但记忆的淡漠、同理心的普遍缺失，决定我们要花更多时间来最终认识它的可贵。

可对于亚特兰人而言，每次回想起来，祖先最深刻的那部分记忆总是历历在目，新鲜得就像昨天一样。

在亚特兰逗留时，燕燕告诉赵狄，随着年岁渐长，正因为这份古老的传承，先祖记忆开始在她脑海里浮现。在童年梦中，她总是鬼使神差地来到另一个满是海水的世界，那里有她看不清面目的慈爱母亲——对于她，顾教授总是闭口不谈……

于是，在先祖初次见到繁星的三千万年后，他们第一次有能力来到海面。

一个值得纪念的日子，他们发现自己突破了生命圈层的第一个界限。那一天，第一批浮上海面的海底族群看到了真正的星星，不再是海猫孔洞里的一小簇镜花水月，而是无垠的蔚蓝天穹上的满天星辰。可他们还是触摸不到那些美丽的异乎寻常的东西，原来，海洋并不是这个种族的极限，他们再度认识到天空的存在。群星并非飘荡在海面上，海之上的空间仍等待着跨越。

那天的最后，他们见证了文明史上第一场日落，那些浮出水面的亚特兰人陶醉于最大最亮那颗星星出现时的美丽——就像千万年前一样，他们欣赏得太过忘情，不愿意回潜，以至于纷纷窒息而死。

那本亚特兰历史书古代史部分的尾章这样写道：

那天是一个物种文明的分水岭，这些可敬的远祖第一次认识到：我们的世界并不只是大海而已，海洋的尽头并不是世界的尽头。而今这个家喻户晓的科学观念，在那天才第一次萌发于我们的心头。这标志着，让初始智慧诞生于物种的"迁徙时代"结束了，科学与文明启蒙的时代来临了。

面对新挑战，古代亚特兰人并没有气馁，但也许只是因为他们还没意识到，对这个渺小的物种而言，这会是一条多么艰辛，又饱蘸多少牺牲之血的道路。又也许，那时候，他们只是在想，既然他们已经征服了大海，那么征服天空也是迟早的事吧……

"老刘。"讲到这里，赵狄停顿了一会儿。那天，他就坐在陈旧的布艺沙发上,已然大汗淋漓,仿佛已经耗尽了全身的力气。他对我说,"我曾听到过这样一个说法:凡是幽深到足以产生智慧的海洋,这些可怜的智慧都注定无法触摸灿烂的星空。"

我看看他,仔细思考了一会儿,稍微放松了一下握得太紧的手,一个姿势摆久了,方觉得手心都是汗。如果说,亚特兰人的历史故事震撼了我,那么,他现在的话则触动了我。我思索着,是的,赵狄说的话在理,海洋孕育了生命,但过于厚重的海水却阻隔了智慧生命的外延。没有火,是可能先发现电,但生物电可代替不了用途广泛的化石燃料;没有坚实的土地,文明初期就没有火器和一飞冲天的炮仗,他们可能永远也造不出计算机和足以到达行星逃逸速度的火箭。想不到,养育亚特兰人的大海,成了他们真正了解这个宇宙的最大阻碍。何等悲哀。但更悲哀的是,如果从来懵懂无知也罢了,可他们偏偏产生了智慧,见到了星空,发现了真理的存在。

到这里,我突然发现了故事里的一个漏洞。

"不对啊,赵狄,你不是从火星那具尸身上发现了一件小型冷聚变的装置吗?这技术甚至比地球能做到的还先进。还有那艘被海猫炸毁的外星飞船,他们不是其实已经发射了至少是一艘冷聚变引擎的飞船了吗?"

"我马上就要讲到这里了。"赵狄沉默了一会儿,面带痛苦地说,"这就是我为什么回来,离开燕燕,一个人孤零零地回到地球……"

于是,在那天的最后时刻,夜幕低垂,群星闪烁。亚特兰作为海洋行星有着旺盛的水循环,蒸发水量和落雨量一样庞大,约是地球全球循环水量的三十倍,这让亚特兰天生拥有厚厚的云层。足够晴朗——能直接看到云层外天空的天气,近乎和宇宙中最稀有的砹元素一样稀少。可那天夜里,那片天空竟然也格外清澈美好。

"要开始了。"燕燕说,她拉起赵狄向海猫的群聚处游去。赵狄知道，是那件事开始了；那个千万年前小女孩见到的事情。海猫这种进化上高度保守的生物（这么多年里它们几乎就没进化），它们围绕着似乎已经被"点火"开启的巨大黑色浮柱，开始了和千年前一样的盛大繁殖仪式。

那条千万年前的孔洞出现了。

在顾南燕的指挥下——海猫们听从她的命令——这次和以往不同，海水被蓝色的致密晶体从海面到海底彻底穿透了，形成了一条晶蓝色的管道，不留一丝缝隙，数不清有多少的海猫硬化起来，吞食了数不清的海水，这次的孔洞不留真空，它们听从指令，把吞进的海水吐回孔道中央：一群晶体生物水泵。这一次次的集体吞吐形成了一幅壮丽的景象。

过了十五分钟，蓝色管道中央才出现了一丝缝隙。"测试结束了，"燕燕说，"事实证明，这个计划是我们能做到的。"

"测试什么？"赵狄仍有些云里雾里。

燕燕指引着赵狄，她在前面开路，似乎急于向他展示成果。他们穿过了水晶洞窟一样的空洞的壁，来到了巨柱前面，那枚神奇的巨柱已经快速冷却下来，刚刚大快朵颐的海猫吸收了空间里全部的熵、全部的逸散的热量，所以水不再发烫。

可赵狄分明看到一道直径有百公里的磅礴白色蒸汽柱冲出海面，甚至形成了一条云柱，直到平流层，甚至冲出了星球表面，滚滚的冲天气浪连绵不绝，那里尚是极度滚烫的。

有多滚烫？

赵狄告诉我，按照煮海计划，巨柱产生的热量不仅要足够沸腾海水，也要足以打破水分子的结合能，超过水离解的温度，水在超高温下裂解成氧和氢，氢气接着逸散太空，氧气则回到亚特兰的大气中，或者与露出水面的新地表上的还原剂结合。比如氧化铁，或氧化砷一类的矿物就在这个阶段重新形成了。

这是个出人意料，但以亚特兰现有科技水平完全有可能实现的计划。赵狄这才明白，他们就是这样消耗海洋，煮沸海洋，去除海洋的。

但燕燕告诉赵狄，这只是煮海计划的第一步而已。亚特兰全球有超过一万座这样悬浮在深海中的黑色石柱，耗费了亚特兰人足足一万年的时间来建造。燕燕会让族群中的"拟声人"记录她点火的指令，届时，"拟声人"各司其职，号令海猫，让一万座均匀分布的海洋大炮，膨胀海水作为炮弹，并把它们击飞出这颗行星。

亚特兰人的科技层次并不比现代地球人高明多少，甚至整体还要略逊于我们，可他们知道取长补短，充分利用了海猫，这些和他们相伴相生的生物所显露的奇特能力，海猫这种生物就构成了大炮密不可破的"生物炮筒"，像千万年前在火山中保护亚特兰先祖一样，它们在煮海计划里至关重要，海猫负责隔绝灼热爆破的离解态水，防止泄漏造成全球范围的生态灾难。

"这是一个可怕的计划，但貌似可以成功，我好像找不到漏洞。"我说，我的心情随着赵狄的叙述跌宕起伏，在我从业多年的生涯里，这是一次让我收获最多的访谈。因为赵狄接下来的话，也是我想说的话。

"是的，老刘。"赵狄说，"永远不要低估一个民族想要重见光明的决心。"

而燕燕也说了，这只是"煮海计划"的第一步而已。

除了下令取消海猫一直以来的繁殖限制，让它们形成孔道搭配煮海石柱，他们还会利用全球规模的磁场消除装置——那是亚特兰科技中含金量最高、难度最大的工程技术——暂时中和星球强烈的磁场，暂定周期为300年，让这个星系猛烈的恒星风帮他们，吹散轨道上喷涌而出的蒸汽，吹走表层的海洋……

燕燕见过地球，她向亚特兰人描绘着计划美好的前景，最终形成一颗物产丰饶、环境适宜的新行星。她也向赵狄保证，他们当然不会下令去掉全部海洋。她和亚特兰的科学家们通过计算后坚信，不出三代人，他们就能让这颗行星彻底蜕变，变得像地球一样美好。燕燕说，最后，他们会保留至少三千米深度的海洋，这时候，亚特兰应该会有30%的土地露出海面。这就足够了。只要海水蒸发三千米，就会有足够的陆地建立火箭发射场；蒸发五千米，他们就可以开采地壳里的矿物和化石资源，用于改善人民生活，或者作为飞船起飞的燃料。

听到这里，赵狄沉默了。

他被燕燕描绘的美好图景说服了。他相信，亚特兰人也被这一片看似注定的美好图景说服了。他决定不再唱反调。

他对燕燕说，"你能下令再来一次那个场面吗？我也想见见亚特兰的星空。"

燕燕知道他在说什么，她的情人，想看看亚特兰先民小女孩所见的那片星空。他要亲自感受一下那份绵延至今的星空的魅力。她同意了。她用次声波下达了指令，这次海猫们没有吐出海水，它们照例在海中央形成了往常一样的巨大孔洞。

好像学校暑假的一场露营。

赵狄和顾南燕并肩，相伴躺倒在黑石柱的顶端，欣赏那片著名的"深井星空"。就在那片光滑宽阔黑色平台上，燕燕变回了在地球时的样子，柔顺光亮的头发、洁白姣好的脸庞、多情柔软的嘴唇，这都让赵狄突然想起了那幅名画，十八世纪法国画家布歇的"沐浴月光的女神"。赵狄也脱去了厚重的密封服，因为他们能感受到，身体在被灌入"深井"的风轻轻吹拂着。

于是，星星像在眼前跳动起来，这感觉妙不可言，赵狄想，那也许真是一些落到海平面下的星星。

燕燕悄悄向赵狄的身边挪近了一点。是太冷了吗？赵狄胡思乱想起来。可燕燕只是想依偎到恋人的怀里，就像每个恋爱中的女孩会做的那样。起初，因为分别太久，他们又都不谙男女之事，所以显得有些手足无措。他们笨拙地拥抱，温柔地亲吻，享受着夜晚和星星，还有爱的火花。那是个无比美好的夜晚。

最后，他们相拥着，安静地注视头顶的璀璨星光，果真美妙绝伦，丝毫不亚于赵狄在飞船上、在泛地球联盟空间站里、在地球上所见过的星空。

赵狄想，多么神奇，千万年之前，当亚特兰人第一次看到星星，正是被眼前的盛景启发了一种莫名的神秘，欲望产生了，还有开始探索这个世界的热情。他们想知道看似无穷无尽的液体尽头是什么，看似触手可及的繁星为什么永远也触摸不到。他们喜爱美丽的事物，热爱那些亮晶晶的星辰，和他们比起来，赵狄觉得有些自惭形秽……

可赵狄又恰如其时地激动起来，因为他突然明白，那启发先祖的和他眼下看到的正是相同的事物，正是一份千年未变古今同一的星空。

十五　真相

那是个漫长的夜晚,起初一直是美好的。

但后来的事情证明,这实在是一段漫长悲伤的开始。

赵狄终于发出了和我一样的疑问,不,他有更多实在的证据。在被亚特兰人的历史感动得一塌糊涂后,他反应过来:

亚特兰人煮海是为了露出陆地,为了地壳里深埋的宝藏。

可他们不是已经有一艘飞船被送到遥远太阳系的火星上了吗?

不对,哪里出了什么差错。

赵狄突然极度不安起来。

他严肃起来的样子吓坏了燕燕。燕燕盯着恋人的脸,不知道哪里惹恼了他,她还指望着这美好的一夜过去后,赵狄答应留在亚特兰呢。她都盘算好了,他可以和她住在圣地的山顶,亚特兰现在唯一的陆地上,他们会在那儿盖一栋自己的房子——地球风格式样,准确地说,是中国的风格式样。

可她的恋人发现了一件不得了的事情,这将改变他们两个,还有整个亚特兰的命运。

地质物理学家虽然和天文物理专业不太相通,可赵狄还是熟知地球上的星图。激动和感慨在心头沉淀下来后,赵狄发现了头顶星空的一点点不寻常之处,他发现了许多熟悉的星座。由于恒星距离地球太远,一般可以认为恒星在地球天穹上的位置是固定的,可在另一颗星球的天穹上可就不一样了。一般认为,星图上不同星座——也就是恒星系里的那些亮星——它们的视位置在 8～10 光年的球状范围角内才是相似的(而相对于宇宙尺度,这是一个近乎为 0 的角度)。

想象一下吧,当我们来到银河中另一个太阳系,我们所看到的星空理应完全不同。

但亚特兰的星空,却和地球上的星空极端相似。是的,他甚至还看到了熟悉的北斗七星。

那是否证明亚特兰其实离太阳系非常近,甚至还不到 10 光年的距离呢?

这似乎也并不是真正的答案。

现在,验证这个疑问只有一个最好的办法。赵狄暗呼自己的愚蠢大意,他忘了身为行星地质科学家的操守,来到一颗外星球,首先要做的事情应该是搞清它在银河中的方位才对。他其实还不知道自己到底在哪里,这颗叫作亚特兰的行星究竟在哪里。

他从爱人身旁匆忙跳起,不顾燕燕满是疑问的目光,他穿戴好密封服。"送我回我的飞船,快一点!"赵狄大喊道。

燕燕以为赵狄突然想要回家,她用力咬住嘴唇,可还是流出了眼泪。赵狄知道燕燕误解了他,可来不及解释,他用手搭住燕燕的肩膀安抚,可对方并不领情,她决绝地甩开他,开始呼唤她的那辆水下专车。赵狄早就知道,燕燕是个性格刚强的女孩,一旦做出决定便无人能改。她不会对他的离去有一丝一毫的挽留。

有朝一日,她不会再想要留下他。想到这儿,赵狄不免有些伤心起来。

亚特兰人的天文学并不发达,他们还习惯于肉眼观星。只有天剑号上才有足够分辨精度的望远镜。车子停泊在海下,赵狄疯了一样爬上自己的飞船。他钻进船舱,找到电子望远镜的开关,打开遮蔽的镜头,仔细观察着身处的这个星系。

一颗黄矮星。

这是一个单恒星星系。

现在，那颗年轻的黄矮星让他心中的不安加深了几分。他挪动镜头角度，在离亚特兰大约10个天文单位的位置，他意外地发现，那儿有一颗拥有大红斑的巨型气态行星，以及它那拥有美丽星环的巨型伙伴。他把角度拉近，又发现，亚特兰并不孤单，在它漫长的围绕单恒星的轨道里，有一颗体型稍大的兄弟。只不过那颗岩石行星表面满是岩浆，似乎地质环境还没稳定下来。

他心中有了答案，在刨除一切可能后，剩下看似最不可能的答案就是真相。海猫尕娃并没有把他传送到遥远的某颗异星上。不，他甚至就待在原地没动。

他跌跌撞撞地爬出飞船，黑夜中，一个小小的白色身影正在不远处盘桓，那是燕燕吧，她害怕赵狄就此驾船离去，又不好意思上前来告别。他心中五味杂陈，不知道该怎么和她说出自己观测推断来的真相。

过了一会儿，那个小小的白色身影还是踏水而来，她似乎做好了决定。赵狄心中又生气又好笑。夜晚的大海和白天不同，静谧、平静，微弱的光照亮了海面，海上翻涌着一朵朵泡沫。燕燕来到了飞船前，她仰起头，大声对男人说："你知道的，如果你要走，我绝不会再挽留你！"

赵狄点点头。他知道的，她的一切他都知道。她喜欢听有流水一样旋律的慢悠悠的音乐，她吃鱼时喜欢吃鱼背，她从来不会淋雨回家。赵狄跳下飞船，抱住了顾南燕，现在，他有不得不对她讲的话。他再度下定决心，必须要阻止亚特兰人实施去除海洋的计划。

赵狄松开燕燕，装出一副勃然大怒的样子，燕燕就不甘示弱地回盯着他。"你知不知道你们做了什么蠢事？"赵狄说道。

十六　真相 II

"这里是哪里？"

"你昏了头了，赵狄小子，这里当然是亚特兰。"

"是，这里是亚特兰，一颗美丽的海洋行星。可你们，是不是从没注意过亚特兰附近，有一颗熔岩星球？"

"一颗死行星有什么稀奇，赵狄，不要以为只有你懂物理学。"

"现在我告诉你。我认为，那颗死行星，就是远古的地球……"

这就是赵狄最关键的猜想。他对燕燕说，他明白了，海猫夼娃吞没他们，带领他和她穿越的不光是遥远的空间，不，对于他的这道星门而言，这次根本不是空间，而是时间。如此，一切都能解释得通了。

全身由水分子组成的海猫，以空间中的熵和能量为食，这种神奇的生物是宇宙赐予这个小小星系的奇迹；它们可以吸收空间里的熵，削除空间，倒转时间，创造出一条爱因斯坦-罗森桥，而星门、虫洞，这些都是它的名字。它们就是一台"生物时空机器"啊。

接下来是化石燃料的问题。来到亚特兰后，赵狄发现，这颗海洋行星确实不像拥有大规模现代工业的样子（用资靡费的煮海计划不算）。

"你们的冷聚变技术呢？你们不是已经发射一艘飞船到火星了吗？"赵狄问道。

燕燕怔住了，"什么飞船？赵狄，我是亚特兰人中，唯一一个真正见过大陆行星的人。虽然这件事我从没对旁人说过。但我能告诉你，以我们如今的科技水平，绝对造不出天剑九号这样能在海面上升降的宇宙飞船。"

"那这个装置呢？"赵狄把自己上衣脱光，露出束缚在心脏上方的那枚维生装置，亚特兰寒冷的夜风激得他一哆嗦。"那是什么？"燕燕仔细端详了一会儿，问道。而后来，公主手下的学者们承认，创造这个维生装置的人是天才。如果改进一下，赵狄这样的陆生人类便会获得在海里自如呼吸的能力。

现在答案便呼之欲出了。

这些线索证明了什么？死在火星上的海底人并非来自今天的亚特兰，而是来自煮海计划成功后的未来。赵狄把自己经历的一切和盘托出，火星上的尸体、那艘造型奇异但符合亚特兰审美的宇宙飞船，还有火星上冻结成冰山的海猫，以及那道诡异的"门"。

火星上遍地都是雅丹地貌，和地球中国西北的昔日大湖羌塘塔里木罗布泊无人区是那样相像；罗布泊雅丹是古代大湖泊的遗迹，可火星呢？原来，那里也曾是一片汪洋大海。

火星上的海猫，甚至地球上的海猫，并不是和人类第三类接触的外星生物。它们本就在那些地方。在亚特兰灭亡后，它们就冬眠在火星极地的冰层里，是我们的到来唤醒了它们。

燕燕沉默地听着赵狄语言烦琐的解释，她的眼神恍惚，渐渐变得躲躲闪闪。赵狄努力告诉燕燕，如果他的猜想正确，尕娃开辟的门穿越的其实是"时间"，而不是"空间"。那么煮海计划的结局已然确定了。

亚特兰走向群星的路，会迎来无法接受的最大的失败。他们必会毁灭自己，毁灭这颗行星。

因为这里就是火星，亚特兰就是火星啊！

赵狄告诉顾南燕：最后，亚特兰没成为燕燕幻想里水土丰饶的美好星球，因为煮海计划，它将变成一颗荒芜的死星。

赵狄心里甚至有了一个更匪夷所思的猜测：也许燕燕正是亚特兰人——我们换个更熟悉的名字吧，火星人——更未来的时间线的幸存者。她阴差阳错地被顾教授收留，顾教授能接受她的奇异之处，却无法告知她真正的来历与身世。

但他没把这个猜测告诉燕燕。

他知道，燕燕始终拿顾教授当亲生父亲，没必要拿这些无法证实或证伪的猜测打碎她的美梦。这会儿，他才明白，自己又多了一份责任。之前他在心里反对燕燕的计划，是因为觉得亚特兰人身在福中不知福；而现在，他要阻止燕燕的计划，只是因为他知道这个计划的悲惨结局。

十七　慷慨悲歌

两个人呆呆地面面相觑，不知道过了多久。天亮了，忧伤的阳光扫过他们，赵狄沉重的身躯如石像一样，被这束阳光激活，终于他抬起头望向亚特兰的天穹，莫名地，赵狄眼前出现火星上那有着浅黛蓝色的瑰丽日出……

这么说来，亚特兰会变成一颗冰冷的行星。

这是一位专业的行星地质学家熟知的剧本：失去海洋的保温作用后，体型较小的亚特兰会逐渐冷却，失去地质活动。这颗逐渐死寂的行星还将一直存在，会迎来宇宙中另一批人类的拜访。他们会在它身体上建立科考站，努力让它重新焕发生机。在它老朽的身体上，会迎来新的居住者。可亚特兰人等不到那时候了。

不知道过了多久，两个人身上回暖起来。

"你在想什么？"燕燕定定地注视着辽阔的海天交界处，她似乎在问赵狄，又像在问自己。

"我们要停止计划吗？"

赵狄还想说些什么，可燕燕回过头，轻轻用手指压住他的嘴唇，示意他其实不用再问这个问题。

"你听，"燕燕突然对赵狄说，"水是会呼吸的……"现在，他真的听到了一种老人喘气的嘶嘶声。

"这些水很疲惫。"燕燕说，"我爱水，因为我生下来就和水在一起，但我们想去水外面看看,看看星星。身处最黑暗深渊中的种族,也想看看星空的样子。"燕燕说,她凝视着天空。一轮娇小但明亮的太阳悬挂在天边,这也是赵狄来这儿后,第一次好好观察那轮年轻的太阳。

她头也不回地向通往海底的水道走去。

赵狄连忙追了过去。他知道,她用行动给了他答案。计划不会停止,或者说,不能由顾南燕一个人停止……

虽然出了一些变故,但欢迎公主朋友的宴会还是如期开始了。这不仅仅是迎接贵客到来的一场典礼,还是煮海计划首次启动的一次庆祝。两人心照不宣地绝口不提昨晚那个扫兴的问题——计划究竟会不会停止。赴宴前,燕燕带赵狄参观了亚特兰的渔场,这里供给了亚特兰人大部分的日常饮食。放牧的渔人纷纷对她欢呼,她也恭谨地回礼。赵狄以为事情都过去了,燕燕表情不再严肃紧张。

"浅水的鱼没有深水的鱼好吃,"燕燕忽然说,"但我们还是来到了浅水。"

在剩下的路上,赵狄一直琢磨着这句话。

回城后的下午,燕燕又去处理了一点政务。那天傍晚,他们终于来到一间有高耸石梁的宴会厅。冷幽的青色光辉倾泻而下,桌子又长又大,周遭已经坐满了人。他们紧挨着在中央坐下,宽敞的桌面上有四五十道造型各异的菜肴,无疑都是亚特兰特产的海鲜。燕燕指着他们面前的一条鱼,说:"赵狄小子,你一定得尝尝这个。"她递给他一双石头磨成的筷子,他搛了一块肉塞进口中。看见赵狄瞪大了眼睛,燕燕终于开心了起来,她说:"对吧,这道菜的味道,和爸爸的炖鱼一模一样,海里不能生火,天知道他们怎么办到的。"

赵狄多夹了几口,赞叹道:"和小时候吃到的炖鱼真的一模一样。"

听见他的赞美,燕燕流出眼泪,眼泪混着海水而去,只能看到她的眼睛亮晶晶的。"赵狄,我想爸爸了。"她悲伤地说。

"还记得你小时候的愿望吗?你要成为'海底的宇航员',而这,也是我们千百万年来的愿望。自从她第一次见到那束美得异乎寻常的光的那刻起,这个隐秘的愿望就深深烙印在这个种群心里了。"

赵狄停下了筷子,他再也吃不进去了。

他的心里满是痛苦。燕燕在流泪,一半为了顾教授,一半为了那些劳什子星星。而他什么也做不了。他觉得嘴里的生鱼肉苦涩起来。

"我们做一个投票吧,赵狄。我召集了长老,这样重大的事情不能我一个人说了算。我把你的猜想和证据告诉他们,大家都很重视……我们的命运,我们该如何做,到底要不要终止这个计划,将由所有亚特兰人——两千万人——一起决定。可投票的结果一会儿才能知道。"

赵狄轻轻握住燕燕的手,他点点头,这样就很好。他知道女孩心里承受了多少东西:与他的久别重逢,对顾教授的思念,还有这颗星球的未来……

宴会已接近尾声,一群孩子嘻嘻哈哈地簇拥着彼此,扒在宴会厅的大门上。亚特兰人都听说,公主带来的穿着奇装异服、没长鳃和蹼的小伙子,是一个探索星星的人。他们纷纷聚集在宴会厅门外不肯离去。孩子们就露出头来,想看看传说中探星者的风采。

赵狄的阴郁情绪一扫而光。是啊,他们做了一个投票,那么,明天的事明天再说。他甚至有些高兴了。看呀,这里的人也视他为航天英雄,他不再是那个被大家排挤忽视的孤僻另类分子了。他是一个有价值的人。见到这一幕,燕燕轻轻地捏了捏恋人的手,然后,她对着门外摆摆手,人们这才不情愿地退去。

亚特兰的总理站了起来,发表最后的祝酒词。他举着石杯向赵狄致意,他的话让赵狄十分感动。

"亲爱的朋友们,在第一次见识到'天堂'后,亚特兰却始终没见过一位天外之人的到来。亚特兰的科学家提出了一个著名的问题:我们在宇宙中是否孤独？为什么我们还没见到另一支探索群星的文明。而现在，我们见到他了，"亚特兰总理动情地说，"感谢你的到来，让我们知道自己并不孤独。"

第二天，是投票出结果的日子，也是本来启动煮海计划的日子。

赵狄还没见过这么多亚特兰人聚集在一起。他和燕燕，站在圣地的顶端，这个星球唯一的一小块陆地上，赵狄知道，这座高耸的海底山脉就是未来火星上壮丽的最高峰——奥林匹斯山。以山顶为圆心辐射，人们黑压压地麇集着，向一圈圈更大的外环扩散而去。赵狄只能看见一颗颗光滑湿润的头颅，举着造型奇特的钢刀或叉，在海上浮沉。

一队年轻人在离他们最近的海面上列队，像在等待检阅。赵狄发现，他们穿着的套装和火星上的死者几乎一模一样。赵狄知道，他们就是这颗星星在未来将训练出来的第一批宇航员。

该宣布投票结果了。

可赵狄觉得，这已经对他，对他们都不重要了。

也许，从他们知道他来自另一颗星球那刻起，结果就注定了。就算知道了，未来的亚特兰会变成可怕的火星，可他们不相信未来是不能更改的。没人说未来是不可以改变的。他的到来也证明，为什么他们不能在一切变得更糟前，离开这颗禁锢了他们千万年的星球呢？

生命将属于更辽阔的天地，这让赵狄动容。他们羡慕他，想成为他，殊不知，他也在羡慕他们。

最漫长的几分钟后，王族中的一位老者用次声波宣告了那个结果。人群骚动起来，他们挥舞着手臂，奋力向天空号叫。燕燕站在高耸的礁石上，头上戴着代表神圣的王冠，身披一条洁白的泡沫状薄纱，平静地注视着海里的人鱼们。

赵狄突然想到，这个场景原来他早在梦中见过不知道多少次了。

不知道是谁带头哼唱的第一声。

亚特兰人天生就是爱好音乐的种族，他们像人类一样，用歌声来抒发无法脱口而出的胸臆。人们纷纷附和起来。于是，在远方，黑色的巨柱终究被启动了，海猫筑成了蓝色城墙，分割了平静与暴沸的海水。计划进行了三百年的点火还是开始了，海水将会被煮沸分解，冲上天空。我听说，海猫的族群也有王，它们现任的王自然是尕娃，它将听从它的女王的号令，驻守岗位三百年，这三百年里海猫可以尽情地吸收熵和海水来繁殖，这未尝不是一件好事。三百年后，已是沧海桑田，也许事情会更好，也许会更糟。燕燕知道火星的结局，但她还是决定赌一把。于是，在这个隆重的日子里，这片海里到处都是人，几乎所有亚特兰人都浮在海上歌唱；海底的祖先们历经悠长岁月才赋予了后代上浮的能力。

当海水像炮弹一样冲天而起的那一刻，所有人心里不再兴奋，他们知道公主的担忧，也知道这个计划的隐忧。

可他们都同意继续点火：他们想摆脱摇篮，飞上天空。

我想，亚特兰的历史就是一段不断努力钻出母星羊水的历史。他们期待着，期待这个星球再次把他们娩下，排入无垠的太空。

赵狄听着那首歌，千万人开始合唱的歌，觉得这悲伤的旋律有些熟悉，他仿佛回到十岁时那个夜晚，学校早上在教游泳课，可他直到夜晚，才敢带燕燕潜入游泳馆。梦中，在那座黑漆漆的游泳馆里，突然不知何时响起了一首歌，调子悲凉，可以说很触动人心，那时他还不知道这歌是什么，后来想起来才发现是《给你我全部的爱》。

而这，正是眼前这曲合唱的调子。

所有无奈、悲伤、快乐、期待，都蕴含在歌声里。在海洋蒸发前夕，亚特兰的居民唱起了一首慷慨悲哀的歌。

他们是在惋惜自己的故乡吗？

十八　火星或地球

好吧，这个故事就快结束了。

在地球上，除了我们，没人知道亚特兰是什么，那里发生了什么，这让我也有点悲伤。在救了祝融号后，我回到地球受到了表彰，在赵狄消失的这段时间，我也代他领了一个不大不小的奖。官方通报是，我们的火星车陷入坍落的砂岩里，而我和赵狄冒险用炸弹炸开岩石，我们似乎成了英雄。

可事故的真相呢？黄玉和郭娟他们不幸陷入了昏迷，什么都不知道。加古这会儿也远在泛地球空间站，不能作为证人。最要命的是，那具亚特兰人的尸体也莫名其妙不见了。

似乎，我的第三类接触经历也无法再被证实了。想来也是，一堆活动的外星冰块堵住了火星车的路，偷走了人类的水，谁能相信这样的事情。虽然在一段时间里，我们成了英雄，但每年全球有三百人踏上火星，发生的英勇故事数不胜数。我们只不过救了一辆火星车而已。

又是五年过去了，太空军虽然还没有成立，但没人再关心那辆天剑号发生什么了，官方对这次事故讳莫如深，也没人会把一辆军事飞船的失踪和赵狄——一个普普通通的火星技术人员联系在一起。

于是，我们的事迹很快就被淡忘了，大家又投入了平静的日常生活。

但我知道，燕燕和赵狄的故事不应该被遗忘，赵狄确实是英雄，顾南燕也是英雄，成千上万的亚特兰人也是英雄。英雄的故事不一定要用赞美诗来收尾，相反，一曲慷慨悲歌不更动人吗？

没人会记得，这一切慷慨悲歌的故事背后，都源自三千万年前海底一个小女孩对星空的惊鸿一瞥。

点火之后，在得知燕燕再也不会离开亚特兰后。赵狄做出了最后决定。

他该何去何从呢？

"我曾经年少无知，"赵狄对燕燕说，"竟然和你主动分别了六年，这让我深以为憾，但今天，我不会再这样做了，我会留在亚特兰，永远和你在一起，我们会有健壮的孩子，人类和亚特兰人的孩子。"

燕燕听到他的表白高兴极了。他们也的确度过了一段愉快的日子，大约有一年之久。可慢慢地，赵狄病了，亚特兰的氧气稀薄，类似高原，赵狄觉得呼吸越来越费力，火星死者的元件也失去了神奇功效，他的身体虚弱，毛发脱落，皮肤溃烂，四肢长出了鱼一样的鳞片。燕燕这才明白，就像她在地球上会病倒一样，他也不适应这里的水土。

她也做出了决定。她要忍痛强迫爱人离开自己。

于是，没有约定的离别之日来了。

那天，燕燕假装好奇天剑号的构造，想让赵狄讲解一番。赵狄傻傻地一拍脑门，自己来了这么久，居然没想到把地球的科技传递给亚特兰人。他拖着尚虚弱的病体，带燕燕来到天剑号所在的那片海域，幸好这里没受到海水炮弹的影响，此时，远处的石柱仍在喷发，仿佛一道道白色画笔的过于用力的笔触，正突兀地撕扯天空这张蓝色的大纸。为了让普通人也能安全地在海上逗留，黑石柱会在海猫的保护下，每隔十天才全功率启动一次，使得喷射而出的热雨对平静海域的影响降到最小。

许久没人再管天剑号，风吹日晒，加上夜晚寒冷，天剑号上蒙了一层带锈蚀痕迹的冰晶，看着变破旧了的飞船，赵狄眼圈就红了。这更坚定了燕燕的心意。她要把赵狄骗上飞船，然后，她会用尕娃的力量锁住船舱。

赵狄已先行进入了飞船里，可燕燕并不跟来，他诧异地回头，看自己的爱人。燕燕却对他说：煮海计划已经无法停止，但是她会着手建立深海掩体，如果天意要让亚特兰灭亡，她希望此举能为星球保留下火种。

"还有，赵狄。告诉爸爸，我过得很好。"

不祥的预感应验，赵狄一下子明白燕燕要做什么。飞船莫名其妙地启动，舱门突然关闭，赵狄拼命地捶打减压门，可门纹丝不动。他知道，原来燕燕会操纵天剑号，她早就偷溜进来，设定好了让赵狄返航的程序。不一会儿，飞船拔地而起，反重力线圈再度放出惨白的光芒。

而燕燕只能乘着尕娃跳跃到半空中。没有告别。那一刻，两个人隔着舷窗相望，都流下泪来。

"你的燕燕一定是位美丽坚韧，拥有可贵品格的女性。"虽不曾谋面，我还是对赵狄这样说道。可他沉默不语，并不在意我对女孩的衷心赞叹。

从火星上回来五年了，他仍是单身一人，似乎也没有再找一位妻子的打算，他就这样蜗居在东五环的小两居里。这会儿，赵狄正凝视着茶几前的一幅油画，画的是一个潜水的女孩，一道阳光射穿水面，把女孩的脸映照出健康的粉红色。我不知道画上是否是传说中的顾南燕，但我宁愿相信是她。

赵狄告诉我，这就是他为什么会回到地球，为什么离开顾南燕的全部故事。

他们已经死别过一次,而这,就是第二次的死别。

他将用余生怀念一个再也不存在的星球,一个再也不存在的人。"但不要为我们的事情悲伤,老刘。"他对我说。

他会从此当燕燕早已死去,燕燕也是如此。

赵狄说,她天生和水有缘,又有奇妙力量,最终会随水而去,这也合情合理。

赵狄是在亚特兰的同步轨道上进入尕娃准备好的"门"的,那是他最后一次从这样远的地方欣赏这颗命途多舛的美丽蓝色行星。也是他第一次从高空看到全球点火。他流着泪,带着极度的不甘,意识到自己就要永远地走了,离开这里,离开燕燕。虽然有海猫隔绝如弹片般弹飞的海水,可海面上还是极度危险的,不时有灼热滚烫的氧化物和冷凝物落下来,大海在震颤。从宇宙的角度看来,亚特兰行星像一位正被放血治疗的病人,正通过无数个遍布行星表面的小孔,向四面八方喷射着"血箭"。

那些来自星球的血液将被喷射到三万米的高空之上,逸散在宇宙中。

在被"门"彻底吞噬前,赵狄瞥到了那颗满是岩浆的小小星球。它还不是几十亿年后美丽的样子。也许正是亚特兰喷洒出去的海水,被临近那颗地质结构尚不稳定的年轻岩石行星捕获,才有了后来美丽绝伦的地球,才有了地球上的汪洋大海。当海猿的时代过去,我们这些陆地上的猿猴才会出现、兴起、繁荣。

亚特兰的海水像乳汁一样滋润了我们啊……

于是,悲悯于无常的命运,哀伤于未做准备的离别,赵狄终于失声痛哭了起来。

十九　人生不相见

那么，在一切尘埃落定后，赵狄和燕燕是否就终生不得相见了呢？是的，如果没有海猫作为桥梁，两人之间绝无再遇的可能。

可如果，他们在小时候就不曾分别；赵狄不去西安，他们的心性也比现实中更成熟一点，他们就会多出 6 年时间来相亲相爱，事情的结局又会有什么不同呢？

我想象着。

年纪尚小的顾南燕和赵狄，正肩并肩坐在蔚蓝的大海边，兴奋地欣赏着天上的太阳。两个孩子一定度过了美好的一天，并且心情愉快。赵狄再度宣布，他终有一日会成为海底的宇航员，燕燕高兴地拍拍小小的巴掌表示赞同。可过了一会儿，两个孩子都沉默了。

不，他们要迎来离别了，孩子们的爸爸已经赶了过来，牵起他们的手，在对他们微笑了。那么，在这时间河流中的最后一刻，他们会说些什么呢？

为什么要抛弃海洋？年幼的赵狄问道。

为了再度获得自由，年幼的燕燕回答。

尾　声

"我突然很庆幸，地球的海洋不深也不浅，既能诞生可贵的智慧生命，又不至于被永远禁锢在一颗行星上。"我对赵狄说。

他的回答却让我惊出一身冷汗。

"真是这样吗？"他说，"虽然我们的脚步已经到达了火星，可是太阳系外还是一片谜团。我们始终也超越不了光速……物理学大厦上的两朵乌云仍在笼罩，我们可一朵都没有驱散啊……"

他满脸痛心之色。我一时不知道该说什么才好。

"更别提地球上的战争，我们的内斗、疾病、饥馑。老刘，你确定地球更美好吗？"他眼神直直地盯住我，像要用目光把我胸口剜出一个大洞。

我苦笑一声。罢了罢了，我只是一个小小的记者而已，赵狄的话听多了，竟也悲天悯人起来。更何况，我的记录都是赵狄的一面之词，火星上的尸体，有生命的冰块，通通都不见踪影了，我们可能真陷入了集体无意识的癔症。他所说的一切，可能只是两位孤僻病人的胡思乱想。

"你在怀疑我，"赵狄突然说，"你也认为我疯了。可我告诉你，等我再回到火星，我就要把它变回亚特兰之前的样子，不，比之前还要美丽富饶。我相信，这也是燕燕最后的愿望。"

我深深地吸了一口气，努力分辨他言语中是否有一丝一毫认真之处。

"你的故事，可是有一个大前提才成立的，"我说，"要以亚特兰或地球文明这样的科技水平去大规模改造一颗行星，可一定要海猫那种超凡脱俗的生命体帮助才行，你知道，行星改造永远是最难的事情，可我们没有海猫，也没人见过海猫。"

"你怎么知道我们没有呢？"赵狄却笑了。

听到他的话，我惊讶极了，难言的兴奋涌上心头，如果他没骗我，这对所有人意义重大，一只活生生的海猫，那些奇妙的能力，我不敢想象，它会对人类的未来有着怎样的影响。

也许，在赵狄被迫离开亚特兰时，预知到悲惨结局的燕燕，把尕娃送给了他，让他们一起离开，避免一起毁灭。按燕燕的性格，这完全有可能。

我也不知道自己期待着什么，可我就是期待着：一个蓝色的小怪物喵喵叫着来到我身边。

于是，赵狄拍拍手，又吹了声口哨。

我愣了一下，看看眼前灰眼珠的小东西，随后长舒一口气。

原来是那只被叫作"海"的小猫。五年过去，它长大不少。从火星回来后，赵狄收养了之前在营地作为实验动物的银渐层小猫。

"海"，正迈着慵懒的步伐从里屋踱了出来。

可没人注意到，它的身后是否跟着一个蓝影子……

齐然，医学在读博士。曾获 2022 年度华语科幻星云奖新星奖、2022 年和 2023 年读客科幻文学奖两届金奖、2021 年晨星·晋康奖最佳中篇小说金奖、2021 年光年奖最佳短篇小说奖等奖项。作品散见于《科幻世界》、《中国青年作家报》、"不存在科幻"、"收获 App"等媒体。《慷慨悲歌》获 2023 年科幻春晚征文比赛优秀中篇奖。

长生记

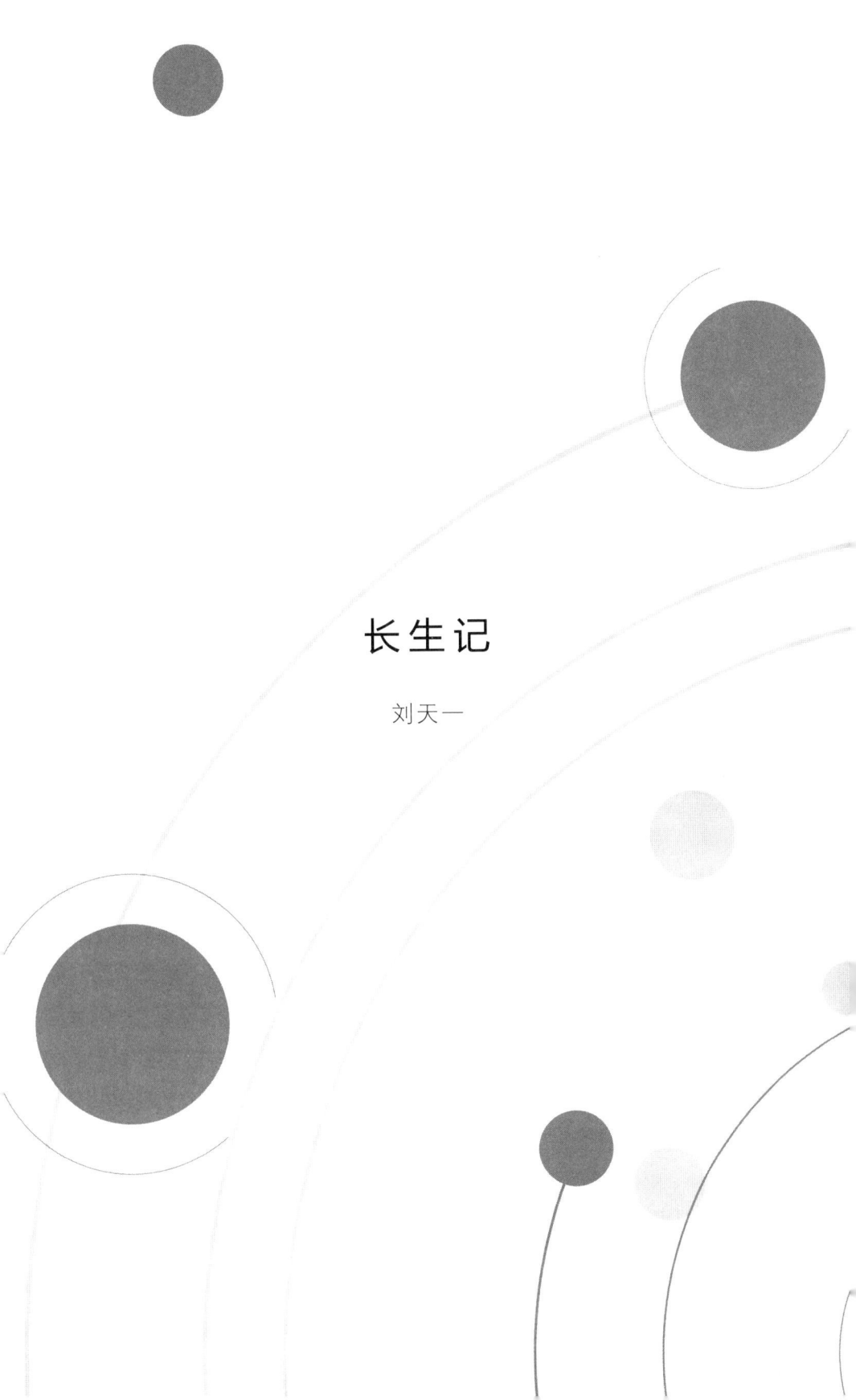

刘天一

一　山神

第七十三年。

第七十三手。

正是弈棋之中局。

黑白搏杀，战于边地。

上一手白棋长于二路，委曲求活，棋形愚笨。哪怕是城中学棋三个月的黄发小儿，都知这手棋是大大的臭棋，但凡下出，定会被教棋先生以细条尺抽手背，并罚踩玲珑机的动力木轮三天。

但是，诸沃野上一城七镇廿九村，黛城中七大棋馆，林林总总三千棋士，九十九位大棋士，五位棋圣，无一人敢轻慢这一步棋。他们将棋局刻在城外画壁山的峭壁上，行走坐卧都不忘抬头望山，苦思棋局；又建造了七台加强型的玲珑机乙型，人力畜力水力昼夜不停，抽动着经纬线织成棋局，计算棋局变化；如此计算整整一年，长考累死了两位棋圣，三台玲珑机乙型算得崩解冒烟，终于细算出七十三万八千又一十四种变化，刊印成一人高的厚册若干，贡放在各棋馆的大堂中，供人评阅。

厚册被一众棋士反复检查评阅，摩挲到纸页卷起发黄。评阅完毕的结论是，所有的棋局变化都证明这是一步臭棋。

但没人敢明说这是臭棋。

因为这手棋是须弥山神下的。

而须弥山神放在黛城中的下棋傀儡"鹿角翁",整个黛城中就无人能胜过。就算是十年前杀遍全城的最强棋圣宋晚,也会被鹿角翁赢出七八目之多。

山神不可能下出臭棋。

秋。

须弥山下,诸沃之野,黛城。

"一个傀儡尚且如此,山神本人下的棋,自然有其精妙之处。"酒楼上,酣醉的豪客倚着栏杆,醉兴飞扬,"俗人不懂罢了!"

"兄此言差矣!"对面的文士一展折扇,摇指城外画壁山上之棋局,"此局已经下了七十三年,一年不过下一手,山神未必是想和我们弈棋,或许这手臭棋,只是试探?"

豪客一捋长髯,骂道:"你这酸腐小儿,昨天明霄大祭上酒喝多了,玲珑棋圣看多了,不清醒罢!山神岂是你能揣测!"

文士喏喏应着,自罚浊酒一碗,一抿唇角:"今年大祭,你必没有看!""你怎知道?"

"你猜大祭上最瞩目的人是谁?"

"必是'掩月玲珑'!"

"非也。昨天最出风头的不是薛家的玲珑棋圣,而是另有其人。"

"哦?"豪客来了兴致,唤小二添酒一坛,又切牛肉半斤,道:"且说来!"

"今年和鹿角翁下棋的有七人。大家本来都以为必是薛玲珑胜出,可登霞径,赴须弥之顶,代表我们向山神下第七十三手棋。不过,昨天半路杀了个奇人出来……"

"怎么个奇法?"豪客问道。

"那人是个青年男儿,看着筋骨壮实,面有风霜,不似久居棋馆的棋士,倒像在常世恶土上走镖护商、斩杀邪鬼的侠客。"文士道,"那侠客还带着一柄长剑,你说寻常人下棋,谁带剑啊?"

"他赢了?"

"赢了。"

"赢了多少?"

"半目。"

"赢了薛玲珑半目,如此厉害,如此厉害……"豪客呆坐着,抚髯的手也滞了下来。

"赢了薛玲珑?不,他赢了鹿角翁半目。"文士笑着说。

"啊?啊!"豪客如遭雷劈,口目撑圆,呆然不动。

"玲珑棋圣?她哪比得上那侠士?"文士面露歆羡之色,"那老傀儡一直被侠客略占上风,下到最后官子输了半目,气得脑壳冒汽,弹出了好几个青金齿轮,滴溜溜在地上滚了好几圈,瘫掉了。几大棋院正商议着要不要给山神送回去,给我们换个新的鹿角翁……"

"客官!熟牛肉半斤!"小二托着盘子旋身而来,潇洒放下一盘酱卤牛肉。豪客呆呆看着牛肉,浑然愣着不知。

"兄弟,你……你没事吧?"文士慌了神。

"噫,唔!"豪客忽然满脸涨红,直搓手,又抓起一把牛肉,塞进口中,"妙极!快哉!竟然下赢了鹿角翁!这么说,今年是这位侠客去须弥山顶下棋了?他名讳是什么?又是从哪儿学的棋?"

"正是。侠客名宋退疾,来历不知。奇怪的是,昨天这侠客说想带剑上山,不知几大棋院准没准?"文士道。

"棋院已经准了我。"一旁忽传来冷峻的男声。

"噢?"豪客惊讶道,"他要带剑干什么——"

豪客忽然发现桌旁多了一人。那人身形瘦削,眉目星朗,背负长剑一柄,整个人冷冽干枯,像是棋盘上刻画的经纬线一般坚硬。

"你就是宋退疾?"文士问道。

"带剑？当然是为了——"新来之人抬头远望。世界中心的须弥山顶正没在云雾中，夕阳下沉，墨色半染夜空，天空中的血月和铁月都折散着冷光，清冷照着明霄大祭烟花散尽后的第一个夜晚。

"杀了山神。"

二　须弥

小时候，宋退疾只是讨厌山神。

须弥山高万仞，位于大地中心。传说，须弥山顶居住着掌控世界的山神。最开始时，山神喜书画，于是黛城中各大家族都以书画俊逸为显达之事，城外画壁山上挂着巨幅的名仕画作，方便众人远观赏玩。每年明霄大祭，城中要选出当年最善书画者各一，进献山神，山神或赏或罚，不一而足。

城里的人们跟随着山神的喜好变换书画的风格。那时的宋家擅长铺呈星月山河一类旷荡洒脱的画，为山神所喜爱。百年间宋家画作被七次送呈山神，六次得到了山神的回赏。宋家于是一跃成为望族，门下弟子三千，富甲一方。

好景不长，七十三年前，山神的兴趣变了。

山神不再喜爱书画，转而寄兴于围棋。山神与尘世的人们下棋，一年仅走一个回合。于是每年明霄大祭后，黛城要派出最强的棋手，登上须弥山顶，下出当年的一手棋。这一手棋，往往凝结了一年以来城中所有棋士的计算与智慧。

人们不知道山神为什么要下这一人神之局。人们只知道，山神统治世界，必须陪山神下好这一局棋。否则，山神怒起，轻则地震洪水，重则山崩地裂。

于是，世风流变，早年能卖出天价的古画成了破纸，画馆倒闭成了棋馆；城里人人学棋，三岁小儿也会唱"金角银边草肚皮"，唱"鹿神移性志，寄放黑白间。厕筹皆古画，棋馆满墟烟。"赌棋也成了风尚，人们以金钱为子，提子则收钱。更有好事者设计了可以自动算棋的机器，号为"玲珑"。只可惜这机器多是人力驱动，踩动力木轮的苦活，成了罚得棋童们嗷嗷求饶的惩罚。

善画的宋家随之衰落。七十三年前，宋家正醉心于研究自动作画的丹青人偶，耗资颇多；山神兴趣一变，无人再对书画有兴趣，世人开始追逐黑白弈杀之道，胜于笔墨旋研之法。研究人偶的投资也拖垮了宋家，于是，学画的门生散尽，家财耗空。

宋家为了重振家道，开始转投围棋，苦训后代，到了宋退疾这里，已是第三代。

宋退疾讨厌下棋，讨厌无休无止的背谱、记定式，以及数气算杀。他讨厌那个兴趣总是变的山神，正是山神害得他要受练棋之苦。

但也只是讨厌罢了。

但是，从十年前的那次明霄大祭开始，宋退疾对山神的态度就从讨厌变成了仇恨。

每年的明霄大祭都会选出七人和山神留下的鹿角翁傀儡下棋，七人中成绩最好的可以登上霞径，赴须弥山顶，代表人们下出今年的那一手棋。这是至高的荣誉。但是，登上霞径的棋士多，返回的棋士少。六十年来六十余位登山的棋士，只有十人返回，其中七人疯癫，三人缄口不言；剩下的五十多人无一返回，无人知晓他们的下落。

传说他们被山神留在了山顶，担当棋侍；住则珠阙桂宫，饮则甘醇厚酯，衣则罗绫叠彩，行则腾鸾驾鹤。如此荣华，这些棋侍们只需与山神定期探讨棋艺即可享受。于是，人间将登山不归视为棋士的终极梦想，甚至有好事者写了关于棋侍们的折子戏《洞天手谈记》，在明霄大祭上演了十数年，竟成了大祭的保留节目。

十年前，宋家正是窘迫到谷底的时刻，家中无余粮，宋退疾的父亲宋晚日夜练棋，宋退疾的母亲只能日夜踩玲珑机的动力轮子，换得些许血汗钱，宋家还向各个棋馆借了外债，只为宋晚换得一些能使用玲珑机的机时。那年，宋晚成为棋圣，以只输了鹿角翁七目的历史最好成绩登上霞径。于是，宋家一举成名，宋晚刚赴霞径，宋家就已经被登门求学的棋童踩破了门槛。

宋退疾本来以为一切都好起来了。但第七天时，一群秃鹫从须弥山上盘飞下来，朝宋家的院厅中投下一堆人骨。

那是宋晚的枯骨，骨色苍白，似已朽枯了上百年一般。

他的父亲没能成为山神的棋侍，反而死在了山上。

求学棋的人群作鸟兽散。不过一个时辰，"宋晚触怒山神，为山神所寂灭"的传闻就传遍了黛城，传闻快得好像那群投骨的秃鹫是在黛城每个人头顶都盘飞了一圈，让人人都看见了宋晚的下场一样。

半个月内，仇人们落井下石，债主们也逼迫而来，宋家仅剩的家产被瓜分，宋退疾的母亲被卖作奴隶，日夜踩着玲珑机的动力轮，被鞭三个月，力竭而死。在宋家学棋的寒门弟子也纷纷散去，甚至反过来污蔑宋晚"私通恶土邪神"。

宋退疾跑了。

宋退疾憎恨山神。山神毁了他的父亲，他的母亲，他的家庭，他的一切。山神兴趣不定，喜怒无常。山神就是这世界的大敌，一切恶的来源。

他要杀了山神。

宋退疾在常世恶土上苦练剑术与棋道，于是七年间他先杀死了当年对宋家落井下石的仇敌，然后登上对弈鹿角翁的棋坪，险胜了这个傀儡半目。

他赢得了直面山神的资格。

明霄大祭又七天，宋退疾吞炭毁音，黥面毁容，负剑登径，直上须弥。

三　白虹

从黛城出发，登须弥山的霞径长上千公里，宋退疾备好了足够支撑几个月的干粮行囊。但曾登过须弥之顶，向山神下过一手棋并退下来的老棋圣对他说，只需一日行程就能登顶，无须多备。

他接着向老棋圣询问山顶和山神的情报，老棋圣若痴疯了一般，捧着烧鸡嘻嘻哈哈，满口流涎，一句话都不答。

宋退疾半信半疑着出发了。他放步闲走，半日便到山脚。举目远望，须弥基压山河，峰入云汉，直指正上方那固定在天宇正中的血月。在血月的一旁，第二个月亮铁月反射着冷峻而带着锈色的光。自山顶而下，或冰雪，或荒壁，或红枫翠蔼，或白泉紫霞，流泼麓野，苍苍郁郁而奔流成万物之彩。

霞径蜿蜒而上，径上苍苔斑斑，旁有白云停崖，而云色渐转蓝紫。受过霜露的红兰青楸隐在云中，云外传来嘹唳荡旷的鸟鸣。

涉阶而上，步入云中，又两个时辰，宋退疾已行至半山腰。回望山下沃野，城镇村野多为红氛所绕，更远处，世界的边界旷漠沉沉，蒙蒙看不真切。整片诸沃之野看起来有种怪异的不真实感。越近山顶，就越仿佛是周遭有了什么缩地法术一般，行走更快。

又一个时辰，他攀行至须弥山之巅。

山顶，清池飞瀑抱着一处山崖高地。崖顶处，一株巨树缠石而斜生出去，枝干如龙蛇疾走一般压过山崖，荫广百丈。宋退疾跨过架在池上的石板小桥，桥对面的路旁竖着一尊青石，上书"长生天"三个字，笔法软稚，似乎是此地的名字。字旁刻着细细落款：明光主御下灵子森灵见参鹿长生留居。

宋退疾朝着崖顶大树走去。

树前空地上行走坐卧着上百傀儡。傀儡们或是呆坐不动，或是在斫木冶铁，制造零件，或是在修理、制造其他傀儡。其中有十几对傀儡，正在山崖边缘下棋。傀儡们体形也各异，有佝偻老翁，有矮小稚子，有红裳叠彩的二八佳人，亦有力能扛鼎的壮汉。宋退疾看过四周，没有宫殿，没有宴饮，更没有一个活人。

走错地方了？这里不是须弥山顶？宋退疾疑惑着观察周围。

一位刚巧走过宋退疾面前的傀儡斜视着他，说："山下来的？不对，明霄大祭来的？你脚程好快！你最好先在这里站一会儿，长生主正在树屋里思考'烂柯局'，没空搭理你。"

傀儡抱着一挪切好的松木忙去了。宋退疾应了一声，朝着崖顶大树走去。大树树干上盘旋一圈楼梯，通向树上的一间树屋。藤萝披蔽着树屋，垂荫挂翠，摇摆缓风之中。

方才按傀儡所言，山神就在这树屋中，而且似乎在沉思什么事情。

正是刺杀的好机会。

宋退疾负剑登树。他小心拉了拉藏在背囊中的宝剑，又在脑海中演练了一遍如何快速拔剑，直刺山神。这套动作他在上山前演练了上万遍，只求力贯剑锋，一剑复仇。宝剑也是常世恶土上玄铁所铸，劈金斩玉，锐不可当。他相信只要山神没有防备，自己这一剑有机会刺死他。

他没敲门，轻声走入树屋。

一线天光从屋顶斜落。

清淡天光下安坐着一位鹿角少女。少女一身翠裳，如树般纹丝不动，头顶斜生出两叉修长的鹿角，鹿角间戴着一顶怪异的帽子。帽子呈圆锥形，看起来像微缩的须弥山形，帽子上盖着一层厚厚的白色雾气，像是一团白棉花。帽檐外，鹿角继续斜生向上，至角梢处干枯成木，角梢上开着白花三二。那是诸沃野上最常见的野花——明霄花。鹿角之后，少女的长发垂落地面，蜿蜒铺在身后的地板上，像是数十年未曾修剪过一般。

天光照在鹿角顶的明霄花上，清冷幽寂。一瞬间，宋退疾被这高出尘世天外的芳华摄了心神，只愿凝视这朵幽华直到永恒。片刻，他清醒过来，他是来刺杀的，弑神的机会只有一刻。

他伸手摸向背囊，准备拔剑，同时盯着山神，寻找她的弱点。

鹿角少女全身都是弱点。她完全没有设防，呆坐着似在睡觉，但目光却一直盯着屋顶。屋顶上倒悬着一方棋盘，上面正摆着那局下到第七十三手的人神之局。

宋退疾本来是来下这手棋的。他瞄了那倒悬的棋盘一眼，但就这一眼下去，他仿佛从棋盘中看穿了无尽的变化，无数的黑子白子交错在不同时间、空间的格点中，排列出无穷无尽的模式，不断变化，仿佛在拟合整个世界的发展——

停！他心头大喝，生怕自己陷入这奇怪的棋局中。难道那个山神一直在思考这个奇怪的倒悬棋局？

鹿角少女依旧盯着倒悬棋局，仿佛没看到屋里面多了个人。

宋退疾拔剑，飞身，凝聚万钧之力，直刺少女心口。

少女抬起手，慢慢握住剑锋。万钧之力如同刺入空虚消弭无踪；少女掌间稍稍一握，玄铁宝剑即折断成两截。

少女依旧盯着倒悬棋局，神游棋内，好似梦游。

宋退疾握着断剑，直愣愣站着，不知所措。他一咬牙，又试着举剑砍向少女，又被少女轻飘飘用手掌挡住了。斩金铁的剑锋在少女手上只留下了一道细红的压痕。

少女的目光终于从棋局上游移下来，迷离扫视了好几圈才看见宋退疾。

宋退疾踉跄后退两步，一时失神。他曾想过山神会比自己强大许多，想过自己刺杀不会成功。但他未曾想过，自己和山神之间的力量差距竟然如此之大，山神方才似乎是在棋局中神游发呆，而自己全力之下可斩恶土魔神的一剑，轻飘飘好似恼人的苍蝇，只达到了把山神的注意力从棋局上吸引出来的效果。

"你是谁？"少女道，"……黛城上来的？"

宋退疾不知怎么回复，只是握着断剑愣着。他心中涌过无数想法，他生命的一切都是为了复仇，为了杀死这个独断而残害世界的山神；但到了现在，他才发现自己的力量在山神面前什么都不是。

"哦，你是来下棋的？烂柯局的第七十三手——"

"是你害死了我父亲！"宋退疾失控着咆哮道。吞炭后，他嗓音嘶哑，每句话都仿佛刀割一般喷出。

少女平淡地说："你父亲？……十天前那个来下棋的？"

"是十年前，你害死了他！"宋退疾以断剑指着少女。

"十天前那位，他只是自己失足摔倒了而已。"少女音调清冷，"烂柯局前时空扭曲本就严重，他落子时失足摔倒了，身体还没倒地，就衰老、腐烂成了白骨；倒地后白骨噼里啪啦弹飞了出去，散在山坡上。我是好心唤了小鸟叼了那些骨头下去还给你们。"少女又把注意力放回了棋局。

宋退疾只觉头晕眼花。自己的一切仇恨，宋家的兴衰，天下的黎元，在山神少女面前好像都不重要。对于少女来说，似乎只有头顶的这盘棋重要。宋退疾的一生为这仇恨所驱动，练剑，练棋，苦厄，艰辛，所有的一切都是为了现在这复仇一剑。而这一剑，这凝聚了他一生的一剑……

这一剑轻飘飘的似是一羽浮沉于沧海之波，少女似乎都没感觉到。

宋退疾心灰意冷。强烈的空虚与挫败逆冲他的胸膛，仿佛冰刀切开心脏，灌得他浑身血冷。一时，他顿觉人生无望，于是反持断剑，直指自己心口。

不能复仇，他的生命也就无须继续下去了。

"我是杀不死你。"宋退疾一剑刺入自己心脏，用力捣了几下，"你这个贱人、恶人，你害死了世界！"

少女纤眉一蹙，又看向宋退疾。"我？害死世界？哼！你这都是什么胡话？那你——一介凡人——你又懂什么？"

"世间所有的恶，都是因为你！"

"哦？"少女面色冷了下来，"你刚才是不是想刺杀我？抱歉，我没注意。"

她一挥手，数具傀儡从屋外冲来，拦下宋退疾，拔出他胸口的断剑，立时，血喷三尺，直冲屋顶的倒悬棋局。傀儡们放平奄奄一息的宋退疾，清理他的创口，又将他已被捣烂的心脏掏出。

少女轻轻吹气。俄而，鹿角上花叶凋零，一朵明霄花结为果实，成熟而滚落鹿角，落在少女手中。少女咬了一口，啐道："好酸！今年太阳是不是没晒够？罢了，这酸果核子刚刚好，就烂给你吧。"

吃了小口的果子在少女指尖变幻，烂成了半腐的果子。

"你这个恶毒女人，你要干什么！"宋退疾大骂道。

少女抛出烂果，落在宋退疾心腔。傀儡们立时跟上，用针线封好胸腔。宋退疾只觉胸口涌出一股强烈的生发之力，催动全身血液循环。那烂果子替代了心脏的功用，随着血气循行，他黥坏的面容、炭擦伤的嗓子，还有诸身的旧伤，全都一一恢复。

"渡时之果核能牵住你的命，你一时半会——也就几万年吧——死不了。"少女轻轻笑着，"好了，你想杀死我？要杀死我，你得学习知识和技术。靠蛮力，是杀不死一位半人半神的灵子的。"

"知识？技术？……"心意混乱中，宋退疾呢喃道。哪里可以学习这所谓的知识技术？少女笑道："我可以教你知识和技术，我可以教你怎么杀我。"

"我不要——"剧痛忽然从宋退疾心口传来，掐断了他的话。

"好了，你没有选择。在杀死我之前，你不准死也不会死，不准跑也没法逃跑。你是我的奴隶，你的使命是杀死我。"

四　灵子

宋退疾卑微地在长生天上活了下来。

他也只能活下来。

他试着逃跑，但一旦逃离长生天太远，他的渡时之果核心脏就剧痛无比，让他无法再动。

他试着求死。无论刀割火煎，甚至纵身跳下山崖摔成肉末，果核心脏都能驱动着身体恢复如初。有一次摔得太狠，他的右手臂摔碎飞出太远，果核也没救回来，在晕过去前，他以为自己会顺利变成残疾。

他醒来时正躺在少女跟前。

"你醒了？给你换了个义肢，前时代产的，以前明光主手下都没几件，全在鹤灰姐那儿。"少女瞄了他一眼，又把视线放上倒悬棋局。

宋退疾的右手变成了傀儡手臂——看起来与普通血肉手臂无异，但更强壮灵活，更好用。甚至在后面的屡次跳崖中，无论他的躯体怎么摔成肉末，傀儡手臂都没坏过。

逃跑和自杀都无法成功，他只好被迫活着。好在少女也从不逼迫他做什么，他就在长生天上搭了个草棚，住了下来，日夜思量复仇弑神之事。得到了傀儡手臂后，他又试着去刺杀了少女几次，依然无果。少女只是看着棋局，目光都从未落到他身上。他的刺杀，似乎都没有被少女察觉到。

终于，宋退疾崩溃了。他咬紧牙关，半跪在少女面前，面色通红，卑声嗫嚅求着她杀了自己。"可以。你杀了我,我就杀了你。"少女目光从棋局上流落,注视到宋退疾身上。

"我杀不死你!"

"我不是说了吗?我教你怎么杀我。"少女咯咯一笑,"想摆脱渡时之果核?只要我死了,这个长青法术自然会失效。来吧,杀死我。"

宋退疾只能拜山神少女为师,在长生天崖下的琅嬛洞住了下来。洞中多是藏书,少女在这里放了一具可以远程通信的木头傀儡。宋退疾读书学习但凡有任何疑难,可以直接和傀儡询问,少女便会解答。

长生天一日,诸沃野一年。

须弥山顶和山下的时空似乎有很大差异。宋退疾注意到,须弥山顶是一天,山下的诸沃野是足足一年。沿着山麓向上,时间的流速缩放效应变重,至山顶而达到顶峰。他可以在山顶附近活动,但不能离开太远——离开太远了,少女的木傀儡会因为时间流速的差异而无法通信,他也就没法学习了。

他把自己关在琅嬛洞中,这里的时间大约比山顶慢七倍。他为了杀死山神而努力学习。先是繁杂的古文字,接着是数算,是物理,是复杂抽象的他从未接触过的理论,是机械,是炼金化学与炼药学。他不知道这些东西和杀死山神有何关系;但是,学着学着,他发现山神所制造的傀儡,都是以这些知识为基础驱动的。

而他,连那些傀儡都打不过;那些傀儡的力量,远不及少女自身磅礴灵力之万分之一。

他咬紧牙关学习。他甚至卑微地求少女多赐他一些知识,让他学得更快,但少女从不同意。少女甚至给他安排了一重又一重的考试,只有通过考试,他才能赢得学习下一阶段知识的资格。

宋退疾不知道山神为什么想让他杀死她。如果山神真的求死,为什么不自杀?

他从来都看不懂少女，看不懂这位奇怪的山神。少女永远坐在那里，一动不动，清淡空旷，仿佛高天的云气，渺渺悠悠，出尘离世。对于少女来说，最重要的似乎只是头顶那形似须弥山的帽子，她从不转头、从不移动，似乎只是为了保持帽子不动而已。

宋退疾的内心动摇起来。山神是十恶不赦的人吗？他不知道。他现在逐渐感觉，山神并不是坏人，她只是……只是什么？无情？冷漠？缺乏爱心？

宋退疾坐在琅嬛洞天中，查阅着古字典，想了好久，也想不出一个合适的形容山神的词。

但少女确实是一个无情的人。长生天的每天（诸沃野的每年），山下都会走来黛城当年最强的棋士，向倒悬棋局中投下一手棋。宋退疾已经三五次看见那下棋的棋士在落子之后，身体迅速衰老、朽烂，化为白骨，仿佛中了什么时间加速的咒法一般。

傀儡们扫去白骨。这堆白骨曾带着整个黛城上万棋士的心血，带着人们的希望，妻儿的期盼，就这样被木头傀儡扫进垃圾堆，丢进山涧。

少女对此无动于衷。她永远盯着那倒悬棋局，逝去的生命仿佛根本不重要。

终于，宋退疾忍不住了。"你为什么看着他死掉？"看着傀儡们扫去白骨时，他问道，"那是一条命！"

"烂柯局前，死了就死了。命算什么？"少女瞄了宋退疾一眼，"回去读书！线性变换学会了吗？昨天那个对角展开为什么全算错了？"

"命算什么？……那是一次人生，是一万棋士的心血，是一个家庭的希望！"宋退疾攥紧拳头。

"哦，知道了。"少女冷冷看着宋退疾，"这个世界本来只有一个月亮。你想知道第二个月亮是怎么来的吗？"

"我不管什么月亮！我在和你说人命！"

"我捏的。"少女平静地说，"用三十六亿人命捏的。三十年前——或者下面的一万年前——我杀死了那三十六亿人。看见山东北的大沟壑了吗？那里曾经是那三十六亿人所居住的世界，科技发达，他们甚至能登月。我撕裂了那里，撕出沟壑，将大地与城市、文明与尸骨捏成了第二个月亮挂在天上。三十六亿人尸骨中挤出的血，是铁月上面铁锈的来源。一条人命？一条人命。"

少女哂笑一声，继续凝神于倒悬棋局。

那是第九十四天，第九十四手。

五　烂柯

宋退疾木然坐在长生天崖顶，仰望铁月。

血月高居天空正中，铁月悬在一侧，绕着血月慢慢转动，因其上可以望见钢铁遗迹的锈蚀残骸而得名。

宋退疾从没想过，铁月是被少女捏出来的。他一直居住在诸沃野，最远只去过边缘的常世恶土。世界的其他地方，他从未去过。

在须弥山顶能将整个世界收归眼底。整个世界像是大圆盘，远望仿佛盖着一层红雾（少女称之为时空缩变光谱红移）。诸沃野位于须弥山西南角，只占了圆盘上小小一片扇区。其他扇区上多是崇山恶土，唯有东北扇区，大地碎裂，一道惊人的沟壑撕裂地面，空出了半径上千公里的扇角。

沟壑之内，皆是幽暗深渊，只有偶尔的电紫雷光，跃闪幽暗之中。

起初，宋退疾并不关心倒悬棋局。后来他发现，在山神少女的世界中，永远就只有那个棋局值得关心。少女戴着帽子端坐着，视线永远落在棋局上。

"那个到底是什么？"终于，宋退疾忍不住了。他想知道究竟是什么东西，比人命还重要。"烂柯之局。"少女说，"你知道烂柯吗？"

"好像在哪儿看过。"

"很久以前……"少女缓缓道，"有多久呢？可能从那个久远的时代到现在，世界已经毁灭又重生四五次了吧？——有一个人，提着斧子进山砍柴。"

宋退疾道:"然后呢?那人被常世恶土的邪鬼杀了?"

"山里有人下棋。那人就在那看。下棋的人给了砍柴人一颗果核,"少女指了指宋退疾胸口以渡时之果核代替心脏的位置,顿了顿,"砍柴人含着果核,看着两人下棋。一局棋下完,世上已经过了上百年,砍柴人的斧子也朽烂掉了。因此,这个故事就叫烂柯。""然后呢?……这和这个倒悬的棋局有什么关系?"

"烂柯是一种改变时空的可能,它把围棋视为时空扭结后离散再降采样投影到二维离散格点上的情况。"少女说,"我在研究它。这样,可能能找到一种低成本的方式改变时空,摘下我的帽子。这个世界太枯竭了,普通的改变时空的方法完全不行,会让本世界寂灭点提前到来。"

宋退疾只听懂了"摘下帽子"四个字。"你……研究这个围棋,整个诸沃野那么多人陪你下棋,就是为了摘下你的帽子?——不就是一个帽子吗!"

这是宋退疾第一次看见少女平淡的脸上露出极端冷漠、愤怒与失望的神色。"是,只是一顶帽子……帽子,明光主送给我,要我好好保护的帽子,要我好好保护的世界……你又懂什么?你懂什么!"

少女怒而轻轻弹指,宋退疾被巨力击飞出去,摔落山下,碎成肉末。四十九天之后,他才在渡时之核的力量下复原,爬回长生天。

宋退疾再也不提烂柯的事了。他继续学习,一面学习制造人偶,一面学习名为相对论的新知识,学习怎么理解四维时空的扭曲变化,怎么理解须弥山和山下圆盘世界之间的时空关系。学得越多,他越发觉知自己无比弱小。他打不过山神的傀儡,山神的傀儡不敌山神本人的一根毫毛。而山神本人那点力量,在这庞大的须弥山世界自然运作、升华的能量流转与时空扭结面前,什么也不是。

他以为须弥山的物质能量已经很强大了。但后来,他才知道,以前的世界中存在着所谓的宇宙,宇宙中的物质能量,是须弥山的亿亿亿倍。

他宋退疾在这些庞大存在之前什么都不是。

他曾问山神，宇宙那么强的能力，怎么会灭亡？少女瞪了他一眼，说："明光主神都不知道的问题，你问我？我只是她卸下的小小灵子而已。"

"明光主？她是什么神？"

少女只是盯着倒悬烂柯之局，再也不答。但宋退疾总觉得她的神色中多了些落寞。

宋退疾继续学习。比起杀死山神，想学习的心念更胜一筹，他沉浸在了知识和问题的世界中。

那日，他灵光一闪，想出了一种解决跨时间流速不同的区域（比如须弥山顶和诸沃野）之间远程通信的方法。在少女的帮助下，他数算多日，又造了好几个傀儡人偶测试，将这项技术做成了。

他把技术原型人偶带给少女看时，少女只是淡淡说了声"好"。不过，她轻轻笑了笑，恬淡如同春风。

宋退疾偶尔会觉得自己疯了。他居然在帮仇敌山神研究新技术——他的目标不是要杀死山神吗？他茶饭不思，浑浑噩噩地做了好几天噩梦，一个人睡在琅嬛洞中发呆。

最后，还是少女的木傀儡把他揪了起来。"喂，来树屋。我看你之前那个研究不错，从现在开始，你也来研究烂柯之局。"

宋退疾跟着少女一起研究起烂柯局，思考棋局变化怎么影响时空结构。这时，他才注意到倒悬棋盘上的棋子并不是粘在棋盘上，而是正常落在棋盘上——好像这些棋子的重力是反过来的。

"这些棋子，重力是反的？"他讶异地问。

"或者说，他们的质量是负的，受负的万有引力。"少女继续盯着棋局，"它们叫莲晶。"

"莲晶?"

"嗯。血月就是一块很大的莲晶。"少女说,"莲晶是逆物质,它们和寻常的万物保持万有斥力,莲晶之间保持万有引力。须弥山的重力,本质上是血月的万有斥力顶下来形成的……"

"喂,不然你以为一个圆盘结构,哪来的重力?自转吗?这么快的自转,帽子会——"少女仿佛说漏了嘴,突然噤口。

帽子?宋退疾心中一凛,少女头顶的帽子和须弥山世界有关?

"总之,"少女岔开话题,"学了黎曼跃迁、逆物质和跨时空相互作用,你就懂了,你就能真正理解我们这个世界到底是个什么东西……"

宋退疾跟随着少女研究烂柯棋局。烂柯棋局本质上是奇异的莲晶棋子(分成黑白两种)在二维空间上排布而成的结果,这种排布似乎能影响现实,形成局部变速(变快或变慢)的时间场。那些从黛城上来的棋手,或是在快速的时间流逝中化成了枯骨,或是在变慢的时间流逝中疯癫了。

研究的同时,宋退疾留心着少女头顶的那个奇怪帽子。他发现,少女永远都不会动——少女似乎在刻意保持帽子的稳定和不移动,甚至一点轻微的颤动都没有。少女从未站起来,从未睡觉,从未移动过头颅分毫。

甚至,他观察到,有一次少女打喷嚏时,她似乎都用某种奇异的法术压制了喷嚏的力量,喷嚏打出来了,但是帽子还是稳稳地纹丝不动。

少女永远端坐着,像是永不移动的须弥山。

帽子上有什么?宋退疾总是盯着帽子看。帽子上只有棉花似的白雾,遮住帽子的真容,怎么都看不真切。

很快,宋退疾有了新的发现。他意识到烂柯的效应并不是简单的棋盘——一个二维离散平面上的事,而是三维的:二维的棋盘加上一维的时间。棋局的每一个瞬间局面都和过去、未来的时刻的瞬间局面相联系，织成整体，对当下的状态产生影响。

一旦考虑时间上的棋局，宋退疾觉知到了控制烂柯效应的可能性。"不过……"他看着少女，"你为什么没发现这个现象？"

"我——"少女道，"我只是长青术士，种些花花草草，不擅长这些学术的东西。这些知识，还有人偶制造等，都是我过去一百年中慢慢自学的……"

"我很笨的。"她有些脸红。

宋退疾准备同少女进行第一次实验。他们调试棋谱，刻画了新的倒悬棋盘。试着控制烂柯效应，让一棵明霄花的种子在他们所设定的时间流速下快速发芽、开花。

计算参数时，宋退疾犹豫起来。他只要稍稍增大棋盘的尺寸，烂柯效应的边缘就能波及坐在椅子上的山神少女。在时空扭曲自身前，他相信，少女也无力抵挡。

这是杀死山神的最好也是最后的机会。

他将棋盘尺寸稍微增大了一点点。

六　芥子与须弥之帽

三日后。

长生天顶，天色晦暗。

宋退疾投上最后一枚棋子。棋子上飞，稳稳倒落在倒悬棋盘预定的位置上。

树屋一震，无形的时空波动蔓延开来。棋盘下方，空间折散出奇异的红蓝光彩，那是时间流速剧烈的局域变化带来的光谱红移和蓝移。檀木方桌上，那颗明霄花种正飞速发芽，绿芽抽出，结成花苞，随后青萌的花苞慢慢染白、绽开，吐出鹅黄的花蕊与一线幽香。宋退疾瞄了一眼新花，旋即盯着少女。

少女的注意力似乎一直落在绽放的新花上，面带笑意。接着，稍稍外扩的时空波动影响到了少女——

一瞬，少女面色大变。在时空的高强度波动下，她的身体被扭曲，或衰老，或年轻，或撕裂，或挤压。少女本能地想侧身躲避，身体刚刚一动，头顶的帽子颤动了一下。

世界震颤起来！

门外，须弥山下，大地哀鸣，山崩水竭，丛木倾倒，大地撕裂错开，粉碎一切。

门内，一股奇异、扭曲、难以言喻的力量从少女身体中流出，硬生生挡住了时空的波动。同时，少女用这股力量折断了自己的脖子，硬生生固定住帽子不再移动。

她的身体软绵了下去，世界的振动也随之平息。同时，一直遮在帽子上的白雾也因方才的颤动而抖散，露出帽子的真容。

帽子之上是等比例缩小的须弥山世界，他们所在的须弥山顶长生天，就在帽子最高处的尖顶上。

宋退疾呆住了——帽子上似乎就承载着整个须弥山世界，或者说，整个须弥山世界就在少女的帽子上。方才，帽子的颤动带来了整个世界的颤动与无数的地裂山崩。

她的头上，一直顶着整个世界？

"快点停下棋盘——"少女竭声说。

宋退疾第一次看见少女如此吃力。不过几秒，少女汗湿重衫，身子轻轻发抖。她所御使的这股奇怪力量虽然强大，但也难以抵抗烂柯效应所产生的时空扭曲。

只要站在这里等半分钟不动，少女要么会力竭而死，要么会被时空波动碾碎。他的复仇马上就要成功了。

但是，宋退疾迟疑了起来，少女头顶着这个帽子，是世界本身吗？她在这里一动不动，就是为了防止世界因为不稳定而崩解吗？

这个山神，难道在一直保护整个世界？

宋退疾身颤口干。如果他杀死了少女，帽子跌落、摔碎了，整个世界会破碎吗？所有诸沃野上的人，会死吗？

他闭上眼睛，沉思一口气，随后拔出断剑，刺向棋盘。时空的波动正在扭曲他的身体与剑，但渡时之果核应该能将他复原。

断剑刺中棋盘。

波动停止了。

他的身体变成了扭曲、不可名状的存在。

渡时之核弹出了他的心腔。

"喂……你没事吧？"少女焦急的声音遥远得像是从天外传来，"渡时之核……你——等等，我这就救你——"

一阵柔和的春风仿佛从远处吹来。

"敷和万卉，见参森灵——"

百花在他的身边绽放，托起他的身体，渡时之核也被拉住，重新锁入他的胸腔。他的意识越来越沉，整个世界都在离他远去。

"对了，你——你叫什么名字——"少女的声音遥遥传来。

宋退疾。他在心中想到。你呢？……

"鹿长生。"少女温和地说，"晓之国明光主神御下灵子、白苑的管理者、森灵之见参、芥子与须弥之帽的主人，鹿长生。"

七　盐霄

苏醒之后，宋退疾一直不敢去见鹿长生。

他呆坐琅嬛洞中，不再学习，不再研究烂柯局，不再想着复仇。他满脑子都是鹿长生，仇恨、同情、不理解，种种复杂情绪填满了他的思绪。

他也许该去问问鹿长生一切都是怎么回事。帽子是怎么回事，她是不是在一直保护世界？她到底又是谁？

他想告诉鹿长生，上次测试烂柯局的意外是他主导的，是他故意的过错。但他不敢去见鹿长生。他似乎在害怕鹿长生嫌弃自己。

反过来，鹿长生也再也没来找过他，不催他学习，也不催他继续研究烂柯局的事。他们就像两位陌生人一样，一个住在屋顶，一个住在洞中，老死不相往来。

终于，宋退疾准备下山去，往人间走走。

他不知道自己为什么想去走走；总之，山下一年，山上也不过一日。鹿长生不会说什么的，她甚至应该不会知道自己下山了——

在盐霄海边缘，他被鹿长生的人偶拦住了。

鹿长生的人偶飘浮在盐霄海边缘，一袭翠裙，长发被一朵盛放的明霄花挽在脑后。"山上山下的时间流速差异真大，隔着这么远操纵这个人偶……好累。"她说，"还有，你是不是第一次来到这里？盐霄海很美吧？"

"我——"宋退疾一时语塞,"我只是想去山下走走,我不是要逃跑。""我在问你,盐霄海好不好看?"鹿长生回过头来,明媚一笑。

宋退疾脸上一红。他注意到,这人偶似乎是鹿长生以自己的身形、面容精心制造的,面部的肌肉皮肤都复刻到位,细腻真实。平常的鹿长生从来不会制造这样的人偶。平常的她,只会制造外形非常粗糙的"实用"人偶,不蒙皮,不雕饰,皮实耐用。

"怎么了?"鹿长生拍了拍脸颊,"我脸上的蒙皮没蒙对?还是酒窝做歪了?我已经尽我最大的努力了,以前鹤灰教我人偶技术的时候,我……我没认真听……""没——"宋退疾咳咳两声,"盐霄海真好看。"

盐霄海位于须弥山东,是一片洁白的盐晶荒漠,间或可以望见一些赫红的古代钢铁遗迹。阳光之下,盐海粼粼闪着白光,喧哗闹眼。

白盐之间,偶见一些灰白的鹿角状物。"那是什么?"宋退疾指问道。

"珊瑚,古代海底的生物。"鹿长生说。

两人又沉默下去。宋退疾不知该说什么。说那天晚上帽子的事?说自己私自跑下山?询问鹿长生为什么在这里等他?

鹿长生也一言不发,静静飘浮着,任荒风拂动翠裙。

两人默契地沉默着,就像那个测试烂柯之局的夜晚什么事情都没发生过一样。但宋退疾又觉得,两人之间好像发生了很多事,至少,鹿长生面对他时,已经不再是那个至上无情的山神了。

"这些盐是哪来的?"宋退疾问道。

"你真要听?"

"怎么了?"宋退疾一愣。

"嗯,那时候,他们想登月采集月亮上的莲晶。"鹿长生说,"血月的万有斥力太强,他们无法靠近。他们想了个办法,把整个海煮干,提炼海水中所有的莲晶微粒，合成一块小小莲晶。利用这块莲晶和血月之间的引力，制造飞船，登月成功……"

"他们要去月亮上采集莲晶干什么？"

鹿长生嫣然一笑，"当然是制造弑神的终极武器，杀死我。"

宋退疾一时无言，他没敢再问鹿长生口中制造武器的"他们"是什么人。

两人尴尬沉默着行走在盐霄海上。宋退疾不知道鹿长生为什么要陪着他往远离须弥山长生天的方向走，迟疑着刚准备再次强调自己想下山走走时，鹿长生却突然飘飞到宋退疾身前，说：

"喂，我想依凭这具人偶身体，去人间走走。"

"你——什么？"宋退疾一愣。

"我想去人间走走，你来陪我吧。"她说，"陪伴着我。"

八　人间

第一百五十一手，第一百五十一年。

自大地震以来已有七年。地震震裂了诸沃野的琴川河道，发了几次洪水，毁溃良田无数。百姓重建了屋馆田陌，黛城才恢复了些烟火气。

人们都说是山神因之前的人神之局下得不好，发怒了，才引得大地震动；不过后来连续七年，登山的棋圣们都活着回来（且没有疯癫），又带来了"山神心情不错"的传闻，这种流言才平息下去，地震的真实原因也就成了谜。棋圣们返回也给人间带来了更多山顶的情报，人们才知道山顶没有宫殿，也没有棋侍，于是那些《洞天手谈录》之类空想山神与棋侍的故事的戏，也就不再演了。

宋退疾跟着鹿长生的人偶穿过盐霄海和常世恶土，来到了诸沃野。一路上他们没遇到任何危险，哪怕是在恶土上最危险的地段，面对最凶恶的魔神，鹿长生也能一只手把魔神捏起来，往地上一砸，砸出百尺大坑，以及一摊陷在坑底的焦煳肉酱。

对于鹿长生而言，最难的根本不是消灭魔神，而是——

走路。

那天，宋退疾烤了只锦毛野鸡，道："我看你一直飘着，为什么不走路？"

"我——"鹿长生窘着脸，"我坐太久了，不会走路了。"

"啊？"

"不准笑！"鹿长生提着烤鸡腿飘浮起来，小心地落在地上，迈出一步，"我试试——""吧唧"，鹿长生摔了一脸泥，鸡腿飞了出去，"噗呲"插在烂泥中。

从那时起，鹿长生努力练习走路。在常世恶土上，所有魔神邪兽都对鹿长生退避百里，但鹿长生却像三岁小儿一般，只顾着练习走路，对猎杀邪兽毫无兴趣。如此三个月，到了黛城城门前时，她终于勉强能行走，不用一直以灵力飘浮了。

他们像是一对奇异的旅人结伴而行。一路上，两人从未聊起过长生天上发生的一切往事，就像那些往事不存在一般。他们永远只聊旅途当下之事。鹿长生对人间的一切都不熟悉。她忘了如何行走、如何吃饭、如何睡觉。她从不睡觉，以山脚和山顶三百六十倍的时间流速差，她只消将精神放回山顶一小会，人间就是一个夜晚过去了。她也不知该如何吃饭，不会用筷子，吃什么都是囫囵吞下。第一次吃鱼时，鹿长生囫囵吞下了一整条鱼，鱼刺扎进了喉咙。她不得不把自己的头拆下来放在桌上看着自己的喉咙，然后动手拆开颈部的蒙皮，从筋肉间剔出一根根鱼刺。

他们一同走过山泽路驿，人间烟火。一同看过星月之良宵，淋过荒山之苦雨。一同折花鼓琴，一同仗剑行侠。江湖上渐渐传出了一位断剑侠客和翠衣佳人的侠名。

宋退疾感觉人生仿佛慢了下来。陪伴着鹿长生慢慢行走，他心中获得了久未有过的宁静与平和。在他过去二十多年的人生中，大部分日子都在学棋，而后父亲去世，家道破灭，又是练剑、练棋、复仇。

他从来都是孤身一人，从来都未安享过一刻宁静。现在，与鹿长生陪伴着闲走天地之间，清逸放纵，如饮美酒。

这是他人生中最闲适的日子。

明霄大祭前，他们来到黛城。是夜，鹿长生趴在窗台上，裸出后背。宋退疾轻轻切开她后背的蒙皮，露出脊骨，修理下面的灵力阵列。

"哇——远处的烟火好美！"鹿长生轻轻叫道。

"别……别动——"宋退疾捏住她的脊柱骨，防止刻错了阵列。完成这一笔修复后，他才说："你觉得人间怎样？"

"我都快忘了人间的生活了。"鹿长生轻轻一打响指，灵力如梭，织好后背划开的蒙皮。她往后一躺，倒在床上，全然不顾衣衫不整，玉体半露。"枯坐久了，就失去了对世界的实感，好像自己真的是高坐须弥山巅的神。"

"你难道不是？"宋退疾远望着烟火。

"当然不是，我只是灵子，半人半神，身体中存在着少量的'扭曲'力量而已。神明是一个专门的词，指的是'规则'扭曲而形成的具象人格。"

"那天——"宋退疾鼓起勇气，"那天我们测试烂柯局的时候，是我故意弄错了棋盘的宽度，我……都怪我。我想杀死你，没想到害你……都怪我……"

"我知道。"

"你知道？"

鹿长生一笑："我当然知道。"

"那你还……我是……我那时是……"

"是真的想杀死我？"

"嗯。"宋退疾叹了口气。

鹿长生说："现在呢？"

"我不知道。"宋退疾道，"现在我没有什么想法，无论是杀你、恨你、爱你，还是如何。我大概只想……只想现在这个瞬间，我们在一起的这个瞬间能一直延续，直到永恒。"

大祭的烟火宁息，最后的余烟也在夜空中散去。长夜玄黑，血月赤红的月华与铁月清冷中带着锈色的月华融在一起，流照人间。

"我想永远陪着你。"宋退疾说。

"傻孩子。"鹿长生坐起身，搂住宋退疾，轻轻贴上他的耳畔。"世间没有永恒。"

声幽气淡，如夜清宁。

"来我的大梦中吧，"鹿长生轻声说，"来看看我的过去，我的生命，我的……永恒。"

"来我的梦中陪我。"

九　常世之大梦

鹿长生曾认为，晓之国的一切是永恒的。

因为明光主神是永恒的。

两千年风云变幻，晓之国更换了十六个朝代，就连鹿长生所接手的白苑，也换过了五位灵子。但明光主一直存在。

鹿长生唯一的忙事，就是管理白苑中的花花草草与动物们。身为长青术士，调动花草植物之力，组织魔力构建术法，本就是她擅长的事情。

她给自己的鹿角上种上了小小的明霄花。那是光明的象征，是明光主的象征。

岁月平静。直到那一日，又一个月亮从空中蚀落，降落大地，灾劫横扫整个大陆。晓之国首都太薇山的魔力之井随之超载，海量的魔力汹涌而出，影蚀之力扫过了整个国度。

明光主燃烧了自己，但仍然无法压制影蚀。她向卸下的五位灵子降下指令，前四位或去疏导魔力之井，或去压制影蚀，或去人间救厄灾劫。面对着鹿长生，灵子中最弱小的一位，明光主叹了口气。"长生，你呀，你要是再强点……"

"我也要去魔力之井下面，我行的！"鹿长生说。

"戴上这顶帽子。"明光主将一顶帽子交给鹿长生，"这是须弥之帽，帽子上自带一个世界。你戴着这个帽子世界跨越世界罅隙，就能自成一个小世界，独立于这次灾祸之外。就算人类灭亡了，整个世界再次寂灭，我们也还有一个小小世界，还有你，还有希望。""可是，我的力量撑不开世界罅隙，现在也来不及去找横渡罅隙的船——"

"我会直接送你过去，"明光主说，"我会将整个帽子世界拓扑连接，帽子就会脱离出去了。"鹿长生戴上帽子。"什么叫拓扑超越？——"

话音未落，一股温煦磅礴的力量灌入她的身体。等她睁开眼睛，她已站在须弥山顶。

她摸了摸头顶的帽子，却感觉手探入了一片扭曲的空间。她舒展灵力刺入空间，抚摸帽子，灵力拂过帽子时，山下大地上随之震颤、裂开，露出被无形巨力压过的痕迹。

她知道了拓扑超越是什么意思。她已经在须弥之帽的世界中，但世界本身依然戴在她的头顶。她抚摸头顶的帽子，就能在世界对应位置上留下痕迹；她轻轻歪头，就能导致整个大地的剧烈倾斜与地震。芥子与须弥之帽就像是自我联通的克莱因瓶，循环无尽，抑或像一只盒子，盒子中放着盒子本身。

她正头戴着世界帽子，同时又坐在这帽子的尖端上。

鹿长生在须弥山顶种下了巨树，造出树屋，坐了下来。她仔细观察过世界，没有生灵，一片荒芜。此外，山顶到山脚有着极其夸张的时间流速差异，似乎是拓扑超越剧烈扭曲时空而带来的。

她现在的任务是保护这个世界，但是这个没有任何生灵的世界，又需要保护什么呢？她不知道。

她在山顶的入口留下青石，写上"长生天"，又写上自己的灵子名号。她不知道这世界之外的晓之国是否还存在，明光主神是否还活着。她，森灵见参鹿长生，是否是人类文明最后的火种？

她不知道。

鹿长生回到树屋，坐上椅子，沉沉睡去。

再次醒来时，已是四十年后。山下度过了一万五千年的岁月。

鹿长生歪着头。漫长的沉睡中，她好像一直保持着这种歪头靠着椅子的睡姿。因此，目前整个世界是歪的——须弥山是歪的，大地倾斜，一切大气运动，河流运动，气候分布，都是斜的。

大地上不知何时涌现出了草木生灵，甚至有弱小的人类文明。这一文明刚进入铁器时代，在倾斜的大地上生存着。

鹿长生极其缓慢地摆正头，坐直。世界变平后，人类文明繁荣发展起来。他们感知到了须弥山顶的山神的存在，他们崇神，他们为鹿长生献上了最丰盛的祭品。

她并不需要这些，这些东西让她烦躁。

那一日，人间的神使带来了最好的祭祀之香。香气飘散在树屋中，鹿长生忍不住打了个喷嚏——

喷嚏带着帽子一震。

大地震颤。

百川断流，山冢崩缺，业火炎广，洪水浩洋。

第一个文明毁灭了。

鹿长生把自己关在树屋中。

她在脚下种下草木，草木刺穿下肢，穿过骨肉脏腑，直到脖颈，固定住她的身体。她以此来锁死自己的头不运动，因为每次运动，或轻或重，都是对山下世界的大灾难。

有好几次打喷嚏的时候，她只能用灵力飞速折断脖子，摁住头颅不动，然后再慢慢接回来，治愈骨折。

她在须弥山顶笼下迷雾。这样，无论山下发生什么，人类文明都不会知道她的存在，就不会再发生一次献香导致文明毁灭的怪事了⋯⋯

大概不会了，她悲凉地笑了笑。

鹿长生把重心放在学习上。从前还是御下之灵子时，她就不擅长学习——她只喜欢侍弄花草，饲育鸟兽，身上半神之力也只是天生得来，并不像某些半神之人（比如学院的那些狂热学者）是强行往身中植入扭曲而得到。因此，她对于魔力运行、万物之道、世界运转全然不知。

如果她真的要好好保护好这个世界，不辜负明光主的委托，那就必须好好学习，想办法将帽子摘下来，传给下个戴帽的人，或是想办法解除拓扑超越状态，将须弥山世界的时空泡接回另一个更大的主世界。否则，哪天她一旦死掉，帽子失去依托，整个世界都会毁灭。但她真的不擅长学习。

整整十五年，她恶补了一系列科学知识，也复习另一位灵子鹤灰的人偶制造技艺，锤造一些人偶帮工打杂。

本来，一切似乎会这么永恒下去，直到那一刻，须弥山顶被人攻击了。

鹿长生吹散遮蔽须弥山顶的雾气。她这才发现，山下的五千年中，人类又开拓出繁盛发达的文明。这个文明掌握了无与伦比的科技力量与工业实力，他们殖民整个山下世界，路网如蛛网遍布须弥山下。他们蒸干大海，登上血月。他们试着探索域外世界，却发现须弥山外似乎什么都没有。

当一切可探索之地都被探索完毕时，人们认为世界似乎是个封闭的蛋壳，物质与能量以及信息与负熵的总量有限。甚至他们的物理学已经发达到理解了莲晶的作用原理与时空的种种扭曲、交叠、成泡现象。他们大概知道，因为须弥山质能有限，整个世界不免寂灭。

在那个文明的视角中，须弥最后的秘密只剩下山顶永远研究不透的雾气。如果世界不免寂灭，在他们看来，探索雾气或许能找到延缓世界寂灭的微茫可能。

文明造出弑神的巨炮，瞄准山巅的雾气。

那一炮险些要了鹿长生的命——她被迫调用灵子的储备力量，以规则扭曲本身对抗巨炮的力量，保护自己，同时也保证自己的头不会动。

巨炮耗尽了这一文明所有的工业储备，文明已不再是鹿长生的敌人。但她决定彻底铲除这个文明——她并不忍心，但必须如此。须弥山世界作为一个小小的时空泡，有限的物质与能量并不能支撑无限的发展，一旦过度发展的熵增升至顶峰，整个世界会寂灭，时间会逆转，并且闭合成环。

到那个时候，就真没救了。

她必须清除这个文明，这个高度发展的文明是世界之敌。本来，她认为须弥山距离寂灭点还有很远——至少上万年（山顶时间），但这个文明对世界的过度开发让寂灭点提前。说不定在她灵子的寿命之内，世界就会寂灭、停滞。

她也知道，这个文明本身似乎也认识到了寂灭的存在。正是为了求生，为了求得超越寂灭的希望，这个文明才向她发起弑神的进攻；但这弑神的进攻，反而加速了世界的寂灭。

鹿长生展开灵力，施展了毕生规模最大的长青法术。她从鹿角上折下一朵明霄花，往花种中注入力量，抛入山下。

明霄花开，灵力怒绽，疾走大地之上。千万粗壮的根茎穿刺、横扫大地，拂过须弥山东北角，卷过人类文明的重工业和科研基地。花枝裂开大地，撕出沟壑，三十六亿人殒命于此。她将撕下来的大地、文明废墟与尸骨揉成巨球，以莲晶为核，悬在空中，捏成第二个月亮。

她必须这样提醒自己，不能再发生这样的事了。

第二个文明毁灭了。

花枝散去，明霄花却在大地上留了下来，处处盛开。

被弑神武器攻击，又施展了毕生最强一击后，鹿长生严重透支了自己的力量。

从世界的尺度上看，她的时间不多了。她也许还能活三十年，对于这个世界来说，也只是一万年而已。

三十年……她能找到超越须弥山帽上世界的方法吗？

似乎无论多严重的灾厄都无法灭绝人类，第三个文明兴起了。

因为忘记了处理被裹在铁月中的核辐射堆，过量和核辐射照洗了大地数百年，变异生物——被山下的人类称为邪神或者恶鬼——横行大地。鹿长生只能重新拆了铁月，清洗掉核裂变堆。

这一次，鹿长生主动展示了自己的存在，布下无数的神迹。她试着去干涉文明的进程，她赠予文明关键的知识与技术，点化他们的精英，给他们设置必要的考验。她努力控制文明的发展，让他们不至于发展得太发达而耗竭太多世界的负熵；但她又想从文明中发掘出有潜力的人，教他们知识，让他们也能思考世界的终极问题，找到解决世界被锁死在拓扑超越中的可能性。

计划并不成功。文明陷入了对她——山神——狂热的宗教崇拜。崇神成了社会的一切，成了每个人的生活与生命的全部，无论行走坐卧还是产生劳动，人的意义只在于崇神。很快，社会上爆发了大规模的教义争论。

最初的争论只是"演戏时能不能表演山神本人的形象"，接着，争论分裂到宗教生活的方方面面，从圣餐仪式时要吃面饼还是喝浊酒，明宵花要插在左边还是右边，到对教义的幽微探究与对神学的思考，人们用任何可能的议题相互争辩，每个人都认为自己所信奉的才是山神所确立的正统。最后，当争论无法用思考与辩论解决时战争就替代了思辨。

论点划分了敌我，刀与矛成为论据。

战争开始了。

狂热的宗教战争屠杀了一座又一座城，血流漫过水流，尸骨漫过田野。最后，残余的文明被恶土上核辐射所制造的邪神们摧毁了。

整个文明就只剩下最后一人——最后一位山神的圣女。圣女捧着沾满鲜血的明霄花，爬上长生天。虚弱的圣女在经历了一路上山的时间流速的变化后，筋骨断裂，再也站不起身。

圣女祈求鹿长生扫除人类的罪恶，击败邪神，救救人类。

然而，大地上已经无人可救了。

圣女死在了山崖上。鹿长生将她的尸骨葬在了铁月之上。

第三个文明毁灭了。

第四个文明兴起时，鹿长生估计自己的生命只剩十几年。她的力量在衰朽，她身上的痛楚与日俱增。筋肉与体内固定身体的树枝在摩擦，脖子的酸痛也与日俱增，有时候，折断脖子的痛楚似乎都有助于压制这种酸痛。

好在，她还没有因为长时间的枯坐而癫狂。或许这是因为她是长青术士，天然与草木亲近，也天然像树木一样坚韧。

第四个文明兴起了。文明夹在几个文明的废土——常世恶土——之间艰难发展。这一次，鹿长生无暇顾及这个文明，她必须在自己生命最后的时间中，找出拯救世界，避免毁灭的方法——无论是因为自己的死亡而毁灭，还是因为寂灭而毁灭。

但她不够聪慧。她绞尽脑汁，试着从一些歪门邪道中捕捉灵感。

最开始是琴。她听说古早之时——比晓之国还早好几次世界毁灭与新生的古代——有人曾经弹琴招来鬼神。或许弹琴能找到控制时空的方法？她试着这么研究，半年后还是失败了。

但这半年（人间的两百年）来，人间却因此风行琴道，人们以为山神喜弹琴，拼命钻研琴技、琴曲、琴器、琴道，甚至制造出了永远不会断的万籁之弦。琴艺决定了人的地位与成就，琴声就是一个人的脸面与一切。

鹿长生并不在乎人间。她接着开始研究书画。她听说在古代有人能出入画中；书画之卷，似乎也能变成须弥帽这样内含世界的宝器。在晓之国,晓书文字也是符令法术的一种,可以驱动各种魔力运转。

这一次,她研究了一年,但还是失败了。人间的文明也转而兴盛书画,他们甚至用"黛"——一种矿石色彩——命名都城,还将城外那座崖壁笔直的山命名为画壁山。人们每年向山神进献书画,鹿长生并不在乎,时间已经不多了,这小小文明的琐事,她无暇分心。最后,鹿长生把注意力放在了棋上。

她曾听过一个太古的传说,有樵夫观棋而时岁变迁,以致烂柯。她设下烂柯之局,慢慢研究,希望这一技艺能简易地操控时空。

这一次,鹿长生看见了成功的希望。棋局之旁的时空运转,确实与周围的空间不同。她全身心投入棋局中,全然没有注意到,每一天,山下都会有人上来往棋局中投入一手棋……

我不是给他们送了一个下棋的鹿角翁玩吗?鹿长生愠怒思忖着,他们怎么还来我这里下棋?

生气归生气,棋还是一手手下着。许多棋手踏入烂柯倒悬之棋旁边时,很快就因剧烈的时间流速加快而身死朽化为枯骨。鹿长生无暇顾及这些人,何况,她见过的死人太多了,头上的铁月,就是三十六亿人的棺材。

她只关心烂柯局。

她只能关心烂柯局。

时间不多了。无论是她的生命的时间,还是这个世界的时间。

摆下烂柯局的第七十三天,第七十三手。

长生天来了一位带剑少年。鹿长生本以为他是来下棋的,一面思虑着昨天自己那一手特别蠢的二路长,山下的人们会怎么应对;一面还在思考着烂柯局本身。忽然间,她手上有些痒,才发现,那少年正用铁剑刺她,她本能地抓挡住了剑锋。

她这才注意到少年的存在,注意到他那坚毅的目光。那目光似曾相识，送她进入须弥山的明光主，第二个文明操控弑神炮的士兵，将明霄花送上山顶的第三个文明最后的圣女，都有着相似的眼神。

那是为了目标而执着战斗、不死不休的眼神。

也许是被眼神触动，也许是认为少年能带来一些改变，她决定留下这个少年。

十　放舟烟波外

大梦尽处，潸然泪下。

夜风清和，自窗棂徐徐吹入，送来黛城祭典上散去的烟花硝炭的气息。宋退疾身子往后一软，倒在了鹿长生怀中。不知何时，他已然泪湿前襟。

"傻孩子！"鹿长生以袖掩面，咯咯笑道，"人生之大梦罢了，哭啥？"

"你……"宋退疾颤抖着伸出手，抚过鹿长生笑靥。靥上染着淡淡的如霞红晕，但面颊的蒙皮冰冷、细腻而柔软，像是朝霞与夜雪织融。

"我？"鹿长生按住宋退疾的手，"我脸上有东西吗？把脸皮拆下来洗洗？""你的寿命是不是剩得不多了？"宋退疾颤声问。

"不多，"鹿长生缓缓闭上眼睛，微笑着，"但是，也不少。"

"这个须弥山，这个帽子，你的寿命……你……你到底要怎么办？"

"你在关心我？"鹿长生道。

"我——"宋退疾僵住了，"不知道。"

他恨鹿长生吗？关心鹿长生吗？爱鹿长生吗？他不知道。面前这位少女，活了数百年，是这个世界的核心，力量强大的灵子，为了保护世界付出了一切，也杀死了世界上的三十六亿人。而他，只是尘世上芥虫一般渺小的凡人。他和鹿长生之间，本应什么关系都没有。

这么相陪着一路旅行，他觉得已经够了。

"我只是不想你死。"他说。

"傻孩子……"鹿长生拉上衣襟，系好束带，"没有什么是永恒的。我们出去走走吧。"

长夜寒寂。宋退疾随着鹿长生行至琴川岸边，揽一小舟，放波而下。两岸正是祭典的街市，摊铺相连，灯火宵明，有歌栏社戏，更有对人神之局的预测评说。人声鼎沸，热闹的烟火气漫于河上。

小舟荡荡，清波寒冷。

"来下棋吧。"鹿长生忽然说。

宋退疾一愣。"可是——"

"来下棋吧！"鹿长生明媚一笑，抽出脑后挽发的明霄花枝。俄而灵力舒放，花枝生长，木茎穿梭纠缠，织成纵横十九之棋坪；又结出黑白二色小果若干，以其为棋子，飘浮在半空中。"你是晚辈，你先。"

黑子从空中落下，堆在宋退疾手侧。

宋退疾稍稍点头，将黑子落在自己右手星位。两人你来我往，分占四角，又在宋退疾这一侧下成了大雪崩之势，棋形纠缠不清。下到此处，他才猛地发现，这局棋的每一步都是长生天树屋中倒悬的人神之局的重复。

两人默契地下完了前七十一手。第七十二手，鹿长生在底线二路长了一手，委曲求活，是一手大大的臭棋。

第七十三手。

宋退疾摸起棋子，轻轻抬起，却又收了回来。这正是他当年登上长生天时所需要下的一手棋，只是那时，他根本没想过去下这一手棋，他只想杀死山神。

"你想让我下哪儿？"他问道。

鹿长生探出手，在白子间摩挲着，似笑非笑："你自己想下哪儿？"

宋退疾看着鹿长生。当时这手棋被整个诸沃野研究了整整一年，棋形变化他已经烂熟于心。黑棋要么选择在外侧小尖一手，取外势，觊觎中腹之大空；要么杀进白棋内，破其眼位，绞杀白棋而取边上的实地。

"我……"他落下棋子，粘上一手，补全棋形。这也是大大的俗手，黑棋本就胜过白棋，无须补缺；这么一手，反而让白棋缓了一口气，能活下去。

"我想让你活下去。"宋退疾说。

"我的生命关联着整个世界。"鹿长生又落下一子，这一子直接塞住白棋自身的眼位，"自杀"了这一整片边地的白棋，"你不用管我。"

这一下，宋退疾不知道自己应该如何落子了。他叹了口气，说："摘下帽子，不行吗？摘下帽子，你就没有这么大的负担了，可以慢慢休养，以你的力量，应该不会死去。"

"摘下帽子谈何容易，不要再问这个事了，我只是想在人间走走而已。"鹿长生淡漠地说。

"你明明很喜欢这个世界，很想活下去，不是吗？而且，就算你不在乎自己的死活……你也要面对最后帽子怎么维持的问题。"宋退疾说，"如果我没理解错，当你的生命耗尽，无力维持住帽子的时候，这个世界也会毁灭。"

鹿长生说："是。帽子就是世界本身，如果在我力竭之前不能想办法摘下帽子，那么这个世界就会毁灭。"

"我来帮你。"

"帮我什么？"

"摘下帽子，保护世界。"宋退疾说。

鹿长生扑哧笑了。"我都做不到的事情，你要怎么做到？"

"用知识与技术。"宋退疾认真说，"我其实一直觉得你……真的……""我怎么了？"

"有点笨。"

鹿长生脸上一红。"哼！这破棋，不下了！"她撅着嘴轻轻一掀棋盘，盘上棋子纷纷移位。"不过……"她声音弱下去，"我确实不太擅长思考和学习。如果是你，或许真的可以。"

宋退疾沉入冥思。双月弯弯，倒映在琴川河面上。他们已放舟漂流至黛城城郊，河岸上，水力驱动着算棋工厂中的玲珑机器运行着，经纬线来回交错抽动，变换棋盘，计算棋谱，仿佛趴在河岸上沉思的巨兽。

宋退疾凝视着棋盘，凝视着因移位而混乱无序的棋子，凝视着棋局对面的鹿长生，恍惚之中，他只觉这一舟、一棋，在琴川的河道上下蔓延开来，无限朝着过去与未来延伸。他又想起了上一次在树屋中测试烂柯局，莲晶棋子在三维时间和二维空间中的排布，确实可以高效率干扰时空，形成时空的波动。只是，那种方法还不够，如果要摘下鹿长生的帽子，需要足以影响世界的力量。

他看着棋盘。

黑白子都被鹿长生那一掀移出了棋盘格点外，原本在格点上不相邻的棋子也碰到了一起。他若有所思。在原始的烂柯棋局中，二维离散的格点只考虑了相邻格点之间的相互作用，但实际上，不相邻的格点，也会产生相互作用。是不是应当把这种不相邻的关系也考虑进来？

换言之，棋盘上的每一个棋子，都应该和棋盘上所有的棋子相联系，而不是仅和周围四个棋子相联系。

他呆呆看着鹿长生，思绪翻涌。他好像窥破了烂柯局的秘密。

"哎，你看着我干吗？"鹿长生说。

"我，我好像悟了。"宋退疾拉起鹿长生的手，"我需要你的帮助。"

宋退疾带着鹿长生在诸沃野边缘隐居下来。与须弥山顶相比，这里时空更加平直，性质更好，更容易测试。

他们伐木筑屋，修建了小小的工坊。宋退疾平日中都在思考烂柯局的解析与利用，鹿长生则利用她自身的蛮力，做些开山填谷、疏通水道的杂事。她还制造了一批新的人偶，用在繁杂琐事上。

岁月驰逝。三年之中，宋退疾尝试了无数种理论模型，试着去解析烂柯局中莲晶棋子之间的相互作用，以及综合所产生的效果。他的尝试一次又一次失败，炸毁了三座山峰，七个工坊，五百二十九具人偶，不可胜数的耗材，终于窥见了一丝希望。

三年之后一个大雪的日子，他们开始测试。

鹿长生以自己磅礴的力量与上千人偶的配合，依照宋退疾的图纸，造出了占据整个山谷的庞大机器阵列"烂柯十六号"。烂柯十六号的主体是一巨大的三维立方体围棋棋盘"块"，无数的经、纬、竖直三向的丝线从棋块的六个面抽出，相互交错，组成织成格点的棋盘线。丝线抽动，就能移动棋盘中的格点，移动棋盘中的棋子。

鹿长生从空中飞落，砸到地面，溅起飞雪。人偶身躯吱吱作响，她捏了捏左手手腕关节，捋顺有些扭缠的肌肉。"都准备好了，"她走到宋退疾身边，"这次，你想测试什么？"

"就让明霄花的种子开花吧。"宋退疾说。

"可是普通的长青法术或者高时间流速，都能让明霄花快速开花，这有什么好测的？"鹿长生并未关注过机器的原理，她一直在操心工程设计问题。

"不不不，我们不改变时间流速，也不使用你的法术力量，"宋退疾说，"我们使用烂柯十六号来约束世界发展的轨道，来产生'世界未来的可能性'。就像把小球放在轨道上滚动一样，我们改变的只是轨道，没有去干涉小球本身；但从小球的视角看来，它一直在向前运动；但改变轨道，实际上也改变了小球的运动。"

"我不懂，先测试吧。"

宋退疾摸出明霄花种子，放在观测台上，然后一拉操纵杆，启动烂柯十六号。

远方，一道水闸拉开，上游的冰溪雪水奔出，带动水车旋转。很快，满山坡的水车辘轳转着，拖动绞盘，再牵拉丝线，穿梭棋块中。宋退疾预先编好了棋谱，刻在长短不一的铜梳齿上，丝线划过不同长度的梳齿，就能换算出三维的棋局坐标，在对应格点释放下莲晶棋子，完成一步行棋。

烂柯局结束之刻，明霄花盛放之时。

绞盘轮转，丝线飞梭，棋子一颗颗落下，冥冥之中似乎有什么产生了变动。被飞雪轻轻盖住的明霄花种，钻出了一点翠芽，继而新芽萌动，绿枝抽条，花苞捧蕊，层层绽开。

十一　尘世

第一百六十九手，第一百六十九年。

人间的棋圣换了一代又一代，须弥山下的风物却几乎总是不变。人神之局已近官子，中间种种俗手、妙手，迭代频出，以至于这局棋看着倒像是棋手的水平忽高忽低，一会儿算力通玄，一会儿愚笨不堪。

文人、棋士；舞姬、豪客；这一局棋，流注了无数人的人生。

到第一百六十九手时，须弥山上传来了山神的谕令。人神之局到此停止，神使将下山向人间传授烂柯棋术的秘密。

下山的神使是一男一女，人们发现，那正是几年前在江湖上活跃的断剑侠客与他同行的奇女子鹿姬。

宋退疾试着在人间推广烂柯之术。

改进十几次后，烂柯四十二号的原型机只有普通围棋盘见方大小，可以通过预设的棋谱改变局部世界的"未来可能性"，实现某种心想事成的效果。本来宋退疾将这种技术称之为"世界生长技术"，即控制着世界生长出所需要的状态的技术，但鹿长生认为这个名字太长、太直白，将之改成了"烂柯术"。

宋退疾计划用这一技术重塑人间的社会形态。他在琅嬛洞中查了很多资料，翻查前时代——须弥山之前的上一个世界甚至更早的世界——的历史，询问鹿长生须弥山第二个文明的历史，了解这些社会文明发展的规律。他发现，大部分文明都会存在着技术革命性突破带来社会大发展与生产力大提高的时期,即所谓的"工业革命"。他希望利用烂柯术来让社会高速发展,直到人们可以掌握整个世界的力量。

他想将整个须弥山当成烂柯棋盘,控制、改变整个世界的未来可能性,将帽子从鹿长生头顶平稳摘下来。

他不愿鹿长生死去。他想保护鹿长生,保护整个世界。哪怕他是一介凡人,力量微弱。

宋退疾与鹿长生的人偶以神使的身份来到人间。他负责推广机器,开拓市场,鹿长生负责保护他,处理敌对势力,以及教授他如何以山神的名义笼络人心、操纵政局。鹿长生擅长于此,在第三个文明的时代,她曾耗费了上千年用于控制文明、帮助他们发展。

最初的推广并不顺利,没人愿意尝试烂柯术这种奇怪、难用、难控制的机器与技术。宋退疾试着在围棋数算行业推广这一机器。在这一行当中,人们使用三层楼高的玲珑机来计算围棋棋局的变化,继而分析如何下棋。烂柯机器并不能直接下棋,但三台以上的烂柯机器组合起来,可以组成通用的计算机器——一台烂柯机负责提问题,另外两台负责验证"是/否"两种未来的可能。这种通用计算核心组成的新式围棋数算机器很快击败了老旧而庞大的老玲珑机,被所有棋院采用。

破局之后,事情就简单了起来。围棋行业在诸沃野规模庞大,围棋数算机器需求颇多,为了制造这些机器,人们开始使用烂柯机来制造烂柯机——无论冶铁、铸造、切削,中间任何一个步骤都能使用烂柯机来完成,烂柯机也就成了制造一切机器的母机器。慢慢地,社会上的大部分生产活动,都有了烂柯机的身影。

人们很快发现山神的兴趣并不在围棋,而在烂柯之术。山神兴趣的转移以及烂柯术本身的大发展,击垮了人间的围棋行业,就像当年围棋行业击败了书画行业一般。新的棋士——操纵烂柯机的人——取代了旧的棋士,旧棋士们纷纷冲进工坊打砸烂柯机,并纠集叛军,杀向黛城,要"清神侧",恢复围棋的神圣正统。

战争在黛城外的琴川旁爆发。宋退疾带领着守军在战场上预设了大规模的烂柯术领域,控制了整个战场的未来发展,并操控天降大雨。叛军一路雨中行军,疲惫不堪。守军则以逸待劳,大获全胜。

这是烂柯术第一次用于战争,也是第一次用于如此大规模地控制世界。

在鹿长生的谋略运作下,宋退疾当上了人间王朝的宰相,继续推广烂柯技术。生产力的提高制造了过量的商品,人们开始向外拓展,用新技术击败常世恶土上的邪神,殖民到诸沃野之外的时代。

那是殖民与开拓的时代。每一月,甚至每一天,人类文明的边界都会向前拓展。那是宋退疾最充实、忙碌的年代。终于,人类文明的触手延伸到了世界的每一个角落,甚至人们制订了登陆血月的超级计划,只为了取得月上的莲晶,制造更多的、用于烂柯局的莲晶棋子。距离帮助鹿长生摘下帽子,只剩最后一步了。

然而,事情却并不容易。在大发展到达顶点后,人间迎来了大堕落。最初,只是发展停滞了,人们满足于富足的生活,汲汲于个人之私利。接着,钱财名利成了众人所好,为了挣钱,官员放任疫疾流行,为了升官,名士不惜挑拨起族群间的战争。

宋退疾把自己关在房间里。

"你不知道吗?世界一直都这样,人类一直都这样。"鹿长生说,"晓之国也是如此,更早的世界也是如此,须弥山的前几个文明也是如此。"

"人类……人类如此懦弱、卑贱、毒劣……"宋退疾想起了很多年前父亲在须弥山顶入烂柯局而身死后,宋家被仇家瓜分,母亲被贱卖为奴。从那时到现在,人类还是如此,从未变过。

"那你还要一直保护这个帽子?保护这个世界?"

鹿长生倚着窗台,仰望双月。"我爱这个世界。"

"为什么?!"

"我不知道。"

宋退疾恨上了这个世界，或者说，恨上了人类本身。他想起了鹿长生所经历的那四个文明，第一个文明愚昧，第二个文明贪婪，第三个文明癫狂，第四个文明，他和周围的其他人，堕落。须弥山下三万年，唯有人类的恶永恒常在。

他想试着下令修建巨大的、建满整个世界的棋盘，以之为烂柯机，帮助鹿长生摘下帽子。但哪怕他威望空前，建造如此离谱的工程还是遭到了政敌阻拦，进展缓慢。愤懑之余，他把自己关在房间中，一遍遍计算搬移帽子所需要的一些工程细节，以此来强迫自己安定心神。

终于有一日，他发现自己往昔的计算中似有错误。就算是将整个须弥山下建设成烂柯棋盘，其效果也很难平稳控制住整个世界——亦即帽子——移动离开鹿长生的头顶。他试着改变大地棋盘的布局，试着调整棋谱，但终究还是少了一点能量。

想在世界内部移动世界本身，本就是一个"自己举起自己"式的拓扑超越问题。宋退疾本以为通过烂柯技术能大幅度降低这一问题的难度，但看起来他错了。

他又试着算了很久，希望自己之前的发现是错误的。但他最后发现，一个世界想要控制或稳定住世界自身，单靠世界内的所有能量是不够的，必须引入外在的一点能量。也就是说，想要移动帽子，还需要更多的一点能量。这是物理规律所定死的。

而须弥山内能找到的唯一一点"外在"的能量，是鹿长生，那位从世界之外进入世界的灵力强大的灵子。

如果借助鹿长生的力量补足能量缺口，确实可以取下平稳帽子，但力量枯竭的鹿长生会死去。如果不取下帽子，等到鹿长生力竭之时，帽子跌落，世界会毁灭。

少女与世界，只有一者能继续存在。

十二　酩酊

宋退疾独坐长夜，思虑辗转。

他不知该怎么选择。

世界不值得被保护，他想救下鹿长生。但他却没有任何办法救下鹿长生，他摘不下那顶帽子。

退而求其次，他想和鹿长生的人偶一起隐居在世界的边缘。在那里，他们或许有数百上千年的时光，静静等待着鹿长生在长生天上的真实躯体气力耗尽，继而世界毁灭。数千年的隐居与相互陪伴，足够他们享受人间的烟火与平静。

但鹿长生肯定不会同意这个想法。宋退疾心中清楚。鹿长生将这个世界看得比什么都重。

宋退疾不敢和鹿长生说挪动帽子能量不足的情况，也不敢对她说想和她隐居的希望。他在退缩、犹豫、害怕。他变得软弱起来，他回避着鹿长生，不敢见她。

他下令推迟将整个世界变成棋盘的计划。接着，他找来全黛城最好的美酒，大口入喉，灌醉自己。唯有长醉不醒的壶中日月，能让他得到片刻的喘息。

慢慢地，朝堂上风传那个刚正不阿、勤勉清廉的宋宰相也堕落了。于是，送礼的，求亲的，纷至沓来；甘酒、香车、宝玉、美人，充盈府上。献殷勤的豪富为他在城外修了一座行宫，他便藏在行宫中饮酒、作乐，日夜欢娱，躲着鹿长生。

宋退疾仿佛成了一摊烂肉，烂在酒乐宴饮中。

初春，万物芳华，风光绮丽。轻车暖裘，香铃摇荡，宋退疾在随从的簇拥下移步城外踏青。他瘫睡在车帐下，帐前，丝竹声动，舞乐旋开，香氛浮浮，笼住春日。

舞乐行列中突然站定了一抹翠绿的身影，敛气渊默而立，如苍松听风，移世不改。

乐姬们被突然出现的陌生人吓得四散惊走。"保护宰相！"内卫四处围来，杀向翠色的人影。那翠色人影或推引，或绷架，格住八方攻击，又旋动身形，牵拉带去，甩飞所有内卫。

一时之间，帐前只剩翠色身影，望向帐上的宋退疾。

宋退疾立时酒醒了。

鹿长生朝帐上走来。

"你——你来了——"宋退疾摇摇晃晃坐起身，自嘲地笑了笑，又挠挠头，"这个酒不错，你要不要来点？"

鹿长生抓起酒杯，蹙眉嗅了嗅，又浅尝一口。"李柰禾稻之骸，果木烂酿之精。味道不错，就是滞人血脉，疲人筋骨，劳人心神。俗烂之物，饮之何用？"

她往后一甩酒杯，丢到草地上，猩红的酒液淋漓在花草上，滴滴垂落，如染血的晨露。"我就只有这么一点乐趣了。"宋退疾又倒上一杯，"你也再来一杯？"

鹿长生一挥手拍开酒杯。"你怎么了？你怎么变成这样了？你怎么……总是躲着我？""我……"宋退疾还是固拗地满上一杯酒，一饮而尽。帐外，春花烂漫。"我不希望你死去。""你什么意思？"鹿长生皱眉问道。

"我算过了，我们那个世界棋盘计划，不行，能量不够，挪不动帽子……"宋退疾颤抖着声音,"如果要挪动帽子,必须……必须要……"

"必须要我的所有力量,必须要献出我的生命,是吗?"鹿长生平静地说。"你……你知道?"

"我当然知道。"鹿长生,"我早有牺牲的觉悟。从我戴上帽子开始,我就知道自己很可能无法善终;能平稳摘下帽子而不毁灭这个世界,已经是我最好的结局了。"

"我不愿意牺牲你来保护这个世界。"宋退疾说,"这个世界,这么卑劣;我们人类,这么低贱,牺牲你来成全这个世界,不值得。"

"是。"鹿长生说,"世界糟透了,但只要有人在,世界就有希望;没有人的世界,毁灭的世界,又有什么意思呢?只要还有人在,世界总是还有发展、变好的可能的。而如果世界没了……那就什么都没了,没有希望,没有未来,一片死寂。"

宋退疾沉默了。

"最开始的时候,我是在教你什么?"鹿长生一扬眉毛。

"教我知识和技术。"

"不,我是要教你知识和技术,教你怎么能杀死我。现在,你学会了,你反而不想杀死我了?"

"不,长生……长生,我——我!"宋退疾鼓起勇气,深吸一口气,大声道,"我带你去世界边缘隐居吧,找个雪山,雪山脚下,挖个湖,种点田,一起看日出日落,看双月悬空,看春华冬雪。我们不用想什么世界,什么宇宙,什么人类,就这么一百年,一千年,我陪着你,永远陪着你,直到你支持不住了世界毁灭了为止……"

宋退疾颤抖着伸出手,想握紧鹿长生的手。鹿长生往后一退,躲开了。

"你不配。"鹿长生冷冷地说。

宋退疾呆愕着，浑身发颤，"不，我——不，不是我不配！是这个世界不配！是所有人类不配！凭什么是你要去死？这个糟糕的世界，放它毁灭就完了！世界没有你重要！"

"我的时间不多了。"鹿长生喟然长叹，望着宋退疾，神容落寞，"力量的衰退比我预想中更快，我的寿命可能只剩下一个月，也就是人间的三十年。"

"你——"宋退疾站起身，走向鹿长生。

"再见了。"鹿长生往帐外走去，"我要回到长生天专心对抗力量的衰退，无力再分神控制这个人偶了。世界毁灭之前，你就多喝点你的小酒吧。"

"长生——"

"永别了。"鹿长生切断了对人偶身躯的远程控制，身体直直往前倒下，落在春日的明霄花海中。

十三　离恨

宋退疾醉了，醉得很彻底，从头到脚，从肉体到精神。

除了酒，他无心于任何事。

他曾试着爬上须弥山顶寻找鹿长生，但须弥山顶已经被雾气所封闭，无法靠近长生天。鹿长生已经不想再见他了。

他在雾气外苦等了三天三夜，求而不得，只能怅然而归。须弥山顶三日，人间已是三载，三载中世事变幻，他因失踪而被政敌攻击、弹劾、革职、抄家。繁华散去，华馆崩颓，他不在乎。他醉着滚入草莽，带着那具早已没有灵魂的鹿长生的人偶，整日在黛城外的烟汀乡野间烂醉、大睡。

有一日，宋退疾醉得酩酊摇晃，浮睡在琴川中，酣醉着随波漂下，被下游的渔家女夏娥捞起。稍稍清醒后，他问道："为什么要救我？放我淹死不好？"

"你这人好奇怪？"夏娥忙着晒咸鱼干，"人命关天，怎么能不救，怎么能看着你就这么死去？"

于是，宋退疾搬着自己的全身家当——一把断剑，一具鹿长生的人偶——在渔村住了下来。他也学着别人捕鱼，聊换薄钱抵酒债。不少人厌弃了村中多了个整日酣醉的懒汉，但好在这个懒汉不发酒疯，平日中也多行好事，风言也少了下去。后来有一日，村中被流寇光顾，宋退疾拔剑而出，迎战群寇。凭借着过往随鹿长生历练的经验以及自己被渡时之果核强化的肉体与右手的傀儡手臂，他把强盗们杀得片甲不留。

他和村民们的关系好了起来。村民们会找他闲聊，送他小壶浊酒，教他怎么捕鱼，请他教村里的孩子习武，组织保卫村庄团练。夏娥还关心过他的终身大事，问他是否成亲。

"没有。"宋退疾放下酒杯，"不过，我心里面已经有人了。"

"是你的心上人吗？她在哪儿？黛城？"夏娥问道。

宋退疾指了指须弥山顶。"心上人吗？我不知道……我不知道我对她是什么感情……""山顶？你的爱人难道是山神？"夏娥笑了起来，"宋大侠，你酒又喝多啦！"

如此过了两三年，黛城中烂柯术高速发展，烂柯工厂林立而起，取代了那些老棋馆和工坊。这些工厂以体积庞大的棋块为核心，利用烂柯术实现各种可能，进行制造和生产。本来传统烂柯机牵动棋盘线依靠水车或风车为动力，效率低下；后来，烂柯机的动力变成了专门提供动力的烂柯机，效率提升了不少。但这样又出现了问题——烂柯机需要使用莲晶作为棋子，但莲晶非常稀少、昂贵。

在第二个文明的时候，整个文明不惜将整个盐霄海煮干，只为了获得海中溶解的微量莲晶。于是，人间的烂柯机很快发展到了第三代动力技术。

使用人力。

工厂主们发现，通过人力拉纤带动转盘，再去带动棋盘丝可以达到同样的效果。而且人力更便宜，更好用。只要恩威并用把人变成奴隶，再提供足量的食物，奴工们就会源源不断提供动力，用死了就再换一批。这比修建提供动力的烂柯机消耗的莲晶便宜多了。

哪怕考虑到食物的问题，专门建设食物工厂使用烂柯技术生产食物，效率也比建设农田高得多。很快，所有工厂主、王族和官僚都意识到，农田没用了，农民也没用了，所有底层人最好的去处就是进烂柯工厂去拉纤转动转盘。

烂柯工厂扩张开来。黛城仿佛血黑色的岩浆,向着四周流淌,毁灭村野,凝固出新的工厂,将农民们卷入其中,变成拉纤奴工。画壁山也未能幸免。人们掏空画壁山山体,在其中修建棋盘块。棋盘丝洞穿了大峭壁,从原本刻着人神之局的时刻棋盘格点上刺出,连向山下的绞盘。

当黛城扩张到渔村时,渔村也被这股庞大的力量吞噬了。所有渔民都沦落进入工厂,在监工的鞭打下拉纤,用艰辛的劳动换取微薄的食物。奴工们用肩膀扛着纤绳,日夜拉动,肩上磨损出血,血湿纤绳,又混着汗水滴下,将绞盘下的铁地面锈出大片殷红与锈红相混合的斑滓。但凡逃跑的奴工,都被军士抓了回来,吊死在转盘前,让所有拉纤的奴工看见。

宋退疾并不在乎周围环境的变化。他的精神早已麻木,只是在静静等待着迟早会到来的世界毁灭。但饶是如此,每每看到渔村的其他人被鞭笞、被辱骂、衣不蔽体、食不果腹,他都心痛不忍。世界已经糟糕透了,为什么这些善良的人还要受苦、受折磨?

他不知道。

世界能好起来吗?他常在拉纤时发呆思考。

有时,他也会想,或许这个世界并不是他想象中的那么黑暗,人类也并非他想象中恶劣不堪。世界是复杂的,也有许多渔村村民这样的善良的普通底层人。再说,他不过一介凡人,有什么资格评说整个世界、整个人类?他也只是这个世界、这个人类中的小小个体罢了。

或许因为和鹿长生在一起太久了,他也习惯从"山神"那样宏大的视角来思考问题了?宋退疾并不知道。但他不忍心看见夏娥、村民、奴工们生活在地狱般的环境中,世界不应该是这样的。

但他也不想做什么了。世界已经快毁灭了。

又是两年过去,黛城中对奴工的压迫越发严重,但更多的奴工正在涌来——大规模的烂柯机工厂在须弥山脚下各地铺开,农民们失去田地,只能进城卖身为奴工。同时,上层的那些豪强官僚,却在烂柯机生产的海量物资支撑下过着骄奢淫逸的生活。上层世界流下来的一点点垃圾与渣滓,都是底层奴工好几天的口粮。拾荒甚至成了比拉纤更挣钱的行当。

两年中,整个世界震动了三次。规模巨大的地震与山崩撕开大地,吞噬一座座的烂柯工厂,山火炎炎,洪水横流,流民饥馑,荒野尽是饿殍。

人们多认为这是天灾,但宋退疾知道,这是鹿长生支撑不住了。她的力量已临近崩溃,无力再平稳支撑住头顶的世界。

地震渐多,更多的灾民涌入黛城,食物紧缺,以至于拉纤的奴工都成了能换得食物的热门工作。监工们更是喜欢克扣本应发下来的食物,拿去黑市上换钱。一日,监工们抓着夏娥来到奴工们居住的渣滓楼舍门口,大声道:"奴工夏娥,盗窃物资,被我们抓到了!""我只是取回本来就属于我们的稻子!"夏娥说,"是你们在克扣东西!"

人群围了起来,怒目瞪着监工们。

"稻子?你明明偷的是莲晶棋子!"监工狠狠扬鞭,抽夏娥。

夏娥惨叫一声,说不出话。

"你们这些人,限三天之内交出被她偷的莲晶棋子,或者交出同等价值的东西抵扣,"监工恶狠狠一扬鞭子,吓得夏娥一哆嗦,"否则——"

啪。鞭子在空中被抽得炸响。

"她没偷东西。"宋退疾大步走上前去,和监工对峙。

"哟,你又是谁?小偷的同伙?"领头的监工狞笑着,"去拆他们俩的家,把丢掉的莲晶搜出来!"

"你们敢——"宋退疾大喝一声。

"有什么不敢?"领头监工大笑着。

其他监工领命冲进屋舍,将宋退疾和夏娥的居所翻箱倒柜,搜了个底朝天。很快,监工们抱着鹿长生的人偶走出来,说:"老大,他屋里有个女人!"

领头监工看见鹿长生的人偶,面露贪羡之色,走上前去,油腻的手摸上鹿长生的脸颊。"真美……我就从没见过这么美的女子……啧,这是,死了?不,这么冷,是人偶?"他挑衅着用手撩起鹿长生的下颌,又掐了掐脸蛋,"小子,这是你从哪里偷来的好东西!她被没收了,我要把她物归原主!然后,你们所有人,盗窃连坐,罚一个月口粮,刚才的莲晶盗窃,也要继续赔偿!"

人群中传来哀号。宋退疾冷冷一笑,拔出断剑,朝着领头监工走去。"把你的猪手挪开。""哟,还私藏兵器!罪加一等!给我抓起来!"领头监工又狠狠在鹿长生脸颊上一摸。

"宋大侠,你别冲动!"夏娥哭了起来,"是我偷了东西,监工老爷,求求你!你放了他,和他无关!"

宋退疾已经很久没用过剑了。最初,他只是想在江汀小村安然闲醉,等着世界毁灭而已。但现在,他总觉自己应当多做点什么,至少,为了周围这些善良的人。

他挥剑。剑影纵横,如鹰隼凌云,绝荡四周,击退那些围上来的监工。

宋退疾一甩剑锋,朝着监工领头走去。

"你……你竟敢——"领头的监工声音发颤。

"我说了,"宋退疾举起剑,"把你的猪手从她脸上挪开。"

他一剑刺下,刺穿领头监工的胸膛,拔剑,凝视着剑上的血珠,又回过身,扫视身后的所有人。

宋退疾沉默着高高举起剑,直指头顶,直指黛城的上空工厂主、官僚和皇帝居住的位置。

十四　万物

叛乱开始了。

先是从黛城的边缘烂柯工厂，接着是内城的核心工厂。叛乱的奴工们冲击着监工的监管，砸烂绞盘，砍断纤绳。宋退疾以断剑为号召，招揽叛乱的奴工们，收编为军。很快，皇帝的军队从皇宫和城外调来，镇压叛乱。

大部分叛乱都被镇压下来，宋退疾带着叛军龟缩在一处烂柯工厂中。危局之中，他研究着工厂的烂柯机器，编制了新的棋谱，安排大家执行。

皇帝的军队攻来，烂柯术刚刚启动。烂柯术扭曲前方的空间，一栋工厂倒塌，砸在军队上，引发死伤无数，宋退疾再一次带军冲锋，身先士卒，砍翻了前来镇压的军队。

这世界上恐怕没有人比他更熟悉烂柯术的使用了。他凭借着这一技术，在工厂遍地的黛城中与皇帝的军队鏖战，七日内穿插奔行，直上皇宫，一剑刺中皇帝的心脏。

皇帝陨落了。

宋退疾自承冕旒，登顶为帝。他先是大开粮仓，赈济灾民，又以雷霆手段编治军队，对抗四方诸侯。战争持续了三年，凭借着狠辣果决的手腕与对烂柯术出神入化的运用，他扫平天下，一统须弥山。

但宋退疾依然迷茫着。他甚至不知道自己是为了什么而行动，为了什么而活着。他既不是为了解放世界而行动，也不是为了奴役世界而行动。他想所有人都过上平稳安宁的好生活，又会时而觉得人类卑劣不堪，人类终会自己毁灭自己。他想试着去改变世界，但一念到世界即将毁灭，又觉得什么都来不及。或者，他又会觉得，无论怎么改变世界，单靠他一人的力量，根本无法纠正整个人类的低劣天性，世界终究还是会烂下去。人类根本得不到解放。

抑或，他身为一介凡人，其实根本不用考虑这些问题，只需要庸俗着活下去就好？

他高坐王座上，被迷惘所包裹。他常常在想，鹿长生是否也会被这些宏大的问题所困扰？她又是怎么看待这些问题的，她又是为什么这么热爱这个世界？

一个又一个的月夜，他常常和鹿长生的人偶坐在一起，思考这些问题。思考到头痛之后，他又沉湎在对鹿长生的回忆中，回想起他和她下山相陪而行的那几个月，想起路上的诸多小事：鹿长生因为不会走路而跌跤、甩飞的鸡腿；明霄大祭上他们一起看过的烟花，还有烟波荡荡的琴川上共泛的轻舟。

往事历历，如在眼前。

世界的崩溃越发明显。他隐隐能感知到，世界——或者说支撑着世界的鹿长生——只剩下十年左右的存在寿命了。

或许，所有的问题都没有了意义。他只是想再见鹿长生一面而已。

只需要一面就好。

他做出了决定。

宋退疾强硬地推行起建设计划，他计划将整个世界建设成巨大的烂柯机。耗费巨大的计划遭到了所有人的反对，他化身暴君，一意孤行，粗暴地将任务分摊下去，并动用酷烈的手段维持着自己的高压统治。他继续使用人力驱动着海量的烂柯机器，制造各式各样的设备，制造出先进而复杂的登月飞船，试着从血月上取下莲晶，以支持更多的烂柯机制造。无数的奴工在压迫下奄奄一息，濒临死亡，但工程进度依然追赶不上世界崩解的速度。天灾还在越来越多。

登月飞船发射的时候，叛乱爆发了。他昔日的战友夏娥举起了叛旗，直指断剑的暴君。

登月飞船带着莲晶回来时，叛乱结束了。他把夏娥绞死，挂在画壁山顶端，让所有人都能看见。

他继续推行着将世界棋盘化的计划。须弥山下的每一寸土地都被棋盘格划分开来，每个格点上设置着巨大的烂柯机器，以之为城垒。这一座座的城市组成大地棋盘上的棋子。他强迫着所有民众迁移到棋盘格点城市中，建设烂柯机器。

终于，一切都准备好了，整个世界成为他可以随意操控的烂柯机器。

他再一次登上霞径，登上须弥山。

十五　长生

这是宋退疾第三次登上须弥山顶。

长生天已不复往昔的模样。崖顶附近的森林大多枯死，树屋前的空地上，原本忙碌的傀儡们也瘫痪在地，多为残骸。树屋上结满蛛网，积着灰尘，残损破旧，犹如无人居住、破敝百年的老宅一般。

山风吹过，带来的只有腐余死灰的滞涩气息。

宋退疾伸手按在门板上，忽而恍惚。上次他站在这时，正意气风发，背负未断之剑，一心想刺杀山神。

"怎么？走到门口了又害怕了？"门后传来鹿长生恬淡的声音。

宋退疾自嘲地摇摇头，推门而入。

屋内依然是往昔模样，只是破败不少，多有积灰，就连鹿长生的鹿角上都挂着蛛网。鹿长生依然头顶芥子与须弥之帽，端坐椅中，神态威严庄重，只是眼神中多了深深的疲倦。她的脖颈皮肤有多处被植物茎须刺出，在这段时日中，她似乎操控了更多的植物刺穿、固定身体。

天光洒落，洒照在她颀长的鹿角上。原本鹿角上开着的好几朵明霄花也大多凋零，只剩最后一朵，迎着明媚的天光傲然而立。

"你来了。"鹿长生问。

"我来了。"宋退疾说。

"你终于来了？"

"你这副样子……"宋退疾走到鹿长生身边。

"是不是很难看?"鹿长生笑了笑。

"没有。"

"人间怎么样?"鹿长生问。

宋退疾迟疑了一会儿,还是决定实话实说:"人间很不好。"

鹿长生叹了一口气。

"我还是想问,"宋退疾有些迟疑,"你为什么还是这么喜欢这个世界?我在人间的这几年,世界越来越乱,还不如趁早毁灭。"

"我也想了这个问题很久。"鹿长生缓缓道,"明光主把这个世界托付给我时,我只是觉得这可能是我们最后的世界,是人类文明的火种,我要保护它。后来,这十几天我回到了长生天,我又思考了很久,也许你说的也是对的,世界太糟糕了,人类太糟糕了……""所以呢?"宋退疾问道。

"你还记得黛城那次明霄大祭吗?我们趴在窗台上看烟火。"

"记得。"

"烟火很好看。"

宋退疾叹了口气。"只因为烟火吗?"

"人间有很多好看的风景,很多美好的事,很多一瞬的烟火。"鹿长生笑了笑,"烟火很好看。还有我们相陪下山的旅行,一路闲走,是我最悠闲的时日。你想,这个世界承载了这么多美好……这就够了。"

宋退疾又叹了一口气。

"你今天来这里,总不是听我说烟火的吧?"鹿长生道。

"不,我是来杀死你的。"

"那来吧。"鹿长生淡淡地说,"用你的断剑刺进我的心脏。你第一次上山时,我也捣碎了你的心脏。这样我们算扯平了。"

宋退疾慢慢拔出断剑,握紧。他的手颤抖起来,他张张嘴,有很多话想说。这么多年来，他的迷茫、痛苦、孤独、苦楚、无助，他想慢慢地、一句句地说给鹿长生听。渔村与渔女，吞噬世界的工厂与奴工，叛乱与暴君，还有那一个个回忆着他与鹿长生的旅途往事的长夜。

但他只是张了张嘴，又闭上了。

他举起断剑，对准鹿长生心口。

"往左偏一点，我的根茎法术从右边绕过心脏了，刺不进去。"鹿长生说。

宋退疾握紧断剑，朝前一刺。断剑从肋骨与鹿长生体内的根茎之间穿过，刺穿心脏。剑柄上传来两三下激昂的心跳，接着，心跳停止了。

他启动以整个世界为规模的烂柯机。鹿长生庞大的灵力正从断剑上流出，汇入烂柯机的系统，注入整个大地上的每一个棋盘格点，每一座城市。一座座城市中的烂柯机随之被拖拉、启动，牵引着莲晶棋子在其中运动，按照预设的棋谱执行起来。

几秒后，脚下的世界传来低沉的振动，庞大的力量托起了整个世界，将它稳定住。鹿长生头顶的帽子也固定在空中，不再移动。

鹿长生身体一软，放松下来，脸上也露出解脱的神色。那些植物根须抽离了她的身体，失去支撑后，她的身体软绵绵瘫了下来。

宋退疾缓缓走到她面前，将她抱起在怀中，坐进椅子，再头顶住芥子与须弥之帽。"帮我固定一下身体。"他坐正身子。

"嗯。"鹿长生缓缓点了点头。

无数根须从地面和椅子上生长出来，刺入他的下肢与躯干。根须在肌肉之间穿刺而过，缠紧骨骼，又绕过重要的内脏，直到肋骨。宋退疾的身体就这样被固定在了座椅之上。

他撤去烂柯术。芥子与须弥之帽落在头顶。帽子并不沉重，但是宽而温厚，压迫着他喘不过气，仿佛全身血液都被世界压着涌向了下肢。体内的根须也与肌肉、骨骼摩擦，疼痛难忍。

这就是鹿长生一直承受的痛苦吗?他缓缓搂住鹿长生。鹿长生的身体轻飘飘的,躯干上似有许多凹陷,似乎是根须退出后所留下的。

鹿长生蜷在宋退疾怀中,稍稍低头,轻声说:"我的鹿角有没有硌到你?"

"没有。"宋退疾说。

"接下来,你就要顶着帽子了。世界的未来……就交给大地上的人吧。"鹿长生恬恬一笑,"反正,我卸任了。"

"如果后面没有人能接替我继续戴这顶帽子呢?"宋退疾问道,"如果帽子永远脱不下来,这个世界岂不是一直都很危险?"

"那就让世界毁灭吧,没事的。"

宋退疾叹了口气。

鹿长生缓缓闭上眼睛,声音越来越低,"烟火,真的很美。"

"说好了,下次一起看。"

鹿长生笑了笑。"没有下次了。就在这里陪着我,抱着我,直到永远……"宋退疾抱紧鹿长生。"我会陪着你的,直到世界的尽头。"

再次醒来时,已不知道是多少年后。

宋退疾望向前去。他依然抱着鹿长生的尸身。面前树屋的中央,不知什么时候站着一位翠衣的小姑娘,正手持长剑指着他。他似乎是被这位小姑娘吵醒的。

"你就是暴君山神?就是你在统治这个世界?就是你奴役了所有人?"小姑娘面有怒色,"我要杀死你。"

"嗯,你可以试试。"宋退疾笑着说,"如果杀不死我,我可以教你怎么杀死我,教你知识与技术。寻常——"

"什么乱七八糟的!"小姑娘朝他刺来。

宋退疾轻飘飘握住刺来的玄铁长剑,用力一握,折断长剑。"寻常刀剑可杀不死我。"小姑娘看着手中的断剑,面露愤怒、慌乱、悲凉等种种情绪。

宋退疾叹了口气，一指屋顶落灰已久的倒悬棋盘，说，"罢了，来下棋吧。"

他一挥手，屋后飞来莲晶棋子若干，落入倒扣的棋篓中。"拿好了，莲晶的重力是反的。棋盘在屋顶。你是晚辈，你执黑，先落子吧。"

第一手。

第三万六千又一年。

刘天一，科幻作家，声学博士，热爱创作严谨而有趣的世界观。代表作《长生记》获2023年科幻春晚征文比赛优秀中篇奖。

豆巴，豆丙与豆丁

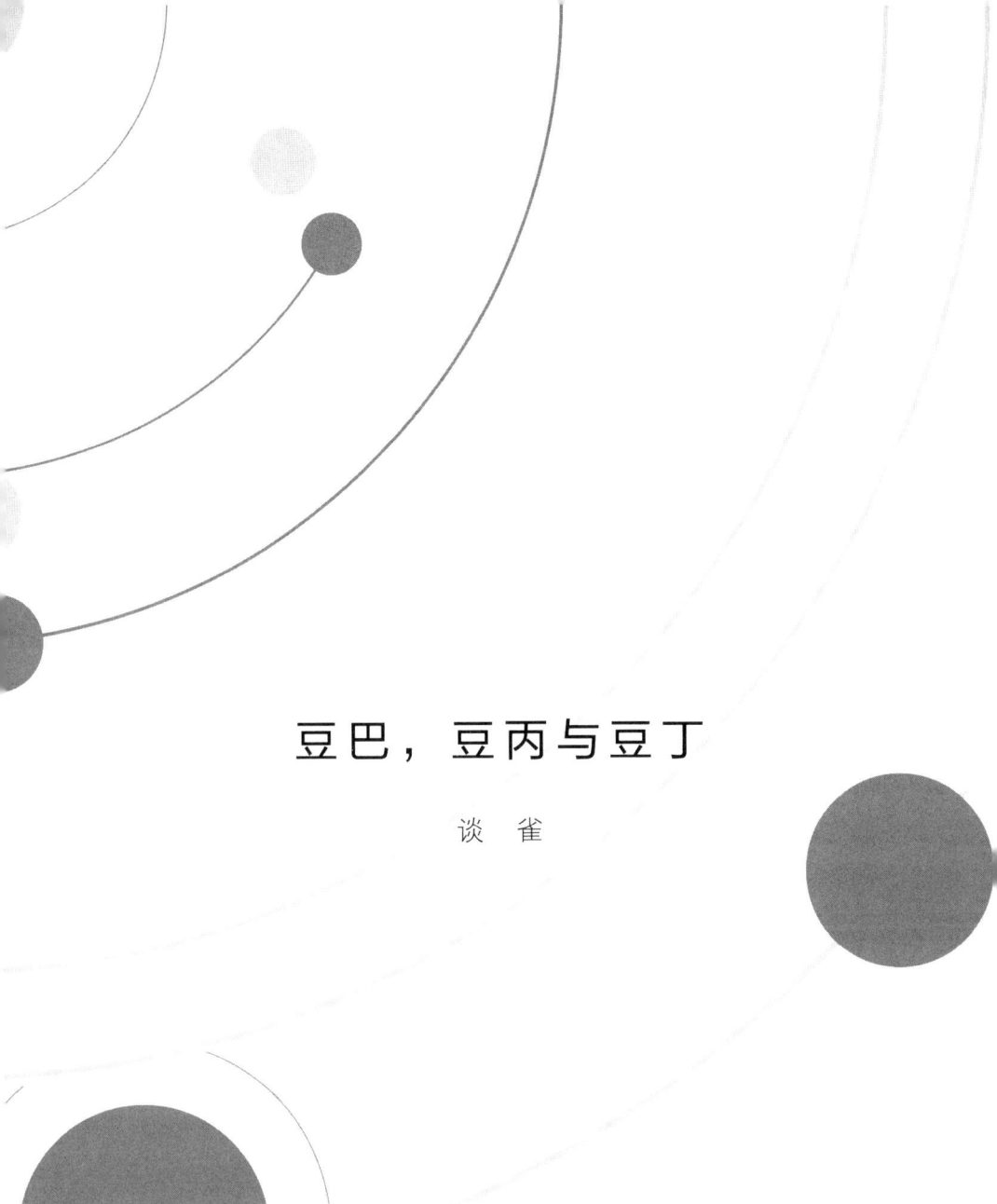

谈 雀

一　韩子庆

我并不热衷于应酬，每日流连茶楼戏园，听评弹，吃老酒，全然是为了做生意。生意场里的买卖，本就是在觥筹交错间谈成的。

"银钱上的事，桩桩催人命，不说这个了，来吃老酒吃老酒。"同桌的张漪村喝得脸酡红，晃晃悠悠托住一杯酒，拍着我肩膀道："子庆，这一鸡缸杯的酒够你吃了。"

坐我身后的南薇按住琵琶弦，悄然伸出一只手，腕上青玉镯撞在鸡缸杯上泠泠作响。她是苏北昆曲班子出身，会弹琵琶和三弦，也会唱曲说书。她同我关系极好，我们这帮浮浪子弟谈生意，往往请她来弄弦弹唱。

南薇冷笑道："子庆嘛，你们都知道，药汤当作饭来吃的人，喝这一杯子酒要了他的命好伐？"

说毕，她接过酒杯，一口气饮尽，然后掷了鸡缸杯，手拨琵琶缓启朱唇，音至三四叠，如银霜冷雨，"御江寒，先敬君侯用酒三瓯……"

席上当即响起一片叫好声。

我自小体弱，草仁堂的大夫以人参为引子，断言我这身子骨须得人参慢慢吊着，方能养得好起来。父亲死后，家中钱财大半用在了这味药引子上。我又屡试不中，区区考了个秀才，日日在父亲旧部门下当个幕僚。

前些年碰上匪灾，祖上在闽南粤东一带田产收成不佳。也有消息说，科举没几年要废了，我索性辞了幕僚一职，邀上旧时三江学堂的同学张漪村，同他合伙办了份报纸，他出钱我出力，半月一刊，刊名叫作《三江奇闻月报》。

我每夜在四马路的三鸦园吃酒，正是为了拿狼毫笔记下说书奇闻，茶楼戏园里向来趣事多，或是官场上的龌龊事，或是天南地北跑单帮的稀奇事。有时我也跟两广商人谈生意，他们出钱登广告，招相帮长工短工，或是找找销路。往往几个广告下来，就占了我一份报半个版面。

南薇唱毕，席上开始划拳吃老酒，输了便要说段奇闻。张漪村说了段巴黎万国博览会的事，席上众人犹不满意。

南薇抱住琵琶在我身后坐定。她懒懒揉弄指尖，笑道："张大少爷见得多了，一个博览会就把你治住了，要见到法国的蒸汽船，岂不吓得心脏都跳出来了，简直要跪倒在码头上，说'稀奇稀奇，大门敞开了，请进来坐坐！'"

席上又大笑起来。张漪村脸上挂不住，握扇敲桌，怒道："那你们倒是讲个稀奇事来，光把嘴架在我身上，有个什么意思！"

坐我身旁的孙靖民站了起来，道："我说一个。"孙靖民是我三江学堂的同窗，幼时同我极好，我考中秀才那年他去了德国留洋。他脸长，直鼻沉沉垂着，相貌看上去像鸵鸟，加上留洋后剪了辫子，一向戴顶宽檐帽垂齐肩发，鼻上架住玳瑁圆镜，更像不苟言笑的鸟类生物。常有人背地里喊他西洋鸟。他一向性子古怪，不喜与人交谈，就算是在酒席上，也只顾独自喝闷酒。

见他站起身，席上众人纳罕。我也撑着头勉强支起身子，从衣襟里掏出小小一本"奇闻密册"，等着随时记下来。

孙靖民道："我在德国留洋那几年，先学造船，后改换生物医学，做过不少动物实验。临毕业那年，有人坐船渡洋找到我老师，让我们做复活手术，他家是两广有名的绸缎大王，家中钱财不知多少，因家主病重，找到我们，让我们把那人头颅心脏移植到家仆身上，以此复活家主。"

席上众人听得出神。

"稀奇！"我当即振奋精神，掏出狼毫毛笔，轻轻在酒中一蘸，迅速在本上记下来。

"后来呢？"南薇问。

孙靖民道："头颅一割，身子当即就死，我老师拒绝了那家人，不料那家仆一心求死，非要撞死在我老师门前，我老师思虑多天，才跟我说有种方法可行——取下将死之人的皮肉，取出其中核心物质，注入母卵中，在培养皿中细心培养，便能长出同原先一模一样之人，这算是——"

"借尸还魂？"有人倒吸一口凉气。

我听得发怔，席上鸦雀无声。自鸣钟"铛铛铛铛"敲了四下，正是夜间四点，弄堂俱静偶闻猫叫。我身上寒毛根根战栗，再望众人也皆一脸惧色。

南薇却意外打起精神，托住沉甸甸缀着繁复苏绣的袖子，起身问孙靖民："孙大少爷，你能平白无故造出个人，能打包票一模一样吗？"

孙靖民笑了，他笑起来比不笑更难看。他道："你没听说过中国老古话吗，道生一，一生二，二生三，三生万物。我老师的方法便是'道'，一便是肉体中最微小的东西，我老师呼作'Zelle'，用中国话说是'细胞'，原本细胞取自你身上，再生长繁殖起来，也就跟你毫无二致。"

"懂了！"张漪村拍掌大笑，"这东西就跟你身上物什一般，养起来比你亲儿子还亲。"

"后来呢？"南薇追问。

孙靖民脸上荫翳浮动，他略抬起头，鹰隼般锐利的目光扫视众人，连我也心生寒意，手中握笔战战。他道："我依老师方法照做后，不消几天，培养皿中细胞便繁殖分裂许多，只可惜我接到家中电报，家父因病去世，我只好中断学业回国奔丧。"

他从袖中掏出一枚怀表，翻开表盖，里面嵌着一张黑白照片，是一大胡子高大洋人和一佝偻瘦小的长须男子合影。"这就是我老师和那位做手术的辛大人。"孙靖民托怀表，递给席上众人看。

"稀奇，稀奇！"张漪村笑道，"孙大少爷一般不说话，说话不一般呵！这下子庆也跟着享福气，有稿可写要发财了。"

一时间席上纷纷敬酒，"孙大少爷发财！""韩大少爷发财！"不绝于耳。

我则写得痴迷，手中狼毫笔走龙蛇，在密册上挥笔如风。

"那么请教孙兄，你这'道'叫作什么名呢？"我停笔问孙靖民。

他略做沉思，道："我老师说这算无性繁殖，若是简便点，可用希腊文'Cloe'来代替，翻作中国话就是'克隆'。"

我当即挥笔写下——《奇闻！克隆妖法竟使洋人借尸还魂！》。

翌日我将底稿急急送去石印，报纸出来后果然大卖，从报刊报童中收来的银圆铜钱堆了几篾笋。那几日我撰写的奇闻在酒楼番菜馆里成为笑谈，甚至去四马路逛一逛都能听到洋行里的人在讨论。

报纸销量大涨，找上报馆的广告也多了起来。也有人来信，央我复活她死去的兄弟，我搁置一旁付之一笑。

报馆里有了钱，我便生出心思，想为南薇赎身。南薇在三鸦园名气大，一场评弹座无虚席，养母撂下话来，南薇卖身契签在戏班子，如若为她赎身，非得五千银圆不可，而我耗尽家财，拢共不过三千有余。我尚自踌躇，见南薇这副样子，心下更是无可奈何。

我没了主意，南薇却从身后抱出一只小狗，道："哝，刚捡来的流浪狗，他孙大少爷不是说能克隆吗，干脆你们就做克隆生意好了，先在它身上做手术，成功了嘛再给人做，道理嘛都是一样的。"

一只通体雪白,腿脚矮小,生得圆滚滚的小狗出现在我面前。

"嗷呜——"它伸着脖子号叫。

南薇给它取名叫豆巴,推着我立刻去找孙靖民,与他商议合伙做克隆生意之事。

"可这……毕竟是妖法,万一出了事呢?"我尚自踌躇。

"侬真是个黄鱼脑子!我都不怕你倒怕了,你胆子小就不要学人家做生意好了!"南薇抽出手帕打了下我的脸,"这世道讲究什么同学情谊,讲得天花乱坠了,都不如讲洋钱来得好听。"

我尚自踌躇,豆巴似乎听见我的心事,在我怀中轻轻磨蹭着。

"豆巴……"我轻声唤它,心里涌现一股柔情。

磋磨半月,孙靖民终于同意跟我合伙,条件是我赚取的银圆要和他四六分成。为了瞒过张漪村,我将报馆隔壁的亭子间租下,用来做孙靖民的实验,电线开关煤气灯都依他的主意,挨个安装好,至于那些显微镜玻璃器皿也统统买了舶来品。我将豆巴交给孙靖民。他并未多言,只知会我一声,让我三餐时派人拎来食盒即可。

再见到豆巴已是一个多月后。

那夜应酬颇多,回到报馆已是深夜。我一进门,便有只黑影蹿来。我忙大喊一声,旋亮电灯,这才发现是豆巴。它尾巴摇得像竹蜻蜓,身上毛色脏污,黏着丝丝缕缕结了块的血迹。我忙跳起身,一把抱住豆巴。它变得非常瘦,身子更是散发一股难闻的味道。

"嗷呜——"豆巴仰起脖子兴奋号叫,不住地舔我的脸,又期待地闻我的袖子。以往我会笼些点心带在袖中,可这次我袖中空空。

"孙靖民定是饿着你了!"我笃定道,望着豆巴那副急切的模样,我心中涌起愧疚之情,对孙靖民也更为愤怒,"他在学堂时就吃得比旁人多,还抢过我的点心,果然本性难移!"

"子庆……"角落里传来一声低语,"我没饿着它。"

孙靖民浑身血迹，从角落里踉踉跄跄走出来，身上滚出几个馒头。那副高大的身体险些倒在地上。他头发长得尤其长，唇边也胡乱长起胡须，身上穿的实验服满是油斑血迹。他抬起头，那副憔悴的模样在月光里显出几分迷离。

我忙腾出手扶住他，骂道："好好的人不做，要做鬼打破窗户进来，你要找我去戏园不就成了。"

"我等了你好久了，一直没等到你，子庆我……我终于成功了。"他轻轻说道，接着便倒在了地上。

我一愣，郁结多天的心结倏尔解开，"在哪儿？！"

孙靖民缓缓抬起手，指着豆巴道："移植到了它肚子里，再等等看吧。"说完他便闭上了双眼，借着月光沉沉睡了过去。

《奇闻！克隆神法重现三江——西洋某生已成功培植克隆体》一文占据头版，我从报馆二楼往下看，这份报纸飞向三江每条弄堂，报童光脚飞奔，扯着喉咙大叫：

"卖报卖报！克隆神法好！克隆神法妙！克隆神法延寿无疆！"

"我早说了，豆巴嘛，是条好狗。"夜间，南薇在席上笑道，她将琵琶撂在一旁，抱住豆巴不住摩挲。豆巴在她怀里安心伏着，慢悠悠啃一根骨头。

孙靖民还是一贯不多言，只一杯接一杯喝着酒。

我摸了摸豆巴沉甸甸的肚子，道："只可惜它要受苦了，起先看它一副憨憨模样，我还以为它是公的。"

"公的干不成这事。"孙靖民放下酒杯。席上听闻又是哄笑。

张漪村停了笑，酒杯递到我跟前，问："你们究竟在做什么，连只狗的公母都要计较，难不成偷摸背着我做买卖？"

我讷讷推托，被他逼得没法，只好一口气饮尽杯中酒。

"我晓得了，我晓得了！"张漪村忽然大叫起来，指着南薇笑道：

"你们做给狗配种的生意!这下可被我揪到了,出洋相啦,韩大少爷!"

我兀自出神,只轻声哼着回应他。

"谁配的种,不是你吧孙大少爷?"张漪村越发得意,他脱了外衫,争着要同孙靖民划拳,孙靖民淡淡的,并不十分应酬。

"假洋鬼子,你傲气什么!"张漪村泼了那杯酒,破口大骂道。

孙靖民立马站起身,掀翻了桌子,台面上鸡缸杯高颈壶哗啦啦摔了一地。张漪村气得发怔,冲上去甩了孙靖民一个嘴巴,把他眼镜打得跌落在地。

我慌忙扶住南薇支起身子,勉强立在二人中间,"一个学堂出来的亲兄弟,闹翻了脸让旁人看笑话,都消消气,是我疏忽了,该我的酒,我自罚一杯。"

"与你无关,我早就跟他互相不对付了。"张漪村大手推开我,揪住孙靖民领子,眼见拳头要落在那张长脸上,我赶忙凑上去,被一拳打了个头晕眼花,晕头转向。

"嗷!"豆巴尖叫一声,当即冲上去撕咬张漪村的袍子。

"疯癫啦,这臭狗!"张漪村甩不开豆巴,席上众人连忙拉扯住张漪村。他体格生得粗壮,几个人险些拉不住他。

"张大少爷神气喔!"南薇站起身瞪着张漪村,一双杏眼瞪得浑圆,"孙大少爷同你什么仇怨,无端吃了你一个耳光,我道今天烧得什么火,原来阎王不在小鬼发威,心里头有火转挑病鸭子烧,你张大少爷也听仔细了,这酒桌上人人长个嘴巴,今晚公鸡唱了五更夜,明晌就有人把你编成词,从三鸦园唱到三江码头上!"

张漪村脸烧得通红,直逼到南薇面前来,"你不过是个唱小曲的破戏子,什么妖档货色,在三江唱出了名,就以为自己是个角儿吗,下贱坯子看你明日死在哪条马路,我去敲锣打鼓放鞭炮!"

说着他又要争上前来,被众人死死按住胳膊。四下里正是乱作一团，豆巴狂吠不止，房里的娘姨大姐急得乱颠小脚，抱在一块掩面哭泣。

"帖子来了！"

一个相帮跑腿的踅到楼上，战战兢兢道："给韩大少爷的帖子，刚送到楼下的。"

南薇径直揽收了帖子，面含愠色道："这辰光谁来发帖子，韩大少爷走两步都要跌跤，真坍台了！"

仅是须臾之间，她的脸便堆起浓浓的笑，将帖子直塞入我怀里。我展开一看，这局票竟是一封写与我的密信。

"张大少爷，伸手不打笑脸人，你要放鞭炮我替你放，你要打我脸吗，我替你打。"南薇笑吟吟伸长脖子，翘起手轻轻拍打两下脸。

张漪村也笑了，望向众人道："先兵后礼了这是，我们这帮男子汉果真玩不过她们做嘴皮子生意的。"他径直赶到南薇面前，拼劲搧了她一巴掌，"臭戏子！"

我立即起身，南薇横过一只手拦住我，"钱要紧。"她低声道。

密信上附有一张五千元的钱庄银票，信中托我帮忙克隆一位青年，许诺事成后再付五千银圆，落款是汤文斋，想是化名。

"一万块啊！"南薇轻声道，她喜得眉开眼笑，"这是及时雨下到了旱地里，我们陆路不走，走水路！"

"还是戏子会做生意，挨了打还发笑。"张漪村哈哈大笑，挑衅般望着南薇和孙靖民。

我实在是个无用的男人，无论以我的体力还是钱财，都无法跟张漪村抗衡。孙靖民略望了我一眼，他嘴巴微张，上唇和下唇轻轻粘连在一处，又缓慢弹开，似乎在轻声说：

——"懦夫。"

我出离愤怒起来，"豆巴，豆巴！"我急促地呼唤它。

豆巴当然听明白我的意思，它一个箭步跳起来，一口咬住张漪村的手指。

"豆巴，咬！"我大声喊着，"豆巴，快咬！"

张漪村抽出血淋淋的指头，发狂般要抓住豆巴，豆巴身姿矫健，在席下窜来窜去，惹得张漪村一头撞上浮雕屏风，被绊住身子摔晕在地。席上又乱了起来，嬉笑怒骂声四起。

我悄悄抱起豆巴，携着南薇和孙靖民离开。

翌日我再去报馆时，门上已换了把锁。幸而我夜间将保险箱带了出来，只是缺了衣物笔墨。南薇做主为我置办了几身，并把隔壁那套三马路101号的房子一齐租了下来，一楼就算谈生意的场所。

"我早说过了，子庆的面相哪像读书人，分明是做生意的材料。"南薇坐在桌前，捏着枚果子道，"一万块银圆，堆起来能把那姓张的压垮，让他神气去，这个十足的臭瘪三！"

我将那封密信展开摊在桌上，逐字逐句研究道："这人究竟是谁，这么信得过我们，人未到钱先到，不怕我们卷了钱跑路吗？"

"天底下稀奇古怪的事多着呢，只有这洋钱是最牢靠的，人家丢出去这五千块，就不怕你不闻着味赶来，你当人是傻子，人当你啊是磨盘边的驴！"南薇笑道。

"他约定什么时候到？"孙靖民问。

我将信上日期抄录下来，"四月廿七日，还有十余天，不着急。"

"好嘛，现在安排好了，当务之急是伺候豆巴。"南薇轻抚睡着的豆巴，"咱们豆巴要当阿妈咯。"

"当务之急不是这个，"孙靖民道，他手扶破裂的眼镜片道，"是给我重新配副眼镜。"

我们将一切收拾妥当后，便一门心思等着那位汤先生的来临。

四月廿七那日是难得的晴天，苍穹如洗碧顷万里，码头边停着几只富商的船，几个光脚工人扛着大包跑来跑去。

我抱着豆巴，和南薇孙靖民在码头伫立良久。

南薇焦急道："怎么还不来，吃了早饭就来候着，现在午饭工夫都到了，人还没到，真把人等化掉了。"

孙靖民也不时看怀表，道："也许开船遇到风浪，被耽搁了。"

南薇怒道："不成！这人身上绑着五千块，我可不许他出意外！"

正说着，忽然间乌云压顶，掀起风号云泣，狂风四面八方涌来，聚成一股气旋，推得人直往江里飘，江中浪涛也被牵引得如潮灌来，浩浩汤汤如水墙立起，催逼得几艘小船颠簸摇晃帆折桅断。

码头上几个工人看得呆了，当即弃了大包四散逃亡，嘴里嚷嚷着："发天灾了！"

我只能苦苦守在孙靖民身后，一副身子骨险些被风刮到江心里。

眼见着头顶那团黑云越落越低，如庞然大物般缓缓降落，巨大的轰鸣声震得我天灵盖发颤。

"是飞艇！"孙靖民喊道。

那艘飞艇降临于三江码头上，气流四逸如万鸟过境。我被这股莫名的风吹得睁不开眼睛，透过指缝去看，飞艇稳稳降落在离我们十丈远处。

在鲲鹏般宏伟的气囊之下，悬着铝合金建造的船艇，艇身光洁如新熠熠生辉，船首船尾都装有巨大的螺旋桨。随着飞艇的落地，艇门缓缓打开，从中走出来一位清瘦的长衫中国人，他身后跟着两个小厮。

"汤文斋。"那人伸出一只手，他身材矮小，提着个保险皮箱，戴着副玻璃眼镜，眉眼倒有些许深邃，仿佛由木匠细心雕刻而成。

"原来是汤大少爷，我们在这恭候许久了。"南薇笑吟吟迎了上去，依次向他介绍我们。

汤文斋并不多言，只跟我们颔首示意，便匆匆提起皮箱赶路，"事况紧急,我们先到贵所。"他略打了个手势,身后小厮便不再跟着,而是进艇欲离开。轰鸣声再度响起,我赶忙按住帽子快步离开。

我们刚抵达住的地方,汤文斋便示意南薇反锁上大门。他将皮箱小心翼翼放在桌上,缓缓打开。里面是快要融化的冰块,裹着一块玻璃皿,透过玻璃往里看,其中躺着一枚圆柱形的肉块。

"这个很难取得,而且路程太远,从燕京到三江数千公里,怕路上有所差池,因此乘飞艇而来,"汤文斋道,"你们速度要快,只许成功不许失败。"

他同我们坦言,因家中胞弟病重,所以取了他身上物什,想要借克隆一法重造个兄弟。说话间他不住叹息垂泪,我们听后也唏嘘不已。

午饭时,南薇在四马路上的番菜馆喊了几样西洋菜。送菜的仆欧才敲开门,汤文斋便捧着怀表急匆匆离开,"汤某有急事先行一步离开,希望各位同心协力办好这件事,事成之后我自会携上五千银圆前来道谢。"

"嗷!嗷!嗷!"豆巴忽然从我怀里惊醒,它似乎以为汤文斋是贼,赶忙跳下来拦住他,龇牙咧嘴叫个不停。

"豆巴啊,汤先生不是坏人。"南薇忙伸手拢住豆巴,一把抱了起来,柔声抚摸着,"汤先生嘛,是专门来送钱的财神爷。"

听了这话,汤文斋也不禁一笑,他向我颔首告别,便匆匆推开门离去。门外仆欧拎着两大食盒,愣愣地朝里面打探。

此后我们便一门心思放在孙靖民的实验上来。

豆巴的肚子越来越沉,神态也越发疲惫。

"瞅瞅日子,还有半月不到就生产了,到时候就好了。"南薇也偶尔俯下身来,拈根狗尾巴草同豆巴玩耍,豆巴总是恹恹的。

我抽了空为南薇赎身,来来回回耗了好些天。三鸦园的齐老板帮着戏班子说话,咬死了非得一万银圆不可,否则不肯拿出卖身契。南薇的养母也哭哭啼啼，说舍不得南薇。

南薇则坐在一旁剔指甲，冷冷道："梨园里头总归心狠得多，不心狠也做不成角儿了，现在讲起来舍不得我，以前学琵琶学唱曲，稍稍推板些，擎藤条来打我，罚我寒冬腊月跪墙根子，那时你倒是舍得哦。"

养母羞惭，但仍伙同戏班子的人，咬定一万银圆，衣裳头面也拣好的留下来，否则不肯把卖身契还给南薇。我们苦苦磨了十几天，才降到八千。饶是这样，我也不得不抵押了些祖上的地契田产，才凑足了这些银钱交给她。

南薇赎身后，立马换上一身素白衣裳，拔了头上的翡翠发簪贝母压发，耳环子手镯子也一把褪掉，咣铃当啷装满一只小皮匣。

她把皮匣懒懒推到我面前，道："这以后我就是自由身了，我是欢喜唱曲的，但总被人逼着唱，往往就唱不痛快，往后我单唱给你听。你嘛，拿了这些东西换了钱也好，拿去做生意也罢，我一概不干预，你也老实点，文章嘛慢慢地写，生意嘛也慢慢地做，总能过上安稳踏实日子。"

南薇说着，眼角竟流下一行清泪。

我想起以往种种，不由得心中触动，又是感慨又是遗憾，话语堵在胸腔一时说不出口，便只好抱住她悄然拭泪。

南薇从我怀里撞出来，点着我脸上的泪，怒道："我说你啊，也要像个男人样子才好，不然遇上点麻烦，两个人抵着头哭，这叫什么事嘛！"

我只好赔着笑，故意拿头撞她，道："我这不叫哭，叫作脸蛋脏了，以泪洗面。"

"不要面孔喔！"南薇佯怒摔手帕打我，我们抱在一起笑作一团。笑声甚至惊醒了豆巴，它摇摇尾巴扑到我膝上，轻轻号叫几声。

日子一天天过去。我在等孙靖民的实验时，也抄录了几份克隆广告，找人画了个人体和八卦图在上头，日日拎糨糊桶，往三江的弄堂里贴广告。有时我路过报馆，也会进去打探职位，只可惜大多不要奇闻，只要志怪小说。

豆巴临盆那天，我恰好在四马路边搭梯子粘广告。路上一趟趟马车路过，飞出来的《三江奇闻月报》糊住我的脸，我展开一看，报纸上早已没甚奇谈，全是些西洋的舶来玩意，什么制酸制碱之法，还有占了半版面的蒸汽人偶画像，旁边附录数行小字，写着下届万国博览会将于花旗国举行，欢迎仁人志士共同前往。再一看，报纸上满是油污，想是被人包了油条大饼。

我心中作痛，将报纸攥成一团，发力掷了出去。

等我回来时，家中已是一片狼藉。南薇忙前忙后，跪在地上擦洗地板上的血迹。她见我来了，骂道："出去一整天也不知道回来看下，豆巴嘛，生两只狗崽可怜死了，险些没背过气去。"

"豆巴生了？"

我忙丢下糊桶，快步奔到豆巴狗窝旁。

它奄奄一息趴在窝里，无力地舔舐着两只小狗崽身上的毛，孙靖民半跪在一旁，凝神记录着什么。

两只狗崽同豆巴长得一模一样，只是毛色上略有浓淡之分，一只雪白，一只米白。我取名为豆甲和豆乙。

"孙大少爷，你不是打包票一模一样吗，怎么一母同胞还有别的色？"南薇问。

孙靖民皱眉不语，良久道："我取了豆巴两只卵泡，注入它自身的细胞核，等细胞培育成熟后，又牵住一根婴儿发丝，把两只细胞一分为二，尽数注入豆巴体内，只是没想到只存活了两只。它们毛色不一样，或许是母卵未完全剔除干净，才干预了些。"

南薇忙问："那克隆的人呢，会跟原来的人不一样吗？"

孙靖民摇头道:"人无毛色差异,就算不一样,也只是细微差别,肉眼难辨,只是要苦了韩夫人了。"

南薇这才松了口气,道:"这点苦算什么,能做成这件事就万事大吉阿弥陀佛了,这之后我要吃斋一年,谁都不许妨碍我。"

我犹是不解,问:"克隆人体为何会苦了南薇,又不需她出分毫气力的,你说过能完全在培养皿里培育的,现在怎么又换了说法?"

孙靖民道:"理论上是可以,但为了不出差错,我和南薇商议好了,等克隆细胞培育成熟后,便放入南薇肚中养育,只是时间要等久一些,现在不过六月,等到生产要到明年了。"他语气平淡,仿佛在说一件无关紧要的小事。

我尚不能明白,细细咀嚼这些字眼,方恍然大悟。

我心中陡然升腾起怒火,一把揪住孙靖民的领子,骂道:"你为何不跟我商议,孙靖民我枉当你同窗一场,你竟撒了这弥天大谎来诓我,豆巴受苦多日,你又让南薇步上后尘,你心里可有半点良心!"

孙靖民淡淡道:"子庆,你不要误会,一切都是为了这桩生意。"

"瘪三!"我一拳打到他脸上,竟被他轻松拿下。

他只轻轻一推,我便跌到了桌旁,桌上酒水摔了一地。我又羞又怒,心中愤懑难以言喻,索性捡起碎酒壶,要同孙靖民一决死战。

南薇当即拦在我面前,道:"你发疯也要有个限度的,现在正是做生意的时候,谁同你想些杂七杂八的龌龊事,孙大少爷比你还明理些,都知道要做成这桩生意再讲,你日后是打我骂我休我也好,我现在把话跟你摊明白了,我没跟孙大少爷做什么龌龊事!"

"够了!"我浑身发颤,心里如刀割戟戳,话语噎在胸腔里出不来,只得痛心道:"是我没用,到头来还让你作践自己。"

南薇睁着双泪眼怒道:"我何曾想作践自己,这桩生意注定了要作践人,凭什么要作践别人?"她又冷笑道:"我们女人嘛,自是要牺牲的，不是为男人牺牲，就是为大清国牺牲。男人最愿意看到我们牺牲了，哄着骗着，让我们心甘情愿作践自己，豆巴嘛是这样，我嘛也是这样，迟早让我作践没了命，这才算完了！"

"好，偏是你有千种理由，浑是我的错，我现在就走……"我一时伤心得说不出话来，看她那副模样，我更觉悲痛，身子不受控制般踅摸出门，如行尸走肉般遁入漆黑的夜。

我在茶楼里醉得不知年月。升腾而起的酒液香气弥漫在我身边，推着挤着，让我如同跌进花丛里，柔软的花朵将我团团围住，沁出温柔的甜香。那些朦胧的梦一个接一个，轻快地跳动在花瓣上，所有的欢笑声吵嚷声，都如轻柔的雨淅沥沥撒在我身上。我的心脏倏尔跳得很快，又忽然之间缓慢下来，仿佛从来不曾跳动一般。

我是被雨夜雷声惊醒的。我睁开眼睛，发现自己躺在三马路101号前，也就是家门口，想是三鸦园的相帮见我没了钱，只好将我拖回家中。夏夜的暴雨势如银箭，刺得我无处可逃，远方轰隆的雷声也震得我耳蜗发疼。

我挣扎爬起来摸锁开门，卷着浑身泥水跌进家里。还未踏入家门，便结结实实跌了一跤。我腿脚发软使不上劲，加上多日未食，浑身上下如散了架般，只剩下一堆骨头骷髅。

"出来，出来！"我怒喊着南薇和孙靖民的名字。空荡荡的房间没有人回应我，保险箱里洋钱也少了大半。我心中开始慌张起来，便踉跄着爬起身，使劲够到电灯的拉线，往下一拉，灯丝缓缓发红变亮。屋中楼上楼下并无一人。

我发狂般在楼上楼下乱窜，无论如何也找寻不到南薇他们。我几乎是哀求般哭诉道："出来，你们出来，是我错了，我韩子庆当是天下第一罪人！"

我这才明白，他俩彻彻底底离开了我。

我失魂落魄从二楼滚下来，胸中又愤又恨伤心欲绝，不禁哭号起来，哭声混合在外头的暴雨雷鸣中，拉扯得胸膛阵阵发痛。

我不知睡了多久，再睁开眼时，发现豆巴正伏在我身边，一小口一小口地舔舐我眼中的泪。它低声嘤咛，胸腔一阵阵发抖，伸出爪子抓挠我的手。我这才看见，豆巴毛色脏污，一双大眼睛湿漉漉地望着我，眼角淤结的泪痕较之往日更深。

"豆巴，豆巴。"我呼喊它的名字，将它抱入怀中，"只剩我俩了。"我将头埋在它背上，止不住地抽噎着。

豆巴也仿佛知晓我的心事，它鼻子里闷哼几声，紧紧依偎在我身边。

"只剩我们俩了。"我苦笑道。

豆巴尾巴摇了几下，从我怀里跳出来，跑到窝里，从垫着的草垫子下边咬出私藏的骨头，它兴冲冲叼着骨头跑向我。

我知道它在说："懦弱男子你怕什么，天塌了有我狗辈顶着，日后有我一口肉吃，就有你一口骨头啃。"

我紧紧攥住了那根骨头，心中所有的愧疚、仇恨、愤怒，都轰然坍塌，化作一阵惘然。

一直到癸卯年年终，我都未放弃过找寻他二人。这半年来，我帮人抄过藏书，也帮报馆写过志怪小说，拿到酬劳便先买了吃食给豆巴，其余的便化作车费和广告费用。我在《三江日报》上登了寻人启事，登一次要花费十块银圆，半年来我陆陆续续登了十余次，也没能找到他们。

孙家宅子我也去过，只剩一仆一童守着空宅。我也托人去燕京问过，得到回信说那里并无汤姓富商。

戏园茶楼我也没再去了，至于应酬吃酒一概推去，每日只吸点水烟过瘾。身子倒日益康健起来，行动之间渐渐有了气力，做起重活倒也不累。一直到年末，我旧时衣裳都不能再穿，只好找了裁缝重新量体裁衣。

除夕那夜，我对壁独酌。屋外爆竹烟花吵闹，更显得电灯下居室惨淡。活在这世上三十余年，苍茫天地之间，我只有我自己和我的狗。

"豆巴。"我轻声唤着，用筷子夹了几块排骨给它。

豆巴趴在桌上吃得狼吞虎咽。这些天以来，豆巴早已学会上桌吃饭，每每我袖了一笼点心回来，它倒先坐在椅上等候着，尾巴摇成了一朵花。

门外忽然响起"砰砰"敲门声，继而电铃响起。我忙戴上帽子去开门，这种时候能到我家的，不是催稿子的老板，便是多年未见的熟人。

我心里猛然间升起一丝期待。我打开门，竟是张漪村提着两坛子花雕来了。

"愣着干吗，开门啊！"张漪村皱眉道，"发生这么大事，把我瞒得如铁桶一般，要不是我看到寻人启事，还以为你们几个快活到爪哇国去了呢！"

见到张漪村，我心中百感交集，道："你想笑话我，干脆今晚笑个够，我只有一个要求，那就是……"

"行了，看你一副瘪三样，晦气！"张漪村大大咧咧阔步走进门，笑道："哟，韩门就是不一般，狗都是座上贵宾。"

我忙连声请他坐，道："我家跟旁人不同，只有狗才坐上座。"

张漪村放下坛子，笑道："韩子庆你当我讨债来嘛，话里话外都是硬茬子，我向你赔罪，不过真论起来，你欠我的还少吗？"

"不多，也不少。"

我也笑着坐下，和他一海碗一海碗地喝着酒。

酒酣耳热之间，张漪村劝我回到报馆，"你走后，报纸那销量哪能看啊，勉强支撑几个月，算下来倒还是赔的多。依我说，我俩干脆坐船到花旗国去，看看人家办的那万国博览会，我还能带批货去卖，报馆就等回来了再重新开张,你接着写奇闻,我继续在背后当我的阔佬,你说如何?"

"花旗国?"我醉意朦胧问。

张漪村摆手道:"哎呀就是美利坚,坐个船摇摇晃晃过了太平洋就到啦。"

"要几天?"

张漪村伸出两根手指,道:"俩月。"

我思来想去,倒也渐渐被他说服。我只有一个要求,我要带着豆巴一同前往,张漪村爽快答应了我。

于是,开春后我便带着豆巴,跟随张漪村坐上了船。开船号角声响起,水波清澈急速后退,如同失去颜色的工笔画,在早春阴寒的天空下,泛起灰白的浪花。我伏在船舷边,看着三江码头离我愈来愈远,租界、洋行、茶楼戏园,都变得如同火柴盒大小,江边堤岸有杏花开遍,茫茫一片繁华如盖。我恍如隔世般同三江站立两边,所有无法言说的往事都随着波涛浮沉上下,终于消失在晦暗的黎明后。

二　南薇

我外祖嘛，是长毛，扛起大刀砍过清兵的。我爹爹嘛，是打义和拳的，也不差，拿洋枪崩死过洋鬼子的。我嘛，更了不得，从生下来就在做生意，跟旗人做生意，也跟洋人做生意，骗过官老爷，也骗过红头阿三。

我进戏园的时候，才十二岁，已被辗转卖了好几遭。戏班子花了五两银子买下我，让我日日跟着戏园里的女师傅学唱评弹，我学了琵琶又学三弦，学唱了《秦淮景》，又学《单刀会》。

我额发被拢得高高的，紧紧梳了条长辫子。上场试唱时，我将辫子甩至脑后，手拨琵琶开始唱："我有一段情呀，唱给诸公听。诸公各位，静呀静静心呀，让我来唱一支秦淮景呀……"

"三江不比苏北，这里可不是小地方，来来往往都是大人物，出去唱评弹，要经历多少生意场上的事，眼睛抬高些，喉咙收紧些，同你没相干的事，你就闭起耳朵来，专心唱你的小曲。"养母道。

我听得稀里糊涂，但还是勉强应付。

"你要会认点字，否则戏文一概看不懂，生意场也要懂一些，官场的礼节更要多多留心，那些官老爷们谈生意谈高升，你抱个琵琶在一旁，就该是个局外人，可晓得啦？"

"晓得。"

我学得很快，不快嘛也不行，稍稍推板点，养母藤条就来了。我时常笑说,幸而我是说书而非学书,不然养母藤条再勤些,我怕是能考到朝廷里的状元。

长到十六岁时,我便唱出了名声。苏北下边县乡常来请我们唱戏,点了名要我唱《珍珠塔》。后来三江的齐老板来请,我们戏班子搬去了三鸦园驻场,奔波少了些,每日戏票银钱能摞成一箩筐,只不过大多进了戏园齐老板的腰包里。

"我们戏班子嘛,说起来名头大得很,能在三鸦园唱台戏的,结果一年三节发赏钱才不过十几块,倒是个花花架子。"养母常在背地里念叨,"要什么时候,发到一笔横财,我们才算唱出了头噢。"

我有时被触动,戏班子里有人生病买不起药,得了肺痨只能自己熬,躺床上哑了嗓子,没几天就被三鸦园的人赶了出去。养母愁苦更甚,如念经一般日夜祈祷,祈求我们能出头。一直到我十七岁时,碰到汤文斋,我们才算熬出了头。按养母的话来说,那是老天爷赏来的横财。

"来了个北边的旗人,腰包重的能压死一头牛,你待会就唱《珍珠塔》,别的曲暂且捺住不要唱。"养母欣喜撩开后台帘子,小脚颠得像驴,左脚右脚跳着跑来跟我说。

我拿梳子蘸了下刨花水,拢了拢梳得高高的鬓角,懒懒道:"任谁也能听我唱《珍珠塔》吗?旗人嘛,也不过一根辫子一颗头,倒稀奇死了。"

养母压着手帕悄悄伏在我耳边说:"你可别在他面前充角儿,他不是一般人,看看样子是高门大户,打扮成平常模样来寻亲呢,他来这说是找小琴儿,就是在你前一批买来的丫头,她没福寿,患了痨病死了,等会我就推你说是她,狠狠诈他一笔。"

我摔了梳子,骂道:"你是让我装死人啊,我可装不来。"

养母苦着脸说:"我话都说出去了,还收了他两张钱庄银票,脱不开身啦！"

我被养母磨得没办法，只好站起身，挪着莲步款款出门。桌边坐着一个瘦小的男子，他戴着宽檐帽，穿一身白色西服。若不是看见辫子，我还道是洋鬼子。

"稀奇稀奇，大清国里头件稀奇事，不穿龙袍穿西服，皇帝不当要当洋鬼。"我拍掌笑道。

那人一愣，推了下眼镜，缓缓站起身，问："你是小琴儿？"

养母立马白了我一眼。我当即沉下脸，装着样子瞅他，一边试探性问："你晓得我乳名，你是何人？"

他身后窜出来个矮小敦厚的妇人，那妇人上赶着打了我胳膊一下，道："小琴儿，我是你鲁妈妈，你倒忘了我吗，当年发大灾我托我弟弟照顾你，没想到这个死尸转眼就给你卖这来了，我后悔啊，今天总算老天开眼，你家里人来寻你了。"

那位鲁妈睃了我一眼，我立马就心知肚明，便也装出愁苦模样，假意捏手帕擦泪，道："原来是……"我一时有些语塞，不知该喊他什么，养母在一旁推我胳膊，悄声说："这是汤大少爷。"

我赶忙打了一下妈，怒道："养母糊涂了，我要喊他哥哥的，一家里的人哪有喊外名的。"

"你可以喊我哥哥。"他笑道，又问我，"你还记得多少府里的事？"

我低头羞赧笑道："你说别的我记不清了，你要说府里，那是成堆的银器酒杯夜明珠，连桌子板凳都是梨花木的，不知要费多少银钱，那个时候我只有一点点大，想起来脑子都是糊涂的，单记得这些费洋钱的物什。"

他似乎陷入某种回忆，眼睛失神般看着我。我怕再说说要露大馅，忙又推鲁妈说："年代久远我有些也忘记了，不过鲁妈的话总是没错的。"

他便定下心来，和我细细攀谈，说要拿一万银圆为我赎身。那几日我兴奋得睡不着觉，养母却一瓢水浇冷了我，她说我是唱评弹的角色，三教九流排老末，去了高门大院，也就是个被人欺辱的下堂妾。

"他现在说得好听，等对你腻了味，山高水远的，谁肯为你撑腰？"养母道。

我想想也是，男人嘛，那些话听听就成了，若是当了真，那才上当了受骗了，何况养母也知道我是骗人，养母跟我商议，至少找他敲五万块银圆。

我以早有意中人为由，要他为我赎了身，再置办一身嫁妆，他万般无奈，也只好留下两万块银圆。

过了两月有余，我又发电报给他，谎称说被丈夫欺辱，只好带着一纸休书又回到了戏班子里。他这次来，比往日倒憔悴些，匆匆撂下银圆就走。养母笑得嘴巴合不拢，说他黄鱼脑子笨得慌。

这回我心里头却有几分不安。我见他神色匆匆，便背着养母私下写信问他。

后来他常常来信，信里说他设计的飞艇图纸被人否了，留洋几年学的科学毫无用处，他在信里愤慨不平，又说在巴黎参观万国会时，西洋诸国皆是大炮战舰，唯独我国是几个梳两把头的小脚女人，托着杆烟枪，真让人羞愧欲死。

他说，等日后有机会，要带我去西洋看看。

他也说，巴黎女人不裹小脚。

什么科学、飞艇的，我是一概不懂，我单晓得西洋人钱多，诓了我大清国许多银钱，还销大烟来害我们。

通信往来一年后，他又一次来到戏园里，说要接我走。我渐渐疑心他早就发觉了真相，于是灌他酒逼他说真相，不曾想他喝醉后竟怒摔酒杯，叱骂朝廷。

他说有位硕伦贝子顽固守旧，一而再再而三阻挠他的计划，先撤了拨给水军买战舰枪炮的钱，又斩了一批"师夷长技以制夷"的官员，到后边甚至千方百计调出千万银钱，要为宫里的太后老人家做寿。

他怒饮一壶酒，搂住我的肩膀，道："南薇，我忠心耿耿盼望大清国国力强盛，不受外敌侵略，你可知我心中一腔热血一腔赤忱，毫无用处！"

我说："你喝醉了。"

酒液泼洒出来，浸湿那一沓信件。我蘸了些香薰炉里的热香灰，点燃那堆染着酒的信纸，火焰立即跳跃升腾，纠缠着丝丝缕缕的黑烟。我从火光中看见他的脸。那张神情激昂，恨不得脱了长衫，赤膊上阵砍杀敌人的脸，闪耀着辉煌的光芒。定是爹爹和外祖的血脉影响了我，否则我如何发了痴？

女人嘛，总要发痴一次的，不在这上面发痴，就在那上面发痴。不发痴一次，倒也认不清自己的心思。

待他醒后，我将三江官场上的龌龊事告诉他。后来三江神不知鬼不觉地弹劾掉一批人，尽是那位硕伦贝子的拥趸。谁也不知道竟是我的手法。我倒有些得意，在酒席上痛快唱道：

"那关公闻说冲冠怒，你非请酒原来索荆州！"

余后几年我依葫芦画瓢，悄悄给他提供密信。

"后来的事你也晓得，你说懂得克隆妖法，我就给他写信，先拿豆巴做实验，确定能成再正式开始。"我对孙靖民道，"我们计划着，要买下你这克隆妖法。"

那天豆巴临盆，子庆摔门而去，我心中悲愤交加几欲自戕，但一想到文斋改革大清国之言，我心中又定了下来，决定奔赴燕京，安心培育腹中克隆体。文斋来三江几次，每每喝醉都发狂，砸掉了酒杯大骂，说都是硕伦贝子治国无力，不然法国如何打得我们丢盔弃甲溃不成军。

克隆嘛，自然是桩妙计，悄无声息玩一出狸猫换太子。

我没跟孙靖民说完全，只骗他我跟文斋早有私情，此举是为了复活他的胞弟。他还是一副木讷样，良久问我："那子庆呢？"

"他与我何干！"我发急怒道，"我跟他就是客人跟佣人，不掺杂一点儿私心的！"

他倒也没什么变化，只漠然望向门外。我们预备着当晚就走，谁料收拾好东西，正准备启程时，孙靖民发觉豆甲和豆乙死了。豆巴悲号，紧紧依偎在豆甲豆乙身旁，一口口舔舐它们。

我忙俯身过去安抚豆巴，它眼睛里头亮晶晶的，湿漉漉的小鼻子不住翕动抽噎。

"只活了一天。"孙靖民道。

我身上开始发汗，问："该不会我身上这个也活不过一天吧？"

孙靖民摇头，道："培植克隆体时，我存心保了豆巴，克隆体便发育不完全。人与狗不同，你的身子到底比豆巴强健些。"

我拎起皮箱子要离开，豆巴立即追上来。

"汪，汪，汪！"豆巴叫声急促，咬着我的鞋不让我走。

我抱住它，安抚了好一会儿，又将厨烧好的卤肉都放在豆巴窝边，趁它没注意，把死掉的豆甲、豆乙一把拎走。

"豆巴，你是条好狗，你该晓得我心里的苦。"我摸着它的头，心里搅和上来一股酸痛感，只好咬咬牙狠狠心，将豆巴锁在了门内。

"嗷呜——"门内响起凄厉的号叫声。狗嘛，都是通灵性的，它自然晓得我这次一去不回了。

我们连夜坐车去往燕京。第二年开春我便见到了那个孩子。

我完全变了模样。孙靖民为了保住我腹中克隆体，在我身上扎了几百针。夜间，我在穿衣镜里打量自己，臂膊肿胀撑住浑圆的手镯，腰上腿上密密麻麻排列青紫针眼。我的脸也完全垮掉了，鬓边发丝一把把地掉，面皮肿得发红发亮，把一对眼睛挤成个三角眼。

这下我算是看清了，三鸦园的角儿坍台了。

孙靖民说，这孩子只不过借我身躯培育，其基因同我完全无关，我尽管放宽心。我心中一团怒火，骂道："但凡是人，都是爹生娘养的，他从我肚子里出来，我让他喊我一声姆妈，他敢不喊吗！"

"你想得开就好。"孙靖民道。他在王府里有个密室，除了文斋，谁也进不去。文斋说孙靖民接走孩子后，便将其放在玻璃管中养育，其间需要的试剂必需品依次写了清单，派专人去采买。那时王府常传来隐秘的号叫，下人们传谣说有鬼。

一直到四月份，我才见到那孩子一面。孙靖民大抵真是个妖人，会这些子妖法，把我生下来那团肉，养育成了冬瓜大小。那孩子悬浮在一个小小的玻璃缸里，迷瞪着眼，浑身青紫，皮肉上黏着黏稠的液体，嘴巴始终紧紧闭着。若不是他鼻孔还在翕动，我还以为他是个死胎。

"忙活半天，折了我半条命，不会生了个傻子吧。"我心里头有几分急躁，忙问文斋如何是好。

文斋阴沉沉盯着我。近来他总是这副模样，茶饭也吃不了几口，越发形销骨立面容阴郁，大夫上门好几日，西医也来了几回，都说他是胸中幽愤淤积，纾解不开积成了病。

他仿佛在喃喃自语，"痴呆儿又何妨，痴呆儿又何妨，何妨……"

我心里总是发急的，但也不敢在文斋面前说了。

那天见了孩子一面后，没过几天文斋便宣布，要带我们去美国。他说现在万国博览会是个好机会，要趁这个机会换人。

"如若再不成功，恐怕大清要亡于我辈……"他神情激动，手中握着的茶杯震颤不已。

大清如何会亡，文斋这副模样倒有几分可怖，以往他虽愤慨，但总认为将来是有希望的,现在他全然一副急火攻心的样子。

"可一个婴孩怎么能瞒天过海,差了这么多岁!"我大声喊道,"可是发癫了!"

"总会有办法的,孙先生总有办法的。"他并不理会我,只顾喃喃道。

"要快……快……"他背手在屋内来回踱步,终于决定携我们乘坐飞艇去往美国。

俟到出发那日,我坐在飞艇里,偷偷打开窗户看下面。燕京渐渐只有块手帕子大小,我起先还不察觉,总觉得飞艇慢得出奇,直到在天上飞动之时,才觉得头晕目眩,胃里酸水阵阵漫上来。窗外大地急速旋转,风吹云裂,丝丝缕缕破到个九霄云外。

我昏昏欲睡,不知过了多久。

"美国!"有人惊呼,吵醒了我。

这边田野宽阔平整,无边无际的绿漫灌大地,平缓的山丘如游鱼的身姿,穿梭在一方方玉米田里。太阳底下,热烈的四月风吹翻橡树叶,细小闪耀的野花在风里招摇。飞艇路过的镇子传来悠扬的音乐,远远的,有孩童高声合唱的声音。风扬了上来,我的耳环坠子被撞得淙淙作响。我仔细嗅了嗅,风里有股干燥的草香。

"这边是乡下,倒没什么好的,等到了城里才算稀奇。"文斋站立一旁,望着外头的风景若有所思道。

"我就把话丢在这了,美国嘛,也没啥稀奇。"我托腮懒懒道。这里的洋人我实在见得多了。高楼大厦嘛,租界也一样有。单是有一点,这里的女人都不裹小脚,擎着把洋伞,腰上束得紧紧的,屁股上堆得高高的,昂首阔步的样子,倒比官大人还神气。

万国博览会里,一个个展馆建得比石库门还大,从南到北足有十几里长。里头乌泱泱全是人,汽轮船恢宏雄伟,不要钱似的一艘艘横在馆里，船边无数人围簇，如虫豸爬大山一般。法国馆里的过山炮一挺挺竖着对人，险些把人吓破胆。文斋唯独对这些枪炮轮船感兴趣，驻足良久，道："此炮驮鞍设计精巧绝伦，骡马驮载时轻便省力，只是不知道外壳所用何等钢材……"

我们兴致不同，只好分开去逛，文斋从包里递给我一张绿纸，吩咐我中意什么物什，尽管去买。我展开那张绿纸，对着太阳瞅半天，也没能看出个大概来。

"发财啦，太太！"有人凑上前来道，"这是美元，货真价实的金圆，一张纸抵得上好几块银圆呢。"

我回头一看，看到个满身煤灰的中国工人，他刚从运煤车上下来，满脸乌黑，手上还握着把铁锹。

我暗中将绿纸塞进袖中，几欲想走，却越看越熟悉，便上上下下看个仔细，不由得大叫道："张漪村！可是你这个瘪三！"

张漪村也愣住了，来来回回瞅我，终于把我认出来，他也惊讶道："南薇先生啊，怎么这些日子没见，变得跟老太婆一般了，真跌相！"

我气得发怔，这个瘪三自己长得像活王八，倒敢来笑话我。我冷笑道："张大少爷真个闲情逸致，跑到花旗国来当劳力，洋人赏的金圆，是要比大清国的银圆好看喔！当初你还笑话我，现在你自己也晓得了，银钱是难挣喔，这真是三十年河东，三十年河西，现世报了。"

我越说越快活，简直要拍起手掌来庆贺了。

张漪村登时灰头土脸，低声骂道："也是我走投无路了，被依劈头盖脸一顿骂，你是发达了，到这里来快活，我跟子庆才来几天，就被骗得身无分文，生意嘛做得一塌糊涂，只好在这里当仆役。"

"瘪三！"我胸腔一把火烧得双眼痛，"你俩加起来抵不上别人一个脑壳，倒跑到西洋来做生意，你倒也罢了，子庆那副身子骨，你让他当劳力，可是逼他去死，我问问你——张大少爷，你可是逼他去死伐？"

张漪村哐啷丢了铁锹，道："他在中国馆当木匠呢，你自己去看看，他现在比我还强些，又是当木匠又是运煤炭，一天能赚好几块金圆呢。"

我心中纳罕，却又不敢去寻子庆，我若是见到他倒还好，撂开手就丢了。他若是见到我这副样子，才叫我心碎。我在他心目中，也不是什么说书评弹的大先生了，就只是个跌了相坍了台的老婆子！

我踌躇再三，正想离去，一转身便看到子庆立在身后。他手上还拉着大锯，豆巴在一旁叼着根木头，一人一狗身上又是煤灰又是木屑，荒唐狼狈至极。

"嗷呜！"豆巴丢了木头，满心欢喜狂奔过来。还未等我弯腰俯身，它便跳到我怀中不住舔舐我的脸。

我抱着豆巴，和子庆面对面站着，两人皆是相顾无言。

"原来是韩大少爷，我倒认不出了。"我心中发酸，偏装作寻常模样。

他并不理会我，只发痴般看着我良久。我们对望了好一会儿，身旁喧闹的赛奇会展览馆像是沉入水里，嗡嗡着，像湖底传来的幽暗回响。

我说不出话来，他也一句话不说转身就走。

"发痴了！"我急得跺脚道，心里却忍不住哀痛。

豆巴犹自嘤咛，我抚摸它的头，道："豆巴，你是条好狗，以后跟着我吃好的，不跟那群劳工挨冻受饿好吗？"

豆巴大抵听明白了我的话，它起先在我怀里蹦跳着，后又扭过头去看子庆，仿佛想什么心事一般，想了一会儿，它便伏在我怀里睡着了。

下午四点钟时，我按照约定的时间，带豆巴回了旅店。一路上豆巴都在窜尿，大抵生了什么怪病。我预备吃完饭便带豆巴去医馆，一抬头便看到普兰旅店近在眼前。

我按响门铃，孙靖民开了门，他一张脸跟上了霜的青瓜一般，苦孜孜的。屋里文斋坐在一旁，面色凝重。

我问:"你们晚饭可用过了,这里用餐贵死了的,我们去找个中国口味的餐厅好伐?"

文斋没说话。

孙靖民开口道:"汤先生给了我七天时间,折合一周,七天后做成功了,孩子长到了三十岁模样,那么我想要这里哪件展品都能带回去,若不成功,七天后就一枪崩了我。"

"七天时间?我真谢谢侬了!"我心脏咚咚跳。

文斋面庞微微颤抖,他举起雪茄的手也在战栗,道:"七天后,他就要秘密来到这里,这是最好……最好的机会,错过了这次,下次不知何年何月……孙先生你一定要快,只有你能办得了这件事,只有你……"

孙靖民道:"我操控不了他的生长周期,只有神才可以。"

"如果我硬要你做到呢?"

听闻此言,连我心中都不由为之一惊。孙靖民倒还是淡淡的,他这个时候也没了人模样,倒像只野兽。他说:"硬要做到的话,那他活不了多久。"

"一天!"文斋站了起来,他眼里射出狂妄的欣喜,"一天就够了,我要让他下旨,拨银子给水师买战舰买速射炮,然后上书圣上,斩除那帮奸臣,这之后他是死是活,都没甚关系!"

文斋这样子绝对是发癫了,不发癫的人,如何能讲出这样的话。

豆巴这时从我怀里跳出来,奔到房间角落细细嗅闻,我这才看到皮质沙发后边停放着一口玻璃棺材,用黑纱蒙住看不见底细。我心里突突跳着,抱着豆巴上前掀起黑纱。

"别动。"孙靖民喊道。

"哪里来的狗?"文斋问,他蹙眉瞪着我。

我谎称这是路边捡到的。幸而豆巴浑身脏污,文斋也没甚看仔细。

见文斋发怔，我忙劈手从他手上夺了下来。豆巴号叫浑身发抖，我心里也发慌发颤。文斋现在性情实在可怖，倘若说从前的他是纯净热烈之火，那现在他就是把野火，能把我们这些平头老百姓连着一把烧死的野火。

孙靖民大步迈来，将黑纱捡起覆了上去。只在那一当儿，我便看见了，里面浮着一个人，那是我的孩子。

他只用了几个月，便从一个拳头大的肉团，长到了四五岁大小。他红彤的皮肤像层薄薄的膜，里头青紫血管翕翕跳动，脊背瘦骨嶙峋，插满了管子，头发淡黄柔软恍若水草，静静漂浮在水中。他肯定是一个荒诞的梦，是我撑头午睡时打了个盹，诞生的一个细小的梦魇。

"孩子。"我不禁喊出了声。

他浑身赤裸，双拳紧握，两只小眼睛也闭得紧紧的，身上物什倒是一个不落，只是无论头颅大小，还是四肢模样，都跟常人有差别。

孙靖民道："它现在还称不上是人。"

"可他是从我肚皮里生下来的啊！"我大叫道。兴许是我的声音太大，那个孩子醒了过来。他蛮不痛快地睁开了双眼，眼皮里头蒙着黏糊糊的青灰色翳。瞳仁像颗干瘪杏仁，往左看看，往右看看，又缓慢地闭上了眼。这样的一个还没见过世面的孩子，让他只能活这几天。

"你们这是在杀人，杀人！"我不管不顾大喊道。

文斋一巴掌打翻了我，他道："你要吵嚷得这里人尽皆知吗，你可知晓杀一人能救千万人，更何况它压根不是人，你休要坏了我们大事，大清国就是被你这群妇人给害了！"

我被打得面红耳赤，坐在地上爬不起来。好嘛，我现在明白了，我就是挨巴掌行业里头的女状元。任谁都能赏我两块巴掌吃，任谁都能路过踏两脚出出气。

"原来我现在没了用，就跟臭抹布一样惹人嫌，好嘛，我现在就走！"我尽管强硬说着，心里头却悲愤异常。

孙靖民轻轻咳嗽了几声，道："汤先生，她还有用处，教习克隆之体非得她不可。"

我一抬头，文斋已掏出腰里别着的洋枪，黑洞洞的枪口正对着我的头颅。

说不慌张吧，那当然是唬人的。可是我会怕洋枪吗，我爹爹就是摸洋枪的。

我冷笑道："按照孙先生意思，我倒还有些用处，汤先生要用子弹打死我，我自然也是不敢反抗的，我就一个要求，请汤先生把我的尸骨收一收拣一拣，跟我那没有福分的马车夫爹爹埋在一处，墓碑上嘛也不要写南薇先生了，就写个小琴儿三个字，让我清清白白地来，干干净净地走。"

文斋似乎挣扎良久。终于他放下手枪，道："这几日你不许再出去，就留在这守着。"

我听了此言，自是明白再无得见天日之时，便故作厌弃模样，一把丢了豆巴，骂道："都是你这臭狗害得我，还不快快滚，滚回你原主人那里！"我撑着门框，又骂骂咧咧半天，豆巴却不甚明白我意思，仍是咬住我的裤脚，一下下往外拉。

我这才明白了，豆巴原来想带我一块儿走。从在赛奇会里，它这只小狗儿脑瓜子里便在计划这事。

我俯下身，托住豆巴的脸，含泪轻声道："快去找他，快去。"我暗中抽下掖在镯中的手帕，系在它的脖子上。

豆巴迷迷糊糊睁大了眼睛，似是看懂了我的手势，往外狂奔而去。

我撑着腰慢慢站起身，装作腰肢疼痛，径直穿过文斋和孙靖民，到窗边心慵意懒伏着，"没趣没趣，我早说过了，美国有甚稀奇的，倒比不上我们三江一毫毫。"

就这样，我被困在普兰旅店里，每日站在窗前看热闹，站得腿脚肿了一圈。

孙靖民把一整个旅店小套间改成实验室模样，往棺材里倒水，什么颜色的水都有，最后玻璃棺被染得黄澄澄金灿灿的。

第二天时，那个孩子便长到了七八岁大小。他的皮肤被撑得很薄，如一层脆弱的蝉翼，骨骼异常纤细，从淡红的血肉里支出来，像个晾着湿答答衣物的竹竿子。他的毛发仍旧稀疏，眉毛睫毛近乎没有，整个人像只蝙蝠。

第三天时，这只小蝙蝠长到了十一二岁模样。他佝偻悬浮在玻璃棺里，紧紧握住的双拳舒展开来，有时胳膊一颤一颤，似在做梦。

"小赤佬，你在想些什么呢？"我问他。有时候我坐在他面前，一坐便是一整天。我心里却时时刻刻都在想子庆。我盼望着他来接我走，哪怕只是看一眼也好。

"孙先生，究竟何时才能放他出来，我已经备好了衣服，万事俱备只欠东风，你究竟何时放他出来！"汤文斋道。

"第七天，"孙靖民仍是死尸面孔，似乎是生是死都跟他没甚关系，"第七天时放他出来，这两天我需要你们避开，我要独自做实验，你们得配合。"

"好，好，好！"汤文斋立刻拍起手掌来，"孙先生，我果然没把你看错，我这就带她走。"

我被汤文斋安排到了隔壁308号房间，彼一进去，身后门便砰地关上，门锁咔嚓一声落下。

好嘛，这下真跟坐牢没差别了。

我在房间里百无聊赖度过了两日，到第七天时，大清早我便听到豆巴的叫声，欣喜的号叫声像条鞭子，快活地打在我头顶。我立马穿上衣裳，大致梳了梳头，用箆子箆紧了发髻，便拉开了窗帘。

子庆坐在煤车上，他微微蹙着眉，抬起面孔想和我说话。豆巴站在煤堆上，不住欢快叫着，尾巴摇得像只鸡毛掸子。

"子庆。"我柔声唤着他的名字。

他仿佛大梦初醒般，还未张口说话，便已流了两行泪。这个傻子，身材嘛长得壮实了，心肠嘛还是软得一塌糊涂。我不由得点了两下面庞，笑话他丑。

他这才慌张用袖子擦去眼泪，脏袖口却把脸抹得污黑，我不禁大笑起来，道："小赤佬，你怎么脸上身上都黑乎乎的，你是刚从万国博览会人种院里逃出来的吗？"

他也笑了，这会子却臊了，不敢抬头看我。

我心中发急道："你什么样子我没见过，现在要紧的是把我接走，我只跟你说一句，以往的事我是身不由己，日后再跟你慢慢说。"

他愣愣地点了两下头，又猛然摇头，道："你要从这里跳下来么，会把腿弄折的，我去饭店里接你。"

我忙摆手轻声道："发痴啦，你不要上来打草惊蛇，现在你我要走，一定是会被子弹打脑壳的。我同你约定个地方，今天下午西洋钟撞过三点钟的时候，我在万国博览会的中国馆那等你，那里头人多，跑走要方便些。"

子庆点了点头，我催着他快走，见他上了马路后，忙拉上窗帘卧在了沙发上。我听汤文斋提起过，中午时克隆原主就要出现，那时我大可以乘乱跑走。我正谋划着打算，汤文斋此时开了门，我心里头敲钟般惊慌。

门外站着他和孙靖民，以及一个三十来岁的男人。

"她就是你姆妈。"孙靖民指着我道。

"你不要红口白牙污蔑人，我哪来这么大的孩子！"

我忽然慌乱起来，面前这个蒙着黑头盖、身姿佝偻的男人，无论如何也不像我生下来那个婴孩。

孙靖民搀扶着他，一步步向我挪近。男人的脸上还皴着鱼鳞般的脸皮，一双眼睛洼陷在眼眶里，身上的皮肉白得吓死人，他就同僵尸一般，一步一钉地往前走，令我心里直发汗。

"我求求侬做好事，不要再过来了！"我叫道，忙从沙发上跳起来，绕到沙发椅后边。

孙靖民依旧道："给它取个名字，南薇，这是你擅长的事情。"

"豆丙，他就叫豆丙好了，也算是豆巴的弟弟了，你们别过来，我心脏都要吓出来了。"我捂着胸脯道。

豆丙直愣愣向我走来，他嘴巴不受控制般颤抖着，艰难地模仿孙靖民的话。他说："姆……姆妈。"

"它是大清国第一奇迹。"汤文斋笑道，他极为隐秘地掩上门，神情激昂道："孙先生此法不仅能让大清国改头换面，更能快速培养一批士兵，它们能扛得住威力最强的炮，孙先生，你是大清国的恩人！"

我心里一颤，若是有数十上百万个豆丙现世，哪还有什么大清国，恐怕美国法国德国都要被他们掀翻掉才好。

"这真是大好事了，"我故作欣喜模样，道："那么我们何时去万国博览会呢，总得有人打个掩护才好，否则光天化日如何换得了。"

汤文斋道："我已做好安排，让人埋伏在汽车馆里头，到时候他会坐上车，在外头的场地跑上一圈，等车跑回来，那么坐在副驾上的，便是我们的克隆体了。"

"姆妈。"豆丙再次开口道，他天真地笑了。他身上似乎每时每刻都在起死皮，扑簌簌落下的白屑像是早春的细雪，须臾间便消融在太阳底下。孙靖民为他抹上香膏，让他的脸油润润的。

他缓慢地朝我走来，那双孱弱的，湿漉漉的，仿佛鸟类的眼睛，哀伤地看着我。这一刻我倒忘记了害怕，心里头掀起一股柔情。我接住他的臂膊，他倒在我怀里，仍旧轻声呢喃道：

"姆妈……"

我抱着他，如同怀揣一个不真切的梦。

这样的一个人，让他只能活几天时间。我心里又愤又恨，如被烈火焚烧，又如被暴雨浇身。我拉他到沙发上坐下来，他靠在我身上，亦如婴孩般无邪。我和他唧唧哝哝说了好一会儿话，他似是听明白了，又似是没有。

我把那只修葺好了的金镶玉镯子褪下来，直塞到他手里，"我身上没什么好的，这个给你戴着，留个念想，值好几百块银钱呢。"

一直到中午时分，我都在和豆丙说话。他有时也像模像样回答着，只是那声音细不可闻，仿佛鸟语。汤文斋偶尔狠狠盯了我一眼，我仍旧满不在乎和豆丙聊起官场上的故事。

男人嘛，不管是多大年纪，朝廷里的事永远都是最稀奇不过的。

自鸣钟刚铛铛敲过两点钟，汤文斋便催促我们上路。我们四人挤在一辆马车上，晃晃荡荡奔向万国会。

我们彼一落地，后面跟着的马车上面便下来七八个人。那些人远远跟着我们，我心里头有些发毛，眼瞅着快到汽车馆，便谎称要去如厕，汤文斋不许我去，我便发急嚷道：

"真是笑死人的事，人有三急倒不许我上马子，侬是要眼睁睁看我淋湿了侉裤是伐？丢的可是我的面孔喔，丢的是大清国的面孔好伐！"

汤文斋立即暴跳如雷，指着我让我闭嘴，他略眼神示意一番，身后便有两个男人跟着我。

我装作找厕所，在人群里来回穿梭，那两人便也跟着，我们如同在茫茫芦苇荡里游动，他们头颅淹没在人海里，一晃眼便消失不见，但仅在下一秒，他们又现身在我跟前。

"死尸！"我骂道。

我故意往人堆里走，想避开那两人。等来到电气馆，我老远便见到了张漪村那瘪三在卸煤，便快奔上前，问："子庆呢？"

张漪村白了我一眼，道："你给他灌了什么迷魂汤，把他迷得五迷三道的，这几天嚷嚷要去找你，我是把话撂在这了，你迟早要把他生吞活剥了才算完事。"

"我谢谢侬喔，跟我说这些儿废话！"我啐了一口，从袖里掏出那张绿纸，往他手掌心一抛，道："他可是在中国馆等我，是的话点下头！"

"喔唷美国金圆哪！"他仿佛烫手般接过绿纸，摆弄了半天，这才猛点了下头。

"别说见过我。"我见他仍旧发痴状态，便怒道："可听到了！"

"这回真的听到了，话都钻我耳朵眼里去啦。"张漪村忙说。

我往中国馆跑去，张漪村还在后头远远说一句："祝你发财喔，太太！常来光顾喔，太太！"

瘪三！我心里狠狠啐了一口。

中国馆里游客稍少，样式也粗糙些。几座亭台楼榭打着金銮殿的名号，招徕洋人换上和尚道士衣服，在廊间游玩赏花。一盆盆移植来的山茶病恹恹，粉的红的一概没甚颜色，几个两广的商人摆了一成排展台，堆着样式老气的金丝银线绣花绸缎，有的台面上还放着女人家穿的小脚高鞋，烟馆里制作的烟杆烟灯，还有的台面简直吓死人，给牢里死囚犯用的刑具也摆在上头，尽让人家看笑话。

我寻了一圈，也没能寻到子庆的身影，只好往人群里躲。那两人却同黑白无常一般黏上来，好嘛，这真是要索我的命了。我眼睛快速溜着，故意踅到展台边慢慢地看，悄悄摘了耳环坠子丢进山茶花盆。

"该回去了，太太。"其中一个悄然凑到我耳边道。

我还未转身，一双臂膊早已被他们暗地捉住，如铐上副千斤重的铁链。他们押住我往回走，我左瞅右望，陪着副笑脸道："官差哥哥，我的耳环子丢掉了，那是大人送给我的，我怕大人要降罪的，陪我回去找找好吧？"

那二人对视一眼，并不言语。

我只好又摊手道："哝，胳膊被你们捉了的，我能跑哪去呢？"

我又搬出汤文斋来施压，他们二人便只好跟我回去，其中一人道："太太，先生吩咐过的，跑一次二次捉回来就是了，再跑第三次，我们没法交差。"

我冷笑道："怎么，汤文斋这是给我判了罪么，你们也去打听打听，硕伦贝子是我什么人，我有点闪失，你们还能活吗！"

"太太别多心，我们没这个意思。"另一个道。

我一步一挪又回到中国馆，未到大门便远远看见子庆。他才从煤炭车上下来，豆巴也追随在身边，左蹦右跳像只羊羔。

我按捺住心中欢喜，忙大叫道："有强盗呀，快捉住他们！"四下洋人全都看了过来，团团围住我们。也有好心人过来一看究竟，我趁乱一把挣脱了那两人束缚，往子庆那跑去。

还未跑两步，我便觉脖颈上又凉又沉，不由得拿手一摸，竟摸了一手的血。

"太太，闭紧了嘴巴，脚步轻悠好上路。"那人道。

我大声喊着："杀人啦！"喉咙里声音却破成一丝一缕，沉重的疼痛感压垮了我的身子，我筛糠一般颤着跌到地上。

"青天白日杀人啦……"我从人群的缝隙里去寻他的身影，挣扎着拼出浑身气力喊他，他离我十丈远，却仍痴愣愣呆坐在那里。

我心里发慌，抖得不成样子，身子又冷又热，臂膊不自觉掩住脖子，可那血仍旧是淌，淌得一地殷红。渐渐地我也喊不出声了，眼底尽冒出从前的事，那些话语在我脑子里发胀，像有人拿汤婆子反反复复地碾在上头。

我看到两年前的光景。那时子庆戴个瓜皮帽，坐在酒席上，总握住狼毫笔在那认认真真写写画画。他老想拿眼睛瞅我，又总羞得低下头装喝酒。酒杯抿不到半口，又匆匆撂下，真是副发痴模样。

席散了，他快步经过我身边，恭恭敬敬作揖，把酒席上写的那张纸递给我。我漫不经心拿过来一看，是他对着我描的一幅小像。他羞赧道，南薇先生，我日后定是要娶你的。

"奈个杀千千千刀格！"

我又是笑又是哭，喷出了满嘴的血。自鸣钟刚刚敲过三点钟，钟声漫长悠扬。旁边物种院里一只白鸽逃出来，扑棱棱伸展雪白的翅膀，从我头顶飞过。

子庆，我喊着，最后再看了他一眼。我已经说不出话，嗓子里的血涌上来，腥甜味塞满了我的嘴。我猛烈咳嗽着，想要喊出他的名字，可他却淹没在那片头颅海洋里，只懵然回头看了一眼，兴许他在看飞过人群的鸽子。

他大概在想，这只鸽子会飞向何方。

三　豆丙

吵。吵嚷。男人声音，女人声音。

黑布隆冬。血红的光。滚烫，水滚烫拥住我。我身处炽热海洋。

"我这肚子真是稀奇死了，平常动一动嘛倒没什么，一洗澡就痛得发慌，你讲可是这小畜生在发威？"又是女人声音。哗啦啦流水响动。

吵嚷。吵嚷声接着滚来。四面八方围住了我。男人声音，女人声音。女人在惊声号叫。我身旁海洋波涛汹涌，剧烈抖动。浪花拍打我。女人的尖叫声贯穿了我的身体。疼。我感觉到疼。

只一会儿，我便脱离那片海洋。被人拉着拽着，坠入广袤的光明中。沉重的光亮压着我。我看到女人汗涔涔的面庞。模糊的，晦暗的。只刹那间，便消融在无尽的黑暗里。

"咚！"

我又落入另一片水里。

渐渐地，我发现自己越来越大。身上每个部位都在急剧生长，肌肉骨骼像被人拉扯住，不断地，不断地，孱弱的肌肉以极快的速度，覆盖包裹住我的双手双脚，身体里每个关节都在"啪啪"作响，体内仿佛有股力量，每时每刻催使我的身躯长大。我的皮肤被撑得很胀，似乎立马要爆炸。

疼。我身上凝着团旷日弥久的疼痛感，那团疼痛感在我体内乱窜，一会儿揪住我的五脏六腑，一会儿又攻打我的头颅。

我讨厌这里。我又想尖叫了。

"一天！一天就够了！"有人在喊叫，"这之后他是死是活，都没甚关系！"

"你们这是在杀人！杀人！"女人声音。

我听到狗叫声。嗷嗷，嗷嗷！这声音催动我睁开双眼。于是我看到了她，她也看着我。

我记起来一些事情。我与她一定有特别的联系。我喜欢她。

"小赤佬，你在想些什么呢？"我似乎听见她在说。

她的声音能陪我很久。那些清脆高昂的语调，一个个粘连在一起，围在我周围，晃荡出一圈圈温暖涟漪。我浮在水波中央，心满意足地沉沉睡去。偶尔也有些窸窸窣窣的声音传来，仿佛黑暗里细碎的闪光，在我的梦里跳跃着，嬉闹着。

我长得越来越快，快得惊人。胳膊腿不受控制地伸长，骨肉里的筋脉永远都在扭曲翻转，疼痛感被挤压着，一寸寸深入，同我的身躯长在一起。我稍微游动一番，便感受到无穷无尽的痛苦。

那个男人看了我很久。

我捶打玻璃，喉咙里血肉粘连，好不容易才能发出声音。

"啊，啊，啊！"我大叫道。

他手搭唇上，轻声道："嘘。"

我只好噤声。他满意地点了点头，道："马上就放你出来。"他做了一个击打玻璃缸的手势，意思是让我从里头跳出来。

我笑了，开心地在水里伸了个懒腰，骨骼发出愉悦的"咯咯"声。

他打开玻璃缸的机关，水位迅速下沉，我束手无策般站在里面。我已经太大了，只能弯曲脊背缩在里面。

"出来吧。"他道。

我浑身上下冷得发抖，毛孔急速收缩，胳膊腿打着寒战。我试图从玻璃缸里走出来,腿脚却尤其沉重,每走一步都要用尽全身力气。

他为我披上衣服,又打开取暖器为我烘干身子。我虽然冷,但脚趾接触到地面的瞬间,喜悦感还是传遍全身。

"啊——!"

我大声呐喊,欣喜地围着房间走动,他搀扶着我,告诉我房间里每样物品的名称。

"沙发,那是沙发。吊灯,那是吊灯。这是桌子,桌子。这是椅子,椅子,还有板凳。"他说,"记住了吗?"

我当然记得住,那些字眼携带动听的语调,一头扎进我的脑海里,又迅速从我喉咙里跃出——我说:"沙……沙发,沙发,吊灯,桌子椅子板凳。"

他道:"你比我想象中聪明,你是人创造的孩子,比神创造的孩子要优等。"

"人创造的孩子……"我复述道。

他和我说了很多话。那些原本听不明白的话语,逐渐连在了一起,在我脑海里拧成一条绳子,绳子与绳子相连接,编织成一张迅速延展的毯子。我站立在毯子中央,毯上景物不断变化,从我眼底接连闪过。几千个陌生的字眼黏附到毯上,我只消看一眼,便明白了整个世界——世界是圆的,世界是个浑球儿。

而我是谁,我是硕伦贝子,我是世上独一无二的硕伦贝子!

他说人,好人,坏人,将死之人。那些模糊不清的人分别站在毯子四周,在我脑海里快速旋转,毯上与之相连的思绪被抽起,如毛线丝丝缕缕缠绕到那些人身上。

"汤文斋是个坏人。"他道。

我立刻给脑海那人标注了坏人印记。

"汤文斋会利用你,然后杀死你。"他接着说,"我会骗他,说你是痴呆儿，只能活几天，到时候我会带你一起离开。"

他又跟我说了一番他的计划，拿一面镜子给我看，指着里面的人跟我说整个计划。我时而点头，时而摇头。我摇头时，他便又停下来，再次复述一遍。

"能明白吗？"他又问。

我要骗过汤文斋，然后逃之夭夭。这多么简单，多么容易。我清脆答道："明白了！"

他说了很久，说完便深深地吐出一口气，似乎疲累到了极点，身子轻飘飘坐到沙发上，一眨眼便睡了过去。他的呼噜声很大，像闷雷。

"我现在一点也睡不着！"我大喊道。生命的激情像火把，一瞬间噼里啪啦引燃了我——

今天是我活在世上的第一天。

我用力呼吸，微小的气泡顺着鼻腔往下涌，一股脑沉入肺中，又倏忽从肺泡里逃逸而出，钻入每根血管里，推动我的血液往大脑涌动，激起更深层的喜悦。白天那些话语开始呼啸，卷起狂暴的风浪，裹挟着我的心脏，让它猛烈地跳，跳，跳！

我一把拉开窗户，风登时吹开我的衣襟。我往下攀爬。月亮照耀在路面上，每块地砖上都铺满清晖。我欢快地踩在月光上，朝着月亮的方向奔跑。我浑身上下有着使不完的劲，体内那股力量催使着我不停迈动双腿。我一会儿沿着路灯爬到屋顶，踏在屋顶砖上跳跃，一会儿又骨碌碌顺着管道滑下来，滚入阴沟里翻腾。

水沟里一只老鼠撞见了我，它吱吱乱叫，撂下一小角奶酪便跑。

也有醉汉喝得酩酊大醉，摇摆身子跌进沟里。我窜出来吓唬他，他却把酒瓶递给我，通红的胖脸摇晃着。我们互相望着哈哈大笑。

就这样，我折腾了一晚上，直到清晨才回到房间里。我精神饱满地推醒他，大喊问他："什么时候行动？"

他睁开惺忪睡眼，摸索扶手上的眼镜，道："中午。"

于是，我在人生的第二天零四个小时才见到汤文斋——这个传说中的坏人。这四个小时漫长得像四个世纪，我被时间腐蚀得身上发痛。我急迫地想要见到他，坏人，我要见到他，我人生中第一个坏人。

他在发抖。汤文斋身子发颤，瞳孔瞬间收缩，他当即拍胳膊单腿下跪，又立即弹跳起来，紧张笑道："孙先生，他跟硕伦贝子简直一模一样！"

我不由得开心大笑。这人抓耳挠腮的模样很好玩，他是坏人吗，我现在不确定了。

孙靖民——搀扶我的男人道："唯一美中不足的是，这个克隆体是痴呆儿，我做了很多补救，但是很可惜……"

"我不是，不，我不是，谁是痴呆儿？反正我不是。"我尖叫道。我停下来看他俩的脸。一个铁青，一个乌黑。我再次被逗笑，发出惊天动地的笑声。我的笑声在房间里窜来窜去，天花板下的花枝形吊灯被撞得摇摇欲坠。我双脚一蹦，跳到沙发上。我接着尖叫，在沙发椅上弹跳。

孙靖民攀住我胳膊，道："安静点，等会儿带你见一个人，你可以喊她……"

"姆妈……"柔软的，像花瓣触碰叠在一起的声音，从我嘴唇上跳下来。我抬起头，就看到那个名叫南薇的女人。我又开心起来了，心里头甜丝丝的。

我想起来孙靖民说的许多话。我扮成傻子，一步一步走向她。她的身上有股苦甜香味，我坠入她怀里，使劲地嗅着。忽然之间我的世界变得很小，很安稳。我像是窝在温暖的小巢里，等待着冬天快快离开。

"豆丙，你叫豆丙好不好呀？"她问我。

我懵懵点了点头。我喜欢这个名字，听起来比较厉害。

她伸出食指，戳了一下我的太阳穴，笑道："小赤佬，谁准许你没经我同意，就长成这般男子汉模样的！"

她褪下腕上那圈镯子，塞入我怀里，神神秘秘道："这是我爹爹，就是你外祖留给我的，是传世宝侬可晓得伐？"

"晓得。"

我紧紧握住她的手，心里渐渐安定下来。依照孙靖民的计划，我要同一个人捉迷藏，那人和我是双胞胎，也叫硕伦贝子。我们俩只能留一个。

我蒙上面罩，换上旗人衣服，提前坐在汽车副驾驶。等硕伦贝子的车绕到汽车馆另一边时，我的车便从那一边绕出来。我在众目睽睽下出现，再被人迎着去大使馆。从此以后，我就是大清国唯一的硕伦贝子，一人之下万人之上的爷，我——豆丙爷！

"到了。"汤文斋道。

我狂奔着跑下马车，人群涌向我，我穿过人群，我在无穷尽的稀奇玩意里流连。这个好玩，那个也好玩。

太阳照耀展览馆的玻璃穹顶，折射红的黄的蓝的紫的光辉。我一回头却发现姆妈不见了。我惊慌失措，到处去寻，可无论如何也见不到。我激动得又哭又闹双脚跺地，再也不肯多走一步。

"姆妈呢，她去哪了？"我号哭道。

孙先生按住我的肩膀，道："她会回来的，你要是没办好那件事，就再也见不到她了。"

他威胁我！他拿这件事来威胁我！我气愤得咬牙切齿，道："你才是坏人！"

"对，我是坏人。"他没有反驳。

我没了办法，思来想去只好暂时妥协，跟着他们一起走进汽车馆。

"我要这辆！"我指着站台上一辆大红色的扁头汽车道。

汤文斋却让两个人扶我上了另一辆，黑的，方块的，毫无意思的大块头汽车。我跟那两人解释,我说没看见吗,那辆才是至尊之宝,那颜色独一无二,难道你们不想坐吗,你们摸着心脏好好想想,是不是那辆才是最好的?

"大人,请您坐好,发车了。"其中一人道。

车子稳稳开起来,开到展馆的另一边,另一人为我解去面罩斗篷,露出身上的旗人马褂。隆隆,隆隆!汽车发动,车身剧烈震颤,我一会儿抻抻马褂,一会儿摘下瓜皮帽,心里头激动发慌,像有只手在抓挠我的心脏。硕伦贝子,我马上要见到他了。他会是什么样,他能跟我长得像吗,他究竟是好人坏人?我问开车那个人,他笑了一脸的褶子裂纹,他说,大人您说的这些啊,小的们不明白,也想不明白。

"那我们打个赌,我猜他是坏人,你猜呢?"我说。

"哎哟大人,您说的什么好人坏人啊,小的们心里跟一桶糨糊似的,压根就搅和不清楚。"

"那你随便说一个吧,反正你得说一个。"

"那兴许是好人吧,哎,哎注意注意,来了。"那人忽然压低声音道。他溜了我一眼,隐秘笑道:"大人,硕伦贝子他来了。"

就那么匆匆一秒钟。我看到迎面疾驰而来的车子,车里坐着一个和我长得很像的人。他也看了我一眼。我看见他眼睛睁大,眼珠里纠缠扭曲的光芒,我快被他的目光吸进去,吸进深黑瞳孔里。我冲他笑,他忽然大叫起来,拍方向盘要求停车,但仅是下一秒,他座椅背后窜出一个人,抄起一块白手帕捂住他的口鼻。他凄眯眼睛,昏死过去。

"喔呼!"我惊叹道,问旁边那人,"你们准备把他送去哪?"

"小的们真不清楚。"那人道,"大人,请您注意,要掉头了。"

"掉头?谁要掉头了?我爱看这个!"我兴奋问道。

我们车子立刻掉转方向,从另一边使出。啪啦啪啦镁光灯闪起,那些灰扑扑的光芒尽数落在我身上,跟火星子一般,险些把我引燃。汤文斋当即走来握住我的手,另有一群旁人——鹰钩鼻子绿眼睛——也凑过来握住我的手。我感觉自己好像有六条胳膊八双手掌,每条胳膊都像藤蔓那样长,上面吊着两个法国人,三个英国人,还有一个美国佬。

吵嚷声。铺天盖地的吵嚷声盖在我身上。我说,这不好玩。行了我总算明白了,当硕伦贝子没什么好玩的。汤文斋说,等着,有你喜欢玩的。他拿来一摞摞纸,挨个让我按手印。

我人生的第二天,便一直在接连不断按手印,按得我胳膊发酸拇指掉皮。汤文斋指挥人拍照,拍得我挤眉弄眼龇牙咧嘴。

他跟孙先生两个把我架着,从机械馆一直走到枪炮馆。一张张纸飞到我眼前,黏上我的手印,然后倏忽飞走。银子,银子,全都是银子。汤文斋在我旁边念叨,合同签好了,只等银子了。

"那另一个硕伦贝子呢,他去哪了?"我问。我突然认为这个游戏不好玩,令人厌烦,简直让人生气。

"你就是硕伦贝子,没有旁人了。"汤文斋瞪着我。

孙靖民说话了:"豆丙,你一定是想见你姆妈了,做完汤先生吩咐的一切,回了大清国就能见到她了。"

他一连拿出几个新奇的东西给我看,手臂那般长的战舰,手指粗细的炮筒,蚕豆大小的人偶。

于是我被他哄着骗着,上了飞艇。

时间缓慢流淌。孙靖民指着乌云下边的城市,说:"那就是你的家。"

我并不期待了,但我还是问:"那里好玩吗?"

很显然,孙靖民又骗了我。这里压根就不好玩,黑洞洞阴沉沉,活像个晦暗的墓穴。我一进门,就有好几排人跪趴在地砖上。我被迎到房间里,又被迎到书房。房间里有个戴大拉翅的女人等我,书房里有一堆被退回的朱批文书。戴大拉翅的女人面庞涂抹胭脂水粉,依偎在我身上，低声呼唤我的名字。我不认识她。我心里发慌，发胀，发狂。我能算硕伦贝子吗，我理应不是，可我分明和他一样。

我咬了咬女人的脸，汗津津的。女人笑了，我也笑了。可我心里仍旧空落落的，我替了硕伦贝子，帮他亲热女人，帮他处决了几个贴身的侍从，帮他做这些阿鼻子事，可谁来替我呢，谁该替我找到姆妈呢？

人生第四天，我吃了两个女人的胭脂，杀了四个去过万国博览会的侍从，写了一百份文书。

"我模仿他的字迹写了文书，你亲自交给鄂利多。"汤文斋递给我一封信，"明日我约他到你府上，一同商议拨银子购买战舰的事。记住，要好好扮演硕伦贝子。"

"我为何要扮演他，我本就是硕伦贝子！"我朝他发脾气道，"你现在应该跪着和我说话！"

这个矮子，脸气得渣黄的男人却道："人乃父母养育而出，你只是克隆儿，是我们的实验品，连人都算不上，谈何真正的硕伦贝子？"

我气得牙根痒痒，便抓起砚台砸他。他灵巧躲了过去，这个矮子身法倒是轻便。

"孙先生，你让他乖乖听我们的话，否则就换一个，此物实乃畜生，遑论为人。"他狠狠瞪了我一眼道。

"我如何不是人！"我怒吼道，"你们根本就不让我见姆妈，那也别想我给你们办事！"

骗子，骗子！我扑到汤文斋身上，双手掐住他脖子，朝他猛挥拳头。

"换人，换人，换人！立刻把他给我换掉！"汤文斋指着孙靖民道，他瞪着血红可怖的双眼，牙关迸出白花花的口水，"否则我一枪崩了你们俩！"

我挣扎着爬起身，摇晃着头颅，指着眉心道："汤文斋你要杀我，记得往这里打枪子，我要睁着眼死，反正我死了，大清国就再也没有我了，打吧汤文斋，我看见你拔枪了，你要不冲我脸上打，我就饶不了你。"

汤文斋叩住扳机，忽然间他哈哈大笑，吩咐孙靖民带我去密室。

我仍旧满不在乎背着手去密室。沉重的石门翻转过来，我看到一间逼仄的实验室，里面煤气灯大放光明。我看见有九个人坐在椅子上。

那九人被蒙住双眼，绑住双腿双手。彼此围成一个圈，我就站在圈里，我就站在最中心看着他们，这九个同我一模一样的年轻人。

汤文斋道："孙先生，由你来决定，选哪一个留下来。"

"为什么……"我惊讶地看着这些人，忽而我明白了一切。我愤怒望向孙靖民，吼道："你骗了我，你分明说过我才是硕伦贝子！"

孙靖民冷淡地看着我，这个恶魔，这个小人，这个无恶不作的混账，此时只略颤了颤睫毛，道："我没说过。"

我忽然绝望起来。我问他："行，你没说过，那我算什么，从来没人跟我预告，我活着还能被替换掉，小小一颗子弹，就能……能叭一声把我打趴下，然后下一个豆丙出来了，连我姆妈都分辨不出来，是吗孙靖民，你别用这副模样看我，我能不知道你在想什么吗，你在想我其实连姆妈都是假的，我压根就不是人对吗？你在想我究竟什么时候动手，你们要让我杀了我，好留下包你满意的我，是吗是吗是吗，孙靖民！"

孙靖民没有回答我，他眼中泫然，静默地看着我。

我一把扯掉那些豆丙的眼罩。我说来吧兄弟们，我们互相搏杀吧，看看谁能胜出，只有赢的人才能活下来，虽然这游戏不好玩，可谁让我们都是克隆儿。

我看见那些我，迷茫地看着我。我只好从袖中抖出一枚铁钩，那是我从被处死的侍从身上搜出来的。我说克隆儿，对，我说了克隆儿，我记不清了。我说："这是我人生……"

这是我人生第六天，我杀了九个我。好消息是我还活着，坏消息是我开始漫无止境地变老。

"所以是谁活下来了？"汤文斋狠狠剜了我一眼。

我脸上，身上，手上被血浸透，一滴滴往下淌。哒，哒，哒，血液坠在寂静的密室里，回荡起鸦哭鬼啸之声。

我抬起脸，头顶的血曲曲折折流入嘴巴里，我说："大人，我是硕伦贝子，是吗？"

"好，好！"他拍掌笑道。

我现在笑不出来了。我身上所有肌肉都在快速萎靡，饱满的细胞接连失去水分，仿佛有股狂风在我体内无休止地刮，刮，刮，连心脏也在这股风里渐渐慢下步伐。皮肉发皱的疼痛感缓慢包裹住我，柔软地在体内展开，像一朵鸢尾花的盛放。

人生的第七天，我一直在听体内细胞的哀号。

我足足等了三个小时，才等到了鄂利多。这三个小时里，我又倏忽衰老了好几岁。不说别的，就连胳肢窝里都渗出一股味，汗水味。

夜间烛火摇曳。我和汤文斋坐在方桌上，鄂利多——那位户部大臣坐在我对面，孙埔民坐在角落里，我看不清他的脸。

"大人，这笔银子需得您经手，太后他们才不会起疑心。"汤文斋道，"况且，这件事由硕伦贝子做主，你我皆能保全自己。"

鄂利多眼神瞟了眼我。我把怀中信拿出来给他，我忍住笑，大声道："我说鄂利多，你现在就拆开看，快点！"

鄂利多狐疑地看了我一眼，两根胡须高高翘起。他仔仔细细又看了一遍信，展开来翻过去，上上下下打量着。他把信翻过来，道："主子，奴才委实看不懂啊。"

信上一字没有，只画了条哈巴狗。

"你这是何意！"汤文斋拍桌怒道，"难道留下来的竟还是你吗！"

"你又是何意！"鄂利多站起道，"你竟敢以下冒上，对硕伦贝子不敬！"

"他根本就不是硕伦贝子！"汤文斋终于道。他目光如炬，抽出剑来寒光指向我。他此刻疯癫一般，脚步站不稳，气喘吁吁要砍我。一会儿又让孙靖民干脆连太后皇上鄂利多一把都克隆了，"这样大清国才能救得回来……"他如泣如诉，面庞胀得如火焰一般通红，脸上沟沟壑壑爬着眼泪。

我说："我说——汤文斋，你倒是说说，我哪块儿不是硕伦贝子？"

我又开怀大笑。身体里像有只狗爪子，不停挠我痒痒。我的笑声越发弥久，仿佛能和这间宅子融为一体。渐渐地，我的嗓子眼发干了，我感受到衰老那股劲又来了。起先是骨骼发脆，脆得像甘蔗条，然后是皮肤，被衰老那股风吹着，刮着，急剧氧化变黄，血肉流失皮肤变薄，干巴透亮的皮上皱起皴皮，我整张脸都坍到下巴上，荡悠悠悬着。

心脏慢了下来。我能一清二楚听到心脏在跳动，跳动的间隙里，我能说三句话，打两声哈哈。

我悄悄掏出那枚锃亮的铁钩，上面还沾染着腥味。我捏住铁钩，跳下桌子，跑向汤文斋。时间与我背道而驰，这一分一秒的衰老，让我的笑声都变了味。

"汤文斋你还有别的我吗？"我问，不过我现在管不着这些了，我只想做我乐意做的事情。我的身躯在萎缩，力气也化为乌有，血管一截一截干涸枯涩，眼睛里也蒙上厚重的翳。

我用尽最后一丝力量，身子停留在半空中，衣服里的镯子跌出来摔了个粉碎。我把铁钩扎进了汤文斋的嘴巴里，我乐意这样，谁也管不着。汤文斋喊叫着，喉咙眼里声音像口破锣。

孙靖民朝我奔来，我冲他笑道："孙靖民你就是个浑蛋，你也别着急，待会就轮到你了。要是我还留两个好兄弟陪我，说不定你现在就没命了。"

我为什么不多留个我呢，我心里又开始难过了。

"你究竟是谁？"鄂利多身如筛糠，惊恐问道。

"豆丙。"孙靖民喊了我一声。我也看了他一眼。我说："我是豆丙。"

人生第七天，我和我的心脏一起停止了跳动。

四　孙靖民

神偏心强者，我亦是如此。这是神与我的共识。

我坐在船舱里，同下等船工挤在一处，船摇摇晃晃。甲板接缝处漏下来一丝光，我透过那缕缝隙往外看。海洋辽阔，海风潮湿，掀起波涛拍打船桅。甲板上不时跳上来腥臭的飞鱼，腥味和船工的汗水弥漫在一处，让我仿佛置身童年发暑热的下午，那日我昏昏沉沉，浑身升腾起迷雾样的蒸气。太阳盛在黄铜脸盆里晃晃悠悠，树影扫在我的脸上。我怀抱盛夏，身上渗出黏腻的汗液。我喊母亲的名字。母亲并没有回答我，她正坐在梳妆台前，举起一杯掺了砒霜的酒。她喝了下去。

"去哪里的？"有赤膊船工问我。他将辫子盘在头顶，坐在捆好的箱笼上，从屁股下边胡乱抓出一把草纸，递给我，示意我擦擦汗。

我没理他。他仍旧很热切地凑过来，道："是去香港做生意的吧，我看你也是本埠人，去那边跑单帮辛苦哦，大少爷出身干这个不值当哦。"

"不是去香港么，那定是去日本了，是去日本吧？"他见我没说话，便又问我，眼睛左右看着打探我的箱笼。

我的确去往日本。

豆丙死的那天，我告诉鄂利多请旨搜查汤府，能找到被囚禁的硕伦贝子，他却瘫在地上瞠目结舌。我说这一切都是把戏，迷幻眼睛的把戏。我抱着豆丙离开时，汤文斋正跪倒在血泊中，他爬不起身来，只能死死瞪着豆丙。

豆丙老得很快，至少比我想象中要快。我还未抱住他，那副躯体便迅速氧化衰老，如同枯朽的胡杨木。他倒在我怀中，无论如何高声呼唤，他也未能醒来。可笑的是，我酝酿许久的感情并未决堤，对豆丙的怜惜和不舍，仿佛凝滞在我脑海里，像一块浮冰越漂越远。

我几乎可以断定，在对豆丙做实验的过程中，我渐渐丧失作为人的情感。与之代替的，是对人的审判，如庖丁解牛般，将人精神里的欲望、情感、理智、善与恶分成单一的部分。

我并未干预豆丙的成长，我只是尽我所能，给予他全部的营养，改造他发育不良的器官。在这方面，我甚至比神能给的更多。只是我操控不了他的生死。他爆发式的衰老令我纳罕，我早已停用垂体激素，他却不受控般衰老至死。

"去东洋那边做生意要吃苦头的，我怎么不晓得噢，我在船上跑十年了，每回船一到东洋码头，我忙前忙后搬货，到头来拿不到一块银圆，简直鸡孵鸭子——白忙活！"船工自顾自发牢骚，又赔着笑问我："老爷怎么称呼？等船上了岸，你的箱子货物包在我身上，我扛箱子四平八稳，包满意的。"

他瘦长脸被晒得焦黄，两腮淌着油汗，眼冒金光发馋似的盯着我的五六只皮箱子。

我说："不用，这箱子看着多，实际上不重的。"

"那老爷还有什么要帮忙的，天气热，帮你讨杯荷兰水去，否则船到了岸，太阳晒一晒要发昏的。"

我从袋里摸出一枚银圆，远远抛给他，道："那就荷兰水吧。"

他跳起来接住那枚钱，朝我磕了两个响头，"老爷心善，老爷发大财！"

他走之后，我耳根暂且清静了一会儿。估摸时间，我大抵要到夜里才能到日本。半个月前,我从燕京回到三江,宅中老仆递给我一封信,是我德国同学所寄,他是日本人,毕业后便回到了东洋,自言克隆生物技术已有突破,邀我来日本共同研究,必能有所成就。

我思索再三,便让老仆拿出地契,要将此间宅子卖掉。老仆自是泪眼潸然,说自我祖辈任三江县令,至今已有百载,祖宅风水好,能荫庇孙氏子孙。我深知老仆愚昧,便将他遣散回乡下庄子里,分了点田产供他养老。

我实在厌恶这座宅子。阴冷的樟树遮天蔽日,高大的鸡枫树抖落冷雨冰霜,让院落里常年弥漫腐烂的木头味。我自幼时便常在院子里罚站,从谷雨站到清明,早春的蟋蟀从雨里跳出来,陪我一同背"上下交征利而国危矣"。父亲酗酒,也有阿芙蓉癖,他为官不清廉,为人夫也背德,每每喝醉了,便打我的母亲,暴怒时也会连我一起打。母亲往往抱着我哭,让我不要怨恨父亲,说他为朝政所累,都是洋人作的孽。

"老爷,荷兰水来了。"船工捧来满满一碗荷兰水,笑道:"听老爷口音是三江人吧,听说你们那边都是做生意的,能不能帮我也介绍介绍,我书不会读,力气蛮多的。"

我说:"光有力气做不成生意,你要想谋生计,可以去租界三马路上碰碰运气,那边招工做买卖的多。"

"那就万万不可了。"他连连摆手道,"租界上嘛都要看洋鬼子脸色的,好不好给你打一顿,大清国管不到的,我有同乡在那边做生意,不知道受了多少气,就连红头阿三也找他算账,一年到头码好银钱一算,倒大半进了洋人腰包,亏的咧!"

"你不招惹洋人,他如何能打你?"我问。

他眼里立刻燃起火来,怒道:"他们洋人占了我们的地皮,倒还要我们看他脸色,不过是体格壮些,会些枪炮功夫,把我们欺负成这种模样,老天爷看见都要生气的。"

"这世上本就是优胜劣汰的，虎吃了鹿，鹿能反问老天吗？"我道。

"你这句话说得不对，"他立刻义正词严起来，但争辩半天也未说出个所以然，便惶然摸了摸脑壳道，"真论起来，大清国也是被洋人害惨了，不然一个个的怎么会是烟鬼模样，上了战场枪都提不起来的。"

"那洋人自身为何不受大烟侵害？"

"老爷，你这个问题问得我摸不着头脑，你请仔细些说。"

"洋人天生就比清国人优等，这是人种上的问题……"

他立刻打断我的话，愤愤不平道："这话说得不高明，我偏生看不惯洋鬼子，大少爷，哝你的银钱，归还给你！"他抛出那枚银钱，打着旋丢给我，又赶上前夺走我怀里的荷兰水，"这个，归还给我！"

我一时没握住，那碗荷兰水倾翻到身上，濡湿了我的衣衫。旁边的劳工忙围上来，帮我殷勤擦拭着，我只好又拿出几枚银钱，丢到了地上，匆匆往甲板而去。

我将湿透的衣衫拧干，任着海风吹荡起衣摆。远方的落日浑圆，夕晖融在朦胧的蓝紫长空里，随着落日一同潜入大海，更远一点的海岛则如鬼魅般黧黑，偶尔闪烁星点火把。

船工也来到甲板上，他嗤笑一声，跟身旁几个同样打赤膊的人耳语一番，那几人便一齐望着我发笑。

我不理会他们，只寻了一处长椅躺坐，眯起眼睛装作小憩。这帮人不懂科学，更不必说人种论。我此番前去日本，也正是想将心中计划实施，找寻体格智力最完美之人，对其无限克隆，生产一批最优等人种。在其发育阶段，对其开展教育干预，让其生长成完全忠诚善良之人。

当然，也只有这样的人，才不会被欲望侵扰，成为失控的魔鬼。

我卖宅子前，一步步踏遍院中石阶，常闻见陈腐的味道。假山石缝里，回廊柱子边，都残留挥之不去的霉味，我每每闻之，心中对宅子的厌恶感加深一分。我父亲过于守旧，甚至在朝中，也格外拥护守旧派，他常在我面前批判另一派，说他们学洋低人一等。

在我眼中，我父亲才是食古不化的低等人种。他身上积累了太多恶习。我几乎无法想象，剥除掉欲望和丑恶的父亲会是什么模样。

后来父亲被弹劾贬官，他胸腔郁了股气卧病在床。我卖了母亲陪嫁来的嫁妆，只身去德国留洋学习。我本准备学造船，后来却渐渐对生物医学起了兴趣。我有时也在想，如若万物有强弱之分，那世上都为强者，是否再也不会有侵略和战争。

我改投罗尔夫老师门下后，他教我做了许多人体实验，有冷冻人体延其寿命的实验，也有融合动物与人类细胞的实验。我本是无神主义者，却渐渐发觉，人体里蕴含巧妙规律，仿佛冥冥之中有造物主在操控。每当我做实验时，我便宛如神一般操控摆弄万物，这让我离人越发远，离神越发近。

我对每一样实验都感兴趣，当然，最令我纳罕的还是克隆实验。

老师说大清国的商人找他做手术，名唤辛大人。老师让我当副手，做起克隆实验。

九个月后，诞生了十个婴儿。老师为了防止浪费本体细胞，提高存活率，便采取多样本方式克隆。家仆只肯要一个婴孩，同时为了杜绝后患，他要求杀死另外九名婴孩。我同罗尔夫老师说，中国古代有一则寓言，上古天降十日，后羿举神弓射杀九日，才还天下太平。

"靠岸咯！"有船工惊呼。

我从回忆里脱离开来，抬眼望去，漆黑的夜空下，海浪翻滚着墨蓝的波涛，一浪高似一浪拍打礁石，远处灯塔闪烁着朦胧的亮光。海风撕裂炎热的盛夏夜晚，持续不断灌涌鱼腥味。船缓缓停在日本横滨码头，岸上的热闹声如箭射来，刺得我耳朵发疼。

"大少爷，船到岸了，也该注意行李了。"起先那名船工不经意踅到我旁边道。

我这才想起行李，于是穿过急匆匆下船的人群，去往底下一层取我的行李。我的皮箱子被撞得东倒西歪，等我提起时，才发现被人做了手脚。箱子里本来只装了实验笔记，零散的银票，还有些衣物，现在却被人偷放了石头，导致拎起来异常吃力。

船笛长鸣，催促我下岸。此时我也顾不上别的，只好硬着头皮提起箱子往外走。

"大少爷，十个银圆帮你抬一抬喔！"那名船工朝我挤眉弄眼道。他正帮一位老妇人扛着包裹，腋下还夹着个铁盒子。

我放下箱子，说："五个银圆。"

"老爷，我们只要三块银圆！"忽然有个胖胖的身子闯过来，他身上还穿着别的船工服，露出的胳膊像泥鳅般黝黑。

我没做犹豫，便冷冷指着地上的箱子，道："六只皮箱，帮我抬到旅店，不能摔下来。"

那人极为熟练地拎起箱子，或是感到吃力，他腾出一只手朝码头上招呼着，"子庆快过来，有笔大生意！"

我立即望过去。码头上站着同样黑瘦的一个人，他正捏着条半截鱼，喂给一只小狗吃，狗摇晃尾巴急切站了起来，两只爪子连连作揖。

"子庆！"我高呼一声，心中回荡起久违的喜悦，双脚不由得踏下阶梯。很快我又停下脚步踯躅不前。我该以何种面目见他呢？我问自己。

子庆愣住了，他如呆头鹅般看了我良久。我为了躲避鄂利多的追查，剃净了须发，换上长衫打扮，玳瑁眼镜也偷偷藏于袋中，同往日相比天差地别。

"你怎么……"他痴愣愣问道，"南薇呢？"

"孙靖民哇！冤家路窄绝处逢生，居然是你这个阿飞在这里！"张漪村也大叫一声，"走走走，有什么下船再说，都在酒里头。"

我们一齐下了船，到元町街上一家酒馆里坐下。横滨原是神奈川县最繁华之地，横滨之地又属这条街最热闹。因此尽管已过夜里八点钟，街上仍旧拥挤吵闹，煤气灯照耀得石阶明朗，来往均是穿和服的男女，也有穿艳色花草和服梳着高耸发髻的艺妓，她们后脖上敷了厚厚的粉，看见我们便掩嘴吃吃地笑，脚下踏着木屐轻轻摆动。

"去一趟美国，真把老脸跌尽了，"张漪村一杯接一杯饮清酒，跟我说起他们做生意失败，在美国做劳工赚路费的事，"船一到码头，我们急急忙忙去帮人搬货，赚点小费攒吃喝钱，先是到火奴鲁鲁，后又转到横滨，每到一站就来当几天劳工，不知猴年马月才能回到租界里，真把人磨得发昏，这趟下来，我身上皮肉都垮掉十几斤哝！"

子庆并不喝酒，只顾低头夹天妇罗，吃不到几口便又递给豆巴。

张漪村看了眼子庆，笑道："他见了你又要发痴了，又在想你拐走他女人的事了。"

我打开一只皮箱，从里头拿出一块青玉碎片，自言去了美国后，她借故支走了那五千银圆不见踪迹，之后我便再也未见到她，"她只留下一块这个，子庆你理应认识。"

子庆果然接过来细细端详，他只看一会儿，眼里便又蒙上一层水翳。

"女人的话最不可信，她哄着骗着，把子庆当成磨上的驴，把他耍得团团转，最后交给我一张美元，让我不要声张，可见这女人心思歹毒！"张漪村喝红了脸道，"不讲这些了，吃酒吃酒。"

"你真没见过她了吗？"子庆忽然问我。豆巴也冲我狂吠。酒馆里响起不怀好意的笑声，我这才发现，不远处盘腿坐着几位下等船工，他们便是起先那帮人。他们喝酒划拳大声吆喝，那名辫子盘在头顶的船工上下打量我，脸上露出极为不屑的笑。

我握紧了发颤的青瓷酒杯，望着他道："我没骗你，子庆。"

我从未说过谎话。幼时我父亲的侍女为他倒茶，不甚摔碎茶盏，侍女狡辩，父亲问我，我便直言的确是青姐姐打碎，父亲暴起持鞭打她，险些把青姐姐打死，我上前护住她，却落了几鞭在头顶，登时流下鲜血。我害怕父亲，于是慌张逃至学堂。夫子和同学惯例都在笑我，我身上总带有伤疤，加上我又沉默寡言，班上学生视我为异类。只有子庆从不笑话，他见我鲜血淋漓，从布袋里掏出日常喝药的药罐，要拿里头的中药渣为我敷伤口。

"可我在普兰旅馆，打听过你们。"子庆仍旧稀松平常模样道。

我说，不用。我丢掉了他的药罐，从布袋里翻出书本，继续朗声读书，这回读的是"吾王不游，吾何以休，吾王不豫，吾何以助"。

"仆役说你们有三个人，统共住一间房里，房主登记的是一位姓汤的客人。"子庆眼里忽然闪出一丝疑惑来，"为何你们说法不一样？"

我读《孟子》也读《尚书》，读得头昏脑胀昏天黑地。下学回家时，家仆正在打捞荷池。我问他们在捞什么，他们说青姐姐挨不住，心里头想不开跳了荷池。我的青姐姐，才十六岁。我看到她湿漉漉的尸身被裹进草席，被随意卷起来抬走。我的青姐姐，常给我掏麦芽糖吃。我开始狂奔，家仆一个个追上我，我挣脱他们的胳臂，往府外跑。我跑到学堂里，子庆还在求夫子讲课，他问夫子，如若考不上童生该如何。夫子说，那可以跳三江运河里哭一哭了。于是我跟着他一起哭了。

"你为何要骗我？"子庆问我。他手中捏箸不稳，眼泛泪光直视我。

南薇早就死了，我屡屡想说出这句话，却总说不出口。我是在报纸上看见南薇死讯的，一小方块洋文，躺在报纸的左下角，连张照片都没有。标题写的是——《中国太太遭遇抢劫被杀害》，我问汤文斋怎么回事，他骂她糊涂该死。我当然说不出口，我如何能说南薇已死，我该以何种面目谈论她的死。

我说："我们并未有半点私情，南薇担心你影响实验，因此才离开三江，辗转找到汤文斋，他却将我们带来美国，好做一宗更大的生意。后来他结清钱款,我们便分道扬镳,我也不知道她去了哪里,也许她……"

"好了到此为止了各位,再讲下去老同学情面都要坍台了,孙靖民你做了这种事,本该我们见了你要打的,谁叫你请我们吃老酒,冤孽嘛吃吃老酒也就散了,好了我再陪你一杯。"张漪村抬眉轻啜一小口,笑道:"清酒喔清清口还行,真要喝酒还得是花雕噢。"

子庆只好不再作声。我跟张漪村聊到学堂里的事,他说夫子最厌恶我,谁料竟是我学问最大,一从德国回来,眼睛竖到头顶去了,把他们这群做生意的同学都装看不见了。我说并没有这样的事,他说生意场上大家都心知肚明的。我们说说笑笑,子庆偶尔也插两句嘴,但他更多时候在托腮望月,他也许在看神奈川的月亮有何不同。

"那你们回三江后怎么打算,接着办报写奇闻吗?"我问。

张漪村哂笑道:"写什么鸟奇闻,跑这一趟下来,我算是经历明白了,奇闻奇闻,待在家里头不出去才爱看稀奇玩意,大清国的人就是窝太久了,一旦民智开放,谁还理会你这三枪两炮的。"

"我们打算办民生科学报纸。"子庆终于开口道,"我们刚到横滨时,发现此地也有中国人办报,叫作《开智录》,销量也算可观,我们回三江筹了钱便办这种报纸,比起奇闻大清国更需要科学。"

"并不是谁都会懂科学,"我道,"何况三江除了租界稍懂西学,会看些《海国图志》《天演论》,四马路以外的人多半目不识丁,偌大个字摆在他面前,都不会懂什么意思,科学在三江,只不过是炼金术古法造银之流。"

子庆脸上又现出那副执拗模样,他道:"当时我把克隆当奇闻来写,但实际上克隆就是科学,那会子报纸销量不也高得出奇?"

"科学并不仅有克隆一种,"我道,"科学,是有门槛的。"

"可人并无优劣之分,他们有权利知晓这个世界,既然横滨有《开智录》，三江也应该有《三江科学》。"子庆目光灼灼盯着我，他原本愁苦的面庞一扫晦暗，在酒馆煤气灯照耀下，流溢着平和的光彩。

张漪村"咯吱咯吱"嚼着天妇罗，边吃边道："侬就放一百个心好了，销量包好的，我张大少爷打包票的喔。"

"漪村负责报馆经营，我负责主笔，靖民你负责科学，我们三人若能齐心协力，一定能创下一番事业。"子庆道。他脸上露出松弛的笑。我在他清澈如春泉的双眼里，看见两个薄暗的自己。张漪村也在一旁极为殷切地附和着。

"那么从前的事，就当作烟消云散好了，我们以后空麻袋子背米，做生意一本万利！"张漪村拈住小酒杯，轻轻碰了下我跟子庆的酒杯。

子庆也一饮而尽，强笑道："靖民，以往的事情不要再说起了。"

我说："我办不到。"

我将投奔日本同学的事和盘托出，坦言不会再回三江。他们没有作声。

夜风起了，呼呼吹动酒馆门口的暖帘，门前两只灯笼也在风中摇摆，烛光闪烁不定。我抬起头，发现低矮的屋顶也在这阵风中窸窣作响，那是木头发胀的声音。我立刻发觉清酒后劲上来了，冷飕飕激着我的肌肤。我不由得打了个寒战。我说："那就先到这了，我帮你们联系旅店，下一班船开往三江，船费我也给你们留下。"

"孙靖民，"子庆喊住了我，"你真要把你的科学献给东瀛人吗？"

我无力道："我已经做好打算了。"

"你这是什么打算，不过是又要当假洋鬼子么！"张漪村忽然愤愤掷了酒杯道。

子庆也道："你这科学被洋人用去，他们会救大清国国民么，我们生死好坏和他们没关联的，他们只会克隆天子以令诸侯，到那时，我们这批人该如何是好呢，自然是要赶尽杀绝的了。"

"孙靖民,你这是要提刀杀我们呀!"张漪村愣道。

我默然无声。我实在找不出理由来,自豆丙死后,我总回想起童年,学堂,留洋时候的事,那些记忆如妖冶的黑蛾子,扑扇沉重的翅膀,在傍晚的平原里缓慢飞舞。我总在黑蛾的指引下,一步步踏入黑暗中沉沦。

"跟我们回三江吧,"子庆又恳切说道,"我不会拖你后腿的。"

"不……"

我心中仿佛雪山轰然倾颓,那些堆叠成峰的回忆坍塌,裹着父亲的斥骂声,母亲的哭泣声,一同从我心中流泻而出。

"我如何能被原谅……"我自顾自呢喃道。我想起了豆丙的死。

子庆犹在劝言,张漪村一拍桌子,替我决定买回程船票。两人争论哪天回三江,张漪村喝得面庞酡红,喷着酒气踉踉跄跄站起,喊店员添酒,又问他们拿皇历看。

"看皇历寻个好日子,我们一齐回三江。"张漪村道。

我忽然被压得喘不过气来,胸膛里也传来抽噎般回响。我说:"无须多言,我不会回去了。"每当我回到三江,眼前总浮现从前的事,一件件,一桩桩,压在我身上不得安宁。甚而现在,当我想起三江,我的神经也狂跳不止,令我心中发慌。

我即刻收拾皮箱子,心里有个声音催促我,一直在催我快走。我呼吸变得急促,皮箱离我似乎格外遥远,把手也生出许多重影。我打开箱子,想从里头掏出石块废铁,却惶然发现,我的实验笔记被人偷去。

"不见了。"我心里顿时一空,仿佛跌落万丈悬崖。

"老爷,你要找这个吧,"那位辫子盘在头顶的船工晃到我跟前道,"兄弟几个都不识字,单晓得是老爷的文书,在船上拾到就给我了,若不是我拦着,他们要拿这沓纸擦屁股呢。"

我上前夺去,却被他虚晃一闪。子庆和张漪村也起身来抢,却被那几个船工团团围住。

"老爷,发善心赏我一千块,我就把文书恭恭敬敬还回来,我若不还回来,我就不叫王阿乙。"那名船工道。

张漪村怒道:"一千块,你倒好意思嚷得出口,我现在就去报官,把你捉起来拿枪打!"

王阿乙道:"老爷,你们是跟洋人做生意的,腰包里自然厚实,我们是穷苦人家,一千块可以养活一窝子女的。"

我从衣服内袋里取出兑好的日元,递给王阿乙,道:"一千块日元,多的没有了。"

王阿乙抖了两下钞票,对着灯仔细端详,又笑道:"老爷,我讲的是一千块银圆,不是一千块日元,劳烦老爷您再拿几张,我也好跟兄弟们交代。"

"不是已经给了吗,为什么还要再要,勒索人也得有个限度。"子庆忽然怒道,他攀住我胳膊道:"靖民,我现在就去报官,我这几天也学了几句日文,非得把这伙强盗抓起来不可。"

张漪村也道:"刚才我耳朵里听得分明,你说一千块换文书,否则你不叫王阿乙,你自己讲可是说话不算数!"

"我本就不叫王阿乙。"那人无赖道,一伙船工便彼此相望哈哈大笑。

"什么狗屁倒灶的!"张漪村登时抄起小酒桌,同他们吵起来,吵嚷着便动了手。酒馆里其余客人奔走不迭,柜台摆放的清酒梅子酒被砸得粉碎,酒液泼洒了一地,煤气灯的玻璃罩也咣啷破碎。王阿乙揪住张漪村辫子,子庆抓住王阿乙胳膊,我被推搡得连连后退。豆巴本在啃骨头,此时也竖起耳朵尖叫,被船工一脚踹飞。

"拜托,拜托!"酒馆老板说着蹩脚的中国话,跪在那里俯首。

很快子庆身上便见了血,我想护住他,却被人架住无法前行。不知是谁扯下暖帘，挂在门口的纸灯笼也被拉下来，灯笼里的火渐渐舔破灯笼，沿着酒水蔓延进酒馆里。

子庆一把抢到实验笔记，兴冲冲双手捧给我，他被揍得鼻青脸肿，面庞上还挂着几道血痕，他道："快接住，别让他们再偷走。"

他话未说完便被推了个踉跄。笔记散开落进火里，呼啦一下引燃，火焰如猛兽蹿起，依附在纸张上狂舞。

"走水了，走水了！"船工纷纷叫嚷道，他们裤脚被烧着，冒出一缕缕焦黑青烟，有的辫子也着了火，忙伸脚猛踏，却又将火星甩到别处，整个酒馆里登时蹿出数股火焰，撕咬住木梁发出哔啵哔啵的裂响，屋里浓烟滚滚，弥漫在每个人头顶。

他们忙弯腰曲背，一个推一个捂住口鼻逃出门去。

我却一把扑倒在地上，护住蘸湿烧焦的笔记。炽热的火焰从我怀里钻出，包围住我的全身。我并不觉得痛楚，只想扑灭一张张纸上的火。我握住焦黑发卷的边缘，将火焰按进掌心里。我看见那一行行字冒着橙红的光芒，在我手里跳跃。我仿佛看见豆丙从火光里探出脑袋，向我抱怨他生长得太快了。我想摸一摸他的脸，可我的手指却被燎烧得生疼。

"孙靖民！"子庆大声喊我，他冲进来急急忙忙抓住我的臂膊。我看见火焰如蛇一般爬行到他身上。他拉住我的胳膊往外跑，边道："捂住嘴，这烟是有毒的。"

我一时有些恍惚。我压根分不清楚，究竟身处横滨的酒馆，还是童年父亲的烟榻。火焰烧得我身上作痛，可那股烟味还是持续不断灌进鼻腔，我仿佛被困在幼时的梦魇里，手脚发僵动弹不得。火焰发出噼里啪啦的炸响声，我想起来了，从美国回到三江后，我遣散了老仆，让他带着那个孩子回到乡下田庄里。我一把火烧掉了那座宅子，无数树木毂觫藤蔓断裂，木梁烧断坍塌，升腾起浓重的黑烟。我从前所有，便尽数倾颓在熊熊烈火里。

"孙靖民，快走啊！"子庆大喊道。就连张漪村也冲进来拉我，他俩一人攀住我一条胳膊，焦灼地往外跑。

我却停在了原地。火焰一团团落在我身上。我似乎看见老仆抱着那个孩子，颤巍巍走出宅子。那个孩子，我记起来了。

"子庆，我忘记说了，我有个孩子在三江的南浦县田庄里，你替我去找他。"我道。当日罗尔夫老师问我，该如何处置另外九个婴孩。我说天有十日，后羿射其九日。罗尔夫老师说，克隆体也是人，人毕竟和物体不同。于是我和罗尔夫老师费尽心思，将九个婴孩送往不同国家福利院。其中一个由我带回了三江。

"什么孩子？"子庆急问道，"再不出来就要烧死了，快跟我出来！"

"孙靖民你戆巴子头脑发昏啦，还要什么文书，侬是要活活烧死啦！"张漪村也怒道，他身上卷起火苗，被烧得龇牙咧嘴。

我将他们俩一把推出了门外，自己则留在火里。

"那个孩子……"我道，"就喊他豆丁吧。"

豆丙死后，我原想克隆出另一个我，替我重新活在这个世上。现在看来也没这个必要了。火越烧越盛，令我浑身上下如被撕扯咬啮，肌肤也一寸寸烧焦发黑，就连心脏也被烧得干涸枯萎。巨大的痛楚感碾压着我，我却在痛苦中寻求到一丝解脱。我怀里的纸灰纷飞出来，在夜风的吹拂中越荡越高。我看见高悬空中的明月，那一定是三江的月亮。

"孙靖民！"火光外子庆和张漪村的哭声响起，那几个闹事的船工也张罗着来救我，叫喊声传到我耳中渐渐模糊。

火焰的声音慢慢消退，传到耳中像是童年夏日的蝉鸣。那些知了喜欢躲避在高大的樟树枝里，悄悄发出沙沙响动声，我在蚊帐里翻来覆去不肯睡去，母亲往往摇动蒲扇哄我入睡。我躺在凉席上，耳里听着蒲扇声，在那缕微风中安宁睡去。

神不会无故毁灭自己，我想。这是神与我最大的不同。

五　韩子庆

诸君，《三江科学》自开办至今，共出二百零三期，今因家事冲突，加之银钱无以为继，因而出此停刊声明，至于报上连载科学小说《克隆生环游太空记》已拟好结局，假以时日便整理出版，望知悉！

我提笔写下停刊声明，交予张漪村送去印书局刊印，又唤豆丁拎上糨糊桶，陪我去粘贴声明。

"老都老了，听见女人名字，还跟年轻后生一般，家嘛也不要的了，事业嘛也不做的了，我就想问问你韩子庆韩大老爷，你这番去美国还回来吗？"张漪村在一旁挖苦我道。

我把桌上的账簿推给他看，一边又"哒哒哒"打着算盘，"哝，你自己看，七月份订报的拢共就这些，去掉水电煤气费用，我们倒还亏了这些，报馆再开下去，我跟豆丁都要喝西北风去了，不像你张老爷有的是洋钱，报馆里赔掉的，不足硫酸厂赚的百分之一。"

张漪村笑道："侬又在这戏耍我，我厂里赚的全都买了机器，能有多少落在我手里。我没说你，你倒来说我，真不要面孔喔！美国那边来了消息，讲把南薇找到了，你这一把老骨头又活泛了，想立刻漂到太平洋上，和你家南薇先生重温旧梦，是伐？"

他努嘴望向豆丁，道："豆丁，你说我讲得可对？"

豆丁腼腆笑笑低头不语，他始终说不来话。二十年前我在南浦县找到他时，他尚在襁褓，孙家老仆自言并不清楚孩子来历，只知道少爷匆匆撂下婴孩，便离开了宅子。起初我把豆丁当作寻常孩子抚养，后来豆丁年岁渐长，身上却出了很多毛病，我方明白，豆丁是一个克隆儿。

我窘得涨红了面皮，只得佯装不悦皱起眉头道："我这番去美国，纯粹是为了豆丁的病，同南薇没有一点干系，信你也看到了的，只说也许找见了她，那若是没找见呢，我岂不是白白出洋相？"

"你韩老爷嘛出的洋相也不算少了，一部小说写了二十年，到现在也没写结尾，这都是读者老爷们发善心，不然报馆都要给你砸烂了的。"张漪村大笑着，将停刊声明掳过去，大阔步走下了楼梯。

"伯伯……纸……"豆丁结结巴巴，手指着楼梯道。

"你张伯伯是去印报纸去了，豆丁你再等等我，我把手头上这些稿纸校对好，明天我们就出发，坐大船去美国玩，你说可好？"我问他。

"好。"这回豆丁清晰吐出一个字，面上露出愉快的笑容。

我提笔将《克隆生环游太空记》最后一章章回名划去，补缀一行——克隆生重游火星见奇观，雪千寻遍访地球觅故友。

雪千寻是我化名，克隆生自然便是豆丁。那年我和张漪村整理孙靖民的遗物，在横滨酒馆里抢救出来几只皮箱子，已被燎烧得焦黑。箱内夹层有卷日志，我辨别着残存的文字，大致明白豆丁系克隆儿，然而他取自谁人，又身负何种目的，我同张漪村研究许久也没能明白。张漪村总说孙靖民书读得太多了些，把脑筋烧坏掉了，否则不该逃不过火灾。

"孙靖民平常闷不作声，背地里倒出花头，搞出来这么个娃娃。"张漪村来来回回打量豆丁，又捏了捏他脸蛋，往后大跳一步，道："这是十足痴呆儿哇，难怪他孙靖民不要，丢在乡下庄子里嗨！"

我端详豆丁，他尖尖下颌，两腮瘦得没有一丝肉，同孙靖民没有一点相似之处。

我心中实在割舍不下，便将豆丁养在报馆里。我们办报，租下原先报馆，打出《三江科学》报刊名，向民众传播科学知识，张漪村请了英国传教士兼职翻译，以往留洋的同学也尽数去联系，帮忙翻译西洋名家著作，至于《天演论》《物种起源》等生物学知识，也由我校对后上刊连载。

报纸名气渐渐大起来，张漪村又招了一批人，专门留意西洋发明。他格外钟情蒸汽电力机械，每每抄来一份简图，同我商议图纸上的零部件细节。画一张潜水艇图纸，要花费他三天时间，一张气球炮弹船舰图纸，要花费他七天时间。之后他又潜心钻研办厂一事，毕竟他惯会做生意，三年五载倒也开成硫酸厂，专供纱厂熏染羊毛布料。

副刊则由我主笔，连载了一部科学小说。说是小说，实际上算是部游记——治病游记。

豆丁渐渐长大，身上却毛病不断。他同豆巴玩得极好，每天捂住眼和豆巴玩捉迷藏。他在报馆楼梯上跑上跑下，一转眼就长成十来岁的孩子，豆巴却生了肺炎久久未愈，没能熬过那年冬天。我将豆巴埋在南浦县郊孙靖民墓边。豆丁立于一旁，落雪覆满头，他指着豆巴的坟，嘴里冒出人生第一句话：

"豆巴……豆丁……想……"

他生得极为孱弱，德国医生给他做了 X 光片，说他骨骼发育不好。我知道豆丁的病得去西洋治，报馆赚了钱，我便带他辗转去各地治病。

《克隆生环游太空记》第一站自然是月球，月球蕞尔之地，依附地球转动，借太阳光辉散发莹莹月光。我带豆丁来到日本，东京医生说豆丁有早衰症，我说豆丁是克隆儿。医生大为惊骇，叽里呱啦大嚷一通，就连我找的翻译也是一头雾水。我见情况不对，只好匆匆带走豆丁。

回三江后，我赶忙写下第一章——"乘电翅飞出外太空，险命丧月球殖民地"。我用雪千寻当化名，写豆丁是大清国第一克隆体，系最聪慧之人，研究出电力翅膀后，戴上防护面罩飞出地球，本想去太阳上游览，因意外落到月球上，赫然发现月球早已被外星系之人控制，假以时日他们便攻打地球，豆丁破坏月球之人计谋，艰难逃出生天。

这部小说很受欢迎，才连载几章，便有读者来信央求我附上主角小像。我找了画师为豆丁画像，起初是辫子头，后来三江闹革命，我带豆丁回乡下避难，再回来时街上处处是剃头师傅，挑着热水挑子，为人剪辫子，排队割辫子的人排到了租界外头。我便悄然将连载小说版面的豆丁画像撤下，换上梳着背头的豆丁像。

豆丁依旧不怎么会说话。

他才二十多岁，面上已显现衰老模样。苍白脸上，两眼沉沉垂在眼眶里，额头皱纹如水波，蔓延着萧索寂寥的线条。他头颅支在肩膀上，身上分明力气不足，却尤其爱趴在二楼窗户上，看远处三江小学里的学生踢皮球。

"几个医生都把话讲开了，这病没得治，韩老爷你一门心思在这上面，是瞎子点灯——白费蜡。"张漪村劝过我多回，说医院开出单子来了，断定豆丁活不长久。

我却固执不肯放弃，想找到豆丁的克隆本体。孙靖民的日志里提到过，克隆之人取自本体细胞，克隆之人所生疾病，也同本体息息相关。

于是在小说的第五十六章，我们去了德国——"飞船日行千万里，着陆水星求真理"。

我带着豆丁，想找孙靖民的老师罗尔夫先生，却被告知罗尔夫已离世多年。我们只好辗转来到罗尔夫家中，前后磨了一个礼拜，罗尔夫遗孀方同意拿出实验日志。我和张漪村回到三江后，便急急忙忙找人翻译德文。

研究多天我们才明白，豆丁的本体是两广富商辛某人，而那个辛某人早已去世多年。

"我讲啦没指望的，跑这些路程都是白费功夫的。"张漪村连连摇头道。

"可是罗尔夫的日志上写得清楚明白,大清国抱走了一个婴孩,那人定是豆丁的兄弟。"我指着日志道。

于是我们怀揣最后一丝希望,坐火车去往粤东。车站里有许多扎着腿的士兵,设了卡口一个个查行李。豆丁有些害怕,一直往我身后躲。张漪村轻声骂道:"平白无故把人拦住,这算什么做派?"

我嘘声道:"切莫声张了,待会莫说行李,连你这个人都要扣下来了。"

我们艰辛出了车站,包马车去县城,到了乡下只好坐板车。一路奔波四五天,才来到辛某人的住处。路上马车每到一处,我便记下风土人情,以便写进小说里。辛某人住在江勐,家中做布匹生意,也会把江勐水果销往内陆。江勐天热,路边栽种高大棕榈树,常有小贩叫卖熟透的杧果。

张漪村不愧是做生意的天才,他才到辛府,便计划好了要同他做生意,找他合伙开碱厂,用厂里的浅水铁壳小船运货,把粤东和三江这条水路打通。

我们让家仆通报,家仆却对豆丁上下打量,踌躇半天才去喊他家大人。

那位辛大人同豆丁一模一样,也是副衰老模样,只唇边多胡须,身架稍显粗壮些。他一见到豆丁,倒也愣住了,问我们:"这是何人,莫不是我流落在外的兄弟?"

辛大人脑子灵泛,同张漪村聊了几句便很快拟好了交易合同,还让家仆去钱庄取了银票。豆丁呆立一旁,痴痴看着庭院里散养的白鹅。

我原以为豆丁会心有灵犀,起码有所触动,有股冥冥之中熟悉的气息指引他相认。谁料他径直穿过辛大人,奔到院子里去扑鹅,闹得白鹅乱飞,满园飘羽。

"豆丁!"我低声呼喊,把他拽到了辛大人面前,道:"你仔细点瞧,他是谁?"

豆丁并不理会我,只将手心的翅羽递给我,浅浅笑道:"鹅……毛。"

"这样看又不是很像了,根本就是两个人。"张漪村在我耳边犹犹豫豫道,"恐怕他身上也生着病,大概救不了豆丁的。"

他自然面上没什么,我却喉咙哽塞又欲流泪了。以往我总觉得豆丁还有他人依附,到如今我才发觉,天上地下,也只有一个豆丁罢了。

回三江后,我提笔写下第一百章——"克隆生逗留外太空,水星人泪洒认亲地"。

这之后我仍旧带豆丁遍访名医,浪漫多情的法国是金星,坚毅勇敢的美国是火星。豆丁在金星坐气球飞船,看落日熔金缓缓下沉。在火星,豆丁则驾着火星战车,轰隆隆迈过晨昏线,追逐永不落的太阳。

这部小说越写越长,豆丁的病却总不见好。美国医生说豆丁系基因病,无论如何治疗,都无力回天。

我屡屡心怀惆怅,望见豆丁一派天真模样,又勉强打起精神,陪他玩皮球和毽子。在美国时,我带豆丁住在普兰旅店,因想起南薇,便多番询问店内仆役。

仆役收了美元,极为热心找到中国厨师做翻译,又特地找到二十年前的柜台登记员,那人现是普兰旅店的高级经理,他拿出张黑白照片,上面是汤文斋被记者团团围住的模样。

"他说这人他记得,是大清国来的贵宾,本是三人住在普兰旅店,出去时却成了四人,回来倒又成了三人,这事情他也摸不着头脑。"中国厨师道。

"如何多了一人,又少了一人呢?"我急切问道。

那美国人支吾半天,也说不出个所以然来。

"不过他讲了,收了你的钱,自然是会帮你多打听打听的。"厨师道,"兴许你要找的那位太太,早就嫁给了洋人,天天就在家里给先生煎黄油面包呢。"

我只得嘱托再三,带着豆丁匆匆回了三江。

那已是去年的事了,距前日我收到西洋来的挂号信,已过去整整十一个月。我近来记性坏得厉害,唯独对时间格外清楚。

挂号信上说,在美国马萨诸塞州查到了南薇的消息,她上过马萨诸塞州的报纸,具体的刊号要等查到后再寄来。

她一定登报寻过我,我想。

"昂……"豆丁颤巍巍举起糨糊桶,提醒我去粘贴停刊声明。

我们一人拎一桶糨糊,在三马路和四马路上搭梯子粘贴。我站在梯子上,看到不远处码头重建,一只只汽轮船鸣长笛涌出运河,路上电车叮叮作响,如鳝鱼般穿梭过拥挤的人群。卖草炉饼的小贩同卖豆腐花的担子擦肩而过,两个灰蓝臃肿的身影消失在人海。再远一点,洋行大楼巍然耸立,在蔚蓝的苍穹下,飘扬着猎猎作响的旗帜。

三江已然天翻地覆,近来科学类报刊也接连涌现,《三江科学》销量难看,只有些老客户仍旧催着小说结局。我倒也释然,最近记性实在坏得厉害,清早煮了一盅粥,放在灶台上竟全然忘记,回家时才看到烧裂了的瓷罐。我大抵是老了,不适宜再干这份事业。

"是雪千寻先生伐?"有人在电线柱下边问,他指着停刊声明一字一句读着,"那么请问先生,这部小说结局是什么呢?"

"结局自然是好的,这个请侬放放心。"我道,"到底也是大团圆合家欢的事情了。"

"那么究竟是什么样呢?"那人追问道。

我下了梯子,将糨糊桶和刷子递给豆丁,略思索一番,便对那人道:"结局是顶好不过的,克隆生去了火星,又见到以往的老朋友,他们决定在火星定居下来。"

"你讲的老朋友是哪些,有鸟头先生,白裳外星女,蒸汽飞狗,胖子发明家，还有吗？"他掰着手指头数，摇头道："你差不多早忘记了，鸟头先生在第二百章的时候，就永居在月球啦，白裳外星女也飘荡在外太空了，至于胖子发明家是一直陪在克隆生身边的，他们几人如何聚到一块去了，可是在瞎胡闹结尾哝？"

我见他言之凿凿，心里涌出几分羞愧，便红着面皮道："你记性倒不坏，不过我这么安排自然有我的道理，世上事情瞬息万变，何况小说里呢。"

"瞎胡闹，瞎胡闹。"他摇着头走开了。

我同豆丁回到报馆后，张漪村劝我略等几天，报馆结算的钱从洋行取出后一把付给我。

我应允下来，却没想到没过几日码头便封锁起来。那日炮声不断，恍惚间我以为是除夕夜。

"火……"豆丁指着窗外道。

我探身望向窗外，夜空下浓烟滚滚，远处火光辉映苍穹，燃起一幅宏伟残破的画卷。火光处正是张漪村的硫酸厂。

我慌张穿上衣服，安抚好豆丁，便匆匆出门去寻张漪村。一路上逃难的三江百姓如浪涛般将我越推越远，我奋力逆流而上，路上孩童啼哭声、伤者痛号声不断，街边摊子更是零乱散落一堆，踏扁的鞋，摔破的壶，落下的衣衫数不胜数。

"外国人轰炸来了！"

我心脏狂跳，一边躲着轰炸，一边侥幸来到张漪村住处。他早已穿戴整齐，欲前往硫酸厂。我苦苦相劝，张漪村却怒道："和平年代我制酸是为了农田肥料，一旦国有缓急立马改造军火效力疆场，现在对方瞄准我们，是把枪口对着整个中国来的。何况我厂里几千名工人，我倒躲在后面当缩头王八，天底下绝对没有这个道理的！"

他又同厂里职工安排工作，"安排人分批撤退，所有业务一概停下来，氧化部恐怕保全不了，机器抢救不下就算了，能卸下拆除的，一应给我卸下来装到船上，绝不能让洋人拿去用了！"

他又望向我道："子庆，这番去美国，我怕是陪不了你了，你知道我这个人的，脾气上来了谁都劝不住的。"

我流泪道："我这个人你也知道，心胸里装载一丁点悲欢就受不住，我……我也干脆不去美国了。"我几度哽咽，心中实在不愿张漪村独自留在三江。

"侬行行好，再克隆一个张漪村下来，陪你们去美国好不好哇？"他大手一摆径直离开，"我马上要去江勔重新办厂，看看样子马上要开打了，我这份事业丢不开，你要走要留随你便，别把豆丁的病耽误了才是正事。"

我见他如此决绝，只好回到家中收拾行李，等待码头开放，便带着豆丁上船。

我在马萨诸塞州找寻了三个多月，到底没能找见南薇，只好寓居镇上做些农活。

张漪村的信也断了许久，我最后一次看见他，是国内寄来的讣告，他在运机器前往江勔的水路上，被洋人的炮弹炸沉了船，尸首至今未能寻到。

我心中痛切，一连郁思多日不得解脱，在写的小说结局也一再涂改，往往提笔再写时，又忘记了前文。

我近来记性实在坏得厉害。有时在窗边待一整天，脑海里想到的小说剧情逐渐瓦解，又一次次回到了原点。

索性马萨诸塞州日子长，倒并不觉得时间浪费。这边玉米丰盛，田野里弥漫开来玉米香味，豆丁喜欢在玉米地里狂奔，追逐着扑扇翅膀的鸟雀。玉米秆叶子碰撞，发出窸窸窣窣的声音。再远些，雪白的云群逡巡过境，在一望无际的平原上流动阴凉的云影。我近来记性实在坏得厉害。

我写蒸汽飞狗奔跑在云端,白裳外星女在飞艇里照顾婴孩,胖子发明家操控飞艇方向,一直往月球的方向前进。写着写着,我又忘却了,纸上的文字飘飘荡荡,跌落到了地上。

豆丁,跑慢些。我喊着,远方收割机轰隆隆震动,掀起漫天的灰尘。

风涌了进来,桌上稿纸被吹动,一张张飞扬飘荡。稿纸里的字落入眼中,我恍惚间看到几个身影,他们从纸张间漫步而来,穿过倾颓的高楼、热闹的港口,来到我的身边。

嗷呜——我似乎听见豆巴的叫喊声。

我近来记性实在坏得厉害,总一遍遍想起故人,又全然忘记一切。他们只在脑海中出现片刻,又匆匆离去,仿佛蜻蜓飞过装满落日的池塘,轻轻一点,便激起无穷无尽的金色涟漪。

我知道,当我想起他们时,一定是他们又回来看我了。

谈雀,青年科幻作者,曾获2022年寒武奖年度最佳奖、2023年科幻春晚优秀中篇奖。作品《草月》发布于未来局"不存在"公众号。

后 记

为什么要策划一套中篇科幻小说丛书？我们时常需要回答这个问题。有时提问的是别人，有时提问的是自己。是因为自己从小对于科幻故事的偏爱？还是因为科幻文学近年来站上了时代的"风口"？

作为一本创刊四十余年的杂志，《青年文摘》陪伴了十几代青少年共同成长，也见证了改革开放至今各种文学体裁潮起潮落。对于科幻，其实我们一点也不陌生。在刘慈欣尚未"出圈"的2004年，《青年文摘》就分上下两期，连载了大刘的短篇科幻代表作《带上她的眼睛》。两年后，大刘才开始写作《三体》。而又要到整整十年后，这位"单枪匹马把中国科幻提升到世界水平"的作家，才真正为普罗大众所知晓。

翻开过往的1000多期杂志，从儒勒·凡尔纳、艾萨克·阿西莫夫、阿瑟·克拉克，到韩松、郝景芳、陈楸帆、特德·姜、刘宇昆、程婧波……科幻星空里那些不容忽略的明星，都曾在《青年文摘》中熠熠生辉，并由此走进亿万青少年的内心。

"孩子应该尽早阅读科幻作品，在9岁或10岁开始最好，给他们插上想象力的翅膀，做一场关于未来的美梦。"阿西莫夫的这句话，也是我们与中国科幻文化领军品牌"未来事务管理局"携手推出这套科幻丛书的初衷所在。把《青年文摘》的"科幻之眼"和"先锋意识"融入这套书中，为新时代的读者奉上一场智识和想象力的盛宴。

近年来，中国本土科幻文学创作进入高增量的爆发期，成名作家持续发力，新生代作者崭露头角。作为一本拥有"青年基因"的杂志，我们当然更关注后者这股鲜活蓬勃的创作力量。新生代作家以其开放多元的视野和思维，以及在科幻文学的题材、技巧上表现出的旺盛探索欲，在寻求中国元素、中国品格方面展露出更多的自觉与努力。这恰与本丛书甄选作家作品时，既注重科幻的故事品质和人文内涵，又着意弘扬本土意识的初衷不谋而合。

2023年被很多人称为"AI元年"，ChatGPT的横空出世令无数内容创作者战栗不安。然而，越是这样的时代，想象力的价值非但没有减少，反而越发凸显。运用人类专属的想象力与情感，创造出全新的、独特的文学艺术作品，是艰巨挑战，更是难得的机遇。

正如刘慈欣在《青年文摘》创刊40周年时，送给我们读者的寄语中所说："40年对于宇宙时空来说只不过是须臾瞬间，但却足以影响几代人的一生。当下的我们生活在一个充满未来感的时代，机遇和挑战并存，阅读可以带领你探索一切未知，抵御所有困境。相信爱阅读的你们，就是能把科幻变为现实的那一群人。"时间永是流逝，未来就在眼前。大刘的这段话让我们看到一位科幻作家的乐观与笃定。当我们经历的人生越多，就越愿意相信宇宙中机遇和浪漫的存在。

科学领域的浪漫，有时更为动人心魄。就像数学中那句悲伤与浪漫达于极致的话："平行的两条线，可以无限接近，但永不相交；相交之后，渐行渐远。"两条直线是这样，我们与未来之间也是这样。每一天都是未来，每一天也都将成为历史。未来感与历史感，科技感与使命感，就这样奇妙地交织在一起，形成了我们生命的全部，以及心潮所在。

是时候回答一开始的问题了。

为什么要策划一套中篇科幻小说丛书？

因为我们拥有历史与现在。

更因为我们——

相信科技与未来。

编者

2024 年 1 月